특허받은
무당왕

특허받은 무당왕

가프 장편소설

2

前生
房

도서출판 청어람

목차

물이 차면 배가 뜨리니

서울로 돌아가는 길, 미류는 행복했다. 선일주와 더불어 숭덕 스님 때문이다.

"중요한 대주님과 약속이 있는데 동행해 주겠나?"

숭덕의 제의였다. 대주가 누구인지는 모른다. 하지만 숭덕에게 인정을 받는다는 건 가슴 뜨거운 일이었다. 그만큼 숭덕은 깊고 넓은 사람이었다.

삐리링삐리링!

전화가 울린다. 모르는 번호다. 이때만 해도 보이스 피싱이 본격적으로 기승을 부리기 전. 미류는 폴더를 열어 전화를 받았다.

―법사님!

전화에서 여자 목소리가 들린다.

"누구시죠?"

―저 기억하세요? 육방 회장실의……?

"아!"

미류는 짧게 대답했다. 회장실의 여직원 민혜선이다.

―출타 중이세요? 저 지금 법사님 집 앞인데…….

"우리 집에는 왜요?"

―법사님 점사가 너무 신기해서 뵈러 왔어요. 오늘 안 들어오시나요?

"지금 가고 있는 중이긴 한데……."

―어머, 그럼 기다릴게요.

"여보세요. 저 가는 데 한 시간은……."

한강 다리를 본 미류가 말했다.

―괜찮아요. 천천히 오세요.

전화는 그렇게 끊겼다.

'뭐야?'

미류는 전화기를 들여다보았다. 어투로 보아 나쁜 일은 아닐 터. 하지만 문 회장이나 사모님의 언질이 있던 것도 아니니 감을 잡기가 애매했다.

택시가 점집 골목 앞에 멈췄다. 쌍골선사, 꽃신선녀, 대운사주, 부채신녀, 그리고 타로 점집이 차례로 눈에 들어왔다.

신간대 아래에 여직원 혜선이 보인다. 혼자가 아니었다.

"안녕하세요?"

미류를 보자 혜선이 인사를 했다. 옆의 남자도 꾸벅 고개를 숙였다. 미류보다는 조금 나이가 많아 보이는 젊은이. 혜선 못지않게 반듯하고 엘리트 냄새가 풍긴다.

"오래 기다렸죠?"

"아뇨, 괜찮아요. 어디 먼 길 다녀오세요?"

"아, 예. 일단 들어가시죠."

혜선을 거실로 들였다. 남자도 그녀를 뒤따랐다.

"미리 예약을 하고 오시지."

미류는 서둘러 차를 끓여냈다.

"바쁘신 분에게 무슨 예약이에요. 혹시 계시면 뵐 수 있을까 하고 왔는데 막상 와보니 그냥 가는 게 허전해서 기다렸어요. 법사님께 누가 되는 건 아닌지 모르겠네요."

혜선이 선하게 웃었다.

"괜찮습니다. 그나저나 신기하다는 게 뭐죠?"

그녀가 전화로 한 말이다. 뭐가 신기해서 느닷없이 쳐들어왔을까?

"그때 우리 회사에서 봐주신 전생점 말이에요. 그게 너무너무 귀신처럼 맞아서요."

"어머니와의 관계 말씀이군요."

"그날 가서 바로 담판을 지었어요. 마사이족의 기개로 말이에요."

"일이 잘 풀린 모양인데요?"

그녀의 자신감에 미류가 웃었다.

"아뇨. 좀 이상한 방향으로 풀렸어요."

"……"

이상한 방향이란다. 그런데도 혜선은 웃고 있었다. 방향은 이상하지만 결과는 나쁘지 않은 모양이다.

"법사님 말씀이 우리 엄마하고 저의 관계가 전생연과 상관없는 것 같다고 그랬잖아요? 그래서 선배랑 상의했더니… 느닷없이 친자 감별을 해보라고……"

"친자 감별이요?"

미류가 고개를 들었다.

"죄송합니다."

옆에 있던 남자가 유감을 표해왔다.

"제 대학 선배세요. 애인은 아니고요. 그냥 서로 고민 같은 거 의논하고 차 마시는 사이니까 편하게 대하셔도 돼요."

혜선이 부연을 해주었다.

"아, 네."

"처음에는 하도 생뚱맞은 제안이라 눈만 흘기고 말았는데 가만히 생각해 보니 그럴듯한 거예요. 그래서 엄마 몰래 제가……"

유전자 분석을 의뢰하고 말았다.

혜선은 그 분야의 권위자를 잘 알고 있었다. 문 회장이 투자하는 회사 중 하나이다. 은밀하게 부탁해 결과를 받았다.

〈불일치!〉

결과는 불일치였다. 친자일 가능성이 없다는 결과였다.

믿기지 않아 박사에게 전화를 했다. 박사가 재차 확인해 주었다.

"결과는 이상 없습니다."

역시 불일치!

결과를 가지고 엄마와 마주 앉았다.

"물어볼 게 있어요."

며칠 사이에 변한 혜선이다. 시키면 시키는 대로 고분고분하던 모습에서 당차게 변한 딸. 엄마는 긴장하지 않을 수 없었다. 그리고 그녀의 입에서 나온 말은 긴장 정도로 감당할 수준이 아니었다.

"내 친엄마 맞아요?"

"……!"

엄마는 그 자리에서 뒤집어졌다. 파르르 떨며 물만 마셔대더니 한번 더 추궁하자 사실대로 털어놓았다.

"친딸 아니야."

"……!"

이번에는 혜선이 뒤집어졌다. 미류의 점사가 적중하는 순간이었다. 당찬 대처법으로 숨통을 틔워준 미류. 이번에는 그 근원까지 해결해 준 셈이다.

"엄마는 제 의모였어요. 아빠랑 재혼할 때 제가 두 살이었대요. 그래서 제가 기억하지 못한 것 같아요."

"그랬군요."

이야기를 들은 미류가 가만히 웃었다. 전생륜으로 밝히지 못한 엄마와 딸의 인과. 그 인과를 유전자 검사가 밝혀주었다. 그러나 그 또한 혜선의 의지의 결과물이다. 내 팔자가 그러려니 하고 미류의 제안을 무시했다면 유전자 검사 같은 건 꿈도 꾸지 못했을 것이다.

뜻이 있는 곳에 길이 있다.

점사든 공수든 당사자의 의지와 노력이 더해져야 효과가 좋다.

"정말 감사드려요. 하도 신통하셔서 온몸이 오싹하기도 했지만요."

혜선이 흰 이를 드러내며 웃었다.

"그 말을 하려고 일부러 여기까지?"

"일단은 그렇고요, 이단은 여기 선배 때문에요."

혜선의 시선이 남자에게 건너갔다. 미류의 시선도 그 시선을 따라갔다.

"아, 제 소개가 늦었군요. 저는 윤도완이라고 합니다."

"예."

미류가 인사를 받았다.

"실은 유유상종이라고, 윤 선배도 저랑 비슷한 고민이 있걸랑요. 그래서 자기도 법사님 좀 뵈면 안 되냐고 떼를 쓰길래 제가 허락도 없이……."

혜선이 미안한 표정을 지었다.

"아닙니다. 저야 손님이 많으면 좋지요."

미류가 웃었다. 굳이 내숭을 떨 필요도 없을 것 같았다. 손님 없는 신당, 뭐에 쓴단 말인가? 파리나 모기를 상대로 길흉사를 점쳐주고 픈 무속인은 어디에도 없었다.

"그럼 저도 전생점 좀 부탁드립니다."

남자가 넙죽 인사와 함께 봉투를 내놓았다. 엄지만 한 두께를 보니 100만 원이다. 5만 원권은 2009년에 나왔으니 이때부터 몇 년 후에야 볼 수 있는 까닭이다.

'운명창.'

미류가 남자를 바라보았다.

[애정운 下上 22%]

22%.

박했다. 보아하니 흠잡을 데 없는 청년이다. 그런데 22%라니? 오래 기다려 준 게 괘씸(?)해서 남은 운명창을 다 열어젖혔다.

[가정운 上中 78%]

[건강운 中下 38%]

[학벌운 上中 72%]

[재산운 中中 43%]

[명예운 中上 56%]

[총운명지수 中中 55%]

대략 무난한 형이지만 애정운과 더불어 건강운이 전체 운을 끌어내렸다. 건강운부터 들여다보았다.

[胃]

위 자가 아른대는 게 보인다. 시들거린다. 위가 좋지 않다는 뜻이다.

'쩝!'

옥에 티였다. 최악은 아니지만 전체 운에 영향을 미치니 좋은 것
도 아니다. 천하를 얻어도 건강해야 경영할 수 있다.

운명창을 다 보고도 잠시 기다렸다. 혹시나 행운창이나 액운창 같
은 게 나오나 싶어서다. 소 이사나 꽃신에게 본 행운, 액운창은 뜨지
않았다.

"술을 많이 드시나요, 아니면 스트레스를 많이 받나요? 전체적으
로 괜찮은데 애정운하고 위 건강이 썩 좋지 않군요."

"앗!"

미류가 운을 떼자 남자가 들숨을 멈춘 채 미류를 바라보았다. 그
러더니 바짝 졸아든 얼굴로 나머지 말을 이어놓았다.

"진짜 족집게시네."

"거봐. 내가 뭐랬어?"

혜선의 목에 힘이 들어갔다.

"제가 술을 자주 마시기도 하는데 그것보다는 사실 스트레스가
주범입니다. 그래서 법사님을 뵈러 온 겁니다."

남자가 미류를 바라보며 착한 미소를 지었다. 미류 역시 조용한
미소로 그의 말을 경청했다. 고민 깊은 사람에겐 사정을 잘 들어줄
귀가 필요하니 본론만 뚝딱 해결한다고 좋은 무속인이 아니었다.

"제가 사귀는 여자가 있는데… 어쩌면 정신 나간 놈이라고 할지도
모르지만……."

남자는 운을 떼었으나 좀처럼 뒷말을 잇지 못했다. 안면 근육이
꿈틀거리는 걸로 보아 마음고생이 여간한 게 아닌 모양이다. 미류는
끼어들지 않았다. 그저 기다릴 뿐이다.

"실은 제가 사귀는 여자가 뇌성마비를 앓고 있습니다."

"……?"

미류는 귀를 의심했다. 무슨 마비? 뇌성마비? 뇌성마비라면 중증 장애인이 아닌가?

"그래서 집안 반대도 심하고⋯⋯."

"⋯⋯."

"사실 그녀도 저를 그리 좋아하지 않는데⋯⋯."

"⋯⋯."

"그런데 제 마음이 그녀에게 꽂혀 버려서⋯⋯."

남자가 폰 화면을 열어 사진 한 장을 보여주었다. 여자는 휠체어를 타고 있었다. 뒤틀린 손발과 어깨. 과연 중증 장애인이었다. 다만 얼굴만은 해사해 보였다. 특히 눈동자가 맑았다.

"집에서는 죽어도 이 결혼 안 된다고 하고, 우리 나영이도 데면데면해서 쌀쌀맞게 구는데⋯ 저는 이상하게도 이 여자만 바라봅니다. 이삼 일 출장만 가도 어떻게 될 것 같아 두렵고⋯ 주변에 여기 혜선이처럼 예쁜 후배들이 다가와도 쳐다보지도 않게 되는⋯⋯."

천생연분!

그는 그렇게 받아들이고 있었다. 그래서 혜선의 말을 듣는 순간 미류를 만나보고 싶었단다. 이미 유명한 전생 전문가의 리딩을 받아 본 청년. 그 결과가 두루뭉술해서 와 닿지 않았단다. 그러나 혜선의 말은 차원이 달랐던 것이다. 육방의 회장에 이어 원수처럼 반목하던 두 이사까지 압도했다는 말을 듣고는 혜선을 졸라댄 모양이다.

"나도 궁금하네요. 두 분이 어떤 전생연으로 닿아 있는 건지."

미류가 화답했다.

"부탁합니다."

"그럼 마음의 준비가 된 것 같으니 시작해 볼까요?"

미류는 신당으로 자리를 옮겼다.

"그냥 하나요?"

미류 앞에 좌정한 남자가 고개를 들었다.

"뭐 필요한 거 있나요?"

"아뇨. 점집이라기에… 막 호통도 치고 방울도 흔들 줄 알고……."

"이거요?"

쩔렁!

미류가 신방울을 흔들었다.

"……."

"필요하면 그럴 때도 있으니 일단 눈을 감으세요."

"예."

"특별한 건 없으니까 마음 편하게 먹으세요. 그냥 집중하고 내 삶을 기록한 옛날 영화 한 편 보신다고 생각하면 될 거예요."

그 말과 함께 미류는 남자의 머리에 전생륜을 피워 올렸다. 성실한 실력 있는 청년의 전생륜은 어떨까?

"……!"

'윽!'

비명이 터질 뻔했다. 상상 밖이었다. 청년의 전생은 하나도 선량하지 않았다. 어쩌면 악하게 살아온 것 같은 청년. 현생에서야 그 인과의 고리를 끊고 선량한 삶의 길을 가는 중이다.

미류의 영감이 한 전생령에서 멈췄다. 하지만 영감이 옆으로 질러 나갔다. 그리고 또 한 번.

'세 개의 전생?'

미류는 숨을 멈췄다. 현생과 관련된 인과를 보려는 중이다. 그런데 무려 세 개의 전생이 영적 감응을 하며 반짝거렸다.

나야 나!

나라고!

다투어 아롱거리며.

—미국 남부 농장의 노예 관리자령.

—일본 광산의 감독령.

—해방 이전의 고아원 원장령.

현생에 대해 세 개의 전생이 반응하는 건 드문 일이다.

"자, 이제 당신의 전생으로 들어갑니다."

미류도 그 사연이 궁금했다.

"조금 길지도 모르겠습니다."

그 말과 동시에 세 개의 전생령을 차례차례 정수리에 밀어 넣었다.

"……!"

남자가 울컥 상체를 비틀었다. 그것뿐이다. 이후로는 찬찬히 전생 감응에 돌입하기 시작했다.

첫 감응은 해방 이전의 고아원이었다. 회색의 단층 건물이 나왔다. 낡은 마룻바닥이 들썩거린다. 그 뒤로 육중한 강철 난로가 보인다. 난로 위의 주전자에서 뽀얀 수증기가 나오고 있다. 수증기는 원장실 문틈으로도 나왔다. 신음도 나왔다. 거기 현생의 남자가 있었다. 원장이다.

원장은 야수의 미소를 흘리고 있었다. 짐승 아래에서는 어린 소녀가 거친 입김을 토하고 있었다. 소녀는 아랫도리가 아팠다. 아파서 움직일 수가 없었다. 원장은 소녀를 더욱 닦아세웠다.

"가만히 있어!"

주먹이 볼에 날아들었다. 작은 볼은 끝내 터져 피가 흘러나왔다. 멀리서 기차 소리가 들려왔다.

칙칙폭폭!

원장은 기관 소리처럼 칙칙거렸다. 기차처럼 무지막지하게 소녀의 몸 안으로 밀고 들어갔다.

칙칙폭폭!

기차는 지칠 줄을 몰랐다. 지치는 건 언제나 소녀가 먼저였다. 저항하던 고사리손이 바닥에 떨어졌다.

칙칙폭폭!

기차가 소녀 안에서 폭발하고 있었다. 폭발을 끝낸 기차는 차가운 쇳덩이 같은 말을 뱉어놓았다.

"입 놀리고 다니면 죽어!"

소녀는 위아래로 피를 흘리며 일어났다. 비틀거리며 문으로 걸어간 소녀는 거기 멈춰 서서 원장을 노려보았다. 방출을 끝낸 원장은 휘파람을 불며 차를 마시고 있었다.

―개새끼!

―죽이고 말 거야!

소녀의 원망은 기차 소리에 묻혀갔다.

칙칙폭폭!

그러나 기차는 그다음 날도, 또 그다음 날도 달렸다. 원장은 인간이 아니었다. 언제나 안마를 핑계 삼아 소녀를 불렀다. 그 괴상한 안마는 어둠이 내리면 예외가 없었고, 어떤 날엔 환한 대낮에도 자행되었다.

죽일 거야.

소녀의 원망은 생을 관통해 날아와 남자와 미류의 가슴에 꽂혔다. 남자가 떨었다. 미류도 떨었다. 비수가 심장 근육에 제대로 박힌 것이다.

그 소녀.

소녀의 눈빛.

그리고 기차 소리.

칙칙폭폭!

한 맺힌 증오를 안고 다른 생으로 옮겨갔다.

우르릉, 콰광!

이번에는 폭음이다. 사방이 시커먼 공간이다.

"폭파한다!"

짧은 외침과 함께 사람들이 일제히 엎드렸다.

콰과광!

폭음에 이어 검은 흙더미가 우수수 쏟아졌다. 광산의 깊고 깊은 지하 갱도였다.

"들어가! 들어가란 말이야!"

츄릿!

등 뒤에서 채찍이 춤을 췄다. 일본인 감독관이다. 그 또한 남자의 전생이었다. 그가 현생에서 사랑하는 여자도 거기 있었다. 이번에는 같은 남자였다. 그러나 신분은 그 전생과 유사했다. 여자는 미얀마에서 잡혀온 몸이었고 남자는 일본인 관리자였다.

"이 새끼, 또 꾀병이야!"

미얀마 광부는 체구가 작았다. 다른 강제 징집자들에 비해 힘이 달렸다. 관리자는 그게 싫었다. 왜 하필이면 이런 놈이 내 구역에 배당되었을까? 빨리 뒈지기라도 하면 다른 놈을 데려올 수 있을 텐데.

"뒈져라!"

츄릿!

"차라리 뒈지라고!"

츄리릿!

채찍은 미얀마 일꾼의 전용물 같았다. 조금만 수틀리면 날아들었다. 등이 갈라지고 배에 핏물이 들어와도 채찍은 멈추지 않았다. 그 채찍이 멈춘 건 미얀마 일꾼의 숨이 멈춘 순간이었다.

죽일 거야!

미얀마 일꾼의 입술이 소리 없이 움직였다. 일꾼이 내뱉은 생의 마지막 말이었다.

"에이, 잘 뒈졌다."

마지막까지도 그는 잔혹했다.

악행!

두 생을 나란히 이어 자행되는 악행의 인과. 가해를 한 현생의 남자조차 치를 떠는 악연이었다.

"잠시 쉽니다."

미류는 남자에게 휴식을 선언했다. 부러질 듯 진동하는 그의 어깨를 보았기 때문이다. 꽉 그러쥔 주먹과 아래위로 충돌하는 이빨. 계속 진행하면 현생의 남자가 다칠 수도 있었다.

"호흡을 고르세요. 편안히 생각하시고요. 이것은 현실이 아니라 당신의 전생일 뿐입니다."

"······."

"편안히······."

상황을 재인식시켰다. 남자의 마음이 조금씩 정상으로 돌아왔다.

"다시 출발합니다."

세 번째 전생을 볼 차례이다.

이 생의 첫 장면은 광활했다. 하얀 바다 같다. 민들레 홀씨 같은 솜털도 부드럽게 날아다녔다. 하늘은 푸르고 푸른 옥빛. 돌을 던지면 톡 옥수(玉水)가 쏟아질 것만 같았다.

'내가 잘못 봤나?'

미류는 고개를 갸웃거렸다. 전생령에서 건너온 느낌은 분명 부정적인 생. 그런데 펼쳐진 장면은 흡사 천국의 모서리 같았기 때문이다.

하지만 그건 착각이었다. 그 하얀 바다 위 허공으로 검붉은 핏물이 튀었기 때문이다.

컹컹컹!

개소리다. 늘씬한 사냥개들이 뭔가를 몰아치고 있었다. 개들이 날렵한 몸으로 솟구쳤다.

"아악!"

여자의 비명 소리가 들렸다.

절그럭!

쇠사슬 소리도 들렸다. 개들은 쓰러진 여자 위로 벌 떼처럼 날아들었다.

"살려줘요!"

비명의 주인공은 흑인이었다. 그녀는 핏덩이 아기를 안고 있었다. 개 떼들의 공격으로부터 필사적으로 아기를 보호했다. 그 탓에 팔과 다리의 살점이 참혹하게 뜯겨 나갔다.

탕!

개들은 엽총 소리를 듣고서야 물러섰다. 말을 탄 사람이 다가왔다. 남자다. 미국 남부의 농장주였다. 그 또한 미류 앞의 남자였다.

"이년이 감히 도망을 쳐?"

말에서 내린 농장주가 엽총 총구로 여자의 목을 눌렀다.

"살려주세요!"

여자는 피투성이가 된 채 두 손으로 빌었다.

"닥쳐! 넌 내 재산이야! 누구 마음대로 임신을 하고 애기를 낳아?!"

농장주는 여자의 배를 사정없이 걷어찼다. 때는 1700년대의 미국 남부. 흑인을 노예로 부리던 시절이다.

흑인은 재산이다. 농장주의 생각도 그러했지만 앞선 두 생과 같이 이 노예에게만은 더욱 가혹했다.

그들의 첫 만남이 보인다. 시작부터 좋지 않았다. 농장주에게 팔려 온 흑인 여자. 사슬을 차고 걷다 지쳤다. 맥이 풀린 다리가 기우뚱 기울면서 농장주의 옷을 잡고 말았다. 주인의 옷은 새하얀 색깔의 셔츠였다. 여자의 더러운 손이 닿으면서 오물이 묻었다.

"이런!"

격노한 농장주가 여자의 옆구리를 내질렀다.

사고는 저녁에도 났다. 주방 허드렛일에 배치된 여자는 식기를 정리하다가 다른 식기를 건드리고 말았다. 하필이면 농장주의 전용 식기였다.

"또 너냐?"

첫날부터 나무에 묶인 채 채찍질을 당했다. 실수로 더럽힌 옷과 실수로 깬 그릇의 대가치고는 가혹하고 잔혹했다. 그때부터 그녀는 농장주의 온갖 스트레스를 푸는 '도구' 신세가 되었고, 이 순간까지 연결되고 있었다.

"……!"

여자는 공포에 절어 있었다. 그녀는 탈출을 시도하기 전에도 이미 상처투성이였고, 그 상처의 출처는 한결같이 농장주였다.

농장주는 전날 여자에게 선물을 안겼다. 여자에게 임신을 시킨 남자 노예의 발목을 잘라 침대에 던져준 것이다.

츄릿!

여자의 목에 포승줄이 날아들었다. 농장주는 여자를 꿴 채 질질 끌고 갔다. 그 무자비한 악행에는 말도 나오지 않았다. 끌려가는 여자 노예의 눈빛은 앞선 두 전생의 그것과 같았다.

'죽일 거야!'

신이 나에게 단 하나를 허락한다면…….

'너를 죽일 거야!'

너를.

여기서 전생 감응을 끝냈다.

"후아아!"

미류와 남자는 거의 동시에 거의 같은 숨을 토해냈다. 남자는 사나운 후폭풍을 앓았다. 자기 자신의 악행에 치를 떨었다. 거우 숨을 돌린 미류가 물을 내밀었다. 남자는 물도 마시지 못했다.

"그 세 사람……."

남자가 부들거렸다. 본능으로 알아챈 것이다. 그들이 바로 현생의 그녀라는 걸.

"내가… 그토록 몹쓸 짓을……."

부들거리는 통에 물을 다 쏟아버리고 만 남자.

"자학할 필요는 없습니다. 전생은 신이 내린 하나의 과업입니다. 당신은 가해의 굴레 속에 살았고, 이제는 그 굴레를 벗었습니다. 자아를 찾아가는 과정의 하나로 생각하시기 바랍니다."

"하지만……!"

남자의 얼굴에서는 당혹과 혼란, 가책과 자기 분노가 사라지지 않았다.

"혹시 전생의 두 나라를 다녀오지 않으셨나요?"

"다녀오긴 했어요. 일본은 제가 유학을 갔었고 미국은 졸업반 때 시야를 넓힐 겸 배낭여행으로……."

"남부를 갔나요?"

"그랬어요. 어디로 갈까 지도를 보는데 괜히 그곳이……."

"어땠나요?"

"커다란 농장을 지나는데 갑자기 마음이 겸허해졌어요. 타인을 위해 봉사하고 살아야겠다는 생각도 들고……."

"아까 그 눈빛들, 낯설지 않죠?"

"예. 그러고 보니 그녀가 화났을 때 저를 노려보는 눈빛이 그랬습니다. 심장을 꿰뚫고 오는 것 같은……."

역시 그랬군요.

"좀 놀라셨죠?"

"예, 저는… 천생연분이라는 거… 좋은 쪽으로만 생각했거든요. 전생에서 못다 한 사랑 같은……."

"여러 전생에서 깊은 악업을 쌓아왔어요. 이 생에서 그 굴레를 벗고 카르마를 씻어내는 과업을 받은 거죠. 그래서 무의식의 인과 의지가 발현해 그녀를 보는 순간 한눈에 꽂힌 겁니다."

"그럼 그녀는……."

"당신에게 그 카르마를 씻어주기 위해 현생에 함께 온 거 맞습니다."

"아……!"

"그러나 꼭 이 길을 가실 필요는 없어요. 당신이 원치 않는다면 다른 방식으로도 카르마는 상쇄할 수 있으니까요."

"어떤?"

"아까 말한 봉사나 기부 같은 거죠. 좋은 일을 많이 해서 선행이 쌓이면 전생의 카르마는 그만큼 상쇄된답니다."

"아닙니다. 저는 그냥 그녀를 사랑하렵니다."

"……."

"이제 보니 이 생의 희생과 사랑만으로도 그녀에게 가한 빚을 다 갚을 수 없겠네요. 어쩌면 다음 생에 또 한 번 태어날 기회를 얻는다면 그 생도 그녀를 위해 바쳐야 할 것 같아요."

"좋군요. 그런 자세라면 당신의 업보는 이미 많이 치유된 것과도 같습니다."

"법사님."

남자의 눈에서 주르륵 눈물이 밀려 나왔다.

"정말이지, 생애 꼭 필요한 영화를 본 것 같네요. 제가 드린 복채가 부끄러울 정도로."

남자가 웃었다. 세 생을 거쳐 한 사람에게 악업을 쌓아온 남자, 그러나 이 생에서는 그 반대의 삶으로 업보를 짊어지고 나온 그, 그럼에도 기꺼이 수용하는 그.

'부디 이 생에서는 영적 희생과 봉사로 기울어진 카르마의 균형을 바로잡기를. 그리하여 자아 완성에 한발 더 다가서기를.'

미류는 신당을 나가는 남자를 향해 마음을 다한 합장을 보내주었다.

잠시 눈을 붙이고 일어났다. 공부를 했다. 바른 신제자가 되는 것은 접신이나 강신만으로 해결되는 게 아니었다. 위대한 능력을 가지고도 제 사욕에 치여 죽은 무당도 많았다.

신명!

그것은 무엇일까? 목적은 자명하다.

재수발원!

소원성취!

무사평안!

가내화목!

사고무탈!

다섯 가지 모두 인간의 안녕에 뿌리를 두고 있다. 즉 인간을 이롭게 하는 것이다. 그렇게 보면 홍익인간의 이념과도, 다른 종교의 목적과도 다르지 않았다.

'신력이나 신차보다 중요한 게 신뢰……'

미류는 생각했다. 신앙심이 돈독한 종교인이나 법력 높은 스님이라고 해서 존경받는 것은 아니었다. 그 분야의 최고가 되는 것도 중요하지만 사람 냄새가 나야 했다. 그 사람 냄새를 위해 존재하는 게 바로 종교이다. 무속 또한 그걸 벗어나면 허황된 것에 불과했다.

길을 알고 가니 마음이 가벼웠다. 무데뽀로 무속을 공부하던 때와는 아주 달랐다. 옥추보경을 읽고 백사길흉법을 읽었다. 진언집도 읽었다.

책을 놓으니 자시가 되었다. 마음을 정갈히 하고 경면주사를 준비했다. 괴황지 위에 부적을 쓰기 시작했다. 부적 쓰는 일도 즐거웠다. 붓끝 하나하나 방비가 되는 획마다 꼼꼼히 신력을 담았다. 조금이라도 허술하면 잡귀나 액운이 침범하기 때문이다. 거대한 방죽의 붕괴도 쥐구멍으로 시작되는 법이니까.

새벽 1시가 넘어서자 미류는 붓을 멈췄다. 피로가 몰려오자 면고난재환부를 끝으로 붓을 거두었다.

미류는 자리에 누웠다.

쾅쾅쾅!

어디선가 센바람 소리가 들려온다.

'또 비가 오려나?'

돌아누웠다.

쾅쾅쾅!

다시 또 소리가 들렸다.

'응?'

우리 집? 미류가 귀를 세웠다.

쾅쾅쾅!

미류 집이 맞았다. 미류의 대문을 두드리는 소리였다.

'대체 이 시간에 누가?'

자리에서 일어나 마당으로 내려왔다.

"누구……?"

문을 열던 미류의 눈이 휘둥그레졌다. 거기 선 사람은 화요였다. 송화요. 술에 잔뜩 취한 모습이다. 미류를 본 그녀는 매니저를 밀어 버리고 미류에게 달려들었다.

"법사님!"

술 냄새, 향수 냄새, 그리고 예쁜 여자 냄새가 동시에 끼쳐왔다.

"송화요 씨."

"법사님, 저 좀 살려주세요!"

화요가 미류에게 매달린 채 늘어졌다.

"왜 이러세요? 어서 일어나요."

미류가 화요를 부축해 세웠다.

"당신, 우리 화요에게 무슨 말을 한 거야? 이 꼴이 되어서도 굳이 여길 가야 한다고 우겨대니……."

매니저가 퉁명스레 뒷목을 긁었다.

"어쨌든 들어오세요. 물이라도 한잔해야 할 것 같으니."

미류가 문을 열고 시원한 물을 내주었다.

"아, 진짜 미치겠네. 어이, 무당 아찌, 당신 이실직고해. 우리 화요에게 무슨 개헛소리를 깐 거냐고?"

매니저가 눈을 부라리며 물었다.

"아닌 밤중에 홍두깨라더니 지금 누구 탓을 하는 겁니까?"

미류가 응수했다.

"어쭈? 이 양반이 쌩까네. 야, 당신, 사람이 헐렁하게 보여? 당신이 뭔가 개소리를 했으니까 우리 화요가 이러는 거 아니야?"

"그런 거 따질 시간 있으면 저 여자 데리고 병원이나 가시죠."

"뭐야?"

핏대가 오른 매니저가 미류의 멱살을 잡았다. 하지만 이내 비명을 질렀다.

"아악!"

매니저는 미류의 목을 거머쥔 손을 놓고 펄쩍 뛰었다. 늘어져 있던 화요가 정강이를 깨문 모양이다.

"오빠는 꺼져. 왜 우리 법사님한테 깝죽거려? 나처럼 천벌받으려고 그래?"

화요가 소리쳤다.

"야, 화요."

"꺼지라고. 넌 뭐 잘한 거 있어? 그래도 법사님은 내가 이 꼴 될 줄 알고 말씀하셨단 말이야. 우 감독님 버리면 안 된다고!"

"뭐야?"

주정과 절규가 뒤섞인 발언에 매니저의 눈이 휘둥그레졌다.

"그러니까 꺼져. 수나 언니 잘나갈 거 예언한 분도 이분이서. 그 언니 바로 블록버스터 드라마 조연 먹었잖아?"

"그, 그걸 전부 이 돌팔이가?"

"돌팔이? 죽을래?"

화요가 물컵을 날렸다. 매니저가 허둥거리며 물컵을 받아냈다.

"법사님, 흐아앙!"

화요는 미류의 품에 안겨 통곡을 했다. 이미 신문으로 화요의 소식을 접한 미류.

분위기상 화요를 밀어내지도 못하고 숨소리만 골랐다.

"법사님, 지난번에는 제가 죽을죄를 졌어요. 그러니 저 좀 살려주세요. 저 이제 어떡……."

눈물을 짜내던 화요가 주르륵 무너졌다. 술 때문에 제대로 꽐라가 된 것이다.

송화요!

마침내 미류를 찾아왔다. 미류의 예측대로 전생신의 품 안으로 들어온 것이다. 이제 외상값을 받아야 할 미류. 하지만 술에 떡이 된 여자를 놓고 공수를 내릴 수는 없었다.

"일단 병원부터 데려가세요."

"아, 진짜……."

매니저는 인상을 긁으며 화요를 업었다. 그들이 탄 차가 멀어졌다.

'역시 특허의 위력은…….'

상상 불허!

미류는 어둠을 향해 그 말을 곱씹었다.

쾅쾅쾅!

다음 날 아침, 아침 식사 후에 차를 마실 때였다. 또다시 대문 소리가 났다. 이번에는 타로였다.

"잘 다녀왔어?"

타로가 물었다.

"예, 덕분에……."

"새벽에 누가 다녀갔다며?"

"예?"

"송화요?"

"……!"

빠르다. 타로는 과연 점집 골목의 터줏대감이 맞았다.

"점 보러 온 거야?"

"예."

"보고 갔어?"

"아뇨. 술이 너무 취해서 돌려보냈습니다. 깨면 올 겁니다."

"이야! 톱스타가 제집 드나들듯 하는구먼."

"그게 궁금해서요?"

"그게 아니고 혹시 부적 남는 거 있어?"

"부적은 왜요?"

"지금 단골이 와 있는데 부모님 아프다고 부적 타령을 하네? 여기 점집 중에서 하나 구해다 달라는데 미류 법사가 알맞은 부적 하나 주면……."

"그러죠."

미류가 부적 두 장을 꺼내 왔다. '부부자손화합장수부'였다.

"부모님 베갯속에 넣어두라고 하세요. 일 년이 지나면 효험이 떨어지니까 그때 봐서 다시 권하시든지 하고."

"땡큐! 얼마 받으면 돼?"

"큰 부자면 10만 원 받으시고 아니면 5만 원만 얘기하세요."

"아니, 미류 법사 부적은 신빨이 팍팍 먹힌다던데 그래서 되겠어? 한 30만 원은 받아야지."

"그래서 6 대 4로 하시게요?"

미류가 웃었다.

"에이, 그때는 그냥 해본 말이고, 돈 안 남기고 심부름만 할게. 아, 내 손님 잘되면 나도 좋지, 뭐."

"편한 대로 하세요."

"그리고……."

타로가 몸을 사리며 뒷말을 이었다.

"내 업보 벗어나는 방법은 언제 알려줄 거야?"

"손님 보내고 오세요. 말 나온 김에 봐드리죠."

"땡큐!"

타로는 신이 나서 사라졌다.

하지만 타로는 차례가 밀리고 말았다. 화요 때문이다. 화요가 바로 찾아온 것이다.

"법사님!"

이번에는 말짱했다. 술이 깬 모습이다.

"아, 진짜, 누가 보기 전에 빨리 들어가."

매니저는 여전히 짜증 난 얼굴이다. 화요가 미류를 찾는 게 못마땅한 그였다. 그 우거지상, 게다가 몸주에 대한 불손한 태도. 더는 두고 볼 수 없었다. 이해는 한 번으로 족한 미류였다.

"이봐요!"

화요가 화장실에 간 사이, 미류가 매니저를 불렀다.

"나?"

매니저의 목소리에는 건방이 덕지덕지 묻어 있었다.

"재물운이 꽝이군요. 벌어도 벌어도 새어 나가죠?"

"뭐야?"

"가정운도 개꽝이군요. 아내랑 별거?"

"……!"

"덕분에 건강도 와장창 망치셨군. 간하고 치아에 문제 생겼죠?"

"……?"

"내 말이 틀리면 송화요 씨 데리고 나가고, 맞으면 급살 맞기 전에 혼자 차에 가서 얌전히 기다리시고."

"이, 이봐, 무당 아찌!"

"우리 전생신은 두말은 안 하거든."

묵직하게 응수한 미류는 신당을 향해 돌아섰다. 뜨악하니 미류를 보던 매니저, 정수리를 벅벅 긁어대더니 대문 밖으로 나갔다. 운명창의 위력이다. 미류가 나쁜 운명창 순으로 몇 개 뽑아 '간'을 본 것이다.

[재물운 下上 22%]

[가정운 下中 17%]

[건강운 中下 34%]

재물창부터 망가진 사람이었다. 가정창에서는 옆으로 누운 처(妻)자를 보았다. 여자가 누웠으니 변심했다는 뜻이 아닐 수 없다. 귀신처럼 적중한 점사였다. 싸가지 밥 말아먹은 매니저였지만, 제 생을 손바닥처럼 들여다보니 간담이 서늘해진 것이다.

화장실에서 나온 화요가 신당의 미류 앞에 앉았다. 병원에서 바로 온 건지 민낯의 그녀였다.

"무슨 일로 제 전생신을 찾아오신 건지요?"

시치미를 떼고 물었다.

"죄송합니다, 그저 죄송합니다."

화요는 두 손을 모은 채 허리를 조아리며 눈물을 쏟아냈다.

"송화요 씨……."

"두 번이나 죽을 쑨 우 감독님을 두둔하니 나도 모르게 반발심이 생겼어요. 그래서 법사님 말을 무시했는데… 벌을 제대로 받았나 봐요."

"……."

"부디 용서하시고 제가 갈 길을 알려주세요. 제발……."

화요가 복채를 내밀었다.

"용서를 받으려면 두 가지가 선행되어야 합니다."

미류는 냉정했다.

"두 가지요?"

"하나는 외상값입니다. 그날 이미 나는 당신에게 인과의 해법을 줬어요. 그런데 당신은 복채도 내지 않고 휑하니 가버렸죠."

"……."

"또 하나는 사죄입니다. 내 몸주님께 정성을 다해 비십시오. 몸주께서 사과를 받아들이면 점사를 보겠습니다."

"그럴게요."

화요는 순순히 따랐다.

"일단 9배부터 하시죠."

미류가 말하자 화요는 무신도를 향해 절을 올렸다. 태도도 좋았다. 오만이 사라졌다.

'간절하군.'

미류는 고개를 끄덕였다. 자고 나면 스타가 된다더니 자고 나서 곤두박질친 인기. 그런 사람은 많았다. 마약을 하는 사람들이 그랬고 도박하는 사람들이 그랬다. 그런 것에 비하면 화요는 억울한 측면이 있었다. 스타는 잘나갈 때 더 잘나가야 한다. 특히나 화요처럼 미모를 상품으로 내세운 스타는 더욱 그랬다. 언제까지나 젊음이 곁에 있는 게 아니기 때문이다.

메뚜기도 한철! 그렇기에 돈이 되는 작품 쪽으로 손을 내밀었다. 그런데 문제는 한국의 정서였다. 자신을 키워준 은인을 버린 쓰레기라고 몰아간 여론의 쓰나미를 만난 것이다.

절을 마친 화요가 지갑을 열었다. 수표가 보인다. 그녀는 남은 전부를 봉투에 넣어 신단에 올렸다. 조금 전에 놓은 것과 더불어 두 개다. 외상값을 회수한 미류다.

'시작해 볼까?'

송화요!

가능하면 이 여자도 수렁에서 건져야 했다. 방송 쪽에 포석을 두는 지름길이기 때문이다. 그 또한 미류가 꿈꾸는 미래를 위한 작업의 하나였다.

그녀의 운명창부터 열었다.

"……?"

미류의 눈꺼풀이 출렁거렸다. 운명창 옆에 뜬 [액운기] 때문이다. 총운명지수 옆에서 그 창이 빛나고 있었다. 삼재에 비할 정도는 아니었다. 인과로 인해 찾아온 액운의 굴레였다.

"눈을 감으세요!"

다음으로 전생륜을 불러냈다. 신당에서 불러내는 전생륜은 좀 더 밝았다. 그때 본 기생령을 점검했다. 스승인 춘심에게 단서가 있기 때문이다. 그 생의 주인공은 화요였지만 춘심에게 포커스를 맞춰 생을 감응했다.

"……!"

그러다 한 상황에서 시선이 멈췄다. 열 살 안팎의 꼬마 기생, 즉 동기(童妓)가 보인 것이다. 화요를 잘 따르는 꼬마 기생의 이름은 규향이었다. 화요를 우상으로 받들고 있었다. 지난번에는 대충 보고 지나간 장면. 거기서 전생 감응을 멈췄다.

"혹시 우 감독님 사진 가지고 있나요?"

"사진이라면 이것밖에……."

화요가 지갑을 열어보였다. 촬영장에서 함께 찍은 사진이다.

"그거 말고 우 감독님 가족사진요."

"그건 없는데요."

"잠깐만요."

미류는 신당에서 나와 컴퓨터를 켰다. 검색을 통해 우 감독의 가족사진을 찾아냈다.

"이리 오세요."

화요를 불렀다.

"여기 이 아이, 우 감독님 딸인가요?"

미류가 짚은 건 신문에 나온 단란한 가족사진이었다. 사진 속 우 감독의 딸은 아홉 살쯤 되어 보였다.

"맞아요, 우미에."

"맙소사!"

미류 입에서 탄식이 새어 나왔다.

"왜요? 뭐가 잘못되었나요?"

"아뇨. 어쩌면 화요 씨의 액운을 구제받을 수 있을 것 같습니다."

"정말요?"

"이리 오세요. 다시 전생 감응을 해봅시다."

미류가 화요를 신당으로 불렀다.

"화요 씨 전생을 보게 될 겁니다. 거기 나오는 기생 스승을 잘 보세요. 그리고 꼬마 기생 규향이도."

그 말과 함께 화요의 전생 감응이 시작되었다. 기생령이 정수리로 들어갔다.

"……!"

요릿집이 나오자 화요가 움찔 흔들렸다. 거문고를 타는 자신의 모습이다. 창을 하는 모습과 춤을 추는 모습이 나왔다. 청홍백의 한복을 고루 갈아입고 나비처럼 하늘거리는 자태는 곱기 그지없었다. 그 광경을 지나 춘심이 나왔다. 그녀의 만류를 뿌리치는 장면도 나왔다. 요릿집 사장이 총격을 받아 나락으로 떨어진 모습도 나왔다.

시름에 겨워 며칠이고 신열을 앓은 화요. 스승을 변절하고 돈을 좇아간 기생으로 낙인찍힌 그녀였기에 곁에는 아무도 없었다. 그때 꼬마 기생 규향이 등장했다. 그녀는 춘심이 몰래 찾아와 화요의 수발을 들었다. 물수건을 갈아주고, 약을 다려주었으며, 죽도 챙겨주었다.

"네 이년!"

그러다 춘심이에게 걸려 치도곤을 맞았다.

"또 그년에게 갈 테냐?"

춘심이 소리쳐 물었다. 규향이 대답했다.

"그냥 두었다가 언니 죽으면 어떡해요?"

어린 볼을 타고 뚝뚝 흘러내리는 눈물. 춘심이도 더는 규향을 막지 않았다. 스승을 등진 화요였지만 한때는 춘심의 자랑이었기 때문이다.

몸이 어느 정도 회복된 화요는 한양을 떠나기 전에 규향을 만나 가지고 있던 가락지와 비녀 등을 주었다. 똥구멍이 찢어질 정도로 가난한 규향의 집. 화요는 그걸 알고 있었기에 떠나기 전에 그녀의 고마움에 작게나마 은혜를 갚은 것이다.

인과.

열쇠가 될 인과였다.

'이 정도면 될 것 같군.'

미류는 전생 감응을 끝냈다. 화요가 눈을 번쩍 떴다.

"법사님."

"어때요?"

"그럼 그때 제게 해주려던 말씀이……?"

"그래요. 그 생에서 춘심은 당신의 자아 완성을 실험하는 중심인물이었어요. 당신이 유혹에 진 거죠."

"그럼 우정규 감독님도?"

"비슷해요. 그때의 인과가 비슷한 식으로 전개된 겁니다. 결과적으로 또……."

실패했지만…….

남은 말은 얼굴 표정으로 대신했다.

"그렇군요. 그날 법사님이 한 말을 들었어야 하는데……."

"……."

"액운을 구제받을 수도 있다더니 저는 이대로 끝난 건가요? 시골로 가는 기생의 전생처럼?"

"나를 찾아오지 않았다면 그랬을지도 모릅니다."

"법사님."

"다행히 당신의 액운을 돌려세울 수 있는 또 다른 인과를 발견했습니다."

"누구요? 규향이요?"

"예. 현생의 우 감독 딸 우미예입니다."

"규향이가 우 감독님 딸이라고요?"

"아마 그런 것 같습니다. 사진을 보세요."

미류의 말에 화요가 우 감독의 가족사진을 보았다. 화요의 손이 흔들린다. 척 보면 다르지만 규향의 분위기가 서린 얼굴이다.

"우미예, 지금 어디 있죠?"

"충격을 받아 병원에 입원했다고 들었어요. 그래서 팬들이 저를 더 비난……."

"마음 아픈 일이지만 화요 씨에게는 잘된 일이군요."

"예?"

"당신을 보살펴 준 꼬마 기생 규향이, 이제는 당신이 찾아갈 차례입니다."

"법사님!"

"부적을 써드릴 테니 그걸로 방비하시고 가세요. 정성을 다하면 화요 씨의 마음을 알아줄 겁니다."

"……."

"미예와 당신은 전생연으로 이어진 사람입니다. 내 말을 믿으세요."

"그 아이처럼 하라는 말이군요. 내 기생의 전생… 스승님의 지엄한 눈치를 무릅쓰고 찾아가 간병을 하듯."

"바로 그겁니다."

"……."

"화요 씨, 카르마를 없앤다는 건 쉬운 일이 아닙니다. 업보를 상쇄하려면 그만한 희생이 필요해요. 돈으로 되는 일이 아니라고요."

"해볼게요."

"……!"

"알고 보면 지난번에 법사님을 무시했기 때문에 이렇게 된 거지요. 이번에는 법사님 믿고 죽을 각오로 해볼 테니 부적을 주세요."

화요가 다시 눈물을 쏟았다.

"부적은 두 장입니다."

미류가 꺼낸 건 면고난재환부(免苦難災患符)였다. 고난과 악재를 피할 수 있는 효험의 부적이다. 그걸 태워 물에 타서 내밀었다.

"다른 한 장은요?"

부적 물을 마신 화요가 물었다.

"그걸 받으려면⋯⋯."

화요를 바라보던 미류는 단호한 표정으로 다음 말을 이었다.

"옷을 벗어야 합니다."

"⋯⋯?"

"⋯⋯!"

시선이 마주쳤다. 미류의 시선은 강철처럼 단단했다. 신의 공수를
전하는 눈빛인 까닭이다.

"법사님!"

"말씀하세요."

"제가 잘못 들은 거 아니죠?"

"아닙니다."

"옷을 벗으라고요?"

"예."

"법사님!"

"부적이 한 장 남았습니다."

미류는 붓을 집어 들었다. 부적을 쓰는 그 붓이다.

"법사님!"

"어허, 네 신력을 원한다면서 무슨 잔소리가 그리 많은 것이냐? 벗
으려면 벗고 아니면 당장 사라지거라!"

미류의 입에서 높은 공수가 터져 나왔다. 쇳소리는 아니지만 사람
을 빨아들이고 압도하는 기세이다.

꿀꺽!

침을 넘긴 화요가 블라우스 단추를 열었다. 그런 다음 허물처럼
벗어놓았다. 치마도 벗었다. 속옷 차림의 화요가 미류를 바라보았다.
"다!"
미류는 한마디를 토했다. 그 눈은 지향이 없었다. 어쩌면 인간의
눈이 아니었다. 화요는 꼼짝없이 속옷까지 벗어놓았다.
"엎드리거라!"
공수가 이어졌다. 화요는 바닥에 얌전히 엎드렸다. 그러자 세 줄기
여운이 내려와 화요의 몸을 쓸고 갔다. 마지막 느낌이 발가락을 지나
가자 신당이 어둠에 휩싸였다.
미류가 붓을 들었다. 그 궤적을 따라 푸른 빛무리가 일렁거렸다.
미류가 경면주사를 찍었다. 그러자 붓 끝도 신기를 발산했다. 미류는
숨도 쉬지 않고 화요의 등짝에 일필휘지로 부적을 그렸다.
　면고난재환부(免苦難災患符)!
한 장은 태워서 먹이고 또 한 장은 몸에다 직접 쓴 미류. 어둠 속
에서 보이는 건 오직 부적의 광채뿐이었다. 붓을 내려놓자 언제 그랬
냐는 듯 방 안이 밝아졌다. 옷을 집어 화요의 몸을 가려주고 신당을
나왔다.
"법사님!"
옷을 챙겨 입은 화요도 미류를 따라 나왔다.
"이제 미예에게 가시면 됩니다."
"……."
"그 아이가 답을 주기 전에는 절대 샤워를 하면 안 됩니다."
"답이라는 건……?"
"성심을 다하면 직접 겪을 수 있을 일. 굳이 미리 답을 알려 하지
마십시오."

"……."

"혹시 일이 잘되어도 아이와 함께하세요. 이 일은 일회성 참회로 끝날 게 아니니 묵묵히 성심을 다하셔야 합니다."

두 손을 모아 합장했다. 미류는 보았다. 화요의 옷 속에서도 또렷하게 영기를 발산하는 육부적. 공수는 제대로 전했으니 남은 건 화요의 성심이었다.

"법사님!"

그녀가 고개를 들었다. 차분하게 내려앉은 시선에 톱스타의 오만 따위는 엿보이지 않았다. 그녀는 그저 길 잃은 중생일 뿐이었다.

"예?"

"저랑 같이 가주세요!"

"……!"

"법사님이 가까이 계시면 해낼 수 있을 것 같아요."

"……?"

바라보는 그녀의 눈매가 떨리고 있다. 버팀목이 되어주길 청하는 것이다.

'하긴…….'

미류가 수락했다. 무당에게도 신목이 필요하다. 하물며 일생일대의 위기에 빠진 그녀에게야.

"먼저 병원에 가 계시면 준비해서 합류하겠습니다."

부릉!

화요의 차가 출발했다. 도로로 나왔다.

"저기……."

매니저는 그제야 입을 열었다. 평소의 그답지 않게 무척 소심한 목소리다.

"왜?"

"아까 그 법사……."

"님!"

"그래, 법사… 님!"

"법사님이 뭐?"

"진짜 저번에 이 일을 예언한 거야?"

"아, 몰라. 그때도 오빠가 조금만 늦게 왔어도……."

"야, 내가 알았냐? 저 사람이 그렇게 신통방통한 줄."

"왜? 아까도 바락바락 무시 때리고 레이저 날리더니?"

"미안하다. 나도 이제야 알았다."

"알았다고?"

"너 화장실 갔을 때… 몇 개 대충 봐주는데 귀신이 따로 없더라."

"그랬어?"

"척 보더니 마누라랑 찢어진 것도 알고, 간 아작 난 것도 알고, 통장 밑바닥 뻥 뚫린 것도……."

"그러게 내가 뭐랬어? 굉장한 분이라고 했잖아?"

"아, 내가 눈이 삐었지. 우리 엄마 말이 무당도 용한 사람은 엄청 용하다고 했는데……."

"복채는 얼마 드렸어?"

"복채?"

"안 줬구나?"

"그게… 느닷없이 당한 거라……."

"어머, 오빠 이제 횡액당한다. 나 못 봤어?"

끼익!

차가 급정거했다.

"야, 이 열여덟 놈아, 운전 똑바로 못 해?"

뒤따르던 차량들이 욕설을 퍼부으며 지나갔다.

"왜 그래? 놀랐잖아?"

"복채, 이제라도 돌아가서 주면 안 될까?"

매니저의 목소리가 떨고 있다.

"됐으니까 나중에 공손하게 가지고 가서 제대로 봐달라고 해. 사실 나도 사촌 오빠만 아니었으면 확 자를 생각이었거든요."

"화요야!"

"이 일 끝나면 보자고."

"야, 앞으로는 잘할게."

"알았으니까 빨리 가. 법사님 부적 효력 사라지기 전에."

"알았어, 알았다고."

매니저는 다시 페달을 밟았다.

미예의 병실은 구석방이었다.

다행히 기자들은 돌아간 후였다. 화요는 복도에서 주저하고 있었다. 이제 문만 열면 미예가 있는 곳. 하지만 자꾸 망설여졌다.

그때 미류가 도착했다.

"법사님!"

화요가 손을 흔들었다.

"오셨습니까?"

매니저는 마시던 커피도 버린 채 허둥지둥 인사를 했다.

"여긴가요?"

"네."

"그건 뭐죠?"

미류가 화요의 손을 보며 물었다.

"미예가 좋아하는 생크림 케이크하고 죽이에요."

"좋아요. 심호흡을 하세요."

"네. 후우, 후우!"

"돌아서세요."

"이렇게요?"

화요가 등을 보여주자 미류의 두 손이 부적 부위를 짚었다. 화요는 등이 뜨끈 달아오르는 느낌이 들었다.

"일생일대의 고난입니다. 이걸 이겨내면 화요 씨는 더 큰 연기자로 거듭나게 될 겁니다. 할 수 있어요."

"……"

"가세요. 단 한 올의 주저함도 품지 말고."

미류가 등을 밀었다. 화요는 바로 문을 열었다. 노크도 없었다.

"……?"

병실 안에 있던 우 감독의 아내 방은희가 고개를 들었다. 예상치 못한 사람의 등장 때문이다.

"뭐야?"

그녀는 바로 각을 세우고 나왔다. 침대의 미예는 잠들어 있었다.

"죄송합니다, 사모님."

"나가!"

"사모님……"

"나가라고!"

캔 바구니가 날아왔다. 깡통이 화요의 가슴팍을 치며 바닥으로 굴렀다.

"면목이 없습니다."

"닥쳐! 나가! 나가란 말이야! 이 은혜도 모르는 년!"

은희는 화요의 어깨를 거머쥐고 흔들었다. 졸지에 남편을 잃고 시름에 잠긴 그녀에게 남은 건 독기뿐이었다.

"진심으로 면목 없게 생각합니다."

나도 이유가 있었어요. 우 감독님과 손잡고 두 번이나 죽을 쒔잖아요, 같은 변명은 꺼내지 않았다. 때리면 맞아 죽을 각오이다.

"나가라니까!"

그녀의 오열은 끝 간 데 없이 치달았다. 그녀 역시 화요를 잘 알았다. 우 감독과 함께 식사를 한 적도 많았다. 홍보 방송에 나갈 때는 케이틀링 요리까지 몸소 해다 준 그녀이다.

"이렇게 해서라도 분이 풀리신다면……"

화요는 맥을 놓았다. 은희가 흔드는 대로 흔들렸다. 그녀의 마음을 대변하는 건 오직 눈물뿐이었다.

"아, 미치겠네."

복도에서는 매니저가 애를 끓이고 있었다. 병실 안에서 들려오는 고함 때문이다. 매니저는 문을 열고 싶었다. 하지만 미류가 버티고 있다. 문을 막아선 채 합장 기도를 하고 있는 것이다.

미류는 염원을 실어 보냈다. 손으로 짚은 부적의 기운을 통해서였다.

'포기하지 마세요!'

미류의 염원은 영기가 되어 문 안으로 날아갔다.

"나가란 말이야!"

은희는 기어이 화요를 밀어버렸다. 화요는 침대에 부딪치며 쓰러졌다. 그 충격으로 미예가 눈을 떴다.

"……"

어린 그녀의 시선에 엄마가 들어왔다. 하지만 입술은 열리지 않았다. 아빠가 비명에 간 후로 한 번도 입을 열지 않은 미예였다.

"……."

화요도 눈에 들어왔다. 미예의 입술이 잠시 실룩거렸지만 끝내 열리지 않았다.

"이 배은망덕한 년이 여길 다 왔지 뭐냐? 뻔뻔스럽기는. 무슨 낯짝으로 여길 다 와?"

은희가 케이크 통을 들어 화요의 얼굴에 집어 던졌다. 박스가 박살나며 케이크가 사방을 튀었다. 화요의 얼굴이 엉망이 되었다. 흐트러진 머릿결과 흘러내리는 핏물, 거기에 더해 뒤집어쓴 케이크까지.

화요는 말없이 일어나 미예 앞에 무릎을 꿇었다. 용서해 달라는 말도 하지 않았다.

"나가! 우리 미예 쳐다보지도 말고 나가!"

은희가 화요를 잡아끌었다. 미예가 조금씩 멀어졌다.

'미예야…….'

화요가 마음으로 미예를 불렀다.

'네 아빠 일은 정말 미안해.'

정말…….

광분한 은희는 기어이 화요를 문까지 끌고 왔다. 그리고 그녀가 막 손잡이를 잡았을 때다.

"엄마!"

미예가 은희를 불렀다. 그녀가 돌아보았다.

엄마?

은희는 귀를 의심했다. 미예의 입이 열린 것이다. 충격으로 한마디도 하지 않던 미예. 그렇게 듣고 싶던 그녀의 목소리다. 미예의 말은 한 번 더 이어졌다.

"너무 그러지 마. 언니 피 나잖아."

"미예야……."

미예가 침대에서 일어나고 있었다. 그녀는 말없이 다가와 제 팔뚝으로 화요의 얼굴에 묻은 피와 케이크를 닦아주었다.

"언니 꿈 꾸었어."

"미예야……."

화요의 목젖이 미친 듯이 꿀럭거렸다.

"나 보러 왔어?"

"응."

"나 힘들어."

"미예야……."

"하지만 언니도 힘들지? 아빠가 꿈에서 그렇게 말했는걸."

"미예……."

"엄마, 언니 얼굴 닦아줘. 아빠가 예쁘다고 칭찬하던 얼굴이 이게 뭐야?"

"미예야."

이번 흐느낌은 은희의 것이다.

"미안해!"

화요가 말했다.

"꿈에서 아빠도 봤어. 아빠가 그랬어. 언니 잘못 아니라고. 누구의 잘못도 아니라고."

"미예야……."

"언니가 미워 죽겠는데… 미워할 수가 없네. 아빠가 너무 좋아하던 사람이라 그런가 봐."

"우욱!"

화요는 위가 뒤집히는 것만 같았다.

"빨리 씻어. 기자 언니들이 보면 웃겠다. 스타 얼굴이 이게 뭐야?"

미예가 화요의 얼굴에 묻은 케이크 덩어리를 쓸어내렸다. 화요는 끝내 어린 미예 품에 쓰러졌다.

"미예야!"

은희도 미예를 안고 오열하기 시작했다. 미예는 두 어른을 토닥거렸다. 부러질 것 같던 어깨의 경련이 멈출 때까지.

"먹어!"

대충 케이크를 닦아낸 화요가 죽 그릇을 내밀었다. 미예의 눈이 죽으로 다가왔다. 화요가 죽을 떴다. 그걸 미예의 입술로 가져갔다.

"먹고 힘내야지."

"언니……."

"한 숟갈이라도……."

미예는 죽이 든 수저를 바라보더니 입을 벌렸다. 죽이 들어갔다. 미예가 먹었다. 한 수저가 또 들어갔다.

"어머! 쟤 좀 봐. 내가 줄 때는 그렇게 안 받아먹더니……."

뒤에 있던 은희의 입이 쩍 벌어졌다.

미예는 죽을 절반이나 먹었다. 화요가 주는 물도 잘 받아 마셨다.

"나 참, 전생의 연분이야, 뭐야?"

은희도 결국 미움을 내려놓았다. 미예가 따르니 어쩔 수가 없었다. 화요는 물수건을 가져다 미예의 얼굴을 정성껏 닦아주었다. 손발도 그랬다. 덕분에 미예의 얼굴에 생기가 돌기 시작했다.

"언니도 씻어."

미예가 웃었다.

"나는 괜찮아."

"안 돼. 언니는 아빠의 자랑이라니까. 내 자랑이기도 하고."

"미예의 자랑?"

"내가 친구들에게 언니 자랑 얼마나 하는데. 언니는 내 멘토야."

"미예야……."

"그러니까 예쁘게 씻고 와. 혹시라도 내 친구들이 오면 어떡해?"

"알았어."

화요가 미예를 끌어안았다. 순간, 등 쪽의 부적 부위가 후끈해지는 걸 느꼈다. 뇌리에 미류가 스쳐 갔다. 그제야 알았다. 이 기적이 누구 덕분에 일어났는지.

'고맙습니다, 법사님.'

화요는 인사를 잊지 않았다.

얼마 후에 화요가 복도로 나왔다. 미류는 그녀의 표정을 보고 안의 사정을 알았다. 그렇기에 어떤 말도 하지 않았다. 미류는 그저 두 손 모아 합장했을 뿐이다. 그리고 가뿐해져 돌아섰다.

"법사님!"

화요가 미류를 불러 세웠다.

"고마워요. 근간 찾아갈게요."

그녀가 웃었다. 그리고 매니저의 등짝이 터지도록 후려쳤다.

"뭐 해요, 법사님 집까지 안전하게 모시지 않고! 운전 험하게 하면 바로 잘릴 줄 아세요."

화요, 그녀의 특명이 떨어졌다.

송송탁구방 사모님들

　다음 날 오전에 타로가 방문했다. 이번에는 울릉도에서 택배로 날아왔다는 산마늘(명이)을 가지고 왔다.

　"내 팬이 보내준 거야. 맛이 괜찮길래……."

　"고맙습니다."

　"법사가 쓴 거야?"

　정리 중인 부적을 보며 그가 물었다.

　"예."

　"키햐, 진짜 때깔부터 다르네. 영기가 빵빵한 게 귀신이 범접도 못할 거 같잖아?"

　"아, 액땜해야죠?"

　미류가 먼저 이야기를 꺼냈다. 언제 전생 액땜을 해준다 하면서 시간만 지난 것이다.

　"지금 돼?"

　타로가 반색했다.

"들어오세요."

미류가 먼저 신당으로 향했다. 타로는 전생 무신도를 향해 허리를 숙인 다음 얌전하게 좌정한 후 눈을 감았다. 말은 안 해도 기대하고 있던 모양이다. 미류는 그의 전생룔을 피워 올렸다. 지난번에는 마녀령을 보았다. 그 몸서리치는 처절한 끝판 최후까지.

타로의 생은 잔머리와 혀로 남을 등쳐먹다 끝나는 굴레. 몇 개의 전생이 다 그랬다. 그러다 맨 첫 생의 전생령에 시선이 멈췄다.

있었다.

타로의 생의 굴레를 교정할 수 있는 전생.

그것만은 다른 전생과 완전 달랐다.

그 생의 타로는 과묵한 신전의 제사장이었다. 입이 무거웠다. 좌로도 우로도 쏠리지 않는 중도로 살았다. 그게 빌미가 되었다.

왕위를 노리는 왕자가 있었다. 셋째이다. 형을 내치기 위해 제사장의 지지가 필요했다. 그러나 제사장은 누구의 편에도 서지 않았다. 극적으로 왕권을 잡은 왕자는 제사장부터 처단했다. 제사장의 가족은 사자의 밥으로 던져졌다. 노모와 세 살 난 아들까지 전부.

"아버지!"

"애야!"

사자에게 뜯겨가는 가족들의 모습은 차마 형언하기 어려웠다. 제사장 역시 사자에게 사지를 뜯겼다. 그제야 비로소 세상을 원망하기 시작했다.

'다음 생에는⋯⋯.'

이렇게 살지 않으리라.

제사장은 날 선 한을 품고 죽었다. 그 인과는 다음 생에 연결되었다. 이제는 반대였다. 과묵과 신뢰는 사라지고 화려한 언변으로 삶을 수놓았다. 그 인과의 조각이 현생까지 이어지고 있었다.

미류는 제사장령을 뽑아놓았다.

"준비됐나요?"

미류가 물었다.

"오케이!"

"그럼 감응 들어갑니다."

신호와 함께 제사장령이 등장했다. 타로는 보았다. 자신의 또 다른 전생. 보기만 해도 듬직하고 멋진 신뢰감과 묵직함. 그건 평소 타로의 본능 속에서 꿈틀대던 동경이다.

미류는 끝까지 가지 않았다. 그의 파경이 오기 전, 사람들의 존경을 받는 즈음에서 감응을 끝냈다.

"우와!"

눈을 뜬 타로가 입을 쩍 벌렸다.

"어떠십니까?"

"그게 정말 나였어? 그 제사장?"

"예, 맨 처음 전생인 것 같습니다."

"으아! 어쩐지 묵직하고 듬직한 사람만 보면 괜히 끌리더라니⋯⋯."

"인과에 맺혀 있어 그렇습니다. 그 말인즉 그렇게 될 수도 있다는 거죠."

"내가?"

"도와드리죠."

미류가 꺼내 든 건 성격변화부(性格變化符)였다. 그 부적에 제사장령을 올려두었다. 그 기운이 낱낱이 밸 때까지.

"이걸 품에 지니고 다니면 도움이 될 겁니다."

"크흠, 어쩐지 차분해지는 느낌인데?"

부적을 받아 든 타로가 좋아했다.

"제일 중요한 건 기도와 의지입니다. 하루 세 번 기도하시고 제사장의 기품을 상기하세요."

"오케이. 복채는… 얼마야?"

"형님 같은 분인데 무슨 복채예요. 그냥 가시면 됩니다."

"형님?"

"저보다 손위잖아요."

"미류 법사……."

타로의 콧등이 시큰해지는 게 보인다. 어느새 미류를 좋아하게 된 타로였다.

타로를 보내기 무섭게 전화가 울렸다. 어머니였다.

―괜찮으면 지금 좀 찾아가려고 하는데?

어머니가 조심스럽게 물어왔다.

"언제든 오세요."

흔쾌히 대답했다. 그러잖아도 궁금한 차였다.

'잘됐네.'

미류는 육방에서 얻은 해외여행권을 꺼내보았다. 2인 권이다. 중국이라면 나이 든 분들이 그리 싫어하지 않는 곳. 두 분의 새 출발을 위한 축하 선물로 좋을 것 같았다.

미류는 즐거운 마음으로 방을 정리했다. 너저분한 일상의 흔적을 보여 어머니에게 걱정을 만들어주고 싶지 않았다.

다만 수건이 문제였다.

나름 잘 빤 것 같은데 큼큼한 홀아비 냄새가 등천했다. 얼굴 닦는 쪽에 낀 때도 얄밉도록 반질거렸다. 구석으로 처박고 새것을 뜯어놓았다. 무당이라고 해도 노총각이다. 신빨 날리는 영매라고 해도 변하지 않는 사실이다. 그나마 촛불이 냄새를 태워주지만 완전할 수는 없었다.

어머니가 도착했다. 빈손이 아니었다. 바리바리 챙겨 들고 온 것이다. 혼자도 아니었다. '그 사람'과 동행했다.

"여기가 우리 법사님 신당이구나?"

신당에 들어선 어머니는 정성껏 합장을 한 다음에야 신단을 살펴보았다. 신단은 깨끗했다. 제수와 제기의 먼지까지 털어낸 미류였다.

"모쪼록 우리 법사님 많이 도와주세요!"

어머니는 전생신을 향해 삼배를 드렸다.

"처음 뵙겠네."

장년의 남자가 입을 열었다. 이름은 신채균. 차분하고 맑은 목소리다. 그것만으로도 안심이 되었다. 어머니를 허투루 대할 사람은 아닌 것 같았다.

"신당이라기에 고기는 안 샀다. 이 사람이 혹 모르니 한우 꽃등심이라도 몇 칼 끊어가자고 하길래 내가 냅다 핀잔을 줬어. 신당에서 육고기 구워 먹어 부정 탈 참이냐고."

어머니가 보자기를 풀며 부연을 했다. 요양원으로 가기 전에는 표승을 종종 찾던 어머니. 무속에 대해 영 문외한은 아니었다.

"기왕에 이 사람이 말을 했다니 부끄럽고 염치없네만 우리 사이를 이해해 주기를 바라네."

남자가 겸손하게 말했다.

"아닙니다. 제가 할 소리를요. 저희 어머니를 잘 부탁합니다."

미류가 대답했다. 이혼과 재혼이 흔한 일이 되어버린 작금에 탓할 흠도 아니었다.

"고맙네."

"다만 부탁이 하나 있습니다."

"부탁?"

남자가 고개를 들었다.

"제가 전생신이라고 전생점을 보는 신을 모시고 있습니다. 두 분이 극적으로 만났으니 전생연이 어떤지 궁금해서요. 점이라 생각지 마시고 공부시킨다는 생각으로 허락해 주시면⋯⋯."

"나 같은 늙은이의 전생도 보실 수 있다는 건가?"

"가능할 것 같습니다."

"허어, 그럼 복채부터 드려야지."

남자가 주머니를 뒤졌다.

"무슨 말씀을⋯ 복채 때문이 아니라⋯⋯."

"허어, 낸들 그걸 모를까? 하지만 원래부터 점이란 정성이 우선이라 들었는데 정성도 들이지 않았으니 복채라도 내놓는 게 맞는 일이지."

남자는 기어이 30만 원을 담아놓았다.

'애정운⋯⋯.'

미류는 궁금한 운명창부터 띄웠다.

[애정운 上上 89%]

굉장히 좋았다. 동시에 창 안의 느낌이 정갈했다. 어머니를 진심으로 좋아한다는 의미다.

'어머니의 애정운은⋯⋯.'

그 옆에 나란히 어머니의 창도 띄웠다.

[애정운 上中 72%]

어머니의 창은 전에 본 것 그대로였다. 이것만 놓고 해석하면 두 사람은 해로할 것 같았다. 나아가 둘 중 더 좋아하는 사람은 신채균이었다. 그렇기에 지수가 더 높게 나온 것이다.

신당에 들어가 남자의 전생륜을 불러냈다. 신당에서 보는 전생륜은 조금 달랐다. 화학 교사를 희망하던 여자도 그랬고 지금도 그랬다. 신이 강신해 있으니 더 영명해지는 것이다.

'당신의 전생은?'

어머니와 천생인연이 배인 전생령. 그 감응을 시작했다.

와아아!

으아악!

평화로운 그림을 생각하던 미류가 놀랐다. 예상 밖으로 참혹한 아수라가 펼쳐진 것이다. 미류는 정신을 파뜩 세웠다.

"현실이 아닙니다. 편안히 생각하세요."

긴장하는 남자에게 공수를 내려 안심시켰다.

전장이었다. 구식 기관총이 난사되는 전장. 전장에 휘날리는 욱일기가 보인다. 일본군이 야수가 되어 상대방을 학살하고 있었다.

1930년대의 중국이 보인다. 난징이다. 공포에 질린 중국인들은 일본군들의 총검 연습 판이 되었고, 포로들은 그들의 창검에 꼬치처럼 꿰였다.

"내 사랑⋯⋯."

그 참혹한 전장의 가운데 두 사람이 있다. 젊은 장교와 그의 약혼녀 서징이다. 서징은 어머니의 전생. 남자는 당시 중국 국민군 탕셩즈 장군의 휘하에서 초급장교를 맡고 있었다.

중국 국민정부는 일본에 밀려 충칭으로 옮겨졌다. 그러나 사령관 탕셩즈는 손을 들지 않았다. 그는 휘하의 부대를 거느리고 일본군과의 결사항전을 선언했다.

장군의 뜻에 따르기 위해 남자는 마지막으로 약혼녀를 보러 온 것이다.

"어떻게든 살아남아."

남자의 표정은 비장하고 또 비장했다.

"랴오위, 당신도 죽지 말아요."

약혼녀는 남자의 품에서 떨었다.

"절대 안 죽어. 살아서 꼭 당신과 결혼할 거야."

"기다릴게요. 당신이 돌아오기를."

"쉽지는 않아. 일본군의 기세가 하늘을 찌르고 있거든. 지하실에
잘 숨어 있어."

"사랑해요, 랴오위."

"셔징……."

둘은 애달프게 포옹했다. 그게 마지막이었다. 어느새 총성이 하늘
을 빼곡히 덮은 것이다.

"사랑해, 셔징!"

"꼭 살아 돌아와요. 내 걱정은 말아요. 당신이 나보다 소중하니까
당신이 꼭……."

살아서 돌아오세요.

아아아, 우우우, 심장을 비트는 그 애절함, 그 간절함……. 어머니
앞이라 참으려 해도 감응의 영적 느낌은 피할 수가 없었다. 랴오위의
전생에 든 미류도 랴오위의 감정을 고스란히 공유한 것이다.

투타타타타!

탕탕탕!

한동안 총소리만이 허공을 수놓았다. 그러다 긴 정적이 이어졌다.
다음에 보인 장면에 미류는 자신의 목을 쓰다듬고 말았다.

츄릿!

일본도였다. 무수한 포로가 꿇려 있고 두 일본군 소위가 내기를

하고 있다.

누가 먼저 100명을 베는가.

승자의 일본도는 자만을 더해 난폭했다. 야수 위의 야수들이 거기 있었다. 그들은 베고 또 베며 랴오위에게 다가왔다. 마침내 랴오위, 즉 남자의 차례가 되었다. 사력을 다해 응전했지만 애통하게도 그는 포로가 되고 말았다.

'셔징……'

남자는 보았다. 셔징의 환한 모습. 그저 보기만 해도 사람을 행복하게 하던 여자. 주고 또 주어도 모자랄 것 같던 여자. 그 여자를 위해 마련한 집. 그러나 신방을 꾸미기도 전에 찾아온 전장.

미안!

랴오위는 심장으로 용서를 빌었다. 그녀에게 돌아가지 못하는 것을. 기다리는 그녀에게 기쁨이 되지 못한 것을. 벌떡 일어선 랴오위는 새 칼을 받아 드는 소위의 가슴팍을 어깨로 들이박았다. 죽더라도 비겁하고 싶지 않았던 것이다.

"빠가야로!"

격노한 소위가 욕설을 퍼부었다. 랴오위의 몸으로 칼날이 쏟아졌다. 셀 수도 없었다. 랴오위는 보았다. 무수한 섬광 사이로 내려오는 그녀의 하얀 미소, 그녀의 맑은 사랑을.

"미안!"

입안에 남은 그의 목소리가 떨어진 머리에서 새어 나왔다.

"……!"

놀란 일본군 소위가 흠칫 물러섰다. 부릅뜬 랴오위의 눈은 한 방향에 고정되어 있었다. 셔징이 은신한 곳이다. 그는 그렇게 죽었다. 셔징과 한 약속을 지키지 못하고.

현실의 남자 몸.

미친 듯이 꿀럭거리고 있었다. 눈물은 말할 것도 없었다. 미류는 서둘러 전생령 감응을 끝냈다.

"우억, 우어억!"

후들거리던 남자가 결국 절규를 뿜어냈다.

"괜찮아요?"

어머니가 그를 부축했다. 미류 역시 비통함을 달래느라 자유롭지 않은 까닭이다.

"셔징……."

남자는 붉어진 눈으로 어머니를 바라보았다.

"셔징?"

"어쩐지… 어쩐지 당신을 보면 목이 아리고 가슴이 미어진다 싶었소. 누군가 너무나 사랑하면 이루어질 수 없다기에 젊은 날 당신을 목숨보다 사랑하면서도 포기하고 말았지. 그때는 너무나 가난했기에 당신을 데리고 도망조차 치지 못했소. 그런데… 내 전생을 보니 이해가 가오. 내 기다림은 그때 당신이 나를 기다렸을 피눈물에 대한 대가였나 보구려."

남자는 어머니의 어깨를 으스러져라 끌어안았다.

"미류 법사?"

어머니의 시선이 미류에게 향했다. 뭘 뜻하는지 알고 있는 미류는 잠시 망설였다. 어머니에게 동시 감응을 할 수도 있었다. 하지만 하지 않았다. 이것으로 충분했다. 두 사람은 이미 통하고 있었다. 어머니에게 남자의 전생을 들려주었다. 그 애달픈 한 편의 삶, 이루지 못한 전장의 사랑을.

"그랬군요. 우리가 전생에 그런 사이였군요."

"가은이……."

"됐어요, 이제 됐어요. 그 생이 어땠든 이 생이 어땠든 당신이 이제 내 곁에 있으니."

"그럽시다. 남은 생이 얼마 되지 않지만 그게 무슨 상관이겠소. 하늘이 다시 우리의 사랑을 이어주었으니 두 배로, 아니, 네 배로 사랑하며 여생을 마칩시다."

남자가 애달피 웃었다. 어머니가 주름진 손으로 눈물을 닦아주었다. 친아버지는 아니지만 사랑만은 고귀한 두 사람의 인연. 미류는 진심으로 두 사람을 축복할 수밖에 없었다.

"선물입니다."

방으로 자리를 옮긴 후에 미류가 여행권을 내밀었다.

"웬 선물을… 어머!"

봉투를 열어본 어머니의 끝소리가 올라갔다.

"이거 중국 여행권 아니냐?"

"안에 난징도 포함되어 있더라고요. 두 분에게 잘 어울릴 것 같아요."

"아유, 늙은이들이 주책없이 무슨……."

"두 배로 사랑해야 하는 분들이잖아요. 사양하면 두 분 결합 반대할 겁니다."

엄포를 놓자 어머니는 더는 고집을 부리지 않았다.

셋이 식사를 했다. 모처럼 어머니가 솜씨 발휘에 들어간 것이다. 요리 솜씨 하나는 종갓집 마나님 못지않은 어머니. 잠깐 뚝딱거리더니 산해진미를 차려놓았다. 어머니는 찐 호박잎을 집더니 자글자글 끓여낸 막장을 담뿍 넣고 한 쌈을 쌌다. 그 위에 올라간 화룡점정, 매운 고추 한 조각. 어머니는 그걸 미류의 입에 넣어주었다.

"맛이 어떠니?"

어머니가 물었다.

"천상의 맛이네요."

미류는 볼이 미어져라 쌈을 우물거렸다.

"엄마는 지금 얼마나 행복한지 몰라. 늘 네 걱정이던 날에 이어진 내 몹쓸 고질병, 그게 다 사라지고 이제 이 사람까지 내 옆에 있으니……."

"……."

"이제 소원이 하나 더 있다면 네가……."

어머니가 말끝을 흐렸다. 무속인이라지만 그래도 노총각. 어머니가 숨긴 말을 알고도 남을 미류이다. 게다가 일상을 도와주는 조무가 있는 것도 아니다.

"밥 먹을 때는 우는 거 아니라면서요?"

미류는 호박잎에 쌈을 싸서 어머니 입을 막았다.

"맛있죠?"

"그래."

"내 걱정은 마시고 두 분 알콩달콩 사세요. 저 혼자 아니거든요. 저기 제 몸주님 들으시면 노하신다고요."

"알았다. 이이 덕분에 나도 강남 사람 되게 생겼어. 이이가 평생 모은 돈 정리해서 강남에 햇빛 잘 드는 아담한 집을 하나 구했거든."

"강남은 무슨……."

남자가 얼굴을 붉혔다.

"내가 뭐 없는 말 했어요? 요즘은 강동도 강남으로 친다고요. 네 방도 하나 비워뒀으니 언제든 고단하면 쉬러 와. 다른 건 몰라도 밥하고 찌개는 따뜻하고 맛나게 해줄게. 보글보글, 자글자글!"

엄마가 의성어를 보태며 웃었다. 미류도 웃었다. 그 미소를 따라 식탁 위의 테이블까지 웃는 것 같다.

달그락!

어머니를 보내고 남은 그릇을 씻었다. 이런 날은 조무가 필요하긴 했다. 그렇다고 승애를 부를 수는 없었다. 이 나이에 신딸을 받는 것도 마땅치 않았다.

어쨌든 일이 잘 풀리니 필요한 게 늘어간다.

좋은 현상이다.

차를 마시며 잠시 쉬었다. 예약표가 눈에 들어왔다. 당구 표시된 이름이 반짝거린다.

육방 사모님 송미선!

그분의 친구들은 또 어떤 사람들일까? 기대가 무럭무럭 피어오른다.

짝짝짝!

박수를 받으며 미류가 들어섰다. 강남의 명품 숍 사무실이다. 안에는 육방 문 회장의 아내 송미선과 사모님 넷이 포진하고 있었다.

〈송송탁구방〉

나중에 안 일이지만 그건 사모님들의 성씨를 딴 것이었다. 송미선, 송복녀, 탁정자, 구영미, 방신주가 주요 멤버였다.

"어때? 우리 법사님 미남이시지?"

송미선이 사모님들을 바라보며 목에 힘을 주었다.

"아유, 진짜 훤하시네. 눈도 미륵보살 같으시고."

송미선 옆의 탁정자가 가장 반색했다. 푸짐한 살집에 하얀 피부. 한마디로 전형적인 귀부인 스타일이다.

"앉으세요. 우리 송 회장이 하도 자랑을 해서 귀에 못이 박혔다고요."

의자를 권한 건 우아함과 도도함이 잘 버무려진 방신주. 미류는 과분하게도 상석에 앉았다. 차가 나왔다. 향이 아주 좋았다. 숭덕 스님이 아끼는 차에 버금가는 고급 차다. 차만 봐도 사모님들의 수준을 알 것 같았다.

"드세요. 법사님 오신다기에 좋은 차로 준비하긴 했는데……."

숍의 주인인 탁정자는 인심도 후했다. 미류는 가벼운 인사로 받으며 차를 마셨다.

"법사님이 오시니 차가 코로 넘어가겠네. 왜 이렇게 설레지?"

탁정자가 분위기를 띄웠다. 생김새처럼 에너지가 가득한 여자였다.

"탁 실장, 우리 몰래 지은 죄가 많아 그러는 거 아니야?"

구영미가 받아쳤다.

"어머, 그러지들 마. 나 봉사 활동 많이 하잖아? 자기들, 나만큼 봉사한 사람 있어? 대통령이 봉사상 준다는 거 거절하느라 혼났다고."

탁정자의 넉살에 사람들은 웃음을 그칠 줄 몰랐다.

"그런데… 우리 법사님 복채는 좀 비싸. 다들 봉투 빵빵하게 준비한 거야?"

송미선이 엄포를 놓았다.

"걱정 마셔. 내 근심 해결하는 점사만 나오면 벤츠라도 뽑아드릴테니까."

이번에도 탁정자였다.

"얘 좀 봐. 점은 미신이라고 안 믿는다더니 전문용어까지 다 아네?"

"그러는 송 회장은? 치매라도 걸렸어? 점이라는 말만 나와도 경기를 하더니 이젠 아주 광신도가 됐네?"

"그러게 인생은 살아봐야 안다잖니. 나도 내가 점에 빠질 줄은 몰랐다."

송미선과 탁정자는 죽이 척척 맞았다.

"좋아, 오늘은 두 명만 보신다니까 홈그라운드의 이점을 안고 내가 일타로 본다. 다들 불만 없지?"

"그래라. 네 딸이 고민 있다니 시원하게 풀렸으면 좋겠다."

친구들은 탁정자에게 성원을 보냈다.

두 명만.

그건 미류의 부탁이었다. 넷을 다 볼 수도 있지만 진이 빠질 일이다. 더구나 영향력 있는 여성 리더들이니 천천히 안면을 트는 것도 좋을 것 같았다.

옆의 상담실로 자리를 옮겼다. 안에는 먼저 온 사람이 있었다. 30대의 귀티 빵빵한 여성이다.

"제 딸이에요."

탁정자가 소개했다.

"안녕하세요?"

"아, 예."

미류는 딸의 인사를 받았다. 딸의 표정은 다소 어두워 보였다.

"아유, 큰 죄 지은 것도 없는데 괜히 떨리네."

탁정자가 가슴을 쓰다듬었다.

"편안히 마음먹으세요. 요즘은 전생을 호기심으로 보는 시대인데요, 뭐."

"그렇긴 하지만 송 회장 말이 워낙 신묘하시다기에……."

"서로 영적 파동이 잘 맞으면 좋은 결과가 나오기도 하지요."

미류는 겸손하게 받았다. 탁정자의 딸은 아랫배를 문지르고 있었다. 좋지 않은 느낌이 전해왔다. 영가가 달린 느낌이다.

"어디부터 말씀을 드려야 하나. 우리 딸이 시집간 지 좀 됐는데……."

탁정자가 운을 떼기 시작했다.

"전생점 보실 분이 따님이군요?"

"예. 몸이 약한 것도 아닌데 자꾸……."

탁정자는 딸을 바라본 후 나지막이 말을 이었다.

"사산을……."

사산!

과연 조심할 만한 일이었다. 단어의 무게를 느낀 미류가 딸의 운명창을 띄워놓았다.

[가정운 中下 35%]

안에 비친 글자가 보인다.

[子][女]—[子]

글자는 셋이다. 아들과 딸은 붙고 또 한 아들은 떨어져 있다. 게다가 죄다 생기가 없었다. 그렇다면 태어나지 못했다는 뜻이다. 붙은 남녀와 떨어진 남자.

'쌍둥이가 있었군.'

미류는 글자 공수를 해석해 냈다.

"아들 딸 쌍둥이에 아들 하나를 더 잃으셨군요?"

미류가 물었다.

"어머, 엄마가 벌써 다 얘기했어?"

놀란 딸이 탁정자에게 물었다.

"아니. 송 회장도 쌍둥이 사건은 몰라."

"정말?"

둘의 반응에 미류는 모른 척 고개를 돌렸다. 미주알고주알 끼어드는 것도 좋은 영매가 할 일이 아니었다.

딸의 운명창을 다 열었다.

[건강운 下上 22%]

[재물운 上中 74%]

[애정운 上中 72%]

[학벌운 上下 68%]

[명예운 上下 65%]

총운명지수는 보지 않았다. 건강운만 빼면 그리 나쁜 운이 아니기 때문이다. 건강창을 집중하니 반짝이는 글자가 보인다.

[子宮]

자궁이다. 감을 잡은 미류는 운명창을 지워 버렸다.

"사모님은 잠깐 나가 계시고 따님은 눈 좀 감아주시겠어요?"

미류가 팔을 걷어붙였다. 탁정자는 잠시 미적거리다가 방을 나갔다.

전생륜!

미류의 앞에 피었다.

맑은 링이다. 너무 맑아 눈이 시릴 정도다. 하지만 미류는 절망 속으로 들어갔다. 전생륜은 공백이었다. 이 생이 그녀의 첫 생인 것이다. 그건 본능으로 알 수 있었다. 그녀의 전생륜, 태초의 빛처럼 순수하지 않은가?

'말도 안 돼.'

최초 전생륜에 대한 호기심도 잠시, 미류의 손이 파르르 떨렸다. 송미선의 초대이다. 보아하니 미류 자랑을 꽤나 늘어놓은 마당이다. 미류도 작심하고 달려왔다. 상류층의 여성 리더들, 미류의 영향력을 확대하기에 좋은 기회였다. 그런데, 그런데 이런 난해함이라니⋯⋯. 허탈해하는 순간, 낯선 영가의 느낌이 살짝 강해졌다.

'영가?'

미류는 영가를 따라 시선을 움직였다. 영가는 딸의 배 속에 있었다. 거기서 빠끔히 고개를 내밀어 망을 보더니 이내 사라져 버렸다. 여자의 배 안에 숨은 영가. 당연히 좋을 리 없었다.

'그렇다면······.'

꿩 대신 닭!

전생 특허가 있지만 특허만 사용하라는 법은 없다.

아기를 사산했으니 영가는 필경 어린 아기령일 가능성이 크다. 마음을 가다듬은 미류가 딸을 바라보았다.

"혹시 사산한 아기들의 태명(胎名)이 있나요?"

"예."

"좀 알려주시겠습니까?"

태명이 나왔다. 미류가 영가를 불렀다. 영가는 반응하지 않았다. 오히려 더 깊이 숨을 뿐이다.

'이 여자의 태아 영가가 아니야!'

결국 부적을 꺼내 들고 말았다. 귀신을 부르는 귀명부(鬼鳴符)다.

"놀라지 마세요."

딸을 안심시키고 부적을 배에 붙였다. 그러자 영가의 오한이 느껴진다. 미류는 바들거리는 잡귀를 향해 묵직하게 호령했다.

"네 내 기주의 태아령이 아니구나?"

"······."

"그런데 어찌 내 기주에게 붙어 있느냐?"

"······."

"어서 말하지 못할까?"

"아앙아앙!"

위세에 질린 잡귀가 아기 우는 소리를 냈다.

"요망하게 울지 말고 사실을 말하렷다!"

"사실은······."

잡귀에게서 나온 소리는 아기의 그것이었다. 잡귀가 사연을 고하기 시작했다.

잡귀는 원래 이 딸과 별 상관이 없었다. 다른 산모의 태아였기 때문이다. 두 산모는 나란히 분만 대기실에 있었다. 아무것도 입지 않은 모습이다. 배가 산처럼 불룩 솟은 두 산모. 간호사가 배와 자궁 부위를 소독해 주었다.

영가의 산모는 고3의 여학생이었다. 그녀는 긴장감에 못 이겨 숨을 몰아쉬었다.

"긴장하지 말아요. 잘될 거예요."

간호사들이 말했지만 잘 들리지 않았다. 여학생이 먼저 분만실로 들어갔다. 아이가 나왔다. 사산했다. 원인은 저주였다.

아이는 사생아였다. 여학생이 낯선 남자 친구들과 술을 마시고 놀다가 얼떨결에 당한 사고였기 때문이다. 가난한 여고생은 부모가 알까 배를 동여매고 다녔다. 결국 막달에 산통이 깨졌지만 누구의 축복도 받지 못했다.

"어떤 놈 씨야? 진작 말했으면 떼어내기라도 했지?"

"미쳤구나! 나가 뒈져! 니가 지금 제정신이야?"

태아는 그 말을 듣지 않은 날이 없었다. 사산으로 나온 영귀는 잠시 분만실을 떠돌았다. 그때 들어온 것이 바로 이 딸이었다. 어린 영귀는 느낄 수 있었다. 딸의 아기는 자기와 반대로 축복을 받고 자라고 있다는 걸.

증오가 생겼다. 죽이고 싶었다. 영귀는 태내로 들어갔다. 아기는 쌍둥이였다. 양쪽의 탯줄을 엇갈려 걸어놓았다. 쌍둥이가 차례로 사산하는 순간이다.

영귀는 딸의 헐렁한 마음을 비집고 들어가 배 속에 자리를 잡았다. 다시 아기가 생겼다. 하지만 그 아기의 목숨 또한 의사들이 아니라 영귀의 손에 있었다. 그리하여 얼마 전에 또 다른 사내 아기를 죽게 만든 것이다.

"못된 놈!"

미류가 위세를 뽐냈다. 처음에는 가여웠지만 용서할 수 없는 악귀였다. 미류는 또 한 장의 부적을 뽑아 들었다. 이번에는 악귀소멸부였다.

영귀를 영기(靈氣)로 가두고 부적으로 둘러쌌다. 그런 다음 부적에 불을 붙였다. 그걸 허공에 놓자 파르스름하게 타오르는 영귀가 보인다.

"끼에엑!"

영귀가 발악했다.

"어머!"

딸이 놀라 움츠렸다. 푸른빛과 함께 느껴진 오싹함 때문이다. 미류처럼 생생하게 보고 듣는 것은 아니지만 느낌은 확실히 전달되었다.

"처음 사산될 때 분만실에서 악귀가 붙어 왔습니다. 그놈이 따님의 아이들을 시샘해 사고를 쳤습니다. 앞으로는 괜찮을 것이니 안심하십시오."

미류는 꽁지만 남은 부적을 놓았다. 부적은 마지막까지 타올라 허공에서 사라졌다.

"이제 되었습니다."

미류가 날숨을 내쉬었다.

"응?"

딸의 시선이 자신의 복부로 향했다.

"어머, 자궁통이 사라졌어요. 병원에서도 원인을 못 찾던 통증인데."

"거기 틀어박혀 있던 영귀가 나갔으니까요. 이제 아기를 가지셔도 별 탈이 없을 겁니다."

"엄마! 엄마!"

딸이 소리 높여 탁정자를 불렀다.

"왜?"

"이것 좀 봐. 법사님이 내 배의 통증을 없애주셨어."

"뭐?"

"하나도 안 아파. 아까만 해도 엄마가 문질러 주고 그랬잖아."

"법사님!"

탁정자의 시선이 미류에게 향했다.

"애기 사산한 원인도 알려주셨어. 내 애기들, 잡귀가 내 배에 붙어서 다 죽였대. 나쁜 기운이 떨어져 나간 게 느껴져."

딸의 눈에서 눈물이 쏟아졌다.

"수정아!"

"하지만 이젠 괜찮대. 나 이제 아기 가져도 사산 안 하고 낳을 수 있대."

"수정아!"

"엄마……."

딸은 탁정자의 품에서 한참을 울었다. 모녀가 우는 곳에 앉아 있기도 어색해 자리를 비켜주었다.

기분이 좋았다. 이번에는 딱히 전생만으로 해결한 게 아니었다. 미류 자신이 무당이라는 걸 확인한 것이다.

"법사님!"

이내 탁정자가 달려 나왔다.

"예."

"고맙습니다. 정말 고맙습니다. 사실 송 회장이 용하다고 자랑해도 긴가민가했는데……."

탁정자는 연신 허리를 조아렸다.

"신제자로서 할 일을 했을 뿐입니다."

"정말… 이 은혜를 어떻게……."

"법사님, 고맙습니다!"

딸도 합세를 했다. 두 사람의 눈에 그렁거리는 눈물만큼 미류의 마음도 뿌듯함에 젖고 있었다. 복채가 나왔다. 두 개다. 딸과 탁정자가 다투어 건넨 것이다.

"한 사람을 보았으니 하나면 됩니다."

미류는 딸의 것을 돌려주었다. 오늘의 기주는 탁정자이기 때문이다.

"이러시면 이 은혜를……."

"정 그러면 나중에 제가 사회봉사사업을 할 때 마음을 좀 보태주시면……."

"그러세요. 꼭 연락하세요, 꼭!"

딸은 몇 번이고 힘주어 말했다.

복채!

하나를 거절했지만 아쉽지 않았다. 이건 돈 따위로 대체할 기쁨이 아니었다. 많은 무당이 다 이 맛에 신제자로 살고 있다. 지상의 모든 부정이 사라지고 대중이 평안하기를. 옴 급급여율령 사바하!

다음 차례 드시오!

두 번째는 방신주였다. 커다란 패널 포장을 가지고 들어왔다. 그냥 보면 30대로 보인다. 몸매까지 그랬다. 성형의 힘이다. 인조인간을 보는 것 같아 살짝 거부감이 들기도 했지만 웃어넘겼다. 돈 많은 여자가 돈을 못 쓰면 누가 쓴단 말인가? 재복을 가지고 태어난 것 또한 축복받은 일이다.

"뭐가 궁금하신가요?"

다시 상담실에 자리 잡은 미류가 물었다.

"이게 될는지 모르겠지만……."

그녀가 패널 포장을 벗겼다. 그림이 나왔다. 서양화 중에서도 비구니상화였다. 색채는 미치도록 강렬했다. 남미의 생동감을 숭덩 베어 담은 것처럼.

그림을 봐달라고?

헐!

미류의 눈에서 초점이 흐려졌다. 전생점은 사람으로 보는 것이다. 동티를 찾아내는 것이 아니었다.

"그림이라면……."

미류가 신중한 표정을 지었다. 모임의 성격상 장난을 칠 것도 아닐 일. 일단 사연을 들어야 한다.

"실은 저희 어머니가 유명한 화가셨어요."

여사가 설명을 시작했다.

설수경!

그녀 어머니의 이름이다. 미류가 고개를 들었다. 유명한 이름이다. 더구나 그림을 전공한 미류가 아닌가? 심지어 그녀의 작품 전시회에도 두 번이나 간 미류이다.

—그런데 그림 몇 점이 위작 파문에 휩싸였어요.

—이 그림도 그중 하나예요.

방신주가 말한 내용의 핵심이다.

"용하시다니 이런 것도 혹시 가능할까 싶어서……."

"……."

"이건 제가 어릴 때 제 앞에서 직접 그리신 그림이에요. 어머니 대표작이죠. 어머니가 생전에 여기저기 미술관에 위탁 전시하던 걸 되

찾아 국내에서 기념 전시회를 열었는데 이것조차 위작이라는 의혹
이 나왔어요. 자식 된 도리로 가슴이 찢어지는 일이라서……."

"……!"

미류는 뒷골이 팍 당기는 걸 느꼈다. 특허를 보유한 건 맞았다. 하
지만 그건 사람을 놓고 보는 전생점이다. 그런데 고인이 그린 그림을
들고 오다니. 그것도 위작 논쟁에 휘말린 그림을.

"안 될까요? 전생에 그린 그림이니 전생 귀신이라도 불러보시면…
우리 어머니… 죽어서도 억울해서 눈 제대로 못 감고 이 그림에 붙
어 있을 것 같거든요."

방신주가 눈시울을 붉혔다.

"사모님 마음은 이해가 가는데 그림이라면 위작을 가리는 전문가
들이……."

"그 사람들은 다 한통속인 것 같아서 믿을 수가 없어요. 법사님이
확인해 주시면 영국 쪽에 의뢰하면서 기존에 위작 가능성을 제기한
감정사들을 다 고소해 버리려고요. 어머니 명예만 회복될 수 있다면
1억이라도 내놓겠어요."

1억!

큰 배팅이 나왔다. 설수경의 그림은 유럽 화랑에서도 선호도가 높
다. 적어도 호당 천만 원은 호가하는 화가였다.

전생.

잠시 생각에 잠겼다. 전생률을 생각했다. 전생의 영적 파동은 현생
의 사람마다 다르다. 타인과의 조화를 이루며 인간의 도리를 다하는
사람의 영적 파동은 힘차고 또렷했고, 그 반대쪽 사람은 흐리고 희
미했다. 미류의 앞에 그림이 놓여 있다. 사람이 아니다.

위작이냐, 아니냐!

'위작이 아니라면…….'

대가의 반열에 오른 화가가 마음을 다해 그린 명작. 그렇다면 그의 신기가 작품에 서렸을 일이다. 혼과 마음을 다한 작품이라면 그게 당연했다.

고구려의 수렵도가 대표적이다. 천마총의 천마도도 그랬다. 보통 사람도 그 그림에서 화가의 혼을 느낄 수 있다. 하물며 영매를 자처하는 무속인인 바에야.

그렇다면 그 정도는 알아내야 한다. 다른 걸 맞히라는 것도 아니지 않은가? 그저 그 화가가 그 그림을 그렸느냐 하는 것. 혼의 흔적이 있는가 하는 것.

영매를 자처하는 무당이라면 도전해 볼 만한 일이었다.

"혹시 어머니의 다른 유품 같은 게 있으신가요?"

미류가 물었다. 대조용으로 필요했다.

"이 목걸이요. 어머니가 돌아가시기 전에 물려주셨어요."

"좀 볼 수 있을까요?"

"예."

방신주가 목걸이를 풀어놓았다. 그걸 받아 든 미류는 신중하게 영가의 흔적을 찾았다. 고인이 오래 착용하고 본 물건들. 사자(死者)의 흔적이 있을 수 있었다.

'있긴 한데…….'

아쉽게도 너무 약했다.

"혹시 다른 건 없습니까? 그림을 그리던 도구라든지……."

고인이 쓰던 붓과 나이프.

그런 거라면 좀 더 도움이 될 수 있었다.

"차에 있는데 가져올까요?"

"그래주세요."

미류의 말을 들은 여사는 한달음에 뛰어가 화구를 들고 왔다. 붓과 나이프 세트였다. 다행이었다. 보석 같은 거라면 몰라도 소소한 유품은 태우는 게 보통이다. 설령 추억이 깃들었다고 해도 집에 놔두는 게 일반적인데 차에 지니고 다니다니…….

'효녀네!'

미류의 콧날이 시큰해졌다.

"어머니가 20여 년 가까이 쓰던 거예요. 사람들은 뭣하러 그런 걸 가지고 다니냐고 하는데 제게는 소중한 유품이라 어머니와 함께 있는 기분이 들어서……."

방신주의 말을 들으며 미류는 붓을 집어 들었다.

'과연!'

혼이 담긴 유품은 목걸이와 달랐다. 영가의 흔적이 제법 남아 있었다. 그 흔적을 기준으로 그림을 보았다. 구석구석을 살피고 사인을 주목했다. 유려한 한글 사인이다. 거기까지 진행한 미류가 방신주를 향해 돌아앉았다. 굳은 표정이다.

"안 되나요?"

그녀가 조심스레 물었다.

"먼저 할 일이 있습니다."

미류는 담담하게 응수했다.

"어떤?"

"눈을 감으세요. 어머니와 여사님이 어떤 전생연을 가지고 태어났는지 짚어보아야겠습니다."

"이렇… 게요?"

방신주가 눈을 감았다.

이 생의 방신주.

그녀의 어머니와 인과가 있을 전생령이 필요했다. 보였다. 아홉 번째 전생령이 어머니와 인연이 있었다.

"전생이 보일 겁니다. 편안하게 생각하세요."

"예."

그녀의 대답과 함께 감응이 시작되었다.

'아!'

짧은 신음은 미류와 여사의 입에서 거의 동시에 나왔다. 첫 장면부터 좋지 않았다. 전생의 배경은 러시아였다, 하얀 백골을 이어 붙인 듯한 나무 위로 폭설이 내렸다. 세상이 온통 하얗게 덮어 버렸다. 그 흰 세상 위로 모락모락 연기가 피어났다. 저택이 옹기종기 들어앉은 모스크바 외곽이다.

저택들 사이에 우뚝 선 작은 성이 보인다. 사진처럼 예뻤다. 특히 쌓인 눈 사이에서 살짝 모습을 드러낸 쪽빛 성탑이 그랬다. 그 위로 먹방 출연자가 한입 제대로 베어 물고 남긴 듯한 초승달이 걸려 있다. 멀리서는 늑대 소리도 들려왔다.

우-우-우-우!

울음의 빈 곳으로 빵 익는 냄새가 풍겨왔다. 작은 성 안의 주방이다. 오븐에서 빵이 고소하게 익어가고 있었다.

"라랄라라!"

콧노래도 들려왔다. 방신주였다. 그 생에서의 신분은 작은 성의 젊은 마나님. 성주인 시부모가 지닌 재물이 넘쳐 부와 사치를 누리는 참이다.

그녀는 값비싼 식기를 고르고 있었다. 은촛대와 금식기를 집었다. 집안 대대로 내려오는 가보에 속하는 물건이다. 그때, 부스럭 소리가 들려왔다.

'저 늙은이······.'

젊은 마님의 눈빛이 짜증 속으로 빠졌다. 지팡이를 짚고 나온 건 시어머니였다. 홀몸으로 이제 노망까지 난 몸. 눈엣가시 같은 존재지만 주변 눈이 있는지라 효부 모드로 돌입했다.

"어머, 어머, 어머니."

젊은 마님은 쪼르르 달려가 아양을 떨었다.

"무슨 소리가 들리길래······."

시어머니의 입에서 바람 소리가 새어 나왔다. 남은 이가 별로 없었다.

"벌판의 눈보라 소리지 뭐겠어요. 어서 들어가세요."

"이 냄새는… 흠흠, 내 은촛대 냄새인데… 닦으려고?"

"그래요. 깨끗하게 닦으려고 그래요. 어서 들어가세요."

여사는 시어머니의 등을 거칠게 밀었다.

"하여간 내가 뭐 좀 하려고 하면 잘도 제정신이라니까. 남편에 아들까지 앞세운 마귀할멈 주제에 벽에 똥칠까지 하려고 그러나."

여자는 금접시와 은접시를 챙겼다. 새 드레스를 사기 위해서였다. 머잖아 열릴 궁전의 연회에 참석할 예정이다.

'이번에는 어떻게든 파브로프 백작님의 마음에 들어야 할 텐데······.'

남편이 병사한 지 3년, 그녀는 남자에 굶주려 있었다. 그러나 미망인이라 사교계의 관심을 별로 받지 못한 터. 그동안 모은 파브로프 백작의 정보를 바탕으로 헌팅을 벼르고 있는 그녀였다.

"잣크니씨, 수까, 비다라스!"

시어머니의 발작이 시작되었다. 창밖을 향해 저주를 퍼붓고 있었다. 하지만 어떤 때는 젊은 마님을 빗대는 소리 같기도 했다.

"어머니, 빨리 뒈지기나 하세요."

그때마다 젊은 마님은 친절한 귓속말을 잊지 않았다.

그런 그녀가 잊지 않고 챙기는 게 하나 더 있었다.

아무리 바빠도 시어머니 식사는 자신의 손으로 가져다주는 것. 이 날도 당연히 그랬다.

"마님, 큰 마님 식사입니다."

하녀가 은쟁반을 들고 다가왔다.

"거기 둬. 어쩜, 냄새가 너무 좋네. 이거 드시면 병이 금세 낫겠는데?"

젊은 마님은 선량한 미소를 지었다.

"마님은 정말 효부세요. 복받으실 거예요."

"뭘, 며느리 된 도리일 뿐이야."

젊은 마님은 쟁반을 받아 들었다.

탁!

시어머니 방으로 들어선 여사는 시어머니가 보는 앞에서 쟁반을 엎어버렸다. 그리고 실감나게 곡소리를 뽑아냈다.

"어머니, 매번 이러시면 어떡해요? 어떻게든 식사를 드셔야 병이 낫지요."

하녀가 달려왔을 때는 언제나 유사한 풍경이었다. 식사는 엉망이 되어 있고 젊은 마님은 가슴 아파하고 있었다. 그런 식으로 시어머니를 굶겼다. 식사를 챙겨준 게 아니라 고문을 한 것이다.

젊은 마님은 그렇게 성안의 보물을 빼다 팔았다. 성안에 늘어나는 건 시어머니의 신음과 젊은 마님의 드레스, 보석뿐이었다. 시어머니는 결국 주린 배를 안고 세상을 떠났다. 회색 늑대가 칼칼하게 울어대는 시리고 시린 시베리아의 찬 밤이었다.

우우우워어어!

늑대 소리를 끝으로 미류는 젊은 마님령을 꺼내놓았다. 아찔했다.

천사에게 뒤통수를 한 대 얻어맞은 후 가슴팍까지 거칠게 할퀴어진 기분이다.

"······!"

방신주는 한동안 입을 열지 않았다. 숨도 크게 쉬지 않았다.

'후우!'

미류도 숨을 고를 뿐이다. 두 개의 침묵은 서로 키를 재다가 방신주의 말소리가 나고서야 자취를 감추었다.

"그게… 제 전생인가요?"

방신주의 목소리는 부러질 듯 떨고 있었다.

"예."

"시어머니는 이번 생의 제 어머니?"

"······."

"느낌이 그래요."

"맞습니다."

미류가 대답했다. 웬만한 지식인이면 알고 있는 설수경의 얼굴. 교활한 학대 속에 죽어간 시어머니는 누가 봐도 현생의 어머니와 닮아 있었다. 심지어는 귀밑에 찍힌 붉은 점까지.

"내가… 내가……."

방신주의 전율이 온몸으로 번지는 게 보인다.

"내가… 전생에도 엄마를……."

마침내 그녀가 무너졌다.

전생에도 엄마를…….

미류는 그 말에 주목했다. 미류의 짐을 덜어주는 말이다.

"인과를 깨달은 것 같으니 자세한 설명은 드리지 않겠습니다."

"우엉우엉!"

방신주의 목에서 시베리아 회색 늑대의 울음소리가 새어 나왔다.

"그리고 저 그림은… 어머니 작품이 아닙니다. 제가 보기에도."

"우억, 꾸억!"

방신주의 절규가 깊어갔다.

전생점은 끝났다.

방신주는 전생의 후속편을 살고 있었다. 전생에서 부와 명예를 물려준 시어머니를 가혹하게 주검으로 몰았던 여자. 이 생에서는 어머니로 바뀌 태어난 그녀를 봉양할 인과를 안고 왔다. 외동딸로 태어나 이혼을 당한 후 어머니와 함께 살게 된 것이다. 아버지 역시 전생처럼 일찌감치 세상을 떠난 후다.

그녀의 카르마였다. 실패한 인과를 반복해서라도 자아 완성을 향해 가라는 신명. 그러나 그녀는 이번에도 기회를 잃었다.

뿐만 아니라 복사기처럼 똑같은 실수를 반복했다. 파리 유학을 한 어머니를 따라 유럽으로 옮겨 간 방신주. 우연히 영국의 경매장에 그림 세 점을 출품했다가 대박을 맞았다. 비극의 시작이었다.

설수경은 외국 생활 중에 위기를 맞았다. 타국에 적응하느라 바빠 녹내장을 조기 발견하지 못한 것. 설수경의 시력은 실명 직전까지 가는 최악의 상황이었다. 겨우 물체 정도만 구분하는 시력. 화가에게는 사형선고와 다를 바 없었다. 그 충격으로 우울증에 이어 정신 질환을 앓았다.

방신주에게는 기회였다. 어머니가 오락가락하는 사이에 그림을 차지했다. 하나하나 내다팔며 향락을 즐겼다. 고급 저택을 사고, 최고급 세단을 뽑고, 수천만 원짜리 와인에 명품 가방과 구두까지.

어머니는 병원에 방치한 채 제대로 돌보지 않았다. 사교(?)를 즐기기에도 시간이 모자랐던 것이다. 바로 그때 위작 논쟁이 터지기 시작했다. 한두 작품이 아니었다. 그 와중에 어머니가 병사하고 말았다.

그 시간 방신주는 백인들과 쾌락을 즐기고 있었다. 수억을 들여 뜯어고친 궁극의 성형술로 30대 초반 행세를 하면서. 30대 초반의 백인들 가랑이 사이에서 쉰 고양이 울음소리를 내며.

위작 논쟁이 일자 그림값이 내리막을 그렸다. 그녀가 국내로 돌아온 이유였다. 한국에서는 먹힐 줄 알았다. 그래서 남은 그림과 위탁 전시하던 것을 모아 야심차게 전시회를 연 것이다.

하지만 거기서도 사달이 났다.

방신주는 독기가 올랐다. 말 많은 감정사들을 다 뭉개고 싶었다.

한 시대를 풍미한 대가이던 어머니의 명예.

슬프게도 그것 때문이 아니었다.

Money!

그녀의 머리에는 오로지 돈밖에 없었다. 위작 시비가 사라져야 어머니의 그림이 다시 대우를 받을 것이다. 그래야 다시 젊은 남자들을 거느리고 다닐 수 있었다. 그녀에게는 아직도 여러 작품이 남아 있었던 것이다.

붓과 유품 목걸이 또한 전부 위선이었다. 어머니의 명예를 목숨처럼 아는 딸. 그렇게 보이기 위한 위장술이었다.

실은 미류도 그 위장술을 응용했다. 그림이 모작이라는 건 미리 감을 잡았다. 붓에서 감지되는 영가가 그림에 전혀 없었기 때문이다. 돌직구는 살며시 내려놓았다. 대신에 장착한 건 각이 큰 변화구였다.

위작이라고 말하는 대신 그녀의 전생을 불러 둘러댄 것이다.

당신은 그때도 그랬고 지금도 그랬어.

바보가 아니라면 알아듣겠지?

"으어어으으어!"

방신주의 통곡이 점점 더 깊어져 갔다. 소리에 놀란 송미선과 친구들이 달려와 문을 열었다. 방신주의 눈물이 화구 위에 떨어졌다. 붓 위에도 떨어졌다. 미류는 보았다. 붓털에서 흘러나오는 아련한 영기. 그게 방신주의 눈물을 타고 올라가 볼을 쓰다듬는 걸.

—고맙구나, 내 딸.

—이제라도 나를 위해 울어주어서.

영기의 속삭임이 들렸다.

'아아!'

미류는 몸서리를 치고 말았다. 이 생과 저 생의 벽을 넘나드는 모정의 발로였다. 누가 모정이 위대하다고 했을까? 통곡하는 자식을 보듬는 부모의 용서가 거기 있었다. 그 영가가 느낌으로 전해진 걸까? 방신주의 입에서 참회의 목소리가 튀어나왔다.

"미안해, 엄마. 미안해요, 어머님."

"제가 잘못했어요. 제가 눈이 멀었어요."

"다시는 그러지 않을게요. 사실은 저도 양심에 찔렸다고요."

엄마와 어머님. 단어가 다른 것으로 보아 방신주는 전생과 현생에 대해 동시에 빌고 있었다. 미류는 합장 기도로 그녀를 도왔다. 그녀의 참회가 어머니와 시어머니에게 닿기를. 그리하여 그녀의 인과가 극복되기를. 옴옴 급급여율령!

짝짝짝짝!

여사들의 박수가 그치지 않았다. 덕분에 서서 인사를 받던 미류도 한동안 자리에 앉지 못했다.

"정말 너무너무 행운이에요. 법사님을 만나게 된 것."

탁정자가 제일 좋아했다.

"너 나한테 크게 한턱 쏴야 한다."

송미선이 살짝 공치사를 곁들였다.

"쏘지. 너 가방 바꿀 때 됐지? 네 마음대로 하나 골라가."

탁정자는 통 크게 인심을 베풀었다.

"난… 이 은혜를 어떻게 갚아야 할지 모르겠어. 법사님이 나를 인간으로 만들어주셨어."

방신주의 품에는 어머니의 화구가 안겨 있었다. 조금 전까지는 효녀를 가장하기 위해 과시용으로 가지고 다니던 어머니의 화구. 그러나 이제는 진정한 어머니의 유품으로 대하는 그녀였다.

"너 괜찮아?"

송미선이 티슈를 내밀었다. 방신주의 눈에는 아직도 눈물이 그렁그렁했다.

"어휴, 너희들이 그러니까 우리도 미치겠어. 법사님이 우리도 봐주고 가시면 좋은데……."

송복녀는 안달이 날 지경이다.

"그러게. 이럴 줄 알았으면 양보 안 하는 건데."

애가 타기는 구영미도 마찬가지였다.

"그러니까 나한테 잘 보여. 법사님은 내가 모셔 왔으니까."

송미선은 다시 한 번 공치사를 작렬했다.

'그냥 다 봐줄까?'

미류는 잠시 고민했다. 하지만 고개를 저었다. 서두르면 체한다. 사회적 영향력이 있는 사람이라면 천천히 교분을 쌓으며 인맥으로 흡수하는 게 옳다고 판단했다.

"그런데 법사님."

탁정자가 미류를 바라보았다.

"말씀하시죠."

"아까 딸애에게 들으니 사회봉사사업을 하시는 거 같던데 어떤 일인지 알면 안 될까요?"

"아직은 아니고요."

미류가 말끝을 흐렸다.

"아이, 그러지 마시고 말씀하세요. 우리가 이래 봬도 능력 있는 여자들이에요. 혼자 좋은 일 마시고 저희도 참여시켜 주시면……."

"그게… 아직 계획 단계라 말씀드리기는 그렇지만… 무속인들의 사회참여가 너무 빈약해서 말입니다. 노인들을 위해 쾌적한 요양원 사업 같은 걸 하며 생활고에 힘든 사람들의 인과 정리를 도울까 생각 중이랍니다."

"어머, 그거 좋네요. 다들 툭하면 무료 급식소만 생각하는데……."

여사들이 반색했다.

"법사님, 그거 혹시 후원자 안 필요하세요?"

가려운 등을 먼저 긁어준 건 송미선이었다.

"필요하죠. 해서 염치없이 말씀드리는 건데… 나중에 그림이 그려지면 사모님들이 십시일반 도와주시면 고맙겠습니다."

"저는 무조건 동참이에요."

다시 송미선이 나섰다.

"저도 찬성입니다."

탁정자가 뒤를 따랐다.

"저는 거기 가서 휠체어를 밀거나 배식 봉사 같은 것도 해드릴게요."

방신주는 코를 훌쩍이며 손을 들었다. 그 말에 송송탁구방 멤버들도 놀라는 기색이다. 친구들 사이에도 이기적이고 도도한 편이던 그녀. 그런 그녀의 발언이었으니 놀라지 않을 수가 없는 것이다. 더 놀라운 건 그녀의 눈빛도 선량하게 변했다는 것.

"우리는 점 보기도 전에 미리 찬성. 쟤들은 점을 보고 말하는 거니까 사심이 있는 거지만 우리는 순수한 참여예요. 그렇죠, 법사님?"

남은 둘도 동참 의사를 밝혔다.

미류는 밖으로 나왔다. 다섯 여사들이 문 앞까지 나와 배웅해 주었다. 이제는 뭔가 만져지기 시작하는 느낌. 꿩 먹고 알도 먹은 미류는 햇살 아래로 나섰다.

당당하게!

세상 속으로!

'너는 특허권자야!'

미류는 자부심을 곱씹으며 인파 속으로 들어갔다.

효자동 대주님

기도를 했다.

숭덕 스님과의 효자동 약속을 한 날 첫새벽, 미류는 목욕재계를 하고 신당에 앉았다. 그동안 점사를 내린 모든 사람을 위해 기도했다. 그들이 인과를 벗어나 자아 완성을 하기를. 이 생에서 과업을 이루어 꽃을 피우기를. 하나하나 꼽다 보니 적은 수가 아니었다. 행복했다. 그들의 자아 완성에 도움이 되었다는 것. 통장에 쌓여가는 돈의 숫자보다 뿌듯했다.

정진을 위해 퇴마경을 독경했다. 지화를 접었다. 바스락바스락, 소리가 좋았다. 벙글어 피어나는 모양이 좋았다. 신단의 지화를 교체했다. 빛바랜 지화들은 태워 버렸다.

태운다는 건 마무리다. 훨훨 껍질을 벗어 형체를 버리고 자유롭게 하늘로 가는 것이다.

다음으로 고명한 무속인들을 짚어보았다. 표승과 더불어 현존 3대 만신으로 불리는 우담할망과 숭례보살. 그러나 은둔고수는 방방곡

곡에 있었다.

―포천의 신몽대감!

―양양의 일화보살!

―제천의 월악부인!

―칠곡의 만복신녀!

―영덕의 처용마님!

―화순의 대길아씨!

―동래의 쌍칼동녀!

무속계에서는 이름만 대면 알 만한 사람들이다. 그 외에도 소문난 무속인은 꽤 많았다.

'하나하나 만나봐야겠지?'

미류는 그 이름들을 머리에 넣었다. 모래알처럼 흩어진 무속인들. 그들 역시 무속의 미래를 걱정하고 있다면 서로 마음을 합칠 일이다. 더불어 강호 고수들의 점사도 궁금했다. 만날 수 있다면 큰 공부가 될 것이다.

잠시 숨을 돌릴 때 반가운 목소리가 들렸다.

"미류 오빠!"

하라였다. 제 엄마 봉평댁과 둘이다. 문을 여니 하라가 날아들었다. 녀석은 매미처럼 달라붙으며 미류의 볼에 뽀뽀를 작렬했다.

"웬일이세요?"

봉평댁을 보며 물었다.

"만신 어른께서 미류 법사 중요한 일 있으니 가서 밥이라도 든든하게 챙겨주라기에……."

"그러실 필요까지는……."

"오빠가 좋아하는 머위!"

땅에 내려선 하라가 작은 보따리를 들어 보인다.

"저년이 또 촉새 요살 시작이네."

봉평댁이 혀를 찼다.

"뭐가 촉새야? 말 안 해서 입 냄새 나는 엄마보다는 백배 낫거든."

"뭐야? 엄마가 무슨 냄새가 난다고 그래?"

"첫, 엄마만 빼고 다 안다. 그치, 미류 오빠?"

"법사님이라니까!"

봉평댁이 이마에 핏줄을 세우며 강조했다. 하지만 하라는 아랑곳 없이 미류의 팔을 끌고 있다.

"어휴, 내가 미쳤지. 저년을 데려오는 게 아닌데."

봉평댁은 가슴을 치며 뒤를 따랐다.

"엄마는 밥해. 머위는 내가 볶을게."

주방에 들어선 하라가 봉평댁을 밀었다.

"까불지 말고 가서 얌전히 앉아 있어. 미류 법사님, 오늘 중요한 분 만나러 가는 거거든."

"그래서 내가 한다는 거야."

하라의 표정은 당돌하다 못해 당당하기까지 했다.

"뭐야?"

"만신 어른은 늙은 피, 미류 오빠는 젊은 피, 엄마는 삭은 피, 나는 싱싱한 피. 그러니까 내가 해야지."

"강하라! 너 보자 보자 하니까."

"뭐? 머위도 내가 깠잖아? 엄마는 줄기만 하고서."

하라가 고사리 같은 열 손가락을 내밀었다. 손톱 밑이 까맣게 변했다. 머위를 깠다는 증거이다. 머위를 삶아 껍질을 벗기면 손톱 밑이 까맣게 변하기 때문이다.

"하라야."

"잠깐, 오빠 몸주님에게 인사하고 와서 할게. 우리 오빠 잘 돌봐주세요 하고."

하라는 쪼르르 신당으로 달려가 넙죽 절을 올렸다. 하나, 둘, 셋. 세 번이다. 세 가지 색깔의 전생신에게 빠짐없이 인사를 챙긴 것이다.

"오냐, 너 그거 망치기만 하면 오늘 너 죽고 나 죽는 줄 알아라."

봉평댁은 호박부침을 시작했다.

"완성!"

대야를 엎어놓고 그 위에 올라가 간을 맞추던 하라가 두 손으로 허공을 찔렀다. 그리고 미류를 불러댔다.

"오빠! 오빠!"

"하라표 요리 완성이라고?"

"응, 아 해봐."

하라가 머위 두 개를 집어 들었다. 노란색의 머위에서 모락모락 김이 솟는다. 머위는 미류가 좋아하는 나물이다. 볶아도 좋고 된장으로 끓여도 좋았다. 특히 어린잎일 때 배어 나오는 알싸한 쌉쌀함, 미류는 그걸 최고로 꼽았다. 한 박자 늦게 입맛을 돌게 해주기 때문이다.

"으음……."

미류의 볼이 실룩거리기 시작했다.

"어때? 맛있지?"

"야, 이년아! 소금 그만 넣으라니까 세 번이나 넣어서 소태가 됐구먼 뭐가 맛있어?"

봉평댁이 하라를 쥐어박았다.

"누가 엄마한테 물어봤어? 엄마가 오빠야?"

"저게 뭘 잘했다고!"

"어때?"

하라가 미류를 바라보았다. 무지막지하게 진지한 눈빛이다.

"이야, 죽이는데?"

"진짜?"

"응, 완전 꿀맛!"

"오빠, 최고!"

다시 하라가 안겨왔다. 뽀뽀도 뒤따랐다. 식사 중에 잠시 마당으로 나온 미류가 주전자를 집어 들었다.

왈칵발칵!

물을 마셨다. 머위는 엄청나게 짰다. 게다가 단맛까지 넘쳐 제 맛이 아니었다. 그 머위를 계속 먹어야 했다. 하라가 밥상머리에 붙어 앉아 자꾸만 집어줬기 때문이다. 머위 맛은 버리고 하라의 미소를 반찬 삼아 밥을 먹었다. 그래도 혼자 먹는 것보다는 백배 나았다.

"오빠, 나 신당에서 쌀 붙이기 연습해도 돼?"

식사가 끝나자 하라가 미류의 귀에 대고 속삭였다.

"저년이 또 무슨 요사를 떨려고 속닥이는 거야?"

봉평댁이 눈을 부라렸다.

"그래."

미류의 허락이 떨어졌다. 볼수록 기특하고 귀여운 하라이다. 쪼르르 신당으로 들어선 하라가 팔선채를 집어 들었다. 하라는 봉평댁의 레이저 눈빛을 느꼈다.

'너 진짜 죽을래?' 하는 레이저가 하라를 정통으로 겨눈 것이다.

"메에!"

하라는 혀를 날름 내밀고는 이마를 찧을 듯 전생신에게 절을 했다.

"미류 법사."

봉평댁이 미류를 바라보았다. 말리라는 눈빛이다.

"그냥 두세요. 기특하잖아요?"

"그래도 엄숙한 신당인데 자꾸 받아주니까 저게 버르장머리가 없어지잖아."

"몸주께서 아무 말씀 없으신 거 보니까 싫지 않으신 모양입니다."

미류의 말이 봉평댁의 입을 막았다. 몸주가 좋다는 데야 왈가왈부할 사안이 아니었다. 무당이 그렇다. 몸주가 물 달라면 물을 주고 사탕을 달라면 사탕을 준다. 그걸 아는 봉평댁이다.

"워어이!"

신당 안에서 하라가 맴돌이를 하고 있다. 흰옷을 입고 도니 구름 덩어리처럼 보인다. 팽이처럼 잘도 돌았다. 그러다 멈췄다.

"휘이!"

고사리손이 허공을 휘저었다. 후두두 제가 던진 쌀알이 우박처럼 내려온다.

"앗!"

부채를 보던 하라가 소리쳤다.

"또 붙었냐?"

미류가 물었다.

"그게 아니고……."

울상이 된 하라, 제 엄마의 눈치를 보더니 모기 소리만 하게 뒷말을 이어놓았다.

"보리쌀을 뿌렸어!"

푸헐!

"오살 방정을 떨더니 그럴 줄 알았다. 빨리 치우고 기어 나와!"

봉평댁의 목소리가 천둥을 쏟아냈다.

"그런데 그게 저번의 쌀보다 더 많이 붙었어."

"……!"

천둥소리는 그 한마디에 사라져 버렸다.

하라의 말은 사실이었다. 부채에는 꽤 많은 보리쌀이 붙어 있었다. 부채에는 어떤 조작도 없었다. 조작할 하라도 아니었다.

"한 번 더 해볼래?"

미류가 보리쌀을 내밀었다. 봉평댁은 황당함에 어쩔 줄 몰라 했지만 미류를 막아서지는 못했다. 여기는 미류의 신당인 것이다.

"알았어."

역시 하라이다. 구김살 없이 보리쌀을 받아 든다. 그러더니 망설임도 없이 보리쌀을 확 흩뿌렸다. 한 바퀴 제자리를 돌며 팔선채를 휘두르는 하라.

"또 붙었어!"

하라가 부채를 내밀었다. 이번에도 꽤 많은 보리쌀이 붙어 있었다.

"오빠가 오늘 완전 대박 길일인가 봐!"

하라가 소리쳤다. 미류는 전생신을 보고 있었다. 전생신이 그녀의 앙증맞은 귀여움에 반한 걸까? 하얀 나비처럼 팔랑거리는 하라에게?

"어디 보자."

의젓하게 앉은 하라가 보리쌀점을 시작했다. 몇 개를 집더니 두 손안에 가두고 까부른다. 그런 다음 바닥에 턱 보리쌀을 털었다.

"오빠는 길일 당첨!"

"하라야."

"남쪽에서 귀인이 오는 날!"

"하라야."

봉평댁의 목소리는 낮고 또 낮았다. 눈빛도 도끼날에 가까웠다. 핏대가 목까지 차올랐다는 뜻이다.

"엄마는 액땜하는 날!"

"……."

"그리고 하라는……."

발딱 일어선 하라가 미류의 품으로 뛰어들었다.

"오빠랑 뽀뽀할 시간!"

"어휴!"

봉평댁은 고개를 절레절레 저으며 돌아섰다. 그녀로서는 당할 재간이 없는 하라였다.

길을 나섰다. 숭덕 스님을 만날 시간이다. 하라는 신당에 남겠다고 떼를 쓰다가 돌아갔다. 떼쓰는 모습조차 귀여운 하라다. 그러다 문득 이상한 예감이 스쳐 갔다.

'선생님……'

표승 때문이다. 신당을 오래 비우고 있다. 물론 전에도 그런 적은 많았다. 하지만 그때와 느낌이 달랐다.

'신밥 수저를 놓으시려는 것인가?'

괜한 생각은 아니었다. 미류가 죽기 전 표승은 신당을 접었다. 미류를 독립시킨 후였다. 시기적으로 보면 아직 멀었지만 사건은 전처럼 흐르고 있지 않았다.

'두고 보면 알 일.'

고개를 저었다. 만신의 호칭도 부족할 표승의 관록이다. 그러나 가는 세월을 누가 당할 것인가. 이제 늙고 지쳤으니 신제자의 짐을 벗는다고 해도 이상할 일은 아니었다.

"스님!"

미류는 버스 터미널에서 숭덕을 맞이했다.

"일찍 나왔나?"

"아닙니다. 오시는 데 불편하지는 않았습니까?"

"불편은… 한잠 잘 자고 왔지."

미류가 앞서 나와 택시를 잡았다. 목적지는 물론 효자동이다.

"……."

가는 내내 숭덕은 별다른 언질을 주지 않았다. 미류도 묻지 않았다. 대신 다른 걸 물었다.

"어떻게 하면 스님처럼 될 수 있을까요?"

스님은 엉뚱한 답으로 응수했다.

"나처럼 되어서 뭘 하시게?"

"많은 사람에게 생의 짐을 덜어주는 등불이 되고 싶습니다."

"많은 사람?"

"예."

"내가 무슨… 나는 정작 내 자신도 깨우치지 못한 사람이라네."

"별말씀을……."

"다른 사람을 닮을 필요 없네. 부처는 부처고 예수는 예수니까."

"스님……."

"미류 법사는 미류 법사가 되면 되는 거야."

스님의 시선이 한강으로 향했다.

"어떤가?"

"네?"

"저 강 말이야."

"무슨 말씀이신지……."

"인공 수로처럼 너무 만져놨잖아? 강다운 맛이 하나도 없어."

"……"

"그래서 미류 법사는 미류 법사가 되어야 한다는 걸세."

스님이 웃었다. 미소 속에 깨우침이 있었다. 미류는 가만히 고개를 끄덕였다. 머리는 갸우뚱했지만 마음에는 와 닿는 게 있었다.

택시가 목적지에 멈췄다. 정원을 지키는 두 그루의 소나무가 압권인 저택이다. 중년의 남자가 나와 있다. 택시가 멈추자 그가 문을 열어주었다. 박기창의 비서실장 이현승이었다.

"회장님이 기다리고 계십니다."

그가 대문을 가리켰다. 옆의 작은 문이 아니고 커다란 대문이다.

〈박기창〉

대문 옆으로 문패가 보인다. 큰 문이 다 열린 후에야 숭덕이 걸음을 옮겼다. 미류의 첫발이 잔디에 닿았다. 정원에는 부드러운 느낌의 정원수가 많았다. 수영장은 없지만 작은 연못을 갖춘 곳이었다.

박기창.

좀 들어본 이름이다. 하지만 명쾌하게 떠오르지는 않았다.

"여기서 기다리면 나오실 겁니다."

실장이 잔디 위의 테이블을 가리켰다. 원목으로 만든 테이블은 우아한 기품이 가득했다. 어쩐지 아더왕과 원탁의 기사가 된 기분이 들기도 했다.

"문패를 보셨나?"

원목 의자에 앉은 숭덕이 비로소 입을 열었다.

"예."

"들어보셨나?"

"그런 것 같기는 한데……."

"융성제약 회장님 댁일세."

"……!"

우르릉, 하고 미류의 뇌리에 번개가 스쳐갔다.

융성그룹이라면 유서 깊은 기업이다. 삼성전자나 현대자동차처럼 화려하지는 않지만 알찬 기업으로 알려진 곳. 주식 또한 50만 원대에 육박하는 알짜 기업이다. 사회사업도 많이 하며 기업 이윤의 사회 환원이라는 사훈으로도 잘 알려진 회사.

저벅!

생각에 잠길 시간도 없이 발소리가 들려왔다.

"오셨습니까?"

맑은 청음의 박기창이 등장했다. 은빛 머릿결을 휘날리며 나타난 그는 후덕한 풍모이다.

"대주님!"

숭덕이 일어나 합장했다. 미류도 두 손을 모았다.

"뉘신지?"

박기창이 미류를 보며 물었다.

"무속을 공부하는 법사신데 신통력이 높아 동행했습니다. 대주님께 소개도 시켜 드릴 겸."

숭덕이 미류를 소개했다. 미류는 한 번 더 인사를 올렸다.

"그나저나 고속버스를 타고 오시다뇨? 차를 보내 드려도 송구할 일을……."

"웬 말씀입니까? 두 다리 멀쩡할 때 걸어야죠. 남의 등에 업히기 시작하면 겨우 붙든 불성(佛性)조차 간직하기 어렵습니다."

"여전하시군요. 세월이 가면 좀 무뎌지시려나 싶었는데……."

"회장님 의욕도 마찬가지 아닙니까? 여전히 시들 줄 모르는군요."

"이 실장!"

박기창이 실장을 불렀다.

"예!"

"여기 우리 법사님 모시고 가서 후원 좀 구경시켜 드리시게."

"알겠습니다."

명을 받은 실장이 미류를 바라보았다. 자리를 피해 달라는 완곡한 표현. 미류는 일어서는 수밖에 없었다.

"스님과 단출히 한담이나 나눌까 싶어서요."

박기창이 숭덕을 돌아보았다.

"그 한담이 30년 농사 시작할 품종 선택 아니십니까?"

"……?"

숭덕의 말에 박기창이 호흡을 멈췄다. 정곡을 찔린 것이다. 박기창은 지금 기로에 있었다. 그동안 탄탄하게 입지를 다진 바이오 분야. 하지만 급변하는 세계정세 속에서 제약회사 관련업만으로는 성장에 한계가 있었다. 그래서 그동안 쌓아둔 금고를 열어 새로운 분야로 나갈 생각이다. 그 고견을 듣기 위해 숭덕을 초빙한 것이다.

하지만 그건 아무도 모르는 일이었다. 아내도 모르고 비서실장도 몰랐다. 회사에서도 복심을 밝히지 않은 것이다. 그런데 그걸 숭덕이 언급했다. 그것도 30년이라는 숫자까지 정확하게.

"허어, 법안(法眼)은 천리도 좁다더니 용궁사에서 제 속을 꿰뚫고 계셨군요?"

박기창의 입이 쩍 벌어졌다.

"제가 본 것이 아니라 부처님이 본 것이지요. 이 사람은 그저 그분께 주워들었을 뿐입니다."

"스님."

"나무관세음보살."

"맞습니다. 그동안 바이오산업으로 자리를 잡았으니 그 여력을 바탕으로 삼아 다른 분야로 진출해 볼 생각입니다. 세계적으로 워낙 기업 변동성이 심한 때라 한 업종만으로 대처하기엔 위험부담이 큽니다. 계란을 한 바구니에 담은 형국이라고나 할까요."

"계란을 옮겨 담으시게요?"

"그러니 고견 한 말씀 주시면……."

"실은 제가 그 바구니를 준비해 왔습니다만……."

"그러십니까?"

박기창이 반색했다.

"그런데 회장님이 치워 버리셨군요."

숭덕이 미류의 빈자리를 바라보며 웃었다.

"……!"

그제야 숭덕의 뜻을 알아챈 박기창의 표정이 확 굳었다.

"스님……."

박기창의 목소리가 진지하게 변했다.

"기왕 옮겨 담으실 거라면 헌 바구니보다는 새것이 좋지요. 구멍 날 염려도 적고."

"하지만 이 일은……."

"회장님께 중차대한 일이지요. 그렇기에 이 늙은 석두에게 손을 내밀었겠지요."

"아시면서 어찌……."

"지는 해는 가고 뜨는 해가 세상을 비추는 게 생의 진리 아니겠습니까?"

"스님, 제가 무슨 실수라도?"

"그럴 리가요? 소승은 진정 회장님을 위해서……."

"아닙니다. 아무래도 제가 스님께 단단히 결례를 한 모양이군요. 다 제가 부덕한 탓이니 오늘은 그냥 차나 마시고 가십시오. 근간 제가 찾아가 불단에 배를 올리겠습니다."

"회장님!"

숭덕이 시선을 들었다.

박기창의 경계 때문이다. 숭덕의 법력을 믿기에 숭덕을 높이 산 박기창. 그렇기에 미류처럼 젊은 신성은 성에 차지 않은 것이다. 더구나 박기창으로서는 일생일대의 승부수가 아닌가?

미류가 돌아왔을 때 분위기는 어색하게 변해 있었다. 사정을 모르는 미류는 숭덕을 따라 일어서는 수밖에 없었다.

그때였다. 현관에서 젊은 여자 둘이 나왔다. 그 둘 중의 한 사람이 미류를 보며 소리쳤다.

"미류 법사님!"

"어?"

미류도 놀랐다. 그녀는 수정이었다. 송송탁구방 멤버인 탁정자의 딸 하수정.

"여긴 웬일이세요?"

수정이 반색했다.

"아, 네. 큰스님 따라 인사 차……."

"어머, 회장님도 우리 미류 법사님 아세요?"

수정이 박기창을 바라보았다.

"그럼 아까 네가 말한 그 신통방통하다는 법사가 바로?"

"네, 병원에서도 몇 년간 못 잡던 제 복통을 단박에 없애주신 분이에요."

"진짜 그분이셔?"

그녀 곁의 혜선도 입을 벌렸다. 수정과 그녀는 단짝 친구였다. 중학교 때부터 그랬다. 회장의 외동딸은 아직 미혼. 그래서 결혼 후에도 서로의 집을 내 집처럼 들락거리는 사이였다.

"세상에 이런 일이……. 법사님을 여기서 만나다니……."

수정은 좋아 어쩔 줄을 몰라 했다.

"아빠가 모신 거예요?"

혜선이 박기창에게 물었다.

"응? 응……."

박기창이 얼버무렸다.

"아, 정말? 그런데 왜 말 안 하셨어요? 내가 수정이 얘기 듣고 얼마나 만나고 싶어 하는지 보셨으면서."

"……."

"어떻습니까? 새 바구니 한번 써보시겠습니까?"

지켜보던 숭덕이 넌지시 박기창에게 운을 뗐다. 박기창은 두 눈을 멀뚱히 뜨고도 대답을 하지 못했다. 침묵은 곧 그의 수락이다.

"송구하게 되었습니다. 하마터면 큰 결례를 할 뻔했군요."

미류와 독대한 박기창이 유감을 전해왔다. 자리가 바뀌어 그들은 박기창의 서재에 있었다. 다양한 책이 산더미처럼 쌓여 있었다. 특이한 것은 천체망원경이었다. 좋아 보였다. 아울러 천장에 새겨진 지도는 천상열차분야지도로 보였다.

"별말씀을……."

미류는 겸손하게 응수했다. 숭덕에게 등 떠밀려 들어선 서재. 아직 박기창의 용건을 모르는 미류이다. 하지만 한 가지는 알았다. 박기창이 중요한 걸 의논하려 한다는 것. 그리고 숭덕이 그 기회를 미류에게 주었다는 것.

알짜배기 기업을 가진 사람이 왜 숭덕을 불렀을까? 대개는 집안일이나 사업에 관한 조언이다. 그 정도는 미류도 알고 있었다.

'유소작위(有所作爲)······.'

미류의 머리에 단어 하나가 떠올랐다. 주도적이라는 뜻을 가진 사자성어. 전생신의 예지로 알고 먼저 점사를 내기로 했다.

재물창을 보았다. 오직 재물창이었다. 서두르지는 않았다. 서두르는 건 무면허자들이나 할 일이다.

[재물운 上上 95%]

95%의 재물운이 나왔다. 上上급 인생이라고 해도 90%이면 족하고도 남을 일. 90%을 넘는다는 건 극상에 속한다. 그렇기에 다른 창에 비해 먼저 나온 모양이다. 말하자면 이 사람은 희로애락의 가사 근심보다 사업의 방향이 필요한 상황이었다.

'홉!'

영기를 모아 재물창을 들여다보았다.

[藥][光][無]

글자 세 개가 반짝이는 게 보인다. 그 빛의 차례는 약(藥)〉광(光)〉무(無)의 순이다.

글자의 선명도는 약이 가장 강했다. 그는 현재 굴지의 제약회사 회장. 그 운에 대한 방증이기도 했다. 그런데 뒤에 이어지는 글자가 문제였다.

'빛 광.'

먼 과거라면 양초나 성냥사업이 해당될 일이다. 현대는 발전사업과 전자산업 등이 여기에 속한다. 이 세 글자가 박기창의 생과 잘 맞는 사업 분야를 뜻하는 거라면······.

하지만 무(無)!

이게 문제였다. 약과 광은 알겠는데 무라니? 두 개 이외의 사업은 벌리지 말라는 것일까, 아니면 둘을 동시에 하면 무가 된다는, 즉 망해 버린다는 뜻일까? 미류의 머리가 팽글팽글 돌았다.

다시 한 번 재물창을 확인했다. 글자는 변하지 않았다. 선명도도 변하지 않았다. 맨 앞의 약 자가 가장 강하고 맨 뒤의 무 자가 가장 약했다.

無.

없다, 무죄, 무효, 무미, 무광…….

아무리 생각해도 무는 없다에 해당한다.

약과 광에 해당하는 사업 외에는 한눈팔지 말라?

두 사업을 다 손대면 빈털터리가 된다?

'하아!'

한숨이 나왔다. 이제 신빨 좀 날린다고 생각하던 미류는 바로 장벽에 부딪쳤다. 점사의 길은 정말 끝이 없는 일이었다.

끝이 없는…….

그 말에서 미류의 미간이 좁아졌다. 끝이 없는, 거기에 해당되는 단어는 무한(無限)이다.

'무한…….'

그 또한 무로 시작한다. 무한이 나오니 해석의 여지가 달라졌다.

─약과 광의 사업을 하면 무한하리라?

말은 되었다. 그렇다면 제약회사 외에 발전산업이나 전자산업 등으로 진출하면 유망하다는 뜻?

"실은……."

미류가 골몰해 있을 때 박기창의 입을 열렸다.

"이 사람이 새로운 사업을 구상 중입니다. 하지만 시절이 시절이니

만큼 아이템 결단이 쉽지 않아 큰스님의 고견을 구하려던 것인데 큰스님께서 법사님을 추천하신 겁니다. 새 술은 새 부대에 담는 게 옳은 일이라 하니 이 사람의 운과 맞는 사업 아이템을 하나 골라주시면……."

"그러잖아도 그걸 찾고 있었습니다."

"이 사람의 생각을 알고 있는 겁니까?"

"그 또한 맞혀보고 있는 중입니다."

"오……!"

박기창이 숨소리를 죽였다. 기대감이 폭발한 것이다.

"회장님은……."

정리된 생각대로 공수를 내리려던 미류는 자신도 모르는 사이에 시선의 방향이 바뀌었다. 천체망원경이다. 그걸 보기 무섭게 입이 뒤틀리더니 생각지 못한 단어가 튀어나왔다.

"우주!"

'윽?'

운을 떼고서도 스스로 놀라는 미류였다. 생각지 않은 단어였기 때문이다.

'이런…….'

머리에 지진이 일었다. 부지불식간에 나온 공수이니 주워 담을 수도 없었다.

"아하핫핫!"

박기창이 웃었다. 통쾌하고 상쾌하게 웃었다. 그러던 그가 웃음을 끊어내고 서랍을 열었다.

서류 봉투 두 장이 나왔다. 내용물도 나왔다.

〈세계 전자산업 동향 보고서〉

〈우주산업 동향 보고서〉

내용물의 제목이 보인다. 우주가 있다.

"사실 극비리에 두 분야를 놓고 본격적으로 저울질하던 참이었습니다. 기가 막히는군요. 그걸 맞혀주시다니……."

박기창은 감탄을 금치 못했다.

"아!"

미류의 입에서 짧은 탄식이 새어 나왔다. 역시 전생신. 당장은 그 말밖에 할 말이 없었다.

無!

그러니까 무한. 우주는 무한. 전생신은 처음부터 바른 공수를 주었다. 빛의 세기 또한 힌트와 다름없었다. 달도 차면 기울 듯이 현재의 밝은 빛은 곧 스러질 일, 그렇기에 가장 약한 빛의 무가 가장 오래갈 거라는 예지였다.

문제는 미류였다. 공부가 부족해 해석을 제대로 하지 못했다. 그릇이 작아 전생신의 넓은 공수를 다 담지 못한 것이다. 사실 미류는 光을 추천할 생각이었다. 그렇기에 전생신이 직접 공수를 토한 것이다.

우주!

우주라고!

미류는 두 손을 모으고 눈을 감았다. 부족함의 인정과 함께 전생신에게 보내는 감사의 인사였다. 광만 맞혔어도 절반은 먹었을 일이지만 그건 신제자의 양심이 아니었다.

"단숨에 제 갈증을 풀어주시니 과연 도력이 높으신 분이군요. 그럼 혹시 미력한 이 사람에게 어째서 우주산업 분야가 궁합으로 맞는 건지도 들을 수 있을까요?"

기다리던 질문이 나왔다.

인간이다.

인간이기에 신의 뜻을 알고 싶은 것이다. 그렇기에 영매가 필요했다.

"알겠습니다. 잠시 눈을 감아주시죠."

"예."

박기창은 두 손을 서재 탁자에 올린 채 눈을 감았다.

'전생륜.'

미류가 영기를 뿜었다. 부름을 받은 전생륜이 튀어나왔다.

'아!'

미류는 또 한 번 소스라쳤다.

박기창 그는 특이한 사람이었다. 정말 그랬다. 다른 사람은 하나의 띠를 이루는 전생륜이 무려 두 개였다. 그러니까 쌍둥이 전생륜 띠가 떠오른 것이다.

'이럴 수가?'

미류는 두 개의 전생륜 띠에 흠뻑 빠졌다. 그저 아무 삶이나 살고 또 산 것이 아니었다. 그의 전생은 말 그대로 현자이거나 연구자, 수도자의 길이었다.

그는 개척하고 또 개척했다. 역사상의 사건 속에 주인공으로 선 적도 많았다. 전생륜 앞에 존경심이 들기는 처음이다. 미류는 가만히 일어나 박기창의 전생륜에 합장으로 마음을 전했다.

다시 자리에 앉자 맑은 전생륜 두 개가 걸어 나왔다. 멀고 먼 시절에 살던 전생령들이다. 하지만 두 전생령의 직업이 같았다. 둘 다 천문학자였다.

한 전생령은 신라 사람이다. 그는 선덕여왕의 명을 받아 첨성대를 만들고 별자리를 관찰했다. 그는 일이 즐거워 식음을 걸러도 개의치 않았다.

옆의 전생령은 이슬람의 천문학자였다. 두 세기쯤 뒤에 다시 태어난 그는 바그다드와 다마스쿠스 인근의 천문대 건립에 공헌했다. 페르시아와 인도, 그리스에서 넘어온 천문학 자료의 오류도 바로잡았다. 그 또한 하늘에 미쳐 있었다.

'언젠가는……'

저 별에 갈 거야.

두 전생령의 비원은 다르지 않았다.

어떤 전생 감응을 할까?

미류는 잠시 고심했다. 하지만 바로 접어버렸다. 박기창의 전생룡은 두 개. 한국과 이슬람의 전생을 다 보여주는 것도 나쁘지 않을 것 같았다. 왜냐면 우주산업 또한 동서를 다 아울러야 하는 일이므로.

"감응에 들어갑니다."

미류가 말했다. 회장의 미간이 살짝 구겨지더니 다시 평온해졌다.

신라가 나왔다. 경주이다. 산에는 나무를 베는 사람들이 많았다. 숯을 얻기 위해서이다. 노새와 나귀에 짐을 실어 나르는 행렬도 보인다. 저잣거리가 이어진다. 향비파 소리가 들려왔다. 향비파는 신라 서민들의 악기다. 팔관회나 단오, 장터거리에서 흔히 대할 수 있는 소리다.

멀리 첨성대가 보인다.

어느새 밤으로 변한 경주에 소쩍새 소리와 함께 어둠이 내려왔다. 별도 내려왔다. 박기창의 전생이 보인다. 그는 별자리를 읽고 있었다. 붓을 찍어 기록하는 얼굴에 땀이 배어 있다. 그 표정은 정말이지 행복해 보였다. 자기 일에 몰두하는 사람, 그 정수를 볼 수 있는 표정이다.

"회장님 전생 중의 하나입니다."

미류가 속삭였다. 감응 속에서 회장은 끄덕이며 고개를 숙였다. 그 자신이 걸어간 길의 하나, 어렴풋하게 데자뷔가 느껴지는 모양이다.

오전에는 궁궐에 들어가 여왕에게 보고를 했다. 여왕은 치하를 아끼지 않았다. 다시 첨성대로 돌아오는 그는 반짝이는 별을 보며 속삭였다.

언젠가는 저 별에 갈 거야.

첨성대의 감응은 거기서 끝냈다.

다음 코스로 넘어갔다. 이슬람이다. 황금빛 모래언덕이 보인다. 모래에도 파도가 치고 있었다. 물결도 보인다. 바람을 따라 흘러내린 모래가 물결무늬를 만든 것이다.

이슬람에서의 회장은 더 강대하고 더 지혜로웠다. 그 앞에 산더미 같은 천문학 책이 보인다. 그는 익숙하게 책을 넘겼다. 의문이 생기면 하늘을 보며 확인했다. 그의 하늘은 이미 우주가 되었다. 별이 아니라 별나라였다.

언젠가는 저 별에 갈 거야.

그 바람의 굵기도 커지고 있었다. 다마스쿠스 근처의 천문대에서 우주를 바라보는 전생에서 전생 여행을 마감했다.

"이제 현실로 돌아옵니다."

절겅!

미류가 신방울을 흔들었다. 회장은 꿈틀 흔들리더니 지진이 일 듯 번쩍 눈을 떴다.

"……?"

그의 눈이 허공을 향했다. 천상열차분야지도이다.

"괜찮으십니까?"

미류가 물었다. 그는 대답 없이 일어나 지도를 향해 손을 뻗었다.

"법사님!"

"예?"

"이 지도, 제가 중학교 때 처음 본 겁니다."

"……."

"청계천 헌책방에서 봤는데 아저씨가 거금 만 원을 달라고 했습니다."

"……."

"그때 저는 신당동에 살았는데 한달음에 뛰어가 돼지 저금통을 들고 왔지요. 그런데 얼마나 신기한 일이 있었는지 아십니까?"

"……."

"주머니에 있던 1,200원과 합쳐 딱 10,000원이 된 겁니다. 책방 아저씨도 놀라셨지요."

"예."

"아무도 모르는 이야기지만 저는 늘 밤하늘을 봅니다. 사업을 하다 막히면 늘 그랬죠. 거기 있는 별을 보면 괜히 마음이 편해집니다."

"……."

"법사님을 뵈니 알 것 같군요. 이 사람이 왜 하늘에 끌리는지, 제약회사로 반석에 올랐음에도 왜 마음 한쪽에 숙제가 남은 것 같았는지."

"……."

"그래서 사실 이번 신규 분야 사업 진출에 있어서도 우주산업을 끼워 넣고 만지작거리던 건데……."

"하십시오."

미류는 조용히 거들었다. 그의 인과가 따라온 사업. 마다할 이유가 없었다.

"그래야겠습니다. 이게 천년을 넘어온 나의 염원이었군요."

박기창의 시선이 미류에게 건너왔다. 평안하고 희망에 찬 얼굴이다.

"용서하십시오. 이 사람이 미력해 하늘의 뜻을 전하러 온 분을 내칠 뻔했습니다. 참으로 부끄럽습니다."

"아닙니다. 어쩌다 보니 무속인들의 신뢰가 떨어져 거부감을 가진 분들이 많아서……."

"앞으로도 제 길잡이가 되어주시겠습니까?"

"아직 애동 주제지만 불러주시면……."

"고맙습니다. 고맙습니다, 법사님."

박기창은 공손하게 고개를 숙였다. 미류를 처음 보았을 때와는 아주 다른 태도이다. 그에게 미류는 큰스님 못지않은 인물이 되어버린 것이다.

미류와 숭덕은 환대를 받으며 저택을 나왔다. 가장 아쉬워한 사람은 회장의 딸 박효미였다. 그 자리에서 예약을 보장해 주고서야 그녀의 아쉬움을 달랠 수 있었다.

우담할망과 초대형 부적

"큰스님!"

다시 터미널로 돌아온 후 미류가 말했다.

"말씀하시게."

"시주를 좀 하려고요."

"박 회장이 준 거라면 사양하네. 그건 부처님이 아니라 법사가 써야 할 돈이네."

"스님."

"만신에게 들으니 법사의 꿈이 기특하더군. 그 꿈, 무엇으로 이룰텐가? 법사의 공으로 이룬 덕을 여기저기 흘리지 말고 큰 뜻에 보태시게."

"스님……."

"섭섭하신가?"

"이걸 다 드린다고 해도 저는 박 회장님의 신뢰를 얻지 않았습니까? 그건 차마 돈에 비할 바가 아닙니다."

"알고 있네. 하지만 그 복채의 임자는 법사일세. 박 회장도 그렇게 말했는데 내가 가져가면 도적이 되는 것이지. 나를 도적으로 만들 셈인가?"

"스님……."

"정히 그렇다면 가서 냉커피나 한 잔 사오시게. 소개비는 그것으로 충분하다네."

숭덕이 미류의 등을 밀었다. 더는 할 말이 없는 미류, 그길로 냉커 피를 사다 스님 품에 안겨주었다.

"고맙네. 늙은 땡중의 체면을 세워주셔서."

"스님……."

"그럼 가겠네. 땡중 잔소리가 필요하시거든 언제든 오시게나. 자장 면은 푸짐하게 비벼 드릴 테니."

"고맙습니다."

미류가 두 손을 모았다. 숭덕은 그길로 버스에 올랐다. 파르라니 깎은 머리에 떨어지는 햇살이 투명해 보인다.

─큰스님 고맙습니다.

─선생님도 고맙습니다.

표승에게도 감사를 전했다.

고마웠다. 그냥 이 세상 모든 것이.

부득불(不得不) 인생─마지못해 사는 인생.

유소작위(有所作爲) 인생─적극적으로 참여해서 내 뜻대로 하는 인생.

그 차이가 미류의 시야를 넓혀가고 있었다.

미류는 신당으로 가지 못했다. 하라의 전화 때문이다. 하라의 점괘 가 적중(?)한 것이다. 봉평댁의 액땜이 그것이었다.

시장을 보러 나간 봉평댁이 행인이 데리고 나온 개에 물렸다. 잡종 황구였다. 시장이 가까워졌을 때 경적이 울렸단다. 놀란 황구가 펄쩍 뛰자 주인이 줄을 놓쳤다. 개는 주변 사람 셋을 물고 경찰과 대치하다 사살되었다.

다행히 큰 상처는 아니었다. 예방주사를 맞은 개라 광견병 위험도 크지 않았다. 하지만 개를 떼어내려 몸부림을 치다 다리를 삐었다. 결국 깁스에 목발 신세를 지게 된 봉평댁이다.

"미류 법사가 어떻게……."

병원에서 미류를 본 봉평댁의 눈에 눈물이 그렁거렸다. 원래 모질지 못한 사람이다.

"내가 전화했어."

하라가 나섰다.

"미친년, 바쁜 법사님에게 왜?"

봉평댁이 하라를 쥐어박았다.

"왜는, 내 점사 맞았다고 자랑하려고 그랬지."

"뭐야?"

"족집게였잖아? 내가 엄마 오늘 액땜할 거니까 조심하라고 몇 번을 말했어."

"이년이 불난 집에 부채질을 하나? 너 누구 딸이야?"

"미류 오빠 딸!"

하라는 미류 다리 뒤로 몸을 숨기며 혀를 내밀었다.

"어휴, 저 웬수덩어리."

"오빠, 남쪽 귀인 만났어?"

하라가 고개를 들었다.

"응? 응."

그제야 미류도 하라의 점사를 떠올렸다.

—오빠의 길일!

—남쪽 손님이 오는 날!

—봉평댁의 액땜!

셋을 꼽아보니 지난 점사도 스쳐 갔다. 점집 골목 사람들을 만날 때 하라가 한 말. 식복이 넘칠 거라던 그 말이 사소하지만 하나도 빗나가지 않았다.

'설마?'

"하라야!"

미류가 고개를 갸웃거리며 하라를 안아 들었다.

"응?"

"너 진짜 쌀점 본 거야?"

"응!"

하라가 고개를 끄덕거렸다.

"누구의 공수를 받아서?"

"오빠의 전생신!"

"……?"

"그분이 허락했어. 나보고 쌀점, 보리쌀점 쳐도 된다고."

"진짜?"

"응. 대신 오빠 신당에서만 치래."

역시 당차게 고개를 끄덕거리는 하라.

"저년이 주둥이 놀리는 것 좀 봐. 네깐 게 무슨 점사? 헛소리 말고 냉큼 내려와! 법사님 힘들어!"

봉평댁이 빽 소리를 높였다.

"메에, 엄마는 잘 알지도 못하면서."

"뭐야?"

"진짜 전생신이 그러셨어?"

하라를 내려놓은 미류가 다시 물었다.

"응!"

하라는 거침이 없다.

"그분이 네게 들어온 거야?"

"아니, 그냥 말씀만 하셨어."

말씀만?

그렇다면 강신이 아니라 공수였다. 강신하지 않은 아이에게 공수? 사실일까, 아니면 하라가 지어낸 말일까? 미류는 하라를 믿었다. 하라가 거짓말을 할 이유가 없었다. 그리고 거짓말이 쌀알을 붙여주지도 않는다.

"이건 복채!"

미류가 만 원짜리 한 장을 하라 주머니에 찔러주었다.

"와아, 역시 오빠! 엄마는 복채 대신 꿀밤을 줬어. 그러니까 부정 타서 저렇게 됐지."

"뭐야? 저년이… 미운 다섯 살이라더니 주둥이만 살아가지고……."

봉평댁이 가슴팍을 두드릴 때 선모가 들어섰다. 그 역시 하라의 전화를 받고 온 모양이다.

"미류 법사!"

"안녕하세요?"

미류는 인사를 주고받은 후 병실을 나왔다. 봉평댁을 돌볼 사람이 온 것이다.

"오빠!"

병실 문을 빠끔히 연 하라가 미류를 불렀다.

"왜?"

"점 필요하면 말만 해. 내가 쌀점, 보리쌀점 다 봐줄게!"

"그래."

손을 흔들며 병원을 나섰다.

'응?'

지하철로 향하던 미류가 고개를 들었다. 저만치에 낡은 대나무에 매달린 청홍의 신간대가 보인다. 붉은 벽돌 연립주택의 지하이다.

〈소래보살〉

아크릴에 쓴 이름이 보인다. 안 봐도 견적이 나온다. 많은 사람들이 저렇게 점사를 보고 있다. 이름도 제각각이다. 선녀, 보살, 공주, 부인, 선사, 만신 등등.

안에서 사람이 나왔다. 점쟁이는 초로의 할머니였다. 웃옷으로 입은 개량 한복에 부채를 들고 있다. 그녀는 점을 보고 가는 두 사람에게 큰 소리로 당부하고 있었다.

"내가 시키는 대로만 해. 알았어?"

손님은 미류 옆을 지나갔다.

"어때?"

한 손님이 말했다.

"별로네? 몇 개는 맞히는데 몇 개는 틀렸어."

"그래도 이 할머니, 용하다고 소문난 사람이야. 우리 애 인 서울할 거 맞혔다니까."

"그런데 왜 우리 애는 지방 국립대로 가라는 거야?"

"아유, 요즘 지방 국립대도 괜찮아. 어지간한 수도권보다 낫다고."

"그런가?"

손님들이 멀어졌다.

할머니 점쟁이를 보니 우담할망이 떠올랐다. 누가 뭐래도 서울의 대표 만신으로 꼽히는 무당이었다. 미류가 좋아하는 사람이다. 그녀는 오직 점사만 본다. 기도만 한다. 더러 굿을 하지만 강권하지는 않았다. 한마디로 강직한 무속인이자 바른 생활 무속인이다.

미류의 꿈을 이루기 위해서는 그녀의 지지나 도움 또한 필수 불가결한 일이다. 미류의 꿈, 혼자 하면 개인 봉사가 되지만 무속인들의 지지가 있으면 대표성이 될 일이다.

'언젠가는 한번 뵈어야 할 분.'

효자동 일로 고무된 미류였다.

집으로 향하던 발길을 돌렸다. 미류 머리에 든 목적지는 연희동이었다. 우담할망의 신당이다. 가면서도 신기했다. 무속인으로서 우담할망을 만나는 일. 심부름 같은 게 아니라면 꿈이나 꿀 수 있는 일일까? 더구나 두려움이나 의기소침한 마음도 붙어 있지 않았다.

"만신님 계세요?"

그녀의 신당 문을 두드렸다. 상담석에서 30대 초반의 여자가 미류를 맞았다. 우담의 신딸이다. 얼굴이 달덩이 같다. 친절한 웃음 속에 교태가 엿보인다. 남자를 짜릿하게 만드는 그것. 신딸의 미소로는 어울리지 않았다.

"예약하셨나요?"

"아뇨. 표승 만신님께 신내림을 받은 미류라고 하면 아실 겁니다."

"표승 만신님요?"

그녀가 고개를 들었다. 미류가 우담을 알 듯 그녀 역시 표승을 기억하고 있었다.

"들어가세요. 반가워하시는데요?"

신당에서 나온 신딸이 웃었다. 잠시 쉬는 시간에 미류를 끼워 넣은 모양이다.

"안녕하세요?"

신당에 들어선 미류는 벽의 무신도에 합장을 하고 인사를 올렸다.

"잠깐 기다리거라."

미류를 세운 우담이 상담실을 향해 말했다.

"소화야, 거기 소금 좀 가져오거라."

우담의 지시를 받은 신딸이 흰 소금을 가져왔다. 그걸 받아 든 우담이 미류에게 손짓했다. 미류가 다가서자 소금 몇 알이 몸에 뿌려졌다.

"기분 나빠 마시게. 명부(冥府)의 느낌이 묻은 것 같아서……."

"……!"

미류는 대꾸하지 못했다. 역시 내공은 그냥 얻는 게 아니었다. 우담도 미류에게 묻은 저승의 냄새를 알아챈 눈치다.

"표승 만신이 보내신 건가?"

미류가 앉자 우담이 물었다.

"아닙니다. 문득 만신님 생각이 나서……."

"내 부적이 필요하신가?"

부적.

우담의 부적 효험은 알아주었다. 하지만 함부로 돌리지 않았다. 다만 표승과 일부 무속인들에게는 예외였다. 그녀가 인정하는 사람들에게는 아끼지 않았다.

"부적을 공부하고 있으니 가르침이 필요합니다."

"아, 하긴 언젠가 표승 만신이 자랑하는 걸 들은 것 같구나. 네가 공부를 열심히 한다고."

"재주가 무뎌 표승 선생님 그림자도 못 밟는 주제입니다."

"거기 부적이 들었느냐?"

우담이 미류의 가방을 바라보았다. 척 보고서도 알아내는 그녀이다.

"예."

"한번 꺼내보거라."

"방매귀도 제대로 못 하는 솜씨지만……."

미류가 부적을 꺼내놓았다. 그러자 우담의 상체가 움찔 뒤로 흔들렸다. 부적에서 나온 서기(瑞氣) 때문이다.

"그게 정녕 네가 쓴 것이란 말이야?"

"예."

"한 장 줘보거라."

"여기……."

"……!"

미류의 부적을 받아 든 우담의 미간이 맹렬하게 일그러졌다. 심지어는 손까지 떠는 게 보인다.

"맙소사, 표승 만신의 말이 헛되지 않았구나. 명부의 서기가 서리지 않았느냐?"

"과찬이십니다."

"아니다. 잘한 것은 잘했다고 해야지. 소화야!"

우담이 다시 신딸을 불렀다. 그녀가 들어서자 미류의 부적을 건네주었다.

"느낌이 어떠냐?"

"부적 근처가 맑아지는 걸 보니 굉장한 도력이 스민 것 같습니다."

"……?"

이번에는 미류가 놀랐다. 신딸 역시 단숨에 부적의 영험함을 알아보는 게 아닌가?

'호부(虎父)에 견자(犬子) 없다더니……'

그리 좋은 인상은 아니던 신딸. 내친김에 확인에 들어갔다. 혹시라도 미류가 오해한 것일 수도 있기 때문이다.

"……!"

역시 좋지 않았다. 신은 들었으되 사생활이 좋지 않았다.

"이 부적을 내게 줄 테냐?"

"만신님께서 간직해 주신다면 그보다 영광이 없겠습니다."

"그래, 네가 모시는 몸주는 어떤 분이냐? 어떤 영험함을 지닌 분인지 내친김에 보고 싶구나."

"저는 몸에 전생신을 받았습니다."

"전생신?"

"예."

"전생신……."

"예."

"전생신이라면 무가에는 없는 신이나 줄을 세우자면 명부에 설 텐데 네가 그분을 들였다고?"

"예."

다시 묻는 우담할망. 웬만한 무당이라면 무심코 지나갈 일을 그녀는 그러지 않았다. 신의 계보를 정확하게 알고 있는 만신만이 할 수 있는 말이다.

무신은 한둘이 아니다. 저 위로 천신이 있고, 지신이 있고, 자연신에 인신까지 있다. 인신 또한 열두 신명과 조상신으로 나뉜다. 이들 중 천신과 지신 등은 무당의 신단에 들어오지 않는 것이 원칙이다.

무당에게 들어온 신들도 각각 역할이 있다. 신장신은 잡귀 잡신 담당이오, 장군신 역시 잡신을 쫓는다. 대신은 예지력을 가지고 길흉을 점지하고, 도사는 순리와 의술을 담당한다. 대감은 재물 담당이오, 제석은 오복 담당, 선녀는 부부나 남녀 관계, 동자와 동녀는 사소한 것들을 예지한다. 보통은 그렇다. 전생신은 이 족보에 나오지 않는다. 나오지 않는다고 없는 것은 아니다. 그렇기에 우담할망 같은 만신은 그 자리가 어디인지 짐작한 것이다.

"농담하는 건 아니겠지?"

"물론입니다."

"그렇다면 네 지금 내 몸에 들어 계신 분을 맞혀보거라. 명부의 신이라면 그만한 영력을 가지고 계실 것!"

우담이 작은 삼지창을 집더니 쌀알이 소복하게 담긴 행기를 찍었다.

"……!"

삼지창이 수직으로 섰다. 쌀은 한 알도 튀지 않았다. 이미 접신을 한 우담의 눈은 미류에게 꽂혀 있었다. 무속의 무 자도 모르면서 허튼소리 지껄이고 다니는 초짜 애동이 많았다. 혹시라도 미류가 그런 부류라면 신력으로 신명을 막아버릴 기세이다.

접신!

미류는 영력을 모아 전생신의 신통력을 모았다. 보이지 않는 영기가 퉁퉁 울림이 되며 맺혀오기 시작했다. 온몸에 파르란 영기가 서리자 우담의 몸도 다르게 보였다. 그녀의 신체에 흐르는 영기가 보였다. 영기의 실체도 보였다.

"지금 만신님께 든 것은 시누이뻘인 천상선녀십니다."

미류는 지금을 강조했다.

"……?"

우담의 눈동자가 꿀렁거리는 게 보인다. 그녀가 받드는 신은 주로 세 명. 젊어 한때는 10여 명의 무신을 받았지만 늙어 기력이 쇠하자 자신과 잘 감응하는 세 신하고만 접신하는 차였다. 미류가 그걸 짚어낸 것이다. 아무나 구분할 수 있는 일이 아니었다.

'이놈 봐라?'

우담의 눈동자에 실핏줄이 서기 시작했다.

"소화야, 대기실 문을 열거라!"

다시 신딸에게 지시를 내리는 우담.

스륵!

신당 벽에 달린 문이 열렸다. 하나가 더 열렸다. 이중문 뒤로 손님 하나가 보인다.

"절초점을 보러 오신 분입니다!"

우담의 입이 열리기도 전에 미류가 말했다. 운명창을 본 것이다. 50대 여자 손님의 건강창에서 그 답을 얻었다. 미류는 조금 깊은 곳까지 찔러주었다.

"기주님의 일이 아니라 남편분의 건강을 알아보러 오셨군요."

미류는 한 치의 흔들림도 없었다.

"닫아라!"

우담의 지시가 이어졌다.

스륵 문이 닫혔다.

침묵!

신당 안에 내려앉은 침묵이 소리도 없이 와글거렸다. 침묵을 깬 건 우담의 방울 소리였다.

"네 표승 만신의 젊은 날을 그대로 찍어냈구나!"

"……."

"나를 찾아온 진짜 이유가 무엇이냐?"

"실은 무속이 갈 길을 여쭤보러 왔습니다."

"무속의 길?"

"만신께서는 어떤 길을 따라오셨습니까?"

"무슨 뜻으로 묻는 것이냐?"

"어찌어찌 몸주를 받고 보니 앞으로 나갈 바가 궁금해졌습니다. 무속인이란… 이렇게 신당에 앉아 하염없이 손님을 기다리고 기도만 하는 것입니까?"

"그럼 또 무엇을 한단 말이냐?"

"그 무엇을 만신께 여쭙고 있습니다."

"네가 그 무엇을 할 정도의 경지에 이르렀다고 생각하는 게냐?"

"그 무엇을 따라가면서 경지를 이루면 시들어가는 무속 개화에 도움이 될 것 같기에……."

"재주 몇 가지 품었다고 눈에 허황이 들었구나. 20여 년 전 저 홀로 겹신을 받아 마치 무속왕인 양 판을 흐리던 궁천을 따라 하는 게냐?"

'궁천?'

한 번 들어본 이름이다. 굉장한 신통력이 있다고 했다. 20대에 남녀 무신을 동시에 접신, 물오른 신통력으로 안하무인 무속판을 흐리다 임자를 만난 사람. 그 임자가 바로 지금은 죽고 없는 우담할망의 신어머니 물레보살이다.

그 후로 면목동 어느 골방에 처박혀 사업점이나 보며 입에 풀칠이나 한다는 박수무당이 궁천이었다. 한마디로 용이 되었다가 토룡으로 돌아간 사람. 그리하여 풍문으로나 회자되는 사람.

그런데 묘하게도 그 이름에 여운이 남았다. 전에 들을 때는 느끼지 못한 일이다.

"그 반대편 길이라면 나와 네 신아버지 표승 만신, 그리고 숭례보살도 꿈꾸지 못한 일이거늘……."

"……."

"어느 쪽이더냐?"

"궁천은 생각한 바 없습니다, 표승 만신께서는 다만 뜻이 있다면 그 무엇을 생각대로 따라가 보라고 하셨습니다."

"표승 만신께서?"

"예."

"그렇다면 네 몸주께서 가장 신묘하다고 생각하는 공수를 보여보거라. 네 그릇을 안 후에 생각할 문제로다."

신묘한 공수! 두말할 것도 없이 특허의 발원이다. 다만 공수의 방향은 우담이 아니었다.

"감히 만신님께 공수를 내리기 어려우니 신따님께 대신 전할까 합니다."

"우리 소화?"

"예."

"좋도록 하거라."

"죄송하지만 신따님께 직접 내림굿을 하셨습니까?"

"그렇다만."

"송구하오나 신명만은 만신님의 족보를 이을 그릇이긴 하나 안에 숨은 명울의 흠이 너무 많습니다."

"네가 내 신딸의 속을 읽었다는 것이냐?"

"기대가 선생님 시선을 가렸을 수도 있다는 뜻입니다."

"그 말을 책임질 수 있느냐?"

"예."

"소화야!"

부름을 받은 소화가 들어섰다. 우담의 매운 눈빛을 받은 소화의 동공이 출렁거렸다.

"네 나를 속인 것이 있느냐?"

우담의 입에서 천둥이 울렸다.

"선생님!"

"속인 게 있느냐 묻지 않느냐?"

"무슨 말씀인지……?"

"약속 말이다. 너와 나의 약속!"

"……?"

"어겼느냐?"

"…….'

"맞구나?"

"흑!"

소화가 무너졌다.

"망측한! 그토록 다짐을 주었거늘!"

"죄송합니다. 그냥 심심풀이로 한두 번 가고 만다는 것이…….'

"닥쳐라! 네 내 평생 이룬 신가(神家)를 망치려고 작정을 한 게야!"

우담의 손바닥이 탁자를 내려쳤다. 그래도 삼지창은 쓰러지지 않았다. 흔들림도 없었다. 신력으로 세운 것이니 우담의 신력이 짱짱하다는 증거이다.

"짐을 싸거라. 네 자리에는 화영이가 앉을 것이다."

"선생님!"

"신벌이 두렵거든 두말없이 물러가거라. 어디 가서 내 신딸이라는 말은 입 밖에 내지도 말고."

신딸은 우담의 지시에 따랐다. 신빨 날리는 만신이었다. 그녀의 말은 적어도 이 신당 안에서는 법이자 진리였다.

"어찌 알았느냐?"

문이 닫히자 우담이 미류를 바라보았다.

"전생신의 공수를 받았습니다."

"어떤 곳을 나가는지도 알았느냐?"

우담이 묻자 미류는 종이를 꺼내놓았다. 그 위에 쓰인 건 한 글자였다.

酒!

술 주 자다.

우담의 어깨에 짧은 경련이 일었다. 적중했다. 소화는 술집 여자였다. 신병이 있어 우담을 찾아왔다. 신제자로 재목이 괜찮은 것 같아 다짐부터 놓았다. 내림굿을 받으면 오직 무속에만 전념하겠다는 다짐이다. 그걸 소화가 깼다. 그걸 미류가 짚어낸 것이다.

"죄송합니다. 등하불명(燈下不明)이라고, 사람이 너무 가까이 있으면 흠을 모를 수 있기에……."

미류가 고개를 숙였다.

"그래서 내가 아니라 소화를……."

"성에 차지 않으시면 다시 하겠습니다."

"아니다. 내 모르는 것을 네가 보았으니 적어도 내 몸주보다는 윗전이라는 증거."

우담의 목소리가 낮게 내려왔다. 미류를 인정한다는 의미이다.

"고맙습니다."

"하지만 내 몸주께서는 아직 궁금한 게 있다고 하신다. 이분은 원래 호기심이 많은 분이라……."

"말씀하십시오."

"저쪽 문을 열어보거라."

우담이 다른 문을 가리켰다. 그 문을 열자 초대형 괴항지가 눈을 차고 들어왔다. 두 장이다. 경면주사를 갠 것과 붓 등의 도구도 보였다. 부적 쓸 준비가 끝난 방이었다.

"내 아까도 말했지만 오늘 밤 부적을 써야 할 일이 있어 손을 풀어두었다. 하지만 몸주께서 심기 불편해 쓰지 않겠다고 하니 부적이 필요한 대주님과 약속이 어긋날 판. 다행히 네 몸주께서는 신명이 오른 것 같으니 대신 써주어야겠다."

"……?"

"할 수 있겠느냐?"

"만신님!"

"할 수 있느냐고 물었다."

우담이 미류를 바라보았다. 우담할망, 마침내 진검을 뽑아 들었다. 소화의 일로 미류의 그릇을 확인한 그녀는 이제 바닥의 깊이를 확인할 생각인 것이다.

"부적이 효험을 보면 두말없이 이걸 내주마. 어디 가서 내 이름을 팔아도 좋다는 표식이다."

우담할망이 들어 보인 건 오색 깃발이었다. 그녀가 오랫동안 신수점 점사용으로 써온 오방색 깃발. 그 깃대에 조각으로 새겨진 우담이라는 이름이 보인다.

"하죠!"

미류는 기꺼이 대답했다.

말장난이나 하다 가려고 온 몸이 아니었다.

탁!

문이 닫혔다. 부적방에는 미류 혼자 남았다. 초대형 괴항지는 마치

사막처럼 막막해 보였다. 두 장이나 되니 압박 또한 장난이 아니었다.

"무엇에 쓸 부적입니까?"

"사람이 여럿 죽은 대형 건물에 붙일 것이다."

문 앞에서 우담과 나눈 대화였다.

〈악귀소멸부〉

〈악귀불침부〉

부적의 용도이다.

아득했다. 어느 정도 크기의 부적은 써보았지만 이런 초대형은 처음이다. 전 같으면 크기에 질려 엄두도 내지 못했을 일. 하지만 미류는 담담하게 팔을 걷었다. 전화를 Off로 끄고 묵상에 잠겼다. 부적이란 하늘의 힘을 빌리는 것이다. 작은 부적은 작은 힘을 담으면 되지만 큰 부적에는 그만한 힘을 담아야 했다.

한 치의 오차나 허술함도 용납되지 않는다. 간단히 생각하면 옥상의 방수요, 크게 보면 댐을 들 수 있다. 완벽해야 했다. 한 치라도 틈이 있으면 물이 샐 것이오, 그게 댐이라면 붕괴될 수도 있었다. 그게 부적의 이치였다. 하늘의 힘을 잘못 다루면 악귀를 치려던 힘이 사람을 조질 수 있었다.

더구나 지금은 부적의 최상의 길일도 아닌 상황. 그런 날보다 더 집중하고 몰두해야 했다.

─천지인!

하늘과 땅과 사람.

미류의 붓을 쥔 손에 삼각 균형이 맺혀왔다.

'조금 더.'

집중했다. 방으로 내려온 하늘의 힘이 붓 끝에 실리기를, 그리고 그 힘이 비로소 미류의 것이 되어 괴항지 위에 스며들 그 순간을.

'바로……'

지금 이 순간!

타이밍을 잡은 미류의 손이 붓을 휘젓기 시작했다. 처음에는 작은 붓이었다. 위에서 아래로 촘촘하게 공간을 장악한 미류는 동서남북 어느 한 곳의 허술함도 없이 수비와 잡귀 잡신의 기운을 지워 나갔다. 마지막은 큰 붓이었다. 허벅지만 한 두께의 붓을 쥔 미류는 호흡을 다듬고 마지막 힘을 모았다.

파앗!

단숨에 붓 끝에 맺힌 하늘의 힘을 고스란히 괴항지 위에 옮겨놓았다. 그 안에는 미류가 저승에서 본 저승부의 느낌마저 배어 있었다.

후웅후웅!

울림이 나는 듯했다. 신성이 번지는 듯했다. 이제 괴항지는 단순한 종이가 아니었다. 글자 한 획 한 획이 잡귀를 물리치는 신병의 방패이자 창칼이 된 것이다. 칙령(勅令), 부적 위에 두 자를 마저 적음으로써 악귀소멸부는 완성되었다.

지금까지 집중한 신성(神聖)은 깨끗이 내려놓았다. 악귀소멸부와 불침부는 엄연히 다른 갈래이기 때문이다. 소멸부는 안에 일어난 악귀를 발본색원하지만 불침부는 밖의 악귀를 막아야 했다. 질병으로 치면 안에 들어온 병균을 물리치는 일과 밖에서 들어오는 질병의 감염을 막는 일과 유사했다.

다시 기도에 들어갔다. 처음보다 길었다. 바닥까지 소진된 신력을 새로 채워야 하기 때문이다.

하늘과 땅과 미류.

천지간의 신성한 기운이 붓과 경면주사에 맺혀왔다. 미류는 다시 붓을 잡았다. 이번에는 위부터 빼곡하게 채우며 내려왔다. 글자에는 지상의 온갖 잡귀를 호령하는 힘이 실렸다. 아흔아홉 우주 만물의 잡귀를 빠짐없이 방비한 것이다.

'두억시니……'

첫 방비는 모질고 악한 귀신 두억시니였다. 다음으로 낱낱이 잡귀를 밀어냈다.

'몽달귀, 삼태귀, 왕신, 손각시, 손말명, 객귀, 하탈……'

삼라만상의 모든 귀신은 범접을 금함!

땅, 땅, 땅!

지엄한 명부의 판결문을 마무리하듯 대형 부적문의 획을 마쳤다. 비틀거리며 붓을 놓은 미류는 기어이 주저앉고 말았다.

'하아!'

낮은 숨결 앞에 펼쳐진 두 장의 초대형 부적. 저것이 내가 쓴 것인가 아뜩할 정도이다.

딸깍! 잠시 후에 우담이 문을 열었다.

"……!"

그녀는 문을 연 자세로 한 발도 움직이지 못했다. 방 안의 미류는 추레하기 그지없었다. 자신의 모든 영기를 부적에 쏟아부은 까닭이다.

우담의 눈은 두 부적에 꽂혀 있었다. 서로 맞닿아 있는 두 개의 초대형 부적. 서로 반대를 이룬 글자 배열이 기막힌 음양의 조합을 이루고 있었다. 보기만 그런 게 아니었다. 천지사방에 흐르던 하늘의 생기가 사라진 방 안. 멀고 가까운 곳의 모든 상서로움이 부적으로 옮겨 간 것이다.

"오!"

우담 역시 주저앉고 말았다. 그것은 그녀의 일생에 있어 딱 두 번째 보는 신물 부적이었다. 50년 전, 당시 강원도에서 최고로 꼽히던 만신이 100일 기도 끝에 완성한 부적. 그 부적으로 심장이 마비된 5대 독자를 둘러싸자 살아났던······.

우담은 늘어진 미류에게 진심 어린 합장을 올렸다. 미류 역시 지친 몸을 세워 합장으로 받았다. 미류를 알아본 우담할망. 그녀는 역시 현존하는 최고 만신의 한 사람이 분명했다.

우담은 두 명의 신딸을 불렀다. 소화가 아닌 다른 여자들이다. 그녀들 역시 부적을 보기 무섭게 하얗게 질리고 말았다. 신기가 든 사람이라면 알 수 있는 일이었다. 미류의 부적이 그림과 글자를 쓴 서예 작품이 아니라는 걸.

밤 열 시!

우담의 집에서 차가 출발했다. 미류와 우담은 뒷좌석에 있었다. 조수석에는 신딸이 자리를 잡았다. 차는 손님 쪽에서 보내왔다.

30여 분을 달려 목적지에 닿았다. 종로의 신축 초대형 호텔이다.

기다리는 사람이 있었다. 풍채와 기품이 서린 것으로 보아 호텔의 주인으로 보였다. 호텔 사장 마기택, 그는 남자 부하 하나만을 대동하고 있었다.

"오셨습니까?"

주인이 우담을 맞았다.

"빌딩은 비었습니까?"

우담이 물었다.

"다 내보내고 고양이 한 마리 없습니다."

"소리는요?"

"여전히······."

주인이 안을 가리켰다. 표정이 무거웠다. 우담은 미류를 돌아보고 그를 따라 걸었다. 미류도 우담의 뒤를 따랐다. 주인은 로비에서 걸음을 멈췄다.

"……!"

미류는 느낄 수 있었다. 미세하게 촉각을 치고 들어오는 한기. 영가의 흔적이다. 고개를 들자 로비의 높은 천장에 영가들이 보인다. 한둘이 아니었다.

"영가가 있습니다."

미류가 우담을 바라보았다.

"얼마나 보이느냐?"

"적어도 스무 명입니다."

"제대로 보고 있구나."

우담의 시선도 영가의 방향이었다. 그제야 알았다. 부적의 용도가 밝혀졌다. 우담은 성큼성큼 걸어가 높은 벽면을 바라보며 섰다.

"사다리는 준비되어 있습니다."

주인이 옆을 가리켰다.

"네. 수고를 좀 해주겠느냐?"

우담의 시선이 미류에게 넘어왔다. 미류는 대답 대신 팔을 걷고 나섰다. 신딸이 보조를 맡았다. 풀은 우담 쪽에서 따로 준비한 모양이다. 붓은 신딸이 꺼내놓았다. 부적을 붙였다. 우담과 신딸은 좌정한 채 부정경을 독송하기 시작했다.

"천상부정 지하부정 원가부정 근가부정 대문부정… 원근 가내 대중 소문 부정소멸 계견 우마 금석 수화 토석 인물 부정소멸… 동서 남북 사해팔방 이십사방 부정개소멸 옴 급급여율령 사바하!"

다음으로 황묘진경이 이어졌다. 황묘진경은 모든 신령의 도움을 바라는 주문이다.

"태음진군 목성진군 화성진군 토성진군 금성진군 수성진군 북두칠성진군 이십팔수진군… 옴 급급여율령."

미류는 건너편 벽으로 올라갔다. 우담의 독송은 신도태을경으로 달려갔다. 이는 남자 손님, 즉 대주의 몸을 보호해 달라는 주문이다.

미류가 내려왔다. 두 개의 부적은 대들보처럼 웅장하게 자리를 잡았다. 미류는 보았다. 슬슬 푸른 기세로 꿈틀거리는 부적들. 안개처럼 밀려 나온 서기는 아래부터 촘촘하게 채우며 번져가기 시작했다.

"끼이엑!"

미류는 들었다. 잡귀들의 비명. 그리고 보았다. 2층까지 뚫린 로비의 천장에서 몸서리를 치며 괴로워하는 잡귀들의 모습.

'……!'

순간, 미류는 자신을 향해 몰아치는 음기의 분노를 감지했다.

"미류 법사, 조심해!"

우담이 소리쳤다. 소리를 따라 영가들이 내리꽂혔다. 사방을 메운 영가의 공세. 순식간에 음기의 힘에 갇힌 미류의 사지가 굳어갔다.

일대 위기! 자칫하다간 잡귀에 치여 귀살(鬼殺)을 맞을 판이다.

"끼엑!"

궁지에 몰린 영가들의 살기는 매섭고 또 매서웠다. 미류는 굳어가는 손을 뻗어 신방울을 잡았다. 그리고 사력을 다해 방울을 울렸다.

절렁!

영가들이 공세를 멈췄다.

절렁절렁!

영가들은 전생신의 신력에 저절로 밀려났다. 이어 방울이 큰 궤적을 그리며 저승의 소리를 내자 영가들이 몸서리를 치며 사라져 버렸다.

'후-우!'

숨을 돌리자 그제야 겨우 잡귀를 천도하는 우담의 주문이 들렸다. 신딸이 피운 향도 부적의 서기(瑞氣)를 더하고 있었다.

"우담 만신님!"

귀를 기울이던 주인이 소리쳤다. 우담이 주문을 끝내고 고개를 들었다.

"들리지 않습니다! 사람 미치게 만들던 그 괴이한 소리, 귀신 소리가 들리지 않는다고요!"

주인은 로비를 뛰어다니며 펄펄 뛰었다. 아이처럼 행복한 모양새다.

"괜찮나?"

우담이 미류를 바라보았다. 미류는 고갯짓으로 대답을 대신했다.

돌아오면서 들은 이야기지만 이 호텔은 원래 쇼핑센터가 있는 자리였다. 그 이전에는 쌍둥이 여관이 있던 곳이다.

어느 겨울 쌍둥이 여관에 불이 났다. 섬에서 올라온 초등학생 손님 20여 명이 불에 타 죽었다. 그 후로 여관이 헐리고 쇼핑센터가 들어섰다. 쇼핑센터 신축 때도 일부 붕괴 사고가 일어나 네 명이 죽었다. 그래서인지 손님이 오지 않았다. 한밤에는 괴이한 소리도 들렸다. 귀신 붙은 건물이라는 소문이 나기 시작했다.

주인은 헐값에 건물을 샀다. 그는 원래부터 무속에 조예가 깊던 사람. 건물을 짓기도 전에 우담할망을 찾아가 비방을 받았다.

―건물에 원혼이 붙었네.

―짓기 전에 원혼을 달래고 다 지은 후에 부적을 붙이면 될 걸세.

주인은 우담을 믿었다.

부적이 붙은 자리 위에 초대형 그림이 붙었다. 거기 부적이 있는지는 주인만 아는 감쪽같은 처방이었다. 주인은 우담에게 큰절을 하며 고마움을 표했다.

"마 사장님."

우담이 웃으며 뒷말을 이었다.

"그 부적 실은 여기 미류 법사께서 쓰신 거라오. 이 늙은이 신력으로는 감당이 안 될 것 같기에……."

"아이고, 그럼 법사님에게도……."

주인은 미류를 차별하지 않았다. 미류에게도 봉투 하나를 안겨주었다. 우담은 연신 고개를 끄덕거렸다. 입꼬리가 부드럽게 올라간 것으로 보아 만족스러운 표정이다.

"받으시게."

밖으로 나오자 우담이 깃발 포장을 내밀었다.

"만신님."

"미류 법사 부적이 통할 건 이미 알고 있었네."

"……."

"그럼에도 부적만 챙기지 않은 건 심성을 보고 싶었던 게야. 됨됨이 말이야. 사람이란 몸주와 달라서 겪어보지 않으면 알 도리가 없지. 어쩌면 몸주보다 더 알기 어려운 게 사람 아닌가?"

"예."

"무속인의 큰길을 가고 싶다고?"

"예."

"가시게!"

우담이 시원하게 말했다.

"만신님……."

"미류 법사가 쓴 대형 부적처럼 큰길 말이야."

"……."

"표승 만신이 부럽군. 역시 그이가 큰 무당이야."

"만신님……."

"고맙네. 오늘 늙은이의 심술과 투정을 다 받아주고 늙은이가 놓친 명울까지 알려줘서."

"……."

"네 무얼 하느냐? 이 신어미의 신력조차 달리는 신제자시니라! 잘 보아두고 네 나아갈 길을 바로 삼아야 할 것이다!"

신딸에게 말하는 우담의 목소리가 쩌렁거렸다. 신딸 화영은 공손히 허리를 숙여 존경을 표했다. 우담은 역시 큰 그릇이었다. 우담이 가진 신재주가 어찌 미류만 못할까? 펄펄 뛰는 바다의 악귀도 다스린다는 그녀이다. 그렇기에 미류는 작은 재주를 높이 사준 그녀의 인품이 고마웠다.

혼자 남은 자정, 미류는 오색 깃발 포장을 풀었다.

'신점 한번 쳐볼까?'

이른바 신기점이다. 다섯 깃발 중의 하나를 뽑아 운세를 보는 것이다. 손잡이는 물론 다 같은 색이다. 미류는 우담의 손때 깃든 깃발 하나를 당겼다.

붉은색이 나왔다.

깃발점 중에서도 최고의 행운으로 치는 색이다.

'땡큐!'

깊은 밤까지 달려온 수고와 고단함이 싹 날아가는 순간이었다.

무거우면 벗어라

자정이 넘어 신당에 도착했다. 미류가 주머니를 뒤졌다.

"······?"

허전했다. 열쇠가 손에 잡히지 않았다.

'잃어버렸나?'

낭패감이 온몸을 스쳐 갔다. 열쇠는 어디에도 없었다.

'이 시간에 열쇠 아저씨를 부를 수도··· 응?'

무심결에 문을 밀던 미류는 깜짝 놀랐다. 문이 열린 것이다.

'어떻게 된 거지? 문을 안 잠그고 간 건가?'

고개를 갸웃거리다 신당에 눈이 닿았다. 불이 켜져 있다.

'뭐야?'

손에 닿는 대로 몽둥이 같은 걸 집어 들고 조심조심 거실로 들어섰다. 도둑이 들었을 수도 있기 때문이다. 미류는 거기서 한 번 더 소스라쳤다. 거실에 사람이 있었다. 여자였다.

"법사님!"

"……!"

그녀는 반가운 표정이지만 미류는 벌린 입을 다물지 못했다. 여자는 꽃신선녀의 신딸 중 하나인 연주였다. 신딸들 중에서도 가장 인상적인 여자.

"뭡니까?"

미류가 물었다.

"죄송해요. 허락도 없이……."

"뭐냐고 물었습니다. 당신이 왜 여기에 있는 거죠?"

"그게… 법사님과 상의할 일이 있어서 왔는데… 문 앞에 열쇠가 떨어져 있길래……."

"……."

"집도 지킬 겸 기다린다는 게……."

그녀가 시계를 보았다.

시간은 벌써 새벽 두 시에 가까워지고 있었다.

"……."

열쇠를 떨어뜨렸다? 갑자기 할 말이 사라졌다. 뭐라고 탓할 구실이 사라진 것이다. 하지만 환영하고 고마워할 수도 없었다. 지금 시간이 몇 시인가?

"아무튼 고맙습니다. 시간이 늦었으니 인사는 나중에 따로 하죠."

미류가 문을 바라보았다. 가라는 눈치다.

"법사님."

"너무 늦었습니다. 집에서 걱정할 텐데 어서 돌아가세요."

"걱정할 사람 없어요."

"이봐요."

"죄송하지만 저 법사님 밑으로 받아주시면 안 돼요?"

"뭐라고요?"

"법사님 밑에서 배우고 싶어요."

"이봐요! 당신은 이미 꽃신선녀님 밑에서……."

"그분께 내림굿을 받았지만 상관없어요. 그분은 돈만 내면 누구든 내림굿을 하는 사람이에요. 법사님도 아시잖아요."

"……."

"갈 곳이 마땅치 않아 그분 밑에 있지만 날이 갈수록 마음이 편하지 않아요. 그분하고는 안 맞는 것 같아요."

"연주 씨."

"저는 사실 부적을 배우고 싶어요. 부적만 보면 마음이 편해지거든요. 그런데 꽃신선녀님은……."

"……."

"부탁드려요. 꽃신선녀님께는 제가 말씀드릴게요. 그분은 신딸이 많아 저 같은 거 한 명 없어도 되거든요. 우리에게도 대놓고 갈 길 가라는 분이세요."

"미안하지만 나는 아직 사람을 들일 그릇이 못 됩니다."

"법사님!"

"그만 돌아가 주시겠습니까? 어쨌든 열쇠를 주워준 건 고맙습니다."

"……."

미류는 거실 끝으로 걸어가 문을 열었다. 연주는 별수 없이 가방을 집어 들었다.

"법사님!"

마당으로 내려선 그녀가 미류를 바라보았다.

"……."

"오늘은 밤이 너무 늦어 그냥 돌아갈게요. 그래도 저 법사님께 부적 배우고 싶은 마음은 포기하지 않을 거예요."

연주가 나갔다. 미류는 거리를 두고 그녀를 따라갔다. 연주가 택시 타는 것을 보고서야 다시 신당으로 돌아오는 미류였다.

기분이 묘했다. 그녀의 얼굴이 인상적이어서는 아니다. 여자의 매력 같은 것보다는 같은 무속인의 길을 기는 심경 때문이다.

혼자 신당을 꾸리는 무속인은 많았다. 신딸이니 신아들이니 하는 족보를 갖추려면 시간과 나이, 실력이 동시에 필요했기 때문이다. 그러나 그 또한 정설은 아니었다.

도처에 내림굿 전문 무당이 살고 있다. 허주조차 구분하지 못하면서 내림굿판을 벌이는 무당이 많다는 뜻이다. 돈벌이가 되는 까닭이기도 했다. 그렇게 나와 신당을 차린 사람 중에는 월세조차 내지 못해 생활고에 시달리는 무당도 많았다. 무신도 하나 살 돈이 없어 신위로 대신하기도 했다.

그런 걸 보면 표승이 고마웠다. 내림굿 때도 돈을 요구하지 않았다. 그저 제단을 차리는 상차림값만 받았을 뿐이다. 미류 어머니의 딱한 사정을 알기 때문이다.

신당에 앉아 우담할망에게 받아온 오색기를 내려놓았다.

'몸주님!'

미류는 전생신을 향해 합장했다.

'왔느냐?'

'궁금한 게 있습니다.'

'말하라!'

'하라의 쌀점을 허락하셨습니까?'

하라의 일부터 물었다.

'했지. 잘못되었느냐?'

'아닙니다, 하라가 신통방통하여…….'

'너와 인과가 있는 아이니라.'

'……?'

'팔랑팔랑 저승길 안내하는 흰나비도 같고 토실토실 인간을 살찌우는 흰 쌀알도 같아 미리 재주를 주었노라. 머잖아 네게 올 아이고 또 네게는 지각 강신을 하였으니 미리미리…….'

'저와 인과가 있다고요?'

'손가락 한 번 퉁기는 시간은 탄지요, 숨 한 번 내쉬는 시간은 순식간이라, 눈 깜빡할 새를 찰나라 하니 하루의 동행조차 2천 겁의 인연이라…….'

'하라도 신제자가 될 운명입니까?'

'아니, 그 아이가 갈 길은 따로 있다. 다만 그때까지 네 옆에서 보조를 맞출 뿐이라.'

'몸주님…….'

'봉황의 머리에 여명이 서리니 그 빛이 곧 수탉의 벼슬로 가겠구나. 음기는 이제 양기에게 비켜줄 시간이니 나도 쉬겠노라.'

'예.'

미류가 고개를 조아렸다. 많이 늦은 시간이었다.

날이 밝자 부적함을 열었다. 초대형 부적을 쓰고 나니 부족함이 느껴진 것이다. 사실 부적의 세계만 해도 감당하기 어려운 게 신제자의 몸이다. 주문 부적부터 그림 부적까지 셀 수도 없기 때문이다. 게다가 종이에만 쓰는 것도 아니었다. 돌, 청동, 나무도 재료가 되었다.

미류에게 부적을 지도한 석명 만신은 벼락 맞은 나무를 찾아 전국을 일주하기도 했다. 그가 찾는 건 복숭아나무나 대추나무였다. 그런 나무를 찾는 이유가 있었다. 나무가 벼락을 맞으면 번개신이 깃들어 잡귀 퇴치에 특효라고 전해지는 까닭이다.

백사길흉법 책을 넘기다 그 옆의 책에 눈이 닿았다. 신라 사람 박
제상이 쓴 부도지(符都誌)였다. 부도지에도 천부(天符)가 나온다. 책에
서 부적은 하나의 증표, 즉 하늘의 암호로 쓰이고 있었다. 동서남북
으로 흩어진 부족들이 다시 만날 때 같은 민족임을 확인하고자 지니
고 있던 증표.

'부적은 증표……'

미류는 생각했다. 귀신은 신묘한 부적 앞에 기를 펴지 못한다. 멀
리 올라가면 처용의 그림이 그랬다. 그것은 곧 신과의 약속이었으니
약속의 표시로 처용의 그림을 형상화해서 방귀(防鬼)로 써온 것이다.

지난밤의 쾌거를 생각했다. 우담할망의 인정을 받은 초대형 부적.
사실 아쉽기는 했다. 마음 같아서는 부적을 만인 앞에 공개했으면
하는 바람이었다. 왜 그림에 가려져야 한단 말인가? 죄를 지은 것도
아닌데.

호텔 주인이 준 봉투를 열었다. 안에는 500만 원짜리 수표가 담겨
있었다. 더불어 호텔 무료 숙박권도 한 뭉치 있었다.

표승에게 전화를 했다. 우담할망에게 다녀온 이야기를 하고 싶었
다. 표승의 전화기는 꺼져 있었다.

점사를 내린 사람들 소반에 박기창을 쓴 지화를 보탰다. 지화는
점점 소복해지고 있었다. 그러다 그 옆 소반에 시선이 닿았다. 거기
또한 이름이 쓰인 지화가 있다. 전생신의 옵션으로 만난 사람들이다.

〈논산 아줌마 아들 예비 판사〉

그 꽃이 바스락거렸다. 가만히 손바닥에 올렸다. 한숨부터 나왔다.
그는 아내 윤희와 함께 미류의 마음에 새겨진 그늘이다.

어떻게 되었을까?

궁금증을 앓기보다 기도를 했다. 혹시 정상참작이 되어 집행유예라도 선고되기를. 혹 실형을 받더라도 최소한이기를. 미류의 오롯한 소망이었다. 그러자 지화가 돌연 바삭 꽃잎을 흔들었다.

'인터넷에 관련 기사라도 뜨려나?'

검색을 했다. 예비 판사 사건 관련 기사는 보이지 않았다. 미류는 지도를 열었다. 논산 아줌마가 사는 동네가 나왔다. 거기 아줌마가 보일 리도 없건만 오랫동안 바라보았다.

맥이 풀렸다.

까치가 요란한 날 같았다. 반가운 손님이 오려나 기다리다 저무는 하루. 미류는 괜히 그런 기분이 되었다. 차를 마시며 마음을 달랬다. 그때 마당에서 기척이 났다.

"안에 계세요?"

여자 목소리다. 손님이려니 싶어 문을 열었다. 그리고 미류는 그 자세로 얼어붙어 버렸다.

"⋯⋯!"

"어머!"

여자도 소스라치기는 마찬가지였다. 마당에 선 여자, 그 여자였다. 미류가 신세를 조지고 온 예비 판사의 어머니 논산 아줌마. 믿기지 않게도 그녀가 등장한 것이다.

"법사님!"

아줌마의 목소리가 확 올라갔다.

"아줌마⋯⋯!"

반대로 미류의 목소리는 출렁이고 있었다.

"어머어머, 세상에나! 사람이 이렇게도 만나지네!"

논산 아줌마는 무릎을 치며 한숨을 쉬었다.

"여긴 어떻게……?"

"그게… 나도 몰라요. 허깨비가 등을 떠밀기에 지푸라기라도 잡아보자 하는 심정으로 들어왔는데 어쩜……."

"아무튼 일단 들어오세요."

미류가 거실을 가리켰다.

차를 내왔다. 아줌마는 마시는 둥 마는 둥 하며 잔을 내려놓았다.

"신당이 근사하네요."

아줌마가 신당을 보며 말했다.

"……."

유구무언!

미류는 입도 벙긋하지 않았다.

그 비극.

물론 미류의 잘못은 아니다. 신제자의 길을 갔을 뿐이다. 하지만 결과만 놓고 보면 철천지원수가 될 일이다. 다행히 아줌마 쪽에서 모르고 있기는 하지만.

"아드님은?"

겨우 입을 떼었다. 묻기도 염치없지만 그렇다고 모르쇠로 나가지도 못할 일이다.

"관할을 바꿔서 서울에서 재판을 받고 있어요. 그래서 밑에서 올라왔다가……."

"예에……."

"정말 기막힌 우연이네요. 소송 도움 좀 받으려고 이 근처에 사는 변호사 만나러 왔거든요. 결국 만나지도 못하고 문전박대 당한 채 돌아가는데 여기 신간대 깃발이 팔랑팔랑 손을 흔들어요. 마치 구름 조각처럼 말이에요."

"……."

아아, 이 얼마나 기묘한 운명인가? 미류는 소반의 지화를 바라보았다. 그래서 저 지화가 움직인 걸까? 그렇게 움직여 신간대 깃발을 흔든 걸까? 미류 법사 이 인간, 여기 숨어 있어요. 그렇게 소리 없는 몸짓을 하며?

"나도 몰래 걷다 보니 전생 점집이잖아요. 이것도 무슨 계시인가 싶어 들어선 건데 여기서 법사님을……."

아줌마의 눈에서 눈물이 배어나왔다. 얼마나 마음고생이 심할까? 묻지 않아도 알 것 같았다.

"재판은요?"

"이제 곧 1심을 앞두고 있어요. 재판 관할 바꾸고… 담당 판사까지 바뀌는 바람에 좀 늦어지네요."

"고생이 많으시겠네요."

"고생은요, 저야 어떻든 상관없지만……."

말을 하는 사이에 아줌마의 감정이 또 북받쳐 올랐다. 그 푸근한 볼을 타고 눈물이 흘러내렸다. 미류도 함께 목이 아파왔다.

"죄송하지만 점 좀 한 번 더 봐주시겠어요?"

아줌마가 봉투 하나를 내놓았다.

"아줌마……."

"내가 전생에 무슨 대죄를 지었기에 아들 장래를 망치는 걸까요? 그때 차라리 그놈 칼에 내가 맞았어야 하는데……."

"……."

"우리 아들은 살인자 아니에요. 절대 그런 애 아니라고요. 그리고 그날도… 그 인간이 든 칼을 빼앗으려는 실랑이 끝에 사고가 나긴 했는데 아들이 찌른 건 아니라고 해요."

"예?"

미류가 고개를 들었다. 아줌마를 겁탈하려다 아들에게 찔려 죽은 남자. 그런데 아들이 찌르지 않았다니?

"아들 말로는… 칼을 뺏어 들고 나가라고 했는데 그 인간이 아들 손을 잡고 스스로 칼에 심장을 들이밀었대요. 게다가 그 인간, 정신 분열증으로 다른 사람을 찔러 구속된 전력도 있고요."

"⋯⋯?"

"그런데 부검 결과가 애매하게 나와서⋯⋯."

"⋯⋯."

"능력 있는 변호사를 구하면 무죄를 받을 수도 있다기에 백방으로 알아보고 있는데 그런 분들은 수임료도 비싼 데다 큰 사건이 아니라고 상대도 안 해주니⋯⋯."

"⋯⋯."

"법사님… 우리 아들, 안 되는 걸까요? 저를 제물로 바쳐서라도 아들을 구할 수 있는 방법이 있으면 좀 알려주세요. 지옥에 다녀오래도 다녀올게요."

아줌마의 얼굴이 눈물 콧물로 범벅이 되었다. 미류는 티슈를 내주었다. 아줌마는 콧물을 닦으면서도 고개를 저었다.

"잠깐만 기다리세요!"

미류는 아줌마를 눌러두고 신당으로 들어섰다. 합장 인사를 하고 신단 앞에 앉았다.

'몸주님.'

'⋯⋯.'

'당신의 뜻이었지만 제가 미력하나마 저 일에 끼어도 되겠는지요?'

'⋯⋯.'

'그저 제 힘 닿는 대로 도와도 되겠는지요?'

'⋯⋯.'

'아니 되는 겁니까? 당신의 뜻이었기에?'

'몸주님⋯⋯.'

미류가 고개를 떨굴 때였다. 신단의 지화가 살포시 날아올랐다. 그러더니 하늘하늘 날아와 미류의 무릎에 내려앉았다.

허락?

미류가 고개를 들었다.

'부적을 가져오너라.'

지화가 내려온 길을 따라 공수가 울려왔다.

'부적?'

얼른 부적을 대령했다. 부적들이 하나둘 날아올랐다. 그중 넷이 하나로 겹치더니 미류의 무릎에 내려앉았다. 내려앉은 부적에서 경면주사가 반짝 빛을 냈다.

'그것은 내 일이나 네 마음 안에 있으니 네 업장이 될 수도 있는 일. 내 도움은 그것뿐이니 나머지는 네 힘으로 부딪치거라.'

공수는 뚜렷했다. 그분의 허락이다.

"아줌마!"

미류가 소리쳤다.

"예?"

"아줌마가 원하는 변호사가 이 근처에 산다고 했어요?"

"예."

"그럼 가요."

미류는 벌써 거실 문을 열고 있었다.

"법사님?"

"문전박대 당했다고요? 내가 도와드릴 테니까 한 번 더 부딪쳐 보자고요!"

목소리도 높아져 있었다.

변호사 장한울!

저택 문은 단단히 닫혀 있었다. 벨을 누르자 여자가 나왔다. 장 변호사의 아내로 보인다.

"지금 바쁘시니 소송 건이면 사무실로 찾아가세요."

한마디를 남기고 문이 닫혔다. 건진 건 애정창 하나뿐이다. 지푸라기라도 잡자는 심정으로 운명창을 보았더니 하나가 응답한 것이다.

[애정운 下上 27%]

별로 좋지 않았다. 더 살펴볼 수도 없었다. 담장을 보았다. 검은 세단이 보인다. 운전석에 사람이 있었다.

'장 변호사 손님?'

가능성이 있었다. 미류는 세단으로 다가갔다.

"혹시 장 변호사님 댁에 온 차입니까?"

미류가 물었다.

"그런데요?"

기사는 경계심을 가지고 대답했다. 미류는 다시 대문 앞으로 돌아왔다.

"손님이 온 모양입니다. 기다리면 변호사님이 나올 것 같네요."

서두르지 않았다. 억장이 수만 번은 무너졌을 아줌마 앞이다. 한 시간쯤 지났을까?

안에서 기척이 났다. 그리고 두 명의 남자가 걸어 나오는데 장 변호사와 손님이다. 손님을 보았다. 눈썹이 인상적이다. 왼쪽 눈썹이 길어 짝짝이로 보인 것이다.

장 변호사가 손님을 배웅하고 돌아섰다. 그 앞으로 미류와 아줌마가 다가섰다.

"변호사님!"

두 입에서 동시에 인사가 나왔다.

"뭡니까?"

변호사는 탐탁지 않다는 눈빛이다.

"수임 건 때문에 찾아왔습니다."

미류가 말했다.

"여기까지 오신 걸 보니 우리 사무실도 알겠군요. 수임에 관한 건 우리 사무장을 만나 말씀하시기 바랍니다."

장 변호사는 그 말을 남기고 안으로 사라졌다.

"변호사님! 변호사님!"

미류가 문을 두드렸다. 안에서는 반응이 없었다. 아줌마의 얼굴이 한풀 더 시들어 버렸다. 냉엄한 현실의 높은 벽을 절감한 것이다.

'뭐야?'

황당했다. 상대는 끗발 좋은 변호사. 친절하게 두 팔 벌려 환영해 주지 않을 줄은 알고 있었다. 하지만 냉대를 받으니 황당하기 그지없었다.

"그냥 가요. 괜히 저 때문에 법사님까지……."

아줌마가 고개를 저었다.

"아니죠! 기왕에 뽑은 칼입니다. 게다가 몸주님께 아뢰기까지 한 상황이니 저도 체면이 있지요."

어떻게 할까?

묘안을 찾아보았다.

대한민국은 인맥 사회!

이건 진리 중의 진리다. 그 법칙도 자명하다. 다섯 다리만 통하면 모르는 사람이 없다. 결론적으로 장 변호사에게 연결된 인맥이 있을 수 있다는 얘기다.

"잠깐만 기다리세요."

미류는 피시방으로 뛰었다. 자리를 잡고 검색에 돌입했다.

변호사 장한울!

검색 결과가 주르륵 이어졌다. 변호사로서의 장한울도 있고 고법 부장판사로서의 장한울도 있었다. 그는 특히 성(性)과 관련된 범죄자들에게 중형을 선고하는 판사로 유명했다. 다른 기사도 다 열었다. 40개쯤 클릭했을까? 손목이 시큰해질 때쯤 반가운 사진이 보였다. 선일주와 장한울이 함께 찍힌 정부 무슨 위원회 사진이다.

선일주!

미류가 아는 다리 하나가 나왔다.

전화를 했다.

받지 않았다. 몇 번을 더 눌렀다. 그래도 불통이다.

'젠장!'

초조한 마음에 쌍욕이 나오고 말았다.

심호흡을 하고 다시 걸었다. 세 번, 다섯 번, 아홉 번을 걸었다. 그때마다 맥 빠지는 멘트만 들려왔다.

─전화를 받지 않아…….

선일주의 호의는 용궁사 내에서만 유효했던 걸까? 폴더를 닫았다. 그때 전화기가 울었다. 선일주다. 어찌나 반갑던지 전화기를 떨어뜨리고 말았다. 버벅거리며 간신히 집어 들고 전화를 받았다.

"여보세요?"

선일주는 미류를 기억하고 있었다. 중요한 사람을 만나고 있어 받지 못했단다. 고마웠다. 더 고마운 말이 그의 입에서 나왔다.

―장한울 변호사? 알죠. 내 대학 후배입니다.

하마터면 소리를 지를 뻔했다. 바로 간청을 했다. 장한울의 집 앞에 와 있으니 만나게만 해달라고. 긍정적인 답을 받았다.

미류는 저택으로 돌아왔다. 아줌마를 데리고 단정하게 섰다.

"법사님!"

아줌마의 눈빛은 여전히 불안해 보였다.

"기도하세요, 이 문이 열리기를."

그 말밖에 하지 않았다. 달리 할 말도 없었다.

10분이 지났다. 그리고 발소리가 들리더니 문이 열렸다. 장 변호사의 얼굴이 다시 보이기 무섭게 운명창부터 열어젖혔다.

[가정운 中下 35%]

[건강운 中中 47%]

[재물운 中上 56%]

[학벌운 上上 88%]

[애정운 下上 26%]

[명예운 下中 14%]

'명예운……'

미류는 가장 어리바리하게 보이는 운명창을 파고들었다.

"당신이 선 선배를 아시오?"

변호사가 미류를 바라보았다.

"예."

"……"

잠시 변호사의 탐색이 이어졌다.

"일단 들어오시오."

이어 문이 열렸다. 자리는 정원의 파라솔로 옮겨졌다.

"사건 수임 때문이오?"

"예."

[訴]

대답을 하면서도 명예창을 집중했다. 소송을 뜻하는 글자가 보인다. 그 안을 계속 꿰뚫었다.

"무슨 건이오?"

장 변호사의 목소리에 힘이 들어갔다.

"법사님!"

아줌마가 미류의 옆구리를 찔렀다. 미류는 움직이지 않았다. 訴 외에 다른 것이 보이지 않았다. 이것만으로는 뜬구름 잡기였다. 상대는 소송에 묻혀 살던 판사였고, 현재 변호사가 아닌가?

"이봐요!"

장 변호사의 목소리가 미류를 겨누었다.

"저기… 실은 제 아들 변론을 좀 부탁드리려고……."

애가 탄 아줌마가 입을 열었다.

"변론?"

"제 아들이 사법 고시에 합격하고 판사 임용 예정인데 운이 없게도 살인 사건에 휘말려……."

"당신이 피의자 어머니요?"

"예, 변호사님이라면 제 아들의 억울함을 법정에서 증명해 줄 수 있을 것 같다기에……."

"내 사무장을 만나보았소?"

"찾아뵈었는데 수임료를 너무 비싸게 부르셔서……."

아줌마의 목이 메기 시작했다. 사무장이 부른 수임료는 8억이었다. 그건 아줌마가 감당할 수 있는 수준이 아니었다.

"사건 수임은 사무장이 판단할 몫이오. 그 일에 대해서라면 더 할 말이 없소이다."

"변호사님!"

"얘기 끝났으면 돌아들 가주시겠습니까?"

장 변호사가 문을 가리킬 때다. 슬쩍 움직인 각도 속에서 미류는 겨우 글자 하나를 더 읽어냈다.

[鄭]

성씨를 가리키는 '정'이다. 다음으로 건강창을 보았다. 그건 그냥 미끼용이었다. 사람의 관심을 사는 데 아픈 부위나 가정사만 한 게 드물기 때문이다.

[眼]

건강창에 뜬 글자는 눈을 가리키고 있었다.

그 또한 매력적이지 않아 가정창까지 열었다.

[婦][母]

앞의 부는 아내, 뒤의 모는 어머니를 뜻한다.

"장 변호사님!"

운명창의 영기 체크를 마친 미류가 입을 열었다. 대문으로 향하던 장 변호사가 미류를 바라보았다.

"정씨 성을 가진 분의 소송을 맡았습니까?"

"뭐요?"

변호사의 눈매가 매워졌다.

"그거 손 떼세요."

"……?"

"아니면 패가망신하고 그동안 쌓아온 명예를 한순간에 잃게 될 겁니다."

"이봐, 당신! 정체가 뭐야? 선 선배님 말로는 무속인이라던데 알고 보니 법조 브로커야?"

"무속인 맞습니다."

"무속인?"

"변호사님의 온몸은 시들고 있으니 얇은 액운이 차곡차곡 쌓인 까닭입니다. 자칫하면 삼살 나락에 빠질 운이라 그 뇌관이 바로 정씨 성을 가진 사람의 송사입니다."

"온몸이 시든다?"

"……"

"푸하하핫!"

장 변호사가 웃어 젖혔다. 어찌나 큰지 허공이 울릴 정도이다.

"어이가 없군. 선무당 노릇을 하려면 제대로 해야지. 내 이 나이까지 수술 한 번 없었네. 병이라야 어제 처음으로……."

"안과에 가셨죠?"

기다렸다는 듯이 미류가 물었다.

"……?"

"알고 있습니다. 지금 현재 세간에서 말하는 질병은 눈뿐이라는 것. 하지만 병원의 진단으로 해결되지 않는 병이 따로 있지요."

"……?"

"어머니와 사모님 문제!"

"……!"

장 변호사의 얼굴이 굳는 게 보인다. 미류는 그 순간을 놓치지 않았다.

"대저 몸은 어머니에게서 왔으니 그 고민의 크기를 눈병에 비하렵니까? 거기에 사모님까지 이중으로 겹쳐 있군요. 가정의 기둥이 되는 어머니와 사모님의 일로 번민이 쌓이니 그로 인해 바로 온몸이 시든 것 아닙니까?"

"……."

"어머니는 정신, 사모님 쪽은 정기… 아닙니까?"

"……!"

"이제 선무당 정도는 되는 겁니까?"

미류의 목소리는 어느새 묵직해져 있었다. 대화를 타고 자연스럽게 높아진 공수. 그게 귀신처럼 적중하고 있었다. 변호사의 어머니는 조현병을 앓아 속을 태웠고, 아내와는 정기 때문에 틀어진 것도 사실이다. 선공을 제대로 허용한 장 변호사는 뭐라고 대꾸할 기회를 잃고 미류에게 빠져들고 있었다.

"바쁘신 분인 줄 알고 있습니다. 하지만 여기 함께 오신 분에게는 생사가 달린 일. 제 비록 미력하나마 변호사님의 액운을 알려 드릴 테니 만족스럽거든 이분의 형편에 맞춰 변론을 부탁드립니다."

"이봐요."

"10분이면 됩니다. 선 장관님의 얼굴을 봐서라도……."

내키는 일은 아니지만 선일주의 이름까지 팔아먹었다. 그렇게라도 돕고 싶은 논산 아줌마이다.

"좋소, 나도 결례를 한 것 같으니 10분 드리겠소."

장 변호사의 수락이 떨어졌다.

10분!

시간의 길이 같은 건 애당초 의미가 없었다. 미류는 이미 장 변호사의 전생륜을 보고 있었다. 이 사람의 전생령은 달랑 두 개였다. 하지만 치열하고 드라마틱했다.

—하나는 대량 살인마.

—또 하나는 상습 사기꾼.

'좋았어!'

미류는 주먹을 불끈 쥐었다. 뭔가 괜찮은 그림이 그려질 것 같았다.

살인마와 사기꾼.

그건 범죄를 의미했다. 그러니까 장 변호사의 생은 완전히 반대로 펼쳐진 것이다. 굉장한 범죄자 생에서 그 범죄를 가늠하고, 판결하는 법조인으로의 전격 변신. 악의 화신에서 심판의 화신으로.

어떻게 가능했을까?

전생령에 해답이 있었다. 대량 살인마와 희대의 사기꾼은 그 인생의 끝자락에서 진정한 참회와 반성의 나날을 보냈다. 두 생이 벌인 죄악의 굴레는 너무 컸지만 빛나는 참회로 인해 자아 발전의 기회를 얻은 것이다. 그리하여 이 생에서는 범죄자의 마음을 밝히고 교화하는 생을 얻게 된 장 변호사였다.

총론은 끝, 각론으로!

미류는 대략적인 전생의 스캔을 끝내고 세부 사항을 들여다보았다. 두말할 것도 없이 정씨 성을 가진 사람과의 인연을 고르기 위함이다.

정씨 성!

미류는 그 영가에 모든 정신을 집중했다. 영가로써 그려진 이미지를 중심으로 삼아 두 전생령에게 당하거나 희생된 사람과 대조해 나갔다.

살인자령에서는 별 반응이 보이지 않았다. 하지만 사기꾼령에서 반응이 나왔다. 영적 반응을 하는 희생자에게 정신을 집중했다.

유럽이다.

장 변호사의 두 번째 생이 시작된 곳은 영국이었다. 그는 대자본가의 집사와 친분을 트고 있었다. 그 자본가는 유명한 로스차일드 가문. 사자를 문장으로 내세우는 역사적인 거물이다.

로스차일드 가문의 정원이 보인다. 붉은 장미가 가득한 곳이다. 거기서 장 변호사는 집사 중의 한 명을 만나고 있었다. 그 생의 이름은 롤랑이었다.

로스차일드의 자본 사냥에 비하면 찌꺼기나 가로채는 하이에나에 불과한 롤랑. 직감적으로 뭔가 큰 건이 터질 것을 알았다. 집사에게 금덩이를 찔러주고 정보를 캐냈다. 그 집사는 다소 한직의 업무를 맡은 사람으로 소외감을 느끼던 차라 롤랑의 공략에 쉽게 말려들었다.

'초대형 판!'

롤랑은 벌어진 입을 다물지 못했다. 믿을 수 없는 규모였다. 대박 정도가 아니라 영국을 통째로 삼키려는 포부였다. 과연 로스차일드다웠다. 롤랑은 자신의 계좌를 확인했다. 신통치 않았다. 지갑을 열었다. 돈은 얼마 되지 않았다. 사기꾼의 비극이다. 끊임없이 사기를 치고 돈을 챙겨도 남는 게 없었다. 돈만 있으면 한밑천 잡을 판인데 눈앞의 고기를 놓쳐야 하는 것이다.

그럴 수는 없지.

롤랑은 머리를 굴렸다. 변호사 윌리스가 떠올랐다. 큰 갑부는 아니었다. 하지만 그놈이 우선이었다. 맺힌 한이 있었던 것이다. 그는 지난번에 열린 재판의 판사와 친분이 깊었다. 그렇기에 변론을 부탁했다. 하지만 너무 많은 돈을 불렀다. 롤랑이 생각한 것의 열 배였다. 변호사 선임은 없던 일이 되었다.

롤랑은 그 재판에서 패소해 소 제기자에게 많은 배상을 하게 되었다. 덕분에 아버지로부터 물려받은 토지까지 팔아야 했다. 그렇기에 앙심을 품고 있는 차였다.

월리스에게 접근했다. 로스차일드의 집사를 이용했다. 월리스 앞에서 집사를 몇 번 만난 것이다. 변론 요청은 브로커를 통했으므로 월리스는 롤랑을 모르고 있었다.

금덩이를 먹은 집사는 롤랑을 도와주었다. 월리스가 영국 채권에 투자하고 있다는 정보도 그의 입에서 나왔다.

'오케이!'

준비는 끝났다. 이제는 롤랑의 차례였다. 돈에 눈이 멀어 변론을 거부한 변호사, 그 덕분에 아버지의 유산을 날려먹은 사기꾼의 반격이 시작된 것이다.

1810년대, 영국은 프랑스와 운명을 건 대결을 하고 있었다. 영국의 자랑 웰링턴과 프랑스의 영웅 나폴레옹이 정면충돌을 한 것이다.

국가적으로는 위기이지만 자본가들에게는 기회이기도 했다. 이기는 쪽에 걸면 단숨에 수십, 수백 배의 판돈을 거머쥘 수 있기 때문이다.

정보는 집사가 물어다 주었다. 로스차일드의 전략은 롤랑의 머리로 들어왔다. 혀를 내둘렀다. 대자본가들의 머리는 과연 달랐다.

롤랑은 변호사 월리스에게 접근했다. 집사에게 들은 정보를 흘리며 그의 신뢰를 샀다.

"이건 다시없는 기회요!"

롤랑이 말했다. 월리스는 그 말을 믿었다. 이때의 로스차일드는 아직 최고의 자본가가 아니었다. 하지만 이 가문이 만만치 않다는 건 알고 있는 월리스였다.

"그쪽 집사를 통해 부탁해 주겠소. 하지만 푼돈 투자로는 씨도 안 먹히오."

롤랑의 배팅이 들어갔다. 윌리스는 고민 끝에 미끼를 물었다.

"좋소, 변호사 생활도 슬슬 질리는 판이니 팔자 한번 바꿔봅시다. 당신 말대로 한밑천 잡으면 세계 일주나 한번 해야겠소. 잘되면 이익금의 1할을 주겠소."

윌리스가 미끼를 물었다.

'이익의 1할.'

롤랑의 입가에 서늘한 미소가 스쳐 갔다. 그는 1이라는 숫자가 마음에 들지 않았다. 그가 노리는 건 1이 아니라 10이었다. 돈을 건네받았다. 롤랑은 채권 사진을 찍어 윌리스에게 건네주었다. 집사가 주었다며 인수증도 건넸다. 물론 집사의 사인을 흉내 낸 위조 서류였다.

6월 중순, 벨기에에서 영국군과 프랑스군이 정면충돌에 들어갔다. 실시간으로 수많은 청춘이 창검에 꿰어 죽었지만 롤랑은 안중에도 없었다.

나폴레옹이냐, 웰링턴이냐? 누구든 상관없었다. 중요한 건 결과일 뿐이다.

피를 말리던 어느 날, 마침내 로스차일드의 전령이 달려왔다. 롤랑은 대문에서 기다렸다. 집사가 나오자 재빨리 다가가 정보를 뽑았다.

"……!"

롤랑은 혈관이 뒤집히는 것 같았다. 원하고 원하던 결과가 손에 들어온 것이다.

런던의 증권거래소는 며칠 전부터 살얼음판이었다. 전황의 결과에 따라 천국과 지옥을 오갈 것이기 때문이다. 칼날 같은 긴장이 가득하던 증권거래소에 움직임이 시작되었다. 로스차일드가 깔아둔 사람들이다. 사람들이 소리 없이 일어나 창구로 향했다. 그들은 은밀하게 영국 국채를 팔아치웠다. 두 명이 네 명이 되고, 네 명이 여덟 명이 되었다. 장내가 술렁이기 시작했다. 자본가와 투자자들은 어쩔 줄을 몰라 했다. 뭔가 터지긴 했는데 방향을 모르는 것이다. 투매 행렬이 조금씩 늘어났다.

뒷줄에서 지켜보던 롤랑은 회심의 미소를 지었다. 그는 윌리스에게서 챙긴 돈을 만지작거렸다. 아직은 움직일 때가 아니었다.

그러다 기회가 왔다. 집사가 신호를 보낸 것이다. 롤랑은 즉시 변호사 윌리스에게 연락했다.

"상황이 좋지 않소."

연락을 받은 윌리스가 마차를 타고 달려왔다. 바로 그 순간 로스차일드 가의 사람들이 본격 작전에 돌입했다. 서로 속삭이는 듯하며 공공연히 천기를 누설해 버린 것이다.

"웰링턴이 박살 났다는군. 이제 영국은 망했어!"

웰링턴.

영국의 운명을 등에 지고 출정한 영국의 영웅이다. 그런 그가 패배했다면 영국의 국채가 똥값이 되는 것은 따놓은 당상이다.

"와아아!"

투자자들이 창구로 쏟아져 나갔다. 거래소는 순식간에 아수라장이 되었다. 조금이라도 빨리 팔아야 한 푼이라도 더 건지는 것이다.

영국 국채!

액면가의 50%가 내려갔다.

"롤랑!"

윌리스의 얼굴은 단숨에 상한 우윳빛으로 변했다.

"미안합니다, 집사는 분명……."

롤랑의 연기가 폭발했다. 유능한 사기꾼에게 주어진 특별한 기질 중의 하나이다.

"젠장, 내가 미쳤지. 일확천금을 노리다니……."

"일이 이렇게 되었으니 당장 파는 게 낫겠소."

그사이에 국채는 30%로 폭락했다.

"앉아서 70%를 털리란 말인가?"

윌리스가 소리쳤다.

그사이에 10%가 더 내려갔다.

"윌리스."

"으아악!"

비명을 지르는 사이에도 시간은 지나갔다. 투매 행렬도 늘어났다. 이제 국채는 액면가의 10%에도 미치지 못하고 있었다.

"이제 곧 휴지로……."

"알았어. 알았으니까 팔라고, 팔아!"

윌리스가 악을 썼다. 거래소의 분위기가 그랬다. 자포자기한 투자자들의 광풍이 몰아치고 있었다.

"그럼……."

롤랑은 비통한 척 일어섰다. 그리고 창구로 걸어갔다. 하지만 그가 한 건 창구 직원에게 한마디를 건넨 것뿐이다.

"현재 시세가 얼마요?"

"액면가의 4%입니다!"

4%.

창구의 매매 전표를 만지작거리던 롤랑은 천천히 고개를 돌렸다. 상심한 윌리스는 보이지 않았다. 바에 가서 쓴 위스키라도 들이켜겠지. 그렇지 않으면 인간도 아니다. 롤랑은 로스차일드의 집사를 바라보았다. 그가 수석 집사를 만나고 있다. 그렇다면 진짜 작전에 돌입한다는 뜻이다. 과연 대리인들이 다른 행동에 들어갔다. 몇 명의 사자 주문이 시작된 것이다.

"사자 맞소?"

창구 직원이 물었다. 폭락에 투매 장세인 판에서의 사자 주문. 혹시나 착각 주문인가 싶어 확인한 것이다.

"맞소."

그 말은 롤랑에게도 신호였다. 롤랑은 준비하고 있던 윌리스의 현금 96%를 내밀어 폭락한 국채를 쓸어 담았다. 남은 4%는 윌리스에게 돌려줄 돈이다.

시치미를 뗀 롤랑은 근처 바에 들어가 원금에서 남은 4%의 돈을 내놓았다.

"개자식, 너 때문에 망했어! 친척들 돈까지 빌린 것이라고!"

눈알이 뒤집힌 윌리스가 롤랑의 멱살을 거머쥐었다.

"죽여주십시오! 하지만 당신만 망한 게 아닙니다! 나도 친척에 이웃 돈까지 빌려다……."

"젠장!"

윌리스는 롤랑을 패대기쳤다. 롤랑을 족친다고 변할 일이 아니었다. 비틀비틀 걸어 나온 롤랑은 바가 멀어지자 옷깃을 바로잡았다. 죽상이던 얼굴에 환한 미소가 번져갔다.

'후우!'

생애 최고로 짜릿한 한탕이었다.

두 시간 후, 웰링턴 장군의 전령이 런던에 도착했다. 그의 한마디는 런던 거래소의 투자자들을 패닉으로 빠뜨리기에 충분하고도 남았다.

"우리가 프랑스 개 떼들을 물리쳤다! 웰링턴 장군이 이겼다!"

승리!

일대 반전의 결과가 나왔다. 투자자들은 다시 창구로 달렸다. 거의 모든 물량을 로스차일드가 쓸어간 상태. 하지만 남은 거라도 사야 했다. 채권은 하늘 높은 줄 모르고 올랐다. 이제는 부르는 게 값. 얼마를 주든 사기만 하면 대박이 날 판이다.

술에 떡이 된 월리스도 그 말을 들었다. 머리가 터질 것만 같았다.

'국채를 팔지 않았더라면……'

원금의 4% 남은 현금을 쓰다듬는 그의 손이 떨렸다.

하지만 그보다 더 큰 분노와 허탈감은 얼마 후에 다시 찾아왔다. 롤랑이 거부가 되어 런던 최고의 미녀 매춘부 둘을 끼고 런던을 떠났다는 소식이 들렸다. 월리스는 그제야 알았다. 롤랑에게 털렸다는 걸. 이 모든 것이 그가 놓은 덫이었다는 걸.

'그냥 안 돼! 용서 못해!'

타앙!

치욕과 분노를 뒤집어쓴 월리스는 자기 사무실에서 권총으로 스스로 최후를 마감했다. 경찰이 도착했을 때 월리스의 입안에서 잘근잘근 씹어댄 종이가 발견되었다. 꺼내보니 '롤랑'이라는 이름이 쓰여 있었다. 원한에 사무친 월리스가 그 이름을 씹으며 죽어간 것이다.

월리스!

미류는 그 얼굴에 기대를 걸었다. 여러 가지 인과가 그랬다. 동시에 눈썹이 그랬다. 월리스의 눈썹은 독특했다. 한쪽 눈썹이 길었던 것.

'왼쪽 눈썹.'

기시감이 있었다. 먼 기억이 아니었다. 바로 대문 앞이었다. 아까 장 변호사의 집에서 나온 사람. 여러 상황을 종합해 볼 때 그가 현생의 정씨 성의 의뢰인일 가능성이 높았다.

바로 전생 감응에 들어갔다.

"직전의 전생입니다."

"……!"

처음 장 변호사의 반응은 미미했다. 그저 미간이 살짝 좁혀졌을 뿐이다. 로스차일드가의 집사를 만나고 거래소의 광풍을 보고 절망에 빠진 윌리스도 보았다. 미친 듯이 떨리는 윌리스의 얼굴. 왼쪽 눈썹이 잘 보이는 각도에서 감응 장면을 세웠다. 전생연에 대한 강조였다.

마차가 달렸다. 롤랑은 그 마차에 두 매춘부와 돈 가방을 실었다. 그게 사달이었다. 주지육림은 날로 깊어갔다. 싫증이 난 두 매춘부를 버리고 다른 매춘부들을 불렀다. 어떤 때는 아예 연회장에 가득 채워놓고 즐기기도 했다.

향락은 오래가지 않았다. 버림받은 매춘부 하나가 몰래 들어와 돈 가방을 들고 튄 것이다. 돈 가방이 사라졌다. 그 자리에 성병이 남았다. 지독한 매독이었다. 그 생의 장 변호사는 결국 매독으로 인한 합병증으로 피오줌을 쏟다가 사망했다.

하지만 행운도 있었다. 투병하면서 비로소 참회의 기회를 찾은 것이다. 막판에 그는 성병 방지 연설에도 나섰고, 성병으로 죽어가는 이들을 돌보며 기도하는 삶을 살았다. 당시의 매독은 합병증이 상상 이상이었다. 뇌, 신경, 심장 등 내부 장기에 치명적인 손상을 초래한 것. 따라서 말기 매독 환자들의 참상은 말로 다 하기 어려울 정도였다. 그런 사람들을 돌보며 스스로 정화가 된 것이다. 자신의 잘못조차 모른 채 짜릿한 사기극에 빠져 살던 삶에 일어난 대반전이었다.

"다시 태어나면 어려운 사람을 위해……."

그는 마지막 기도 한 줄을 남기고 숨을 거두었다.

미류는 감응을 끝냈다. 장 변호사가 눈을 떴다.

"어떻습니까?"

미류가 물었다. 논산 아줌마는 숨도 쉬지 않은 채 변호사를 바라
보고 있었다.

"방금 그거… 다시 볼 수 있겠소?"

변호사의 목소리가 떨리고 있다.

"윌리스의 얼굴 말이지요?"

미류가 묻자 변호사의 얼굴이 굳었다. 마음을 들켜 버린 것이다.
미류는 사기꾼령을 띄운 후 윌리스의 얼굴에서 감응을 정지시켰다.
윌리스의 얼굴이 또렷해졌다. 눈썹도 또렷해졌는데 과연 짝짝이였
다. 척 봐도 한눈에 들어오는 특징이다.

"윌리스가 정석호 사장?"

현실로 돌아온 변호사의 미간이 뒤틀렸다.

"맞습니다. 변호사님 전생 속의 윌리스, 그가 정씨 성의 의뢰자입
니다. 전생의 인과로 변호사님께 업보를 갚으러 온 겁니다."

"전생의 인과?"

"예."

"공감이 안 되는군. 방금 본 게 내 전생이라면… 내가 천하에 몹쓸
난봉꾼에 사기꾼이었다면 이 생에 벌을 받아야지 어째서 판사가 된
것인가?"

"변호사님이 개과천선했기 때문이죠."

"잘도 둘러대는군."

"그게 자아 완성을 향해 가는 참모습이니까요. 말하자면 변호사님
은 전생에서 범죄로 인과를 만들고 이 생에서 판결이나 변론을 통해
해소하며 자아의 완성을 향해 가고 있는 겁니다. 그게 완성되려면
좋은 일을 많이 하셔야 합니다."

"자아 완성이라……."

"증거는 더 있습니다. 예를 들어 성폭행, 살인범 등을 들 수 있지요. 판사로 계실 때 그런 범죄자에 대해서는 최고형을 때리는 분으로 유명했죠? 그 또한 카르마의 흔적입니다. 그리고……."

미류는 운명창을 재확인한 후 말을 이어놓았다.

"다른 흔적도 남아 있고요."

"다른 흔적?"

미류는 변호사에게 다가가 귀엣말을 했다. 귀엣말은 한 단어였으니 '성기'였다. 논산 아줌마를 의식한 때문이다.

"그, 그걸?"

민감한 사안을 건드리자 변호사가 물러섰다.

"아까 언질을 하지 않았습니까? 사모님 쪽이라고 말한 정기."

"……."

"남자의 정기가 무엇이겠습니까?"

"……."

"제 부탁을 들어주시면 그 인과도 사라질 것입니다."

"뭐라? 내 발……."

말문을 열던 변호사가 입을 닫아버렸다. 그가 하려던 말은 발기부전이었다. 평생 동안 속을 긁어온 괴물이다. 청년기엔 어찌어찌 발기가 되어 딸을 낳았지만 그 후로는 충전이 되지 않았다. 병원에도 가봤다. 온갖 요법을 다 쓰고 약물도 먹었다. 좋다는 보약도 빼놓지 않았다. 하지만 소용이 없었다. 아내와의 소원한 사이 역시 그게 원인이었다. 섹스리스 부부가 된 지 20년이 가까이 되었다.

남자에게는 몇 가지가 필요하다.

돈, 권력, 그리고 정력!

변호사에게는 두 가지가 있었다. 하지만 마지막 하나가 없었다. 바로 남자의 정기로 불리는 정력이다.

"다른 건 몰라도 그건 있을 수 없는 일이오. 미국의 현대 의학도 손을 든 일을……."

"가능합니다."

미류가 잘라 말했다.

"이봐요!"

격앙되는 변호사 앞에 미류는 부적을 꺼내놓았다. 전생신의 손길이 들어간 그 부적이다. 넉 장이 한 장으로 합쳐진.

"방금 말한 걸 해결해 드리면 제 말을 믿으시겠습니까?"

미류의 눈빛이 변호사를 겨누었다.

한 장도 아니고 넉 장.

넉 장이니 한 장은 태워서 먹고, 한 장은 지갑에 넣고, 또 한 장은 팬티에 붙이고, 마지막 한 장은 주머니에 넣으란 말인가? 미류는 고개를 저었다. 그렇게 번잡할 리가 없었다.

가만히 인체의 방위를 생각하며 그 방위와 연결되는 부위를 떠올렸다.

동은 간과 다리, 신경계!

서는 폐와 입!

남은 심장과 소장, 입!

북은 신장과 음부, 성기!

북에서 눈빛이 멈췄다. 성기와 연결되는 방위는 북쪽이다. 다음으로 숫자를 보았다. 부적이 무려 넉 장이다.

어째서 넉 장일까?

숫자 4는 흔히 죽을 사(死) 자를 의미한다. 그러니까 부적을 죽이라는 뜻이다. 죽이는 것은 태우는 것. 태워서 재가 되면 검은색이니 그 또한 북(北)을 의미한다.

죽음! 어찌 보면 끝이지만 다시 보면 재생이다. 죽어야 새로 난다.

'좋아!'

감을 잡은 미류가 변호사를 북방에 세웠다. 부적도 북방으로 놓았다. 음기를 모은 미류는 괴항지 하나에 불을 댕겼다. 그 괴항지로 넉 장의 부적에 불을 붙였다. 그리고 탄 재를 고스란히 물컵에 털어 넣었다.

"마시세요!"

물컵을 변호사 앞으로 내밀었다.

"이걸?"

"부적의 원료는 경면주사입니다. 원래 고급 한약재로도 쓰이죠. 우수한 재료로 그린 것이니 해가 되지는 않습니다."

"……."

"부탁합니다. 당신을 위해서, 그리고 여기 아줌마를 위해서."

미류가 두 손을 모았다. 변호사는 마지못해 부적이 탄 물을 마셨다. 그리고 컵을 테이블에 내려놓았을 때의 일이다. 변호사가 목을 잡으며 휘청거렸다.

"크억!"

"왜 그러십니까?"

놀란 미류가 물었다.

"속에… 속에 불덩이가 들어온 듯……."

"물!"

미류가 돌아보지만 물병은 비어 있었다. 참다못한 변호사가 거실로 뛰었다. 혼비백산해 들어서자 아내가 쓴웃음을 지었다. 둘은 오랫동안 데면데면한 사이였다. 그저 남들 앞에서만 잉꼬로 보일 뿐이었다.

변호사는 생수기 꼭지를 물었다. 그리고 배 안의 불이 꺼질 때까지 물을 마셔댔다.

"이젠 별짓을 다 하시네?"

보고 있던 아내가 다가와 핀잔을 날렸다. 순간, 변호사의 눈에 아내의 볼륨이 고스란히 들어왔다. 가슴골과 아련한 허벅지의 볼륨. 이번에는 불덩이가 남자의 중심으로 몰려갔다.

"……?"

변호사의 눈이 자기 사타구니로 내려갔다. 거기 기현상이 일어나고 있었다. 젊은 날 이후로 제대로 충전되지 않던 물건에 힘이 들어온 것이다. 수평 각도도 아니고 상향이다. 정력에 넘치는 이삼십 대 젊은이들에게나 나타난다는 그 절정의 각도였다.

"……!"

아내의 시선도 균열이 일어나기는 다르지 않았다. 여자처럼 사타구니가 밋밋하던 남편이다. 그런데 믿기지 않게도 거기에 볼륨이 들어 있지 않은가?

"이젠 하다하다……."

뽕이라도 넣고 다니는 거야? 아내는 볼썽사납다는 듯이 변호사의 사타구니를 후려쳤다.

"……?"

아내는 한 번 더 놀랐다. 허풍의 느낌이 아니었다. 그건 신혼 초에 잠시 충전되었던 남편의 그 물건이었다. 그 후로는 다시는 위엄을 보이지 않던 그…….

"여보?"

아내의 목소리에서 까칠함이 빠져나갔다.

"여보……."

변호사도 놀라기는 마찬가지였다.

"당신… 이거 병 나은 거예요?"

"그, 그게……."

"아유, 그럼 그렇다고 말을 하지."

아내가 다가와 변호사의 어깨를 두드렸다. 목소리 또한 시베리아 북풍에서 따뜻한 남풍으로 바뀌어 있었다.

"잠, 잠깐만!"

변호사는 아내를 떼어놓고 전화를 걸었다. 수신자는 사무장이다. 정석호 건에 대해 재확인을 지시했다. 신묘한 미류의 점괘. 아무래도 확인하는 게 좋을 것 같았다.

10여 분 뒤 전화가 왔다. 정석호 건이 청와대에 투서가 들어간 것 같다는 대답이 돌아왔다. 정석호 경쟁사의 소행으로 보였다. 비서관들이 검찰에 확인 전화를 했다는 말까지 뒤따랐다.

수임은 아직 구두계약만 한 상황. 청와대가 나서면 제아무리 막강한 전관예우 관행도 소용이 없었다. 결국 이면 거래가 드러날 것이다. 미류의 말처럼 지금껏 지켜온 명예가 나락으로 떨어질 일이다. 장 변호사는 정신이 번쩍 들었다.

"정석호 쪽에 연락해서 수임 건은 없던 것으로 하자고 통보해!"

지시를 하고 정원으로 나왔다. 그때까지도 중심의 힘은 빠지지 않고 있었다.

"법사님!"

변호사가 미류 앞에 섰다.

"당신 말을 믿죠. 저분 아드님의 변론을 맡겠습니다. 그것도 무료로!"

"아악!"

그 말을 들은 논산 아줌마가 거품을 물고 넘어갔다.

"아줌마!"

미류가 아줌마를 부축해 세웠다.

"고맙습니다! 고맙습니다!"

아줌마는 변호사에게 셀 수도 없이 큰절을 올렸다. 미류 역시 진심으로 감사를 전했다. 그러잖아도 가슴 깊은 곳에 부담으로 남아 있던 예비 판사의 일. 큰 짐 하나를 던 기분이다.

"저기… 그런데 법사님."

대문으로 향하는 미류를 변호사가 잡았다.

"하실 말씀이라도?"

"그게… 이 발기부전 인과인지 뭔지……."

"예."

"이거 효과가 얼마나 가는 거요? 부적의 효력이 언제 떨어질지 궁금해서……."

"저분 변론 잘해주시고 변론 봉사 같은 것도 꾸준히 하시면 오래 갈 겁니다. 혹시라도 문제가 되면 제게 오세요. 언제든지 다시 써드리겠습니다. 물론 저도 무료입니다."

"어이쿠, 그래만 주신다면……."

변호사는 반가이 미류의 손을 잡았다.

"까아악!"

밖으로 나온 미류는 또 한 번의 비명을 들었다. 이번에는 변호사 아내의 것이었다. 그녀가 남편의 실물을 확인한 것이다. 입을 막아도 나오는 것이 비명이다. 그다음은 상상에 맡긴다. 한 가지 분명한 건 너무 디테일하게 상상하시면 정신 건강에 그리 좋지 않다는 전생신의 말씀!

돈의 무덤

액운.

세상에는 액운이 있다. 누구나 만날 수 있다. 다만 크고 작음이 다를 뿐이다. 액운은 때로 인간을 망치기도 하고 때로는 인간을 단련시켜 더 큰 사람으로 만들기도 한다.

인과로써 오는 액운은 방지할 수 있다. 그 당사자의 바른 마음과 선한 태도가 그 해답이다. 많은 인명을 구하거나 몇억, 몇십억을 기부하는 사람만이 선행자는 아니다. 보통 사람들은 보통 방식으로 선행을 쌓으면 된다. 힘든 사람의 짐을 들어주고 아픈 사람을 위로하는 것도 선행이다. 마음에 쌓이는 크기도 다르지 않다. 부자가 100억 기부했다고 선행 지수가 100억이 되는 것도 아니고, 가난한 사람이 천 원 냈다고 천에 그치는 것도 아니다. 두 마음이 같았다면 선행 지수만큼은 동등하게 생의 굴레에 축적된다.

그렇기에 좋은 것을 닮고, 나쁜 것을 멀리하며, 어려운 사람을 돕고, 지나친 욕심을 경계해야 한다. 생은 날마다 계속 연결되어 진행

된다. 아무리 작은 선행이라도 반드시 다음 생으로 연결된다. 직선, 간선으로 영향을 주기 때문에 고단하고 힘들어도 아무렇게나 살 수 없는 이유가 거기에 있다.

그렇게 보면 장 변호사의 수임 수락은 딱히 미류의 도움만은 아니었다. 논산 아줌마는 선량하게 살았다. 부모는 아이들의 거울이라 그 아들 또한 다르지 않았다. 그 선행이 오늘 이 시점에서 천기로 작렬한 것이다. 그리하여 그들 모자의 삶에 빛을 내린 것이다.

사람이 죽으란 법은 없다.

논산 아줌마의 표정이 떠올랐다. 마치 침몰 직전의 배가 다시 떠오른 듯한 얼굴이었다. 이 세상 어느 누가 그렇게 행복한 표정을 지을 수 있을까? 오직 어머니에게만 허용된 기쁨이다.

장 변호사.

지화에 이름을 적었다. 미류의 고객 명단에 한 사람이 추가된 것이다. 의도치 않은 사람이었지만 그 보람은 선일주나 박기창, 우담할망 등에 뒤지지 않았다.

'부디 좋은 결과가 나오기를······.'

미류는 논산 아줌마를 위해 또 한 번의 축원을 보태놓았다.

"미류 법사!"

숨을 돌릴 때 타로가 들어왔다.

"무슨 일 있어요?"

"신문 봤어?"

타로가 신문을 흔들었다. 화요가 나온 연예 기사이다.

"이거 미류 법사 작품이지?"

"잠깐만요."

채근하는 타로를 두고 신문을 보았다. 화요가 병실에서 미예의 수

발을 드는 모습이다. 민낯의 그녀는 톱스타 화요가 아니라 수수한 인간 화요로 보였다. 미담 기사도 끼어 있었다. 그녀가 우 감독이 후원하던 장학회에 익명으로 3억을 쾌척한 것이다. 화요는 절대 비밀을 부탁했지만 장학회의 여직원이 나팔을 불고 말았다. 팬들의 비난을 받는 화요가 내심 안타까웠던 것이다.

인터넷을 연결했다. 화요 기사가 많았다. 검색어에도 1등으로 올랐다. 여론은 변해 있었다. 지난번 우 감독 자살 때엔 9할이 비난이었다면 이번에는 9할이 우호적이었다.

퇴원을 앞둔 미예도 얼굴이 밝았다. 우 감독의 가족들도 슬픔에서 한발 비껴난 얼굴이었다.

'잘하셨군.'

화요가 대견했다. 3억 쾌척은 미류가 권한 것도 아니다. 화요는 이제 인과의 굴레에서 벗어날 것 같았다. 그런 자숙과 행동은 아무나 할 수 있는 게 아니기 때문이다. 단순히 현실의 곤란을 넘은 게 아니라 그녀 자신의 이 생에 부여된 고난도 미션 하나를 넘은 것이다.

"다음에 오면 나도 좀 불러. 아, 이웃 좋다는 게 뭐야?"

타로가 눈치를 주었다.

"기회 봐서 그러죠."

"그나저나 조용하네?"

타로의 귀가 바깥을 향해 움직였다.

"왜요?"

"꽃신 누님 말이야. 손님 하나가 핏대 올리며 들어가기에……."

말이 씨가 된 걸까? 꽃신선녀 집 쪽에서 고함이 들려왔다.

"어이쿠, 내가 이럴 줄 알았지. 잠깐만!"

골목 반장 타로가 뛰어나갔다. 고함은 그사이에도 계속 이어졌다.

"미류 법사, 큰일 났어. 빨리 좀 나와봐."

타로가 문 앞에서 손을 흔든다.

액운.

논산 아줌마에게 달라붙었던 액운이 이 골목에 떨어진 걸까? 또 다른 액운이 점집 골목을 강타하고 있었다. 그 타깃은 꽃신선녀였다. 밖으로 나온 미류는 꽃신의 신당 앞에서 웅성거리는 사람들을 보았다.

미류가 다가섰다. 몰려든 사람들 뒤로 수억 원을 호가하는 외제차가 보인다. 큰손님인 모양이다. 그 손님에게 탈이 났다. 그렇다면 초대형 사고였다.

"꽃신 누님, 결국 신탈 났군."

타로가 혀를 찼다.

"좀 심하게 해먹더니… 부동산 갑부 대주에게 안 팔리는 건물을 팔리게 해준다고 5천이나 땡겼다고 자랑해댔거든."

타로가 미류의 귀에 대고 속삭였다. 안에서는 광분한 고함 소리가 계속 터져 나왔다.

"개소리 말고 경찰서로 가자고!"

경찰?

미류의 이마에 핏발이 곤두섰다. 과거의 트라우마 때문이다. 죽기 전 몇 해 동안, 미류도 저런 곤란을 겪었다. 빗나간 점사 때문이었다. 그때의 미류는 여유가 없었다. 복록이 있는 손님이 오면 무조건 잡아야 했다. 허주를 몸주로 모신 탓에 신빨이 나지 않던 미류는 점사에 뻥을 튀겼다. 구라와 미사여구로 마구 손님의 입맛을 맞춰주었다.

─만사형통입니다.

─삼재 탈출입니다.

─무조건 합격입니다.

―무조건 성사됩니다.

부적 사세요, 굿하세요. 제 입 하나 살기 위해 던진 헛공수는 대주와 기주에게 분노를 안겨주었다. 그게 독화살이 되어 돌아왔다. 때로는 욕설에 멱살을 잡히고, 심하면 주먹질에 고소 고발이었다.

〈사기 및 손해배상 청구〉

단골 조항이었다.

꽃신도 그 나락에 빠졌다. 물론 미류의 경우와는 달랐다. 그녀의 신빨은 나쁘지 않았지만 돈 욕심이 지나쳤다. 그렇기에 사달이 나고 만 것이다.

"된통 걸렸어. 저 양반, 부동산 전문가라 발도 넓은 것 같던데."

타로가 한 번 더 상기시켰다. 그 탓인지 방 안의 고함은 끝 간 데 없이 치닫고 있었다.

"선사님!"

타로가 쌍골을 바라보았다. 골목 좌장에게 조치를 묻고 있는 것이다.

"놔둬. 꽃신 실핏줄이 검은자위를 범하고 인중에 붉은색이 끼었으니 관재수는 따놓은 당상이야. 게다가 이마 양옆 천이궁에 주름까지 접혔으니……."

쌍골이 고개를 저었다. 도와줘야 소용없다는 말이다.

"빨리 못 일어나? 이 개뼈다귀 같은 사이비 무당! 귀신은 다 뭐 하나? 이런 것들 잡아다가 화염지옥에서 노릇하게 구워버리지 않고!"

남자가 꽃신의 무복 깃을 잡아끌었다.

"대주님 정성이 모자라 그런 것을 나보고 어쩌라고……."

꽃신이 항변했다.

"닥쳐! 굿하고 부적 붙이면 신빨 120%라고 큰소리칠 땐 언제야? 이번 주 안으로 성사 안 되면 열 배라도 물어낸다며?"

"대주님, 이것 좀 놓고 말씀하세요."

신딸 연주가 남자의 손아귀를 잡고 늘어졌다. 꽃신을 좋아하지 않는다고 말한 그녀. 다들 불똥이 튈까 몸을 사리지만 그녀만은 제 신어미의 불행을 외면하지 않았다.

"이년, 너도 똑같아! 뭐? 꽃신선녀가 용하다고? 공수만 받으면 만사형통이야?"

독기 오른 남자의 손이 연주의 뺨으로 날아갔다.

"까악!"

연주는 비명과 함께 움츠렸다. 그 손이 허공에서 멈췄다. 미류가 팔을 잡아 세운 것이다. 그녀가 무슨 죄인가? 신딸은 죽이 되든 밥이 되든 신어머니를 지지하게 되어 있다.

"이건 또 뭐야?"

장년의 남자가 눈을 부라렸다. 묵직한 덩치에 우람한 근육질. 여자들이 당해낼 사람이 아니었다.

"이건 좀 심하지 않습니까?"

미류가 말했다.

"뭐야? 너도 무당이냐?"

"그렇습니다만."

"이년하고 한패?"

"그건 아닙니다."

"그럼 꺼져! 내 이 사기꾼 점쟁이 무당 연놈들, 버르장머리를 뜯어고치고 말 테니까!"

남자의 삿대질이 날아왔다. 제대로 멱살잡이를 당한 꽃신은 초주검이 되어 있었다. 웬만한 일로는 눈도 깜빡하지 않는 강단의 꽃신이 오랜만에 임자를 만난 것이다.

미류가 꽃신을 바라보았다. 꼴이 말이 아니다. 여기저기 굴러다니는 제단 음식과 무구들 또한 어지럽기 그지없었다.

"받은 돈의 절반을 돌려준다는데도……."

연주의 부축을 받은 꽃신이 산발을 한 채 울먹거렸다.

"닥쳐, 이년아! 무조건 매매될 거라고 설레발 떨 때는 언제고? 그 건물 안 팔리면 일이 얼마나 꼬이는 줄 알아? 더는 안 속으니까 당장 일어나! 당장!"

"아이고!"

남자가 다시 멱살을 쥐자 꽃신은 신음부터 토했다. 연주가 몸으로 막지만 상대가 될 리 없었다.

"손은 놓고 말씀하시죠."

미류가 그 팔을 잡아 아귀를 풀었다.

"닥치고 꺼져! 나 건드리면 이 골목 다 쓸어버릴 테니까! 이놈의 무속 어쩌고 하는 놈들은 죄다 사회악이라고, 사회악!"

"……!"

사회악!

그 말이 미류의 촉수를 세게 건드렸다. 잠시 세상이 멈췄다. 이 남자, 넘지 말아야 할 선을 넘었다.

"당신 말 다 했습니까?"

미류의 눈에 힘이 들어갔다.

"어쭈? 다 했다, 왜?"

"안 팔리는 건물 팔러 왔다고요?"

"오냐! 이제 네놈이 팔아준다고 돌아가며 사기를 칠 생각이냐?"

"사기 아니거든."

"뭐야?"

"그 건물 팔아주면 될 거 아니야! 재복 말고는 천하 박복한 이……."

소리를 높이던 미류는 마지막 한마디는 남자의 귀에다 대고 속삭였다. 그래도 무속을 찾아온 손님이기에 체면은 지켜준 것이다.

"도박꾼 인간아."

"……."

이어진 미류의 말에 남자는 숨소리를 멈췄다. 미류의 공수가 직격타였다. 그는 정말 오직 돈복밖에는 없었다. 도박에 빠진 것 또한 사실이었다.

남자가 주춤거리자 꽃신이 고개를 들었다. 옆에 있던 신딸들도 고개를 들었다. 심지어는 구경하던 타로와 쌍골, 옥수부인 등도 예외는 아니었다. 펄펄 뛰던 남자가 주춤거리니 의아해진 것이다.

"그 건물 내가 팔아드리지. 대신 말이야, 당신 건물 팔리면 이 신당과 내 신당에 와서 108배로 사죄해. 우린 사회악이 아니거든."

"……?"

"일주일, 그 안에 팔아주면 되겠나? 어차피 당신이 원하는 건 그거잖아?"

"……."

미류는 주저하는 남자의 가슴팍을 밀어내고 꽃신을 일으켜 세웠다. 꽃신에게 횡액을 예고한 미류였다. 예쁜 구석은 없지만 같은 배를 탄 마당이니 손을 내밀어주었다.

게다가 여기는 점집이 밀집한 골목. 꽃신의 행각이 인터넷이나 방송 지상에 오르내리면 치명타가 될 것이다. 손님 발길 끊기고 무속에 대한 이미지 또한 급락할 게 자명했다.

"이봐!"

숨을 돌린 남자가 미류를 불렀다.

"일주일 안에 팔아준다고?"

"그렇소."

"그렇게 자신 있으면 이거 찍어. 그럼 콜에 응하지."

남자가 각서를 내밀었다. 일주일 안에 계약이 이루어지지 않으면 꽃신이 꿀꺽한 5천만 원의 세 배를 배상하라는 내용이었다.

"아, 가만 보자니 너무하시네. 당신 혹시 무속인만 전문으로 후리는 사기꾼 아니야?"

보고 있던 타로가 끼어들었다.

"이건 또 웬 고춧가루야? 너도 같이 각서 쓸래?"

남자가 각서를 흔들었다.

"……!"

기세에 질린 타로가 물러섰다. 미류는 그 각서를 잡아채 다른 조항을 적어 넣었다. 미류가 바라던 108배에 대한 내용과 부적 비용 추가에 대한 것이었다.

"이왕 하는 거 공평하게 합시다."

"좋아, 그깟 부적값……."

남자가 동의하자 미류가 지장을 눌렀다.

"갑시다!"

"어, 어딜?"

"빌딩을 봐야지? 서울에 널린 게 빌딩인데 다 당신 것은 아니잖아?"

미류가 남자의 등을 밀었다.

"법사님!"

연주가 겁먹은 얼굴로 물었다. 다른 신딸들은 다 꽁무니를 빼고 있는데 혼자 나선 연주이다.

"괜찮을 겁니다. 신당 정리나 좀 부탁해요."

당부를 남기고 남자의 차에 올랐다. 아까 본 고급 외제 차다.

"미류 법사 파이팅!"

골목을 나가는 차를 타로가 따라오며 주먹을 쥐어 보였다. 다들 허세라고 생각하지만 그는 미류를 믿었다. 그가 체험한 팔팔한 전생 감응, 의문의 여지가 없는 신묘한 공수였다.

"다녀올게요."

미류는 차창으로 손을 내밀어 인사에 답했다.

'부딪쳐 보자고.'

쫄지 않았다.

5천 년 무속이 사회악 따위가 될 수는 없기 때문이다. 그것도 도박이나 일삼는 인간 말종 앞에서.

"……!"

차 안의 꽃신은 침묵했다. 아니, 덜덜 떨고 있었다. 바짝 마른입에서 단내도 풍겼다. 신당에 앉아 찾아오는 손님들에게 불호령만 내려온 사람. 막상 송사까지 불사할 상황이 되자 세상 쓴맛을 안 것이다. 게다가 흥분한 손님에게 무지막지하게 당했으니 어찌 의기소침하지 않을 것인가?

원래는 그녀의 애기씨가 나서야 했다. 그런데 몸주들은 이런 일에 잘 나서지 않는다. 그저 예지 정도를 줄 뿐이다. 그 예지는 꽃신선녀가 무시했을 일이다. 돈을 밝히다 보면 그런 일이 일어날 수 있었다.

"잠깐 세우세요."

한갓진 길에서 미류가 말했다. 남자가 차를 세웠다. 미류는 편의점에서 생수 한 병을 사와 꽃신에게 건넸다. 그녀는 한 모금도 남김없이 마셨다. 목이 타다 못해 불이 붙은 모양이다.

끼익!

남자가 목적지에 멈췄다. 큰길가이다.

"여기요!"

남자가 빌딩을 가리켰다. 지하 3층에 지상 10층짜리다. 시가는 약 160억이라고 한다. 겉보기에는 문제가 없었다. 세살, 겁살, 재살의 삼살방(三煞方)이 깃든 방위도 아니고 정기가 막힌 곳도 아니었다. 주변에 혐오 시설 같은 것도 없다.

"부적은 붙였습니까?"

미류가 꽃신을 돌아보았다. 부동산 매매 성사부를 뜻한다. 그녀는 맥없이 고개를 끄덕거렸다.

"어디에……?"

미류가 묻자 현관문 위를 가리켰다. 부적은 거기 있었다. 미류는 부적 점검을 위해 영기를 쏘았다. 다소 밋밋하긴 하지만 가짜는 아니었다.

'부적 문제는 아니고…….'

두 번째 작업에 들어갔다.

미류는 담배를 무는 남자의 재물창을 떠웠다. 재물운을 보려는 건 아니다.

[錢]

재물창 안에 글자가 서렸다.

"……?"

남자의 재물창 안에는 특별한 문제에 대한 예지가 없었다. 그렇다고 그의 운이 막힌 것도 아니었다. 슬슬 복잡해지기 시작했다.

미류는 엘리베이터에 올랐다. 옥상부터 점검했다. 혹시라도 잡귀의 원혼이 해코지를 하는지 확인하기 위해서였다.

그것도 문제가 없었다. 투신 같은 걸 한 영가도 없고 목을 맨 영가도 없었다. 4층에서 희미한 영가가 보였지만 그건 그냥 자연사한 사람의 영가였다. 오래된 일이 아니라 흔적이 보인 것이다.

"여기서 사람 죽었죠?"

미류가 남자에게 확인했다.

"엥?"

"남자군요."

"죽긴 죽었지. 임대 들어온 사업체 사장. 격무에 시달리며 야근하다가 심근경색이라든가 뭐라든가. 그 인간 귀신이라도 붙었다는 거야?"

"아뇨, 귀신까지는 아닙니다."

미류는 2층으로 걸었다. 이제 계단이 얼마 남지 않았다.

2층도 패스!

엘리베이터에 올랐다. 미류는 지하 3층으로 향했다. 3층을 확인하고 지하 2층으로 향했다.

"이봐, 젊은 무당!"

계단참에서 남자가 미류를 세웠다.

"뭡니까?"

"내가 이제 화가 좀 가라앉아서 하는 말인데, 저 여자랑 관계없으면 지금이라도 빠져. 어차피 당신에게는 유감없으니까."

남자의 딜이 나왔다. 미류가 자기의 도박 약점을 알고 있어 부담스러운 모양이다.

"무당은 다 사회악이라면서요?"

"그거야 뭐……"

"내가 쓴 각서는요?"

"찢으면 그만 아닌가?"

"누구 마음대로요?"

"뭐라?"

"그거 우리 둘이 쓴 거 아닙니다. 내 몸주께서 개입한 일이거든요."

"……?"

"이미 돌이킬 수 없는 일이 되었다 이겁니다."

"헛, 꽉 막힌 인간이군. 그럼 마음대로 하라고."

남자가 코웃음을 쳤다.

지하 1층에 내려섰다.

"여기에 영가가 보여서 굿을……."

검은 벽을 보며 꽃신이 입을 열었다.

"맞아, 무려 2천만 원이나 꿀꺽하셨지. 별비로도 200만 원 따로 잡수셨고."

남자가 빈정거렸다. 큼큼하며 꽃신은 헛기침으로 빠져나갔다.

미류는 검은 벽을 주목했다. 그 역시 희미한 영가가 서려 있지만 별 문제는 아닌 듯싶었다. 결국 소득 없이 1층으로 돌아오고 말았다.

"역시 선무당?"

관리 사무실 앞에서 남자가 빈정거렸다.

"아직 남은 게 있습니다."

"미련?"

"눈을 감으시죠."

"무슨 수작을 부리려고?"

"오래 걸리지 않습니다."

"그래, 죽은 사람 소원도 들어준다는데 내 돈 토해낼 인간들 부탁쯤이야."

남자는 등받이에 기댄 채 눈을 감았다.

전생륜!

미류의 영기가 남자의 정수리를 겨누었다. 전생륜이 나왔다.

"……!"

미류의 손이 저절로 나갔다. 초조한 까닭이다. 전생륜이 손바닥 위로 올라왔다. 두 번째 보는 절정 순수의 전생륜이다. 태초의 띠처럼 아무것도 없이 저 혼자 순수로 빛나는 전생륜.

'맙소사!'

한숨이 나왔다. 지난번 송송탁구방 모임에서 탁정자의 딸에게서 본 첫 생의 전생륜. 그것과는 살짝 다른 느낌이지만 아무것도 쓰지 않은 순백의 전생륜이 또 나온 것이다. 남자의 인과는 재물로 시작되는 생이었다. 그렇기 때문에 다른 것은 제로에 가까워도 재물복만은 넘치는 것이다. 한마디로 돈에 끌리고 돈을 끄는 사람이었다.

―첫 생을 시작한 사람.

―그리하여 전생륜이 비어 있는 사람.

'하필이면 여기서 또 이런 케이스가 나오다니…….'

무속인의 자존심이 걸린 상황이다. 이건 탁정자의 딸과는 비교할 수 없는 일이었다.

미류, 전생신의 시험대에 오른 것인가?

아니면 설마 그분이 전처럼 졸고 계신 것인가?

'미류 법사.'

미류는 스스로 최면을 걸었다. 탁정자의 딸을 생각했다. 그때도 미류는 해냈다. 전생신은 영험하다. 하지만 세상만사를 몽땅 그에게 기댈 수는 없었다. 진정한 무속인이 되려면 스스로 위기를 건널 힘 정도는 갖추고 있어야 했다.

냉정하게 생각했다.

'내 힘으로 할 수 있는 일.'

─운명창은 가능!

─영가 투영도 가능!

─부적도 가능!

척 꼽아도 세 가지였다. 그 세 가지 다 죽기 직전에 비하면 굉장한
수준이다.

'그때는 말이야……'

되지도 않는 잔재주까지 부리며 손님의 문복(問卜), 즉 길흉 점사에
응했다. 그런데 세 가지 신력을 가지고 한숨을 쉬는 건 있을 수 없는
일이었다.

차분하게 운명창을 투영했다.

[재물운 上上 82%]

짐작대로 높게 나온 남자의 재물운, 그 창을 뚫어져라 바라보았다.

[錢]

창 안은 여전히 돈이 만땅이었다. 다른 것은 보이지 않았다. 영가
의 확인은 미리 끝냈으니 패스했다. 남은 건 부적이다. 몇 가지 방비
부적을 꺼내 부정이나 액운이 들어올 만한 곳을 막았다. 그런 후에
다시 남자의 재물창을 바라보았다.

[錢]

그대로였다.

맥이 살짝 빠졌다.

"어이!"

한참을 쳐다보던 남자가 입을 열었다. 미류가 남자를 바라보았다.

"보아하니 용을 써도 안 되는 모양인데 그만 손드시지."

"……."

"내가 미쳤지. 차라리 중개사에게 봉투 하나 더 안겨줄걸. 저런 사이비 무속인들에게 속아 시간 날려, 돈 날려……."

"……."

"어이, 꽃신인지 고무신인지 당신도 입 달렸으면 말해봐. 나 사기꾼 사이비 무당입니다 하고 말이야."

남자가 꽃신을 거칠게 밀었다. 비실거리던 꽃신은 저만치 밀려 나며 쓰러졌다.

"말로 합시다!"

미류는 쓰러진 꽃신을 부축했다. 그때였다. 바닥에서 기묘한 느낌이 전해왔다.

"……?"

촉각을 세운 미류가 바닥을 바라보았다. 그러고 보니 여기만 달랐다. 현관에서 로비의 안내판으로 이어지는 공간, 딱 거기만 30여 평 때깔 나게 단장되어 있었다.

"엄살떨지 말고 잠깐 기다리라고. 중개사 말이 이 건물 기웃거리던 놈이 길 건너 건물에 꽂혀 구경 중이라 혹시나 변심하면 한 번 더 오겠다고 했으니 그거만 보고 마무리하자고."

"이봐요!"

바닥을 살피던 미류가 남자를 불렀다.

"아아, 타임 오버야. 이제부터 너희 연놈 말은 콩으로 메주를 쒀도 안 믿을 거니까 계약 배상금 돈 찾아올 생각이나 하라고."

"그게 아니고… 이 바닥, 최근에 공사했죠?"

"그래서?"

"왜 했습니까?"

"문 쪽 바닥재가 들떠서 잘 팔리라고 돈 좀 들였다 왜?"

"잠깐만 이리 와보세요."

"뭐야?"

"와보라고요."

"미친놈, 어디다 대고 큰소리야?"

"빌딩 팔고 싶으면 빨리 와서 여기 서봐요. 어서!"

미류는 남자를 새 바닥 위로 당겼다.

"아니, 그런데 이 자식이……."

발끈한 남자가 핏대를 올릴 때였다. 미류가 놀라 주춤 물러섰다. 재물창 때문이다. 그 안에 보인 영기 때문이다.

[錢]

이번에도 그 글자 하나였다. 하지만 아까와 달랐다. 돈 전(錢) 자가 낱낱이 흩어져 보이는 것이다.

"뒈질래?"

뿔이 오른 남자가 다가와 미류의 멱살을 거머쥐었다. 미류는 거칠게 그 손아귀를 뿌리쳤다. 그리고 빳빳한 만 원권을 바닥에 떨구었다.

"……!"

미류의 촉수가 곤두섰다. 만 원권의 빛깔이 어두워지는 게 보인다. 시든 빛이다. 돈을 다른 바닥으로 옮겼다. 돈이 원래의 광택으로 돌아갔다. 돈에도 생기가 있다. 새 돈을 무덤이나 관 위에 놓아보라. 광택이 달라진다. 영가를 보는 무당이라면 볼 수 있는 영기이다.

"원인을 찾았습니다!"

미류는 비로소 확신을 가졌다.

"뭐야?"

"원인을 찾았다고요. 문제는 바로 당신이었습니다."

"뭐?"

"이 바닥, 이게 문제입니다."

"아하하핫!"

남자는 배를 꼬며 웃더니 미류를 닦아세웠다.

"이 미친놈아, 건물 잘 팔리라고 돈까지 들였는데 그게 문제야? 그게?"

"예!"

"뭐야?"

"당신, 매매 희망자들의 행동이 어땠습니까? 건물을 돌아볼 때는 살 것 같았죠? 그런데 아마 여기서 마지막 대화를 할 때면 그들이 변심했을 겁니다. 아닙니까?"

"……!"

기세를 올리던 남자의 눈빛이 스러졌다. 그건 사실이었다.

"그, 그걸 어떻게?"

"이 바닥재가 문제이기 때문입니다. 여기 돈이 묻혀 있습니다. 찢어지고 갈라진 돈. 한두 푼도 아니고 뭉텅이로 묻힌 돈의 무덤. 그게 당신의 운을 막아선 겁니다. 저기 꽃신선녀의 비방에 액살(厄殺)을 뿌린 겁니다."

"말도 안 되는……. 바닥재에 무슨 찢어지고 갈라진 돈이 있어? 공사 장면은 내가 직접 보았어. 바닥재 아래에는 아무것도 없다고."

"있습니다, 찢어지고 조각난 돈!"

"미친……."

"각서의 내용을 열 배로 올려도 좋습니다."

미류가 승부수를 띄웠다. 분명히 확인한 일이다. 바닥재에 낱낱이 흩어진 돈의 느낌이 있었다. 이조차 틀린다면 신밥 숟가락을 놓을 각오다.

"오냐, 나쁜 제의가 아니구나. 내 공사 맡았던 친구에게 일단 물어는 보마. 그 인간이 혹시라도 찢어진 돈을 몇 장 넣었을 수도 있으니."

남자가 전화를 뽑아 들었다.

"미류 법사……."

꽃신은 하얗게 질린 채 미류의 팔을 잡았다. 그 손을 밀어냈다. 미류는 흔들리지 않았다. 낡고 낡은 돈뭉치의 느낌. 거기에 더해 남자의 재물창에서 본 영기의 변화. 여기가 바로 남자의 재운을 막고 있는 돈의 무덤이었다.

"어이, 허 사장! 난데 말이야."

현관 창 쪽으로 걸어간 남자가 목청을 높였다. 뭐라고 물어대던 그의 표정이 굳는 게 보인다.

'역시…….'

미류는 고개를 끄덕거렸다. 짐작이 맞았다는 예감이 온 것이다.

"그, 그래? 그런 게 다 있단 말이야?"

남자의 표정이 점점 더 참담하게 구겨지고 있다.

"……!"

통화를 마친 남자가 미류에게 다가왔다.

"확인하셨습니까?"

"그, 그게……."

"사실대로 말하세요."

"그게… 당신 말이 맞는다고……. 난 그냥 바닥재가 들어간 줄 알았는데… 그게 1,000원, 5,000원, 10,000원권 폐지폐 녹여서 만든 거라고……."

"좋습니다, 다시 저 위로 올라가 보세요."

"여, 여기?"

기세가 꺾인 남자가 새 바닥재 위로 얌전히 올라섰다. 미류는 보았다. 역시 다른 바닥재 위와 다르게 멋대로 흩어지는 돈 전(錢) 자의 재물창.

"아까 누가 올 거라고 했죠?"

부적 가방을 열며 미류가 물었다.

"그, 그게… 원래 우리 건물에 꽂힌 물주인데… 바로 여기서 변심하고 길 건너 건물 매물에……."

"젠장!"

부적을 꺼내보던 미류가 아쉬움을 토해냈다.

"왜?"

꽃신이 물었다.

"부적이 다섯 장 필요한데 두 장밖에 없네요."

"그래?"

꽃신이 울상을 지었다.

"이봐요, 사장님!"

미류의 시선이 남자에게 향했다.

"뭐, 뭐요?"

"이 건물 꼭 팔고 싶지요?"

"그야 물론……."

"그럼 잠깐 협조해 주세요."

"뭐, 뭘?"

"잠깐이면 됩니다. 이거 해서 안 되면 각서대로 이행할게요."

미류가 남자의 손을 잡아끌었다. 그리고 꽃신 옷섶의 옷핀을 뽑아들었다.

"뭐 해요? 자판기 가서 빈 컵 하나 뽑아오세요. 커피 물 떨어지기 전에 재빨리."

미류가 꽃신의 등을 밀었다. 꽃신은 허겁지겁 자판기로 달려갔다.

"어, 어쩌려고?"

남자가 몸을 빼기도 전에 옷핀이 손가락을 뚫고 들어갔다. 핀은 미류의 머리로 올라갔다. 머리 뿌리에 옷핀 끝을 문지른 미류는 그대로 자기 손가락도 찔렀다.

톡! 토독!

핏방울이 종이컵에 떨어졌다. 미류의 피와 남자의 피다. 재빨리 붓을 꺼내 든 미류는 무슨 생각에서인지 꽃신의 손목까지 잡아채 무지막지하게 찔러 버렸다.

"악!"

비명 따위는 돌아보지도 않고 괴항지를 꺼냈다. 다행히 그건 몇 장이 들어 있었다. 세 사람의 피를 검지로 문지른 미류는 북쪽을 향해 7배를 하고 혈부(血符)를 써내려갔다. 내리 다섯 장을 쓰고 나서야 남자에게 손을 내밀었다.

"뭐?"

겁먹은 남자가 물러섰다.

"라이터요!"

"나 담배 끊었어."

남자의 말이 끊기기 전에 꽃신이 라이터를 내밀었다.

"안내석 직원들 좀 비켜달라고 하세요."

"예?"

"부정 타게 자꾸 물어볼 겁니까?"

"아, 알았습니다."

남자가 달려가 안내석 여직원들을 내보냈다.

"두 분은 여기서 기도하세요. 건물 팔리게 해달라고."

그 말을 남긴 미류가 새 바닥재의 구석으로 이동했다. 미류는 동서남북과 가운데의 오 방위를 잡았다. 그 모서리마다 부적을 붙이고 기원을 남겼다. 마지막으로 네 방위의 중심으로 들어섰다. 거기에 다섯 번째 부적을 놓았다. 기원이 끝나자 이번에는 역순으로 부적에 불을 붙였다.

'후우!'

그제야 이마에 성근 땀을 닦아내는 미류였다. 숨을 돌리고 남자를 보았다.

[錢]

이제는 제대로 보였다. 새 바닥재 위에서도, 다른 자리에서도 한결같았다. 남자의 재복을 막고 있던 폐지폐의 액살이 사라진 것이다.

'좋았어!'

의자를 당겨와 현관 벽의 부적을 교체했다.

턱!

미류가 쓴 부적이 붙었다, 〈부동산매매성사부〉다. 현관이 꽉 차는 느낌이 전해왔다. 최선을 다했다는 위로는 하지 않았다. 이건 최선으로 면피할 일이 아니었다. 각서까지 쓴 마당이니 결과만 필요할 뿐이다.

남자의 운을 막고 있던 찢어지고 빻아진 돈의 무덤. 그러나 다른 사람에게는 부(富)의 거름이 될 수도 있는 폐지폐 바닥재. 세 사람의 시선은 미류가 교체한 새 부적에 나란히 꽂혔다.

될까?

미류의 눈빛은 그쪽에 가까웠고.

말까?

남자의 눈빛은 그쪽에 가까웠다.

"거세요!"

미류가 전화를 가리켰다. 부동산 갑부 남자 전화다.

"이봐."

"어서요!"

미류가 재촉했다. 남자는 미적거리다가 전화를 걸었다.

"아, 나 남창수요. 물건 보러 오신 손님 가셨소?"

그가 통화를 시작했다. 미류는 꽃신을 바라보았다. 면목이 없는 꽃신은 고개를 떨군 채 눈을 맞추지 못했다.

"선녀님."

미류가 입을 열었다.

"왜?"

맥없이 새어 나오는 꽃신의 목소리.

"표정 바꾸세요. 우거지상을 하고 있으면 될 일도 안 된다고 하지 않았습니까?"

"……."

"어서요."

"……."

"아니면 제가 자리를 비켜 드릴까요?"

"아, 아니… 바꿀게. 바꾼다고. 이렇게 하면 돼?"

꽃신이 억지웃음을 지었다. 인조인간이 따로 없다. 그래도 우거지상보다는 한결 나았다.

"그쪽 건물 계약할 눈치인데 일단 데려와 보기는 한다는군."

통화를 마친 남창수가 말했다.

오래지 않아 차가 건물 앞에 멈췄다. 두 남자가 내렸다. 중개사와 매입 희망자다. 둘이 현관으로 들어왔다.

"아이고, 오랜만입니다."

남창수가 너스레를 떨며 다가섰다. 미류와 꽃신은 로비의 구석에서 지켜보고 있었다.

"다른 매물 보고 오신다고요?"

"예, 길 건너 빌딩도 나와 있기에……."

희망자의 위치는 바로 거기였다. 폐지폐 바닥재가 깔린 그곳. 지난번에 변심했다는 바로 그 자리.

"다시 한 번 생각해 보시죠. 우리 건물, 자랑이 아니라 진짜 괜찮습니다. 상태도 좋고 임대도 잘되고… 무엇보다 주차 환경이 좋거든요."

"뭐 그거야 지난번에 봐서 아는데……."

희망자의 눈이 바닥재로 향했다. 그는 발로 바닥을 두어 번 두드렸다. 그러더니 현관 쪽으로 시선을 돌렸다. 부적을 붙인 그 자리다.

"왜 그러시죠?"

남창수가 물었다.

"이상하네? 지난번에는 여기 느낌이 영 서늘하던데……."

희망자가 고개를 갸웃거렸다.

"서늘하다고요? 아, 그때는 냉방기를 시험하느라 빵빵하게 틀었더니… 서늘할 만도 하죠."

남창수가 자연스럽게 둘러댔다. 달리 부동산 갑부가 아니었다. 여러 거래를 거쳐 언변을 쌓아온 그였다.

"그래요?"

희망자의 목소리가 조금 누그러졌다.

"어떻습니까? 저쪽 건물에 계약하지 않았으면 우리 건물 계약하시는 게. 내 5천 빼드리리다."

"5천?"

"뭐 정 안 되면 어쩔 수 없고요. 사실 지난번에 사장님이 건물 마음에 들어 하시기에 저도 뿌듯했거든요. 왜 자기 물건 알아주면 기분 좋은 게 인간 아닙니까?"

남창수가 은근슬쩍 조여들었다. 희망자가 망설이는 것을 눈치챈 것이다.

"하긴 이 근처에 이만한 매물도 없어요. 최근 5년간 임대도 괜찮은 편이고."

중개사가 지원사격에 나섰다.

"5천이라……."

희망자는 다시 한 번 바닥재를 두드렸다. 그러더니 남창수를 향해 딜을 던졌다.

"기분 좋게 한 장 깎아주면 계약하겠소!"

한 장!

1억을 빼달라는 요청이다.

"에라, 콜이요. 계약서 씁시다!"

남창수도 화끈하게 딜을 받았다. 우여곡절 끝에 건물이 팔리는 순간이다.

"미류 법사……."

지켜보던 꽃신의 목소리가 떨렸다. 이제야 안심이 되는 모양이다.

"이어, 젊은 무당님!"

남창수가 반색을 하며 다가왔다. 그의 손에서 계약서가 팔랑거린다.

"고맙수다. 그리고 아까 내가 좀 심하게 군 거 이해하시구려."

"괜찮습니다."

"이야, 아무튼 당신 진짜 신통하네. 저 꽃신인지 고무신인지 하는 아줌마하고는 차원이 다르잖아?"

남창수가 꽃신을 째려보며 말했다.

"계약은 끝난 겁니까?"

미류가 물었다.

"오케이! 내가 이제 두 발 뻗고 잘 수 있게 됐다고."

"그럼 이제 이걸 해결할 차례로군요."

미류가 각서를 꺼내 보였다.

"아, 그거? 내가 사과했잖소. 출장 복채는 넉넉히 드릴 테니 없던 일로 합시다. 그러면 되겠죠?"

남창수가 지갑을 열었다.

"각서대로!"

미류의 눈에 힘이 들어갔다.

"이봐요."

"아니면 건물 계약 무효가 될 겁니다."

"아, 거참 빡빡하게 나오네. 알았어. 알았다고. 내가 복채 더 올려 드릴게."

남창수의 손이 수표를 뽑아 들었다.

"계약 무효 되게 해드려요?"

미류의 눈이 현관의 부적 쪽으로 향했다. 그걸 본 남창수가 하얗게 질렸다. 천신만고 끝에 이룬 계약이기 때문이다.

"꼭 그렇게 해야만 되는 거요?"

외제 차 앞에서 남창수가 물었다.

"말했잖아요? 당신이 쓴 각서, 우리 몸주님의 날인까지 포함된 거라고."

"……"

"가시죠!"

미류는 남창수의 등을 밀었다. 그는 꼼짝없이 운전대를 잡을 수밖에 없었다.

"미류 법사!"

점집 골목에 들어서자 타로가 먼저 달려왔다. 다음은 연주다. 다른 신딸들은 다 도망가 버린 꽃신선녀의 신당. 그녀만이 홀로 남아 신당을 지키고 있었다.

"법사님……."

그녀가 미류를 바라보았다. 미류는 끄덕 고개를 숙여 그녀를 안심시켰다. 연주는 늘어진 꽃신을 부축했다.

"잘된 거야?"

타로가 물었다.

"예, 형님 덕분에……."

"아이고, 내 그럴 줄 알았지. 역시 미류 법사라니까."

타로가 환하게 웃었다.

"들어가시죠."

미류가 남창수를 바라보았다. 그는 쩝 입맛을 다시고는 꽃신의 신당으로 들어섰다.

"시작하세요!"

미류는 문이 열린 상담실에 자리를 잡았다. 남창수는 엉거주춤 무신도 앞으로 다가섰다.

"연주 씨."

미류가 연주를 바라보았다.

"네, 법사님."

"108배 하실 겁니다. 틀리지 않게 카운트 부탁합니다."

"네!"

그녀가 밝게 대답했다. 쥐라도 잡을 듯 신당을 볶아대던 남창수다. 그녀 역시 꽃신의 행태가 마음에 들지 않았지만 남창수가 반가웠을 리는 없다. 그렇기에 기쁜 표정이 얼굴 가득 피어오른 것이다.

"일 배요!"

연주가 카운트를 시작했다. 남창수는 그 구령에 따라 절을 올렸다.

"미류~ 법사!"

상담실 앞까지 다가온 타로가 아지랑이처럼 속삭였다. 그는 미류를 향해 엄지를 세워주었다. 카운트를 세는 연주도 그랬다. 호랑이처럼 펄펄 뛰던 남창수다. 그런 인간이 미류 앞에서 고양이 앞의 쥐 꼴이니 어찌 고소하지 않을까?

착잡한 건 꽃신뿐이었다. 적어도 이 골목에서는 최고의 신빨이라고 자부하던 그녀. 지난번 미류의 공수 위력을 보았지만 손님들의 인식은 여전히 그랬다.

그런데 그 허세가 완벽하고 장렬하게 무너졌다.

"구십팔 배요!"

높기만 한 연주의 목소리도 그리 반갑지 않았다. 자기 앞에서는 언제나 굳어 있던 그녀의 표정이 유난히 환해 보였다. 게다가 남창수의 굴복도 자신의 신빨과는 상관이 없었다. 그녀는 꿈도 꾸지 못한 폐지폐의 액살. 그 또한 미류의 신안(神眼)이 밝혀낸 쾌거이기 때문이다.

"백팔 배요!"

마지막 카운트를 하는 연주의 목소리가 처음보다 더 생생했다. 남창수는 기어이 쓰러지고 말았다.

"이보시오, 미류 법사."

남창수가 미류를 바라보았다. 애원의 눈빛이다.

"거래에 부정이 타기를 원치 않으신다면……."

미류가 일어섰다. 이제 전생신 앞에 108배를 바치라는 신호다.

"연주 씨!"

미류는 연주를 바라보며 뒷말을 이었다.

"미안하지만 제 신당의 108배 카운트도 좀 부탁합니다."

"정말요?"

그녀가 반색했다.

"그리해도 되겠습니까?"

미류의 시선이 꽃신에게 건너갔다.

"그, 그야 물론……."

그녀는 후들거리는 다리를 지탱하며 간신히 대답했다.

"그럼 푹 쉬십시오."

미류는 인사를 두고 상담실을 나갔다. 타로와 연주가 그 뒤를 따랐다. 꽃신의 신당에는 꽃신선녀 혼자뿐이다.

'섭강 중의 섭강…….'

꽃신의 어깨가 파르르 떨렸다. 섭강은 꽃신이 즐겨 읽는 한문 소설에 나오는 족집게의 이름이다. 그녀가 최고의 무당에게만 사용하는 은어였다.

"일 배요!"

다시 연주의 카운트가 시작되었다. 미류는 신단의 왼쪽에 가부좌를 틀고 앉았다. 타로도 함께했다. 남창수는 아이고, 데이고 비명을 흘리며 절을 시작했다.

'몸주님…….'

미류의 귀에는 아무 소리도 들리지 않았다. 그저 고요했다. 검정색 종이를 펼친 것 같은 공간이다. 사방이 진공처럼 느껴졌다. 그 허공에서 복사꽃이 너울거리며 내려왔다. 꽃은 함박눈처럼 시야를 덮었다. 검은 배경 위에 흩날리는 꽃잎들. 흰 살에 살짝 깃든 분홍은 미류의 마음을 편안하게 만들었다.

'미류!'

어둠 저편에서 공수가 들려왔다. 전생신이 나왔다. 그는 꽃잎을 밟으며 다가오고 있었다.

'몸주님!'

'네 정진이 보기 좋구나.'

'아직 멀었습니다.'

'그걸 아니 더 보기가 좋구나.'

'몸주님……'

'채우고 비우고 나누고 더하며 가거라. 가다 보면 네 눈이 점점 밝아질 것이니.'

그 말과 함께 꽃잎들이 광채를 더하기 시작했다.

화아악!

사라졌다. 미류 시야의 모든 것.

맹렬하게 차고 들어온 건 전생신의 무신도였다.

"백팔 배요!"

연주의 카운터가 마지막을 알렸다. 남창수는 절을 한 상태에서 그대로 뻗어버렸다. 미류와 타로가 힘을 합해 거실로 옮겼다. 한참 후에야 그의 사지가 움직이기 시작했다.

"어?"

그가 고개를 발딱 세웠다. 미류가 남창수를 바라보았다.

"없네?"

"뭐가 말입니까?"

"꽃잎……."

'꽃잎?'

"복숭아꽃이 가득했는데… 그걸 밟으면서 절을 하니까 별로 힘들지 않았는데?"

"그게 정말입니까?"

미류가 물었다.

"그래요. 너무 힘들어서 헛것이 보였나?"

"아닙니다, 사장님. 진심으로 절을 하셨군요? 그렇기에 그 꽃잎이 보인 겁니다."

"하긴… 처음에는 힘이 들었는데 쉰 번쯤 하니까 오히려 편해지더라고요. 그래서… 그동안 지은 죄를 하나하나 빌며 절을 올렸습니다. 법사님 신이 용하시니 다 들어줄 것 같아서요."

"들어줄 겁니다. 꽃잎이 증거입니다."

"어이쿠, 말만 들어도 고맙습니다. 마음도 무척 편해졌고요."

"대신 도박은 끊으세요. 그거 계속하시면 올해 안에 극악 액살을 맞습니다."

"극악 액살?"

"예."

"혹시 도박 끊는 부적은 없습니까? 있으면 하나 부탁드립니다."

"제 부적은 비싼데요?"

"까짓것, 1억을 받아도 상관없습니다. 나도 그놈의 도박, 끊어야지 끊어야지 하던 참이었거든요."

남창수가 웃었다. 까칠하던 첫인상과는 사뭇 달랐다. 그렇다면 어떻게든 도움을 주어야 한다. 돈 같은 건 다음 문제였다.

"여기 와서 편안하게 앉으세요."

남창수를 신당으로 들였다. 전생륜이 없는 이 남자, 다시 한 번 확인할 생각이다. 사실 처음에는 혼쭐만 내줄 생각이었다.

'무속인은 사회악!'

그 말에 대한 앙금 때문이었다. 하지만 그의 태도가 미류의 생각을 바꾸어놓았다.

무속 신뢰, 무속 불신, 무속 원망, 무속 저주.

남창수의 마음에 든 무속에 대한 얼개이다. 그 고리의 마지막에 다시 무속 신뢰가 들어섰다. 게다가 그는 신당의 꽃잎까지 본 마당. 마음을 열고 신제자의 도리를 행하는 게 옳다고 판단한 미류였다.

"......!"

거실에서 미류를 바라보던 연주와 타로의 눈이 휘둥그레졌다. 미류가 피워낸 아련한 궤적 때문이다. 미류처럼 전생륜까지는 볼 수 없지만 뭔가 신비한 서기가 피어오른 것은 알 수 있었다.

전생령.

여전히 보이지 않았다. 보이는 건 눈이 시리도록 순수한 순백의 띠뿐이다.

조금 더 집중했다. 첫 생이라 그런 것인가? 그렇게 생각하기에는 남창수의 시작이 너무 좋았다. 부가 덕지덕지 붙은 생은 아무나 선택 받는 일이 아니다.

지난번 송송탁구방 모임에서도 궁금하던 미류. 끝장을 볼 생각으로 밀어붙였다. 지금은 전생신의 신당 안. 그 영험함이 최고에 이른 곳이기 때문이다.

후끈 영기를 모으자 빼곡하게 앞을 가리던 錢 자가 파자되며 뒤쪽에 있던 무엇이 그 자리를 채웠다.

[樂]

파자 사이로 보인 건 악이었다. 다른 글자와 달리 신성한 황금빛이다. 고귀한 글자에 눈이 닿자 미류의 눈에 불이 번쩍 들어왔다.

'아!'

신음이 터졌다. 마침내 보였다. 남창수의 전생륜. 순백의 띠에 전생령들이 아롱거렸다. 그 숫자는 많아 보이기도 하고 하나도로 보였다. 지금까지 본 전생륜과 차원이 달랐다.

'몸주님!'

미류가 고개를 들었다. 신의 공수가 다시 넘어왔다.

'그자는 한 자아의 굴레를 완성하고 새로운 자아를 시작한 생이다. 첫 생이나 새로운 자아를 시작하는 생이라 네 눈에 보이지 않을 것이나 그가 내 앞에 진술하고 네가 애를 쓰니 특별히 허락하노라.'

'……'

'그자가 완성한 생은 악이었노라. 그 성과가 높았기에 이 생에 재물로 완성되는 자아를 과업으로 삼아 온 것이니 지나간 생의 한 편을 허락하노라.'

전생신의 공수와 함께 피아노 소리가 들렸다.

도로로롱!

건반을 날아다니는 손이 보인다. 남창수의 손이다. 남창수도 감응하는 모양이다. 손가락이 저절로 움직인다.

연주는 기가 막혔다. 아련하게 들리니 마치 천상의 선율 같았다. 어느새 조바심이 날아간 미류, 선율을 따라 어깨가 들썩이고 있었다.

짝짝짝!

연주가 끝났다. 어마어마한 청중이 기립 박수를 보내고 있다. 남창수의 전생이 일어나 인사를 했다. 모든 그림은 다른 감응보다 흐리고 빨랐다. 그러나 알 수 있었다. 그게 남창수의 전생이라는 것. 박수 소리 가득한 가운데 미류는 감응을 끝냈다. 미류에게도 굉장한 경험 이었다.

"……!"

눈알이 터져라 번쩍 뜬 남창수. 그의 시선은 자신의 손가락에 박혀 있었다. 그러고 보니 손이 갸름하고 좋았다. 카드나 화투보다는 연주자에 어울리는 손가락이다.

"제가 혹시 전생에 피아니스트?"

정신을 차린 남창수가 미류를 보았다.

"예, 피아노로 일가를 이룬."

"그럴 리가?"

남창수가 고개를 갸웃거렸다.

"왜요? 느낌이 이상한가요?"

"그게 아니라… 전 피아노에 관심 없거든요. 피아노 연주회 같은 것도……."

"……."

"뭔가 가슴에 닿은 건 있는데 그냥 싫습니다."

"직접 쳐본 적은 있습니까?"

"없어요. 어릴 때는 집안이 별로 좋지 않았거든요."

"전생에 악성을 이루어서 그렇습니다. 어떤 일을 너무 잘하게 되면 오히려 시시해지잖아요?"

"그럴… 까요?"

"돌아가서 실험해 보세요. 직접 해보면 알 수 있을 겁니다. 어렴풋하게나마 사장님의 본성 속에 남아 있을 테니까요."

"……."

"앞으로는 화투나 카드, 카지노가 유혹하거든 피아노를 치세요. 몸이 저절로 몰입하게 될 테니 도박에서 벗어날 수 있을 겁니다."

"부적은……?"

"기다리세요."

미류가 부적을 꺼냈다. 희미한 피아니스트령의 영기를 부적에 모았다. 비록 끝난 과업의 영기지만 신성이 어린 영기. 남창수에게 제대로 도움이 될 것이다.

"몸에 잘 품고 다니세요. 1년 후에 다시 교체하시면 됩니다."

"접어도 되나요?"

"찢지만 않으면 됩니다."

"어이쿠, 이거 만지기만 해도 마음이 차분해지는 거 같네."

남창수가 웃었다. 욕심의 가면을 벗은 미소였다.

송화요와 방송 출연

"많이들 드세요, 오늘은 내가 무한 리필로 쏩니다."

일식집으로 자리를 옮긴 남창수가 말했다. 내실에는 미류와 꽃신, 연주가 자리하고 있다. 드라마틱한 하루를 보낸 그가 한턱을 제의한 것이다. 거절하기 어려운 자리라 수락하고 말았다.

테이블에는 도미를 필두로 민어와 고급 참치가 고운 때깔을 자랑하고 있다. 비유가 좀 그렇지만 꽃신선녀의 고운 꽃신이 올라앉은 것 같았다.

"드세요!"

미류가 꽃신에게 음식을 권했다. 연주에게도 그랬다.

"먹어도 되는지 모르겠군."

꽃신이 주저했다. 자신의 죄를 아는 까닭이다.

"드세요. 진짜 아까 같아서는 내 용역 깡패라도 동원해서 그 신당 다 뿌샤 버리고 싶었지만 지금은 정말 기분 좋습니다. 그러니 아까 내가 핏대 올린 거 이해하시고 많이들……."

남창수는 회 접시를 꽃신 앞으로 밀어주었다.

"그럼 염치 불구하고……."

그제야 꽃신은 참치 대뱃살을 집어 들었다.

"아무튼 저는 오늘 무속을 다시 봤습니다. 전에도 물론 여기 꽃신 선녀님이 용하게 맞추는 걸 경험하긴 했지만 미류 법사님 전생점은 진짜……."

남창수가 미류를 바라보았다.

"다 사장님께서 마음을 연 덕분입니다."

미류는 겸손하게 대꾸했다.

"아닙니다. 그 전생점, 아직도 생생합니다. 솔직히 지금 내가 기분이 얼마나 좋은지 아십니까? 건물 계약된 것도 그렇지만 내 전생이 피아니스트였다니… 게다가 법사님 신당의 그 전생신 말입니다. 괜히 믿음이 간단 말이죠. 절하는 내내 마음이 편해진 것도 이상하고……."

남창수가 웃었다.

돌아보면 그에게도 행운, 미류에게도 행운인 일이었다.

"동양화사업이나 게임사업으로 재미 못 보셨죠?"

미류가 화제를 돌렸다.

"동양화? 게임사업이요? 아!"

남창수가 무릎을 치며 말을 이었다. 미류가 자신의 체면을 생각해 도박을 사업이라고 칭한 걸 깨달은 것이다.

"솔직히 돈 놓고 돈 먹기에는 나도 모르게 마음이 쏠립니다. 그래서 복권사업에 경마사업, 나중에는 카지노사업까지 손을 대봤는데 결과는 늘 신통치 않더라고요."

"재물운을 타고나서 그렇습니다. 앞으로는 좋은 일도 같이 많이 하세요. 그럼 재물운이 그치지 않고 인생의 도(道)도 함께 깨우칠 수 있을 겁니다."

"어이쿠, 그럼요. 법사님이 시키면 해야죠. 당장 우리 구청 찾아가서 가난한 애들 장학금부터 희사할 생각입니다."

"고맙습니다, 보잘것없는 의견을 받아주셔서."

"아, 아닙니다. 이제부터 법사님은 제 은인입니다. 다른 건 몰라도 부동산 문제 같은 거 생기면 말씀만 하세요. 제가 목숨 걸고 해결해 드리겠습니다."

부동산?

그 말을 들으니 궁금한 게 생긴 미류다.

"그럼 혹시 근교에 쾌적한 요양원을 지으려면 땅값이 얼마나 드는지 아시나요?"

"요양원 지으시게요?"

"지금은 어림도 없고요, 나중에 돈이 좀 모이면 오갈 데 없는 분들의 임종을 위해……."

"어이쿠, 역시 법사님이시군요. 그 나이에 그런 생각을 다 하시고."

"어마어마하겠죠?"

"뭐 땅에 따라 다르죠. 운 좋으면 급매 나오는 것도 있고요. 제가 슬슬 알아봐 드리겠습니다."

"당장은 아니지만 알맞은 땅이 나오면 구경이라도 시켜주시면 고맙겠습니다."

미류는 겸손하게 마무리를 지었다.

분위기는 점점 좋아졌다. 알고 보면 남창수도 독한 사람은 아니었다. 그 자신이 돈 놓고 돈 먹기인 부동산과 도박에 빠지다 보니 이익에 혈안이 되었던 것뿐.

그는 흔쾌히 계산을 마치고 돌아갔다. 자주 오겠다는 말과 함께.

이제 셋이 남았다. 미류와 꽃신, 그리고 연주이다.

"미류 법사."

커피 전문점에서 꽃신이 입을 열었다.

"말씀하시죠."

"정말… 임종 요양원도 하려고?"

"생각뿐입니다. 선녀님이 옆에서 많이 가르쳐 주십시오."

"대단하군. 난 나 혼자 잘 먹고 잘살기 바빴는데……."

"이제부터라도 조금씩 나누시면 되죠."

"아무튼 오늘 일은 면목이 없어. 정말 고마워."

"다 지나간 일인걸요."

"아니야. 아까는 솔직히 막 겁이 나는데 아무도 안 도와주데? 난 그래도 쌍골선사하고 사주원장은 말려줄 줄 알았거든."

"……."

"인생 헛살았어. 기도가 부족한 탓이야. 수일 내로 당장 산제 지내러 가서 마음 좀 정화하고 와야 할까 봐."

꽃신이 고개를 떨구었다. 상심이 가시지 않는 모양이다.

"아무리 영험한 공수도 손님이 믿지 않거나 노력을 다하지 않으면 소용이 없을 수 있잖습니까? 너무 속상해 마시지요."

"아니야, 내 신딸 년들도 그래. 다들 저 살자고 꽁무니를 뺐잖아?"

"그래도 연주 씨가 남았지 않습니까?"

"그러게, 이년은 무슨 심보로 날 도왔는지 몰라? 사실 신딸 년들 중에서 날 제일 싫어하는 년인데."

"굽은 소나무가 선산을 지킨답니다."

"그러냐, 이년아?"

꽃신이 연주를 바라보았다. 입담은 걸쭉하지만 표정은 그렇지 않왔다.

"알고 계셨네요?"

연주가 담담하게 대답했다.

"오냐, 그러잖아도 내 신통력에 미주알고주알 말 많던 년인데 못 볼 꼴까지 보았으니 네 마음대로 해라. 다른 데로 가든지 다시 신당을 차리든지."

"제 마음이 신당을 떠난 것도 아시네요?"

"그럼 내가 멍청이인 줄 알았냐? 보아하니 다른 년들은 짐 싼 모양인데 가는 김에 다 가거라."

"저는 안 가요!"

"뭐야?"

"원래는 제가 먼저 갈 생각이었어요. 하지만 다 떠나면 선생님은 누가 챙겨요? 그렇잖아도 점사까지 깜빡깜빡하시면서."

"야, 이년아. 그건 나이 먹다 보면……."

"아무튼 안 가요. 옆에 남아서 선생님이 잘되는 꼴을 보고 말래요."

"……?"

"대신 한 가지만 허락해 줘요."

"허락?"

"틈틈이 미류 법사님께 부적을 배우고 싶어요. 그것만 허락해 주세요."

"……!"

연주의 말에 미류와 꽃신의 눈이 동시에 휘둥그레졌다.

"허락하지 않으면 선생님 신당에서 목을 매달아 버릴 거예요."

연주가 가방에서 줄을 꺼내놓았다. 노란 빨랫줄이다.

"야, 이년아. 그게 내 마음대로 정할 일이야? 미류 법사에게 사정해야지."

"들으셨죠? 이제 법사님이 결정해 주세요."

연주와 꽃신의 실랑이가 미류에게 넘어왔다.

"선녀님……."

미류가 꽃신을 바라보았다.

"나는 입이 열 개라도 할 말이 없네."

꽃신은 고개를 저었다. 미류의 결정에 맡기겠다는 신호이다.

"법사님……."

연주는 애절했다. 무언가를 진심으로 배우고 싶어 하는 사람. 그보다 아름다운 모습이 있을까? 더구나 그녀는 됨됨이가 되었다. 미운 스승이지만 곤란에 처하자 제 위험을 가리지 않고 도왔다. 하지만 미류는 젊은 연주를 조무로 들여앉힐 생각이 없었다.

"가르쳐 드리죠!"

마침내 결정을 내렸다.

"정말요?"

연주가 좋아 펄쩍 뛰었다.

"대신 꽃신선녀님을 잘 보좌하세요. 부적을 쓰는 날은 따로 부르겠습니다."

미류는 절충을 택했다. 한발 물러섬으로써 꽃신선녀와 신딸의 관계를 끊지 않은 것이다.

"좋아요. 대신 꼭 불러주셔야 해요, 스승님!"

스승님!

그 말을 강조한 연주가 꾸뻑 고개를 숙였다. 생각보다 심지가 굳은 여자였다. 지금은 애동제자라 갈등을 겪지만 곧 헤쳐 나가 큰 무업을 이룰 기재(奇才)였다.

"잘 들어가세요, 스승님!"

그녀는 힘찬 인사를 남기고 꽃신을 부축해 꽃신의 신당 쪽으로 향했다. 미류는 전생방을 향해 걸었다. 집으로 들어가려던 꽃신은 문 앞에서 멈췄다. 그리고 미류의 뒷모습을 향해 가만히 두 손을 모았다. 아찔한 하루를 넘긴 꽃신. 다시 한 번 전하는 그녀의 감사였다. 연주 역시 그녀를 따라 했다. 이제는 그녀의 스승이기도 한 미류이기 때문이다.

이른 아침, 기도를 마쳤다. 마음 수양을 위해 지화를 접었다. 하나하나 완성될 때마다 신점을 짚어보았다.

—평생운을 알아보는 사주점.

—그해의 길흉을 맞혀보는 신수점.

—다가올 며칠 안의 재수를 점쳐보는 단시점.

—액운 퇴치를 알아보는 액운.

—질병을 알아보는 절초점.

—관재수에 휘말렸을 때 치는 관송점.

점은 많고 그 방법도 다양했다. 대개는 엽전이나 쌀, 구슬 등이 애용되었다. 그렇다면 좋은 영매란 무엇일까? 우선은 타고나는 게 최고였다. 공부는 노력으로 극복한다지만 신빨의 정수로 꼽히는 영적 에너지는 그렇지 않았다. 하늘이 택하고 하늘이 내린 영매를 당할 수 없었다. 그게 아니라면 물, 즉 수(水)의 기운이 강해야 했다. 무속인들이 샘이나 바다로 정진 기도를 떠나는 것도 영적 교감 능력을 키우기 위해서이다.

바스락!

또 하나의 지화가 피었다. 소반 가득히 놓이니 보기가 좋았다. 순간 제일 먼저 접은 지화가 꾸물거리는 게 보인다. 그 지화가 하르르 날아올랐다.

"······?"

지화는 허공에 잠시 머물다 제자리에 떨어졌다. 미류의 시선이 신당으로 옮겨갔다. 전생신은 말이 없었다.

'선생님이 오시려나?'

달력을 보았다. 이미 오래전에 유람을 떠난 표승. 용궁사에서 본 지도 꽤 되었으니 그럴 때도 되었다. 지화를 옮기려 할 때 마당에서 기척이 들려왔다.

"스승님!"

연주 목소리다. 미류가 거실로 나갔다.

"이거요, 아침 안 드셨죠?"

그녀가 내민 건 왕김밥이었다.

"우리 선녀님, 어제 많이 놀라서 입맛이 떨어졌대요. 사는 김에 스승님 것도 한 줄 샀어요. 오뎅 국물도 얻어왔으니 함께 드세요."

그녀는 거실 테이블에 김밥과 국물 통을 내려놓았다.

"연주 씨!"

"오늘만이에요. 신당도 없는 제가 무슨 돈이 넘치는 줄 아세요?"

미류가 할 말을 연주가 해버렸다. 밉지 않은 여자다.

"신당 차렸었어?"

미류가 물었다. 어제 꽃신의 말 때문이다.

"호기부려 차렸다가 알뜰하게 망했어요."

"······."

"그래서 꽃신 선생님께 컴백한 거고요."

말문이 막혔다. 미류도 모르는 일이다.

"제가 생각해도 좀 한심하기는 했어요. 그저 사주점, 운수점, 택일점 정도나 흉내 내는 주제에 신당을 차렸으니……. 어제 난장 친 손님 같은 분이 집주인이었는데, 월세 석 달 밀리니 이상한 제의를 해요. 뭐 자기 말 한 번만 들어주면 월세 까준다나요? 따귀 한 대 갈겨주고 접었어요."

"……."

"그때도 실은 부적에 끌렸어요. 그런데 어디 배울 데가 있어야죠? 어떤 인간이 대가인 줄 알고 찾아갔더니 육부적부터 배워야 한다며 옷을 벗으래요. 거기서도 따귀 한 대 날려주고 왔죠."

"나도 따귀 조심해야겠네?"

미류가 볼을 쓰다듬었다.

"괜찮아요, 저는 점사보다 관상을 먼저 배웠거든요. 신당개업 1년 동안 온갖 사람들 겪다 보니 이젠 척 보면 감이 와요."

"허송세월은 아니었네?"

"그런 거 같아요. 스승님 만난 것도 그렇고."

"그 말은 겪어보고 해도 괜찮아."

"저 잘할게요. 정말 열심히 할 자신 있으니까요 마구마구 굴려먹어 주세요."

"그래."

"준비물 있으면 알려주세요. 사는 곳도 함께."

"그건 김밥 보답으로 내가 챙겨줄게. 붓이나 괴항지는 넉넉하니까."

"와아, 고맙습니다!"

연주는 꾸벅 인사를 남기고 돌아갔다.

김밥은 타로와 함께 먹었다. 그가 마침 홍차를 가져온 까닭이다.

"꽃신 누님 신딸이잖아?"

타로가 대문 쪽을 바라보며 물었다.

"부적을 배우고 싶다고 해서 그러라고 했습니다. 그랬더니 수강료 대신 김밥을……."

"흐음, 미류 법사 노리는 여자들이 자꾸 늘어나네."

"형님도……."

"그나저나 쌍골선사 봤어?"

"그분은 왜요?"

"내가 한마디씩 쏘아줬거든. 꽃신 누님 일 말이야."

타로의 목소리가 높아졌다.

"말려주지 않았다고요?"

"맞잖아. 아, 이웃사촌 좋다는 게 뭐야? 게다가 우리는 이 골목 혈맹이잖아? 쌍골선사님이 고문이시니 당연히 나섰어야지."

"상황을 몰라서 그랬겠지요."

"모르긴 쥐뿔을 몰라? 뭐 검은자위에 핏줄이 섰네 어쩌네 하면서 관상학적으로 온 관재수라 불가항력이라더니 미류 법사가 딱 해치우니까 뭐라는 줄 알아?"

"뭐라시는데요?"

"그때는 분명 그랬는데 관상이 바뀌었다나. 나 참!"

"그럴 수도 있겠네요. 꽃신선녀님 액운이 사라졌으니."

"그게 다 미류 법사 덕분이잖아? 거기다 대고 관상은 왜 팔아?"

"그만하세요. 그분도 마음 편치 않을 텐데……."

"내가 이번 일 겪으면서 인간성 다 알아봤다고. 대운원장님, 부채신녀, 철학원장… 다 자기만 살 인간들이라고."

"그래도 형님이 나서줬잖아요? 그때 형님이 거드는 바람에 남창수 사장도 기가 죽은 겁니다."

"그, 그렇지? 나도 한몫한 거지?"

"그럼요, 최고였습니다."

타로를 향해 엄지를 세워주었다. 나름 위로가 되었는지 타로는 웃음을 머금고 돌아갔다. 미류는 마당에 떨어진 나뭇잎을 주웠다. 목련 잎이다. 그때 문 밖에서 경적이 들려왔다.

빵빵!

문득 돌아보기 무섭게 낯익은 두 미녀가 시야를 차고 들어왔다.

"법사님!"

미녀들이 입을 모아 합창을 했다. 화요와 수나다. 그 뒤로 이 매니저도 보인다. 그는 공손히, 아주 공손히 고개를 조아렸다.

"어머, 우리도 김밥 가져왔는데 한발 늦었네?"

테이블에서 김밥 흔적을 본 수나가 말했다. 그러고 보니 그녀의 손에 찬합이 들려 있다. 그녀는 미류의 허락을 구하지도 않고 테이블을 세팅했다. 오색 김밥에 초밥까지 특급 호텔 저리가라 할 요리들이다.

"드세요. 내가 법사님 만나러 간다고 했더니 수나 언니가 새벽부터 만들었대요. 아니, 밤 새웠다고 그랬나?"

화요가 수나를 돌아보았다.

"얘, 그런 천기를 함부로 누설하고 그러니? 그것도 법사님 앞에서."

수나가 화요의 어깨를 후려쳤다. 그녀의 표정도 한없이 밝았다.

"우 감독님 일은요?"

미류가 물었다. 신문과 인터넷으로 대략 확인은 했지만 뒷일이 궁금했다.

"법사님 덕분에 살았어요. 정말 미예가 제 구세주더라고요."

웃음 띤 화요의 눈매가 저절로 젖었다. 얼마나 마음고생이 심했는지 엿볼 수 있었다.

"법사님, 이거 들어보세요. 제가 어제 볶은 커피 구해서 만들었는데 향이 끝내줘요."

그 사이에 수나가 커피를 따라놓았다.

"천천히 말씀하세요."

잔을 든 미류가 화요를 바라보았다. 거친 폭풍 지나갔으니 그만한 여유는 누려도 될 시점이다.

"법사님 가시고 다음 날인가, 미예 친구들이 문병을 왔어요. 그 애들이 제가 미예 챙기는 사진을 찍어서 여기저기 뿌렸나 봐요. 그게 신호탄이었어요. 아마 어른들이 그랬으면 제가 배후에서 조종했다는 오해를 받았겠지만 아이들이 올린 사진이다 보니 진정성을 평가받은 거죠."

"……."

"물론 절정은 미예였죠. 혹시라도 기자들이 곤란한 질문을 던지면 미예가 구원투수가 되어 저를 구해줬어요. 기자들을 내쫓으면서 말이죠."

"3억 쾌척은?"

"어머, 아셨어요?"

"기사에서……."

"그건 그날 저녁에 매니저에게 부탁했어요. 돈으로 때울 생각은 전혀 없었지만 그래도 뭔가 감독님 유지는 받드는 게 옳을 것 같아서……."

"그랬군요."

"얘, 이제 그만 징징 짜고 희소식이나 전해라. 법사님 기분 꿀꿀해지시겠다."

미류의 빈 잔에 커피를 채워주며 수나가 말했다.

"좋은 일이요?"

미류가 고개를 들었다.

"그게··· 아직 정식으로 계약한 건 아니지만······."

"얘 중국, 일본하고 합작하는 드라마에 주인공으로 내정되었어요. 사상 최고의 제작비에 한중일, 홍콩에 대만까지 동시 방영하는 드라마예요."

화요가 뜸을 들이자 수나가 나섰다.

"언니, 아직 계약서에 사인 안 했어. 다른 배우들도 물망에 올라 있고."

"알았으니까 뜸 다 들였으면 본론으로 들어가라. 나 입이 근지러워 더는 못 참겠다."

수나가 화요의 옆구리를 찔렀다.

"다른 일이 또 있군요?"

미류가 화요를 바라보았다.

"실은··· 법사님께 부탁드릴 일이 있어서요."

"부탁이라고요?"

"죄송하지만 저랑 짝으로 방송 출연 좀 해줄 수 있으세요?"

방송 출연?

그것도 송화요와 짝?

미류는 귀를 의심했다. 잘못 들은 것은 아닐까?

"무슨 말씀을 하시는 건지······."

미류가 화요를 바라보았다.

"한중일 합작 드라마 주연에 내정된 건 사실이에요. 실은 거기 이름이 오른 것만으로도 팬들에게 감사해야 할 형편이죠. 얼마 전만 해도 저는 몹쓸 연기자로 찍혔으니······."

"······."

"그런데 3국 합작이다 보니 각국의 스폰서들 요구가 제각각이라⋯⋯."

"저런⋯⋯."

"그래서 뭔가 인상적이고 활발한 활동이 필요한데 겨우 팬들의 이해를 받은 제가 예능에 나가 하하, 호호 하는 것도 어울리지 않고⋯⋯."

"⋯⋯."

"소속사와 의논 중에 법사님 얘기를 했는데 '은인'이라는 프로그램을 추천하는 거예요."

은인.

그건 미류도 알고 있었다.

〈내 생애 최고의 은인!〉

정확한 프로그램명은 그랬다. 사회 각계각층의 유명인이 나와 그들의 인생에 커다란 영향을 끼친 인물을 소개하는 프로그램이다. 프로그램의 흥미를 위해 기인이나 예인들이 많이 출연했다. 그들의 기담이나 능력이 소개되면서 인기가 쏠쏠한 프로그램이었다.

"당치도 않습니다. 제가 화요 씨에게 무슨 은인씩이나 되는 사람이라고⋯⋯."

미류가 고개를 저었다.

"법사님은 은인 맞아요. 우 감독님이 저를 길렀다면 법사님은 저를 구했죠. 다른 말이 더 필요할까요?"

"자칫하면 화요 씨가 역풍을 맞을 수도 있습니다."

"법사님이 무속인이기 때문에요?"

"예."

대답하기 싫었지만 대답하고 말았다. 그건 현실이었다. 아직 이 사회에서 무속인은 존경받는 직업이 아니었다.

미신 조장!

뭐만 하면 앞장서는 선입견. 기어이 타파하고 싶지만 아직은 인정해야 할 산이었다.

"주제넘지만 그래서 더욱 법사님과 함께 나가고 싶어요."

"화요 씨!"

"저는 사실 종교가 없어요. 어릴 때는 교회도 나갔고, 산에 가면 절에도 갔지요. 성탄절이면 동네 성당에 가서 캐럴을 들으며 성모님께 기도도 했어요. 하지만 이번 일에 그 어떤 종교도 저를 구원하지 못했어요. 기도하고 또 기도했지만 돌아온 건 침묵뿐이었죠. 구원의 줄을 내려준 건 오직 법사님뿐이었어요."

"……."

"저는 종교를 잘 몰라요. 어떤 종교를 맹신할 생각도 없고요. 그런 것보다는 오히려 자연적인 초능력 같은 걸 믿지요. 슈퍼맨 말이에요. 누군가 특별한 능력을 가진 사람, 그래서 내가 어려울 때 손을 내밀어주는 사람. 제게는 그 사람이 법사님이세요. 어쩌면 신부님이어도 상관없고 스님이어도 상관없었을 거예요. 이런 제가 너무 이기적인가요?"

"화요 씨……."

"법사님은 스스로 무속이 떳떳하지 않다고 생각하시나요? 제가 볼 때는 전혀 그렇지 않을 것 같은데요?"

"그건 물론입니다만……."

"그럼 저를 도와주세요. 프로그램 수위에 대한 건 소속사에서 절충해 드릴 거예요. 다행히 일본과 중국 모두 서양과는 달리 무속에 완전 배타적인 건 아니잖아요? 제게는 운명과 맞서게 해놓고 법사님은 세상의 선입견을 핑계로 몸을 사리지 않으시겠지요?"

"……!"

화요의 말이 미류의 심장을 관통했다. 이견을 달 수 없는 말이었다. 미류는 화요의 제안을 받아들일 수밖에 없었다.

"정말 고마워요. 제가 혹시 말실수가 있었다면 이해해 주세요. 어떻게든 법사님을 모시고 나가고 싶은 마음에……."

"아닙니다, 듣다 보니 뜨끔한 말이 많군요."

미류가 웃었다. 정말 그랬다. 그저 얼굴 예쁘고 몸매 좋은 여자로 보았던 화요. 알고 보니 속내도 튼실한 여자였다. 역시 한 분야의 최고가 된다는 건 거저 이루어지는 게 아닌 모양이다.

"고맙습니다, 법사님. 이번에도 저를 멋지게 구해주세요."

화요도 흐뭇한 표정을 지었다.

"이제 다 끝났냐?"

숨을 죽이고 있던 수나가 화요를 바라보았다.

"응, 이제 언니 말하고 싶은 거 있으면 해."

"법사님, 이거 받아주세요!"

수나가 내민 건 봉투였다.

"이게 뭐죠?"

"컴퓨터 잘 안 하세요? 저 굉장한 드라마 조연 먹었어요. 화요만은 못하지만 지금 인기 상한가인데……."

"아, 예. 정말 잘됐군요."

"그 첫 회 출연료예요. 제가 딱 반땡해서 엄마하고 법사님 몫으로 나눴어요. 법사님이 화요한테만 은인인 건 아니거든요."

"수나 씨……."

"안 받으시면 저 신당에서 저급한 막장 댄스 추며 뒹굴 테니까 각오하세요."

"이러지 않으셔도 되는데……."

"저는 안 돼요. 복채를 제대로 드려야 액운이 가실 거 같거든요."

"정 그러시면 받아두겠습니다."

미류는 복채를 접수했다. 흔쾌히 주는 거라면 흔쾌히 받는 게 예의였다. 그러자 그 봉투 위로 흰 봉투 하나가 더 포개졌다. 이 매니저의 손이다.

"매니저님은 또 왜요?"

미류가 물었다.

"저번에 제 점 봐주시지 않았습니까? 복채 안 냈다니까 화요가 부정 타서 횡액이 들 거라고……."

매니저의 표정은 반쯤 구겨져 있었다. 여태껏 그 고민을 하고 있었던 모양이다.

"하긴… 처음에는 하도 무례하길래 3대 급살 저주를 내릴까 고민도 했죠."

미류가 넌지시 겁을 주었다.

"아이고, 법사님, 죽을죄를 졌습니다. 제발 한 번만……."

놀란 매니저가 무릎을 꿇었다.

"킥킥킥!"

화요와 수나는 웃음을 참느라 바쁘다.

"됐습니다. 농담이니까 일어나세요."

미류는 매니저를 일으켜 세웠다. 까칠한 매니저 씨, 알고 보면 그도 속내는 약한 사람이었다.

"법사님, 나가요. 제가 점심 쏠게요."

이야기가 끝나자 화요가 미류의 팔짱을 끼고 나섰다.

"벌써요?"

"조용한 데 예약해 두었거든요. 식사만 하고 바로 모셔다 드릴게요."

"그러지 않으셔도 되는데……."

"연습이에요. 은인 프로그램 나가려면 호흡도 좀 맞춰야 하잖아요? 법사님 살아온 사연이나 법사님 능력, 취향, 특기 같은 것도 좀 알아야 하고……."

"……."

"법사님."

화요가 고개를 살짝 기울여 미류를 올려다보았다. 미류는 심장이 확 막히는 것 같았다. 닿을 듯 또렷한 입술과 눈동자. 그건 치명적인 매혹이었다.

"예, 에?"

얼굴이 화끈거려 발음까지 꼬이는 미류.

"개인적인 질문이 있어요."

"하세요."

"무당은 결혼 못 해요?"

"아닙니다. 그런 건 상관없죠."

"그럼 아까 그 아가씨 누구예요?"

"예?"

"대문에서 나온 아가씨. 제법 사이즈가 퀸급인 것 같던데, 여친? 애인?"

"……."

"애, 그만 좀 해라. 법사님 얼굴 빨개지시잖니?"

보다 못한 수나가 한마디 거들었다.

"언니, 질투하지 마. 법사님은 내가 찜했걸랑."

"야, 나도 사정권이야. 요즘은 연하 남자랑 연애하는 게 대세인 거 몰라?"

"그래서? 은인한테 배신 때릴 거야?"

"은인이라니?"

"언니가 누구 덕분에 법사님 알게 됐는데? 처음에 여기 들어가자고 한 거 나잖아?"

"어머어머, 그걸 또 그렇게 연결시키니?"

"아무튼 법사님 찝쩍거리면 내가 그냥 안 돼. 언니 친구들한테도 미리 경고해 둬. 여기 와서 전생점 보는 건 좋은데 법사님께 꼬리치면 내 손에 아작 난다고."

화요는 대차게 못을 박았다.

허얼!

미류는 고개를 돌려 화끈해진 얼굴을 감췄다. 농담이겠지. 암, 그냥 듣기 좋으라고 하는 농담이야.

"타세요!"

차 문은 화요가 열었다. 그녀는 앞문도 열었다. 그리고 뒷좌석에 타려는 수나를 조수석으로 쑤셔 넣었다. 그 모습을 타로가 보았다. 놀란 타로는 입을 쩍 벌린 채 눈알을 뒤룩거렸다. 화요의 차량이 유유히 타로 앞을 지나갔다.

'역시 미류 법사.'

타로는 고개를 끄덕거렸다. 무속인의 긍지가 무엇인지 아는 사람. 젊은 신성이면서도 다른 무속인까지 챙길 줄 아는 마음의 소유자. 미류라면 그럴 자격이 있는 것 같았다.

화요의 맛집은 면목동 쪽이었다. 중랑교를 따라 가다 둑이 보이는 식당 앞에 멈췄다. 메뉴는 해물 파스타. 아담하지만 격조를 갖춘 식당이었다.

"매니저님은?"

테이블에 앉은 미류가 물었다. 그가 따라 들어서지 않은 것이다.

"법사님 무서워서 합석 못 한대요."

화요가 웃었다.

"예?"

"하핫, 조크예요. 원래 매니저는 공적인 자리에 잘 끼지 않아요. 그러니 편안히 드세요."

"아, 네."

"여긴 파스타 전문이지만 다른 요리도 괜찮으니 취향대로 시키세요. 이름만 요란한 맛집과는 달리 정말 괜찮아요."

수나가 메뉴판을 내밀었다. 미류는 파스타를 짚었다. 그게 전문이라는데 군이 다른 걸 시킬 필요는 없었다. 무속도 그렇다. 대감을 모시는 신당에서는 재물에 관해 묻는 게 좋고, 제석신을 모시는 곳에서는 오복을 묻는 게 좋았다.

파스타가 나왔다. 주인이 나와 따로 인사를 했다. 벽에는 그와 화요가 함께 찍은 사진이 걸려 있었다. 그러고 보니 벽은 온통 유명인들의 사인과 사진으로 도배되어 있었다. 주인만의 무신도였다. 주인은 저 사진을 보며 힘을 얻을 것이다.

"드세요!"

와인까지 갖추고 식사를 했다. 두 미녀와의 식사, 그것도 내로라하는 유명인이다. 어쩌면 꿈처럼 느껴지기도 했다. 이 한 장면은 과거의 미류가 그리던 하나의 이상향이기도 했다. 유명 스타의 점을 봐주며 그들과 누리는 교분, 그걸 기회로 문전성시를 이루는 신당, 쏟아져 들어오는 돈.

막상 해보니 별것은 아니었다. 그리고 그때는 몰랐던 게 있었다. 책임감이 그것이다. 유명한 사람을 만날수록 무속인으로서의 사명감과 책임감이 떠올랐다. 대표자가 되는 것이다. 행동거지 하나 삐끗하면 무속의 이미지를 흐리거나 망칠 수도 있기 때문이다.

'많이 컸구나.'

미류는 스스로 뿌듯했다.

"법사님!"

파스타를 돌돌 말아 든 수나가 미류를 보았다.

"말씀하시죠."

"저 결혼은 할 수 있을 것 같아요?"

"사귀는 분 없으세요?"

"있으면 제가 얘들한테 요리를 해주겠어요?"

"쳇, 맛나게 먹어주면 고마운 줄이나 알지."

화요가 콧방귀를 뀌었다.

"사실 전에는 그런 족집게 점 같은 거 궁금했는데 오랫동안 잊고 살았어요. 그런데 법사님에게는 물어보고 싶네요."

"고맙군요."

"아, 복채 먼저 드려야 하는데……."

"아까 받지 않았습니까? 너무 그러면 제가 돈벌레처럼 보입니다."

미소를 띠며 그녀의 운명창을 열어 그 안의 영기를 확인했다. 안개가 낀 듯 뿌연 가운데 희미한 글자가 보인다.

[獨]

'홀로 독.'

글자가 의미하는 건 독신이다. 혼자 사는 게 좋은 생이었다. 하지만 인생 만사가 어찌 운명대로 가랴. 우로 가라면 좌로 가고 싶은 게 인간이다.

"결혼하고 싶으세요?"

미류가 물었다.

"법사님 뵙기 전에는 아니었어요. 남자 대신 요리였지요. 그런데 이제 조금 숨통이 트이니 갑자기 없던 생각이 들어요. 그래서⋯⋯."

"어머, 언니 진짜 변했다. 언제는 결혼은 우매하고 미개한 여자의 선택이라더니."

화요도 놀라는 표정이다.

"잠깐만요."

미류는 괴황지를 꺼냈다. 그 위에 남(男)이라고 썼다. 그걸 태워 수나에게 건넸다. 수나가 마시자 애정창의 獨 자가 조금 변했다. 또렷하던 것이 흐려졌다. 하나를 더 먹였다. 獨 자가 무너지기 시작했다.

"결혼운이 있네요."

미류가 답을 주었다.

"어머, 진짜요?"

"이제 좋은 남자가 나타나면 자연히 끌리게 될 겁니다."

"그럼 어떤 남자를 만나야 해요?"

수나가 질문의 꼬리를 물었다.

"남녀 애정운을 디테일하게 잘 보는 무속인 소개시켜 드려요?"

"저는 법사님이 봐주시는 게 더 좋은데."

"그렇기는 한데 무속도 전공 분야라는 게 있거든요. 제 신당 앞쪽에 보면 옥수부인이라고 계십니다. 그분이 남녀 관계는 저보다 나아요."

옥수부인!

그녀를 추천한 이유가 있다. 눈치를 보니 그녀의 신당 살림이 파산 직전이었다. 쌍골선사와 꽃신선녀 때문이다. 두 사람의 유명세가 높다 보니 손님들은 옥수부인의 신당까지 오지 않았다. 그렇기에 미류는 그녀에게 기회를 주고 싶었다. 유명인이 찾아가면 그녀의 사기 회복에 힘이 될 것이다.

"옥수부인이요? 알았어요. 법사님 추천이라면 믿어야죠."

수나는 수첩에 옥수부인의 이름을 적고는 또 질문을 던졌다.

"법사님 신당에 친구들 데려가도 되죠? 제가 자랑질 좀 했더니 다들 난리예요."

"그거야 대환영이죠."

"나이스!"

미류의 허락을 받은 수나가 주먹을 불끈 쥐며 좋아했다.

"저도 애정운 좀 봐주세요."

이번에는 화요가 고개를 내밀었다.

"화요 씨요?"

"저도 이번 일을 겪고 나서 마음이 변했거든요. 언제든 내 편이 되어주는 든든한 남자가 있었으면 좋겠어요. 내가 힘들 때 콜을 하면 무조건 달려와 주는……."

"그 반대는 어때요?"

미류가 되물었다.

"반대요?"

"그런 사랑은 이기적이잖아요? 진짜 사랑은 상대를 부르는 게 아니라 내가 달려가는 게 아닐까요? 그를 위해서, 그녀를 위해서."

"와아, 그거 멋진 말이네요!"

화요가 박수를 치며 좋아했다. 그 표정을 보며 애정운을 보았다. 전 같으면 달콤한 작업 멘트로 파고들었을 미류이다. 하지만 그런 사심은 저승에 놓고 온 지 오래였다.

"화요 씨의 남자는 가까이 온 것 같네요. 머잖아 인연이 닿을 것 같습니다."

"어머, 진짜요?"

"네, 기왕 시작한 선행을 쭉 이어 공덕을 쌓으면 모든 게 잘될 겁니다."

화요의 액운은 풀렸다. 막힌 동맥이 뚫린 것이다. 그렇기에 애정운이든 재물운이든 그녀의 앞길은 툭 트여 있었다.

남자 이야기가 끝나고 소소한 잡담을 했다. 좋아하는 것과 싫어하는 것, 그녀들의 데뷔 시절 이야기와 첫 배역의 에피소드 같은 것들이다. 그러다 화요가 물었다.

"법사님 필살기는 뭐예요?"

필살기!

방송에서 필요한 모양이다. 화면 앞에 몰려든 시청자를 사로잡을 수 있는 필살기. 미류는 잠시 생각했다. 필살기라면 당연히 전생륜와 전생령의 지배이다. 하지만 그건 방송에서 보여줄 수 없었다. 다음으로는 역시 부적이다. 그리고 지화.

"화요 씨 필살기는요?"

"얘는 남심 저격 댄스예요. 그거 한 번 추면 남자들 다 녹아버리죠."

화요의 대답은 수나가 대신했다.

"언니, 그런 건 피디들이 개나 소나 시켜먹는 거잖아? 나는 식상해 죽겠던데."

"그럼 네 필살기가 뭔데?"

"순진 발랄한 애교?"

"푸하핫, 니가 무슨 애교? 그건 홍보용이지."

"됐어. 언니만 모르지 남자들은 다 좋아해."

"그 남자들, 눈이 삐었다, 얘."

"언니!"

"알았어, 일단 인정해 줄게."

두 여자의 툭탁거림을 보며 식사를 끝냈다. 밥 먹을 때만은 스타도 사람이었다. 그냥 이웃에서 평범하게 볼 수는 있는 이삼십 대의 여자들.

"야, 이 미친놈아!"

식사를 마치고 밖으로 나오자 매니저의 고함 소리가 들렸다. 테라스에서 쉬고 있던 매니저는 화요에 앞서 나와 있었다. 그런 그의 시선에 어이 상실할 장면이 펼쳐지고 있었다.

보닛 위의 남자.

머리카락이 치렁거리는 40대의 노숙자가 보닛 위에 올라가 소주 병나발을 불고 있는 것이다. 그것도 제 안방처럼 가부좌까지 튼 채.

"무슨 짓이야? 당장 못 내려와?"

매니저가 소리치자 주인과 종업원들이 뛰어나왔다.

"어휴, 저 인간 또 왔네. 죄송합니다. 저희가 처리할게요."

허리를 조아린 주인이 즉시 처리에 나섰다. 남자 종업원과 함께 남자를 달랑 들어 내린 것이다. 이어 경찰차가 도착했다.

"또야?"

경찰들의 반응도 별다르지 않았다. 남자를 경찰차에 태워 멀어져 갔다.

"이거 죄송합니다. 신고하고 으름장을 놔도 이따금 나타나는 사람이라······."

사장이 화요에게 사과를 전해왔다. 미류는 남자가 사라진 길을 바라보고 있었다. 흔하게 볼 수 있는 노숙자가 인상에 남았다. 하필이면 화요의 차 위에 올라앉았을까? 괜히 신경이 쓰일 때 길 건너 주택가 신간대의 깃발이 나부꼈다.

독특하게도 쌍신간대였다. 두 개의 대나무를 세워 깃발을 단 신간대는 지금껏 보지 못한 기이한 풍경이었다.

'면목동?'

도로 표지판을 보다 머리에 불이 번쩍 들어왔다. 표지판 이름 뒤로 무속인 하나가 따라붙었다.

〈궁천〉

쌍신을 들여 만신들의 신당 정벌에 나서다 우담할망의 신어머니 물레보살에게 신살(神殺)을 맞고 초야로 돌아갔다는 사람. 우담할망의 신당에서부터 여운으로 남은 이름. 그 이름이 기묘하게 미류의 본성 안에서 꿈틀거렸다.

"죄송하지만 먼저들 가보세요. 저는 좀 들를 데가 있어서……."

"그러시겠어요?"

화요는 아쉬운 표정을 지었다.

"오늘 식사 고마웠습니다."

"별말씀을요. 다음에는 더 좋은 데로 모실게요."

"법사님, 그럼……."

매니저의 깍듯한 인사까지 받고서야 미류 혼자 남았다. 쌍신간대를 보며 걸었다. 신간대가 길잡이가 되어주는 듯한 기분이다. 미류는 끌려갔다. 정말 그랬다.

'두 무속인이 한 신당을 차린 걸까?'

'아니면 부부 신당?'

그것도 아니면…….

이런저런 상상이 머리에 들어왔다. 이면 도로를 지나자 신간대가 가까워졌다. 연립주택이다. 앞에는 멋대로 키운 화분이 몇 개 보이고, 옆으로는 작은 평상이 있다.

신당은 반지하였다. 온갖 광고 스티커가 덕지덕지 붙은 대문에 작은 명패가 보인다.

〈개업, 궁합, 택일, 진학, 취업점 전문〉

보통 점집과 다르지 않았다.

어쩔까 싶었지만 문을 두드리고 말았다. 그 또한 뭔가에 홀린 몸짓이다. 안에서는 대꾸가 없었다. 몇 번을 더 두드려도 마찬가지였다.

'아무도 없나? 잠자나?'

무심결에 손잡이를 잡았다. 그러자 등 뒤에서 쉰 목소리가 들려왔다.

"어이, 손잡이 잡고 돌리면 절도야!"

미류가 돌아보았다. 그리고 숨이 확 멈춰 버렸다.

"······!"

그 사람이다. 조금 전 화요의 보닛 위에서 소주를 빨던 40대의 남자. 그러나 그것 때문에 놀란 건 아니었다. 무엇보다 남자의 한마디가 삼지창이 되어 미류의 심장을 관통한 것이다.

"사지말단에 명부의 음기가 서린 걸 보니 무당 나부랭이가 분명한데 남의 신당은 왜 기웃거리는 거?"

명부의 음기?

시시한 무당이라면 볼 수 없는 명부의 흔적을 읽어내다니······.

'이 사람이 혹시······.'

궁천?

살 떨리는 예감이 왔다. 미류의 시선이 얼어붙었다.

기인무당 궁천도인

"너 신밥 먹는 놈 맞지?"

궁천이 얼굴을 들이밀며 물었다. 입에서 소주 냄새가 확 끼쳐왔다. 나이는 40대. 미류가 죽음을 택할 때의 그 나이쯤으로 보인다.

"궁천도인⋯ 이신가요?"

"궁천은 맞다만 도인은 얼어 죽을⋯⋯. 그런 건 너나 가져라."

궁천은 작은 평상에 주저앉았다. 그 입으로 또 술이 들어간다.

"봉 하나 잡으셨나? 아니, 둘이겠지? 아까 그 여자들. 큰 봉, 작은 봉⋯ 육보시를 받으면 더 좋을 처자들이더군."

꼴꼴!

소주가 넘어가며 그의 목젖이 율동했다. 그 머리로 전생륜을 띄워 버렸다. 대체 이 사람의 무엇이 미류를 당기는 걸까? 미류는 그걸 알고 싶었다. 전생령 하나가 멋대로 튀어나왔다. 두 아이가 거문고를 들고 있다. 아이를 본 미류는 그만 호흡이 멎고 말았다.

'아아!'

미류는 휘청거리며 물러섰다. 지리산의 어느 골짜기에서 소리를 배우는 두 아이. 백발성성한 스승 곁에서 목청을 가다듬는 둘 중 하나가 궁천이었다. 남은 하나는 미류였다.

미류와 궁천! 전생연이 있었다. 둘은 토우를 벗 삼아 경쟁적으로 소리를 익혔다. 거문고도 함께 배웠다.

스승은 날마다 힘겨운 과제를 주었다. 소리로 우는 아이를 달래고, 새를 부르고, 소리로 폭포를 이기라 했다. 때로는 소리로 배를 채우라는 과제도 나왔다. 두 아이의 목에서 피가 나고 손가락이 찢어졌다. 거문고 줄도 둘을 따라 끊어지고 풀어져 나갔다.

본래 스승은 한 사람만을 수제자로 삼을 예정이었다. 소리에 힘이 담긴 미류의 성취가 빨랐다. 미류가 노래하면 오동나무가 종소리를 냈고 새들이 내려앉았다. 궁천은 서너 번에 한 번 정도 성공할 뿐이었다.

결과적으로는 미류가 수제자가 되었다. 그러나 아픈 사연이 있었다. 경연을 앞둔 보름 전, 스승은 묘지로 가서 원혼을 달래는 소리를 놓고 오라고 했다. 담력 시험이다.

그런데 두 아이는 진짜 재앙을 만났다. 난데없이 호랑이가 나타난 것이다. 미류가 겁에 질려 움츠리자 궁천이 나섰다.

"도망쳐!"

궁천은 거문고를 휘두르며 호랑이와 맞섰다. 그러나 어린 그가 호랑이를 당할 수 있을 리 없었다. 소란을 듣고 스승이 쫓아왔을 때 궁천은 이미 그 세상의 목숨이 아니었다. 미류 대신 호랑이 밥이 된 것이다.

거기까지 전생을 감응한 미류는 주저앉고 말았다.

생명의 은인.

궁천이 미류의 전생연에서 목숨을 구해준 은인이었던 것이다.

'그랬구나.'

미류는 미친 듯이 중얼거렸다. 죽었다 깨어나기 전에도 들은 궁천. 그때는 아무런 감흥도 없던 궁천의 이름. 전생을 보는 능력을 갖게 되자 그 이름에 인연이 묻어온 모양이다.

궁천.

'후우!'

숨을 고르고 단정하게 섰다. 은인에 대한 예의였다.

"저는 미류라고 합니다. 표승 만신에게 신내림을 받은."

"표승?"

"예."

"족보 있는 놈이 왜 여길 기웃거리나? 세상 고난에 찬 중생들 공수 점사 내리며 통장 잔고나 빵빵하게 늘리지 않고."

"도인님."

"왜 온 거냐고 물었다. 설마하니 나한테 소주값 보태주려고 오지는 않았을 테고, 그렇다고 나한테 점을 보러 온 건 더욱 아닐 텐데?"

"뭔가에 이끌려 왔습니다."

"뭔가에?"

"저기 저 쌍신간대."

미류가 사이좋게 선 대나무를 가리켰다.

"그게 뭐?"

"얼마 전에 우담 만신을 만나 도인님 얘기를 들었습니다."

이야기의 시작을 우담에게 기댔다. 당신이 내 생명의 은인이라고 말할 수는 없는 까닭이다.

"꼴에 한가락 하는 만신들은 다 네 혀 위에 올라앉았구나?"

"기분 나쁘시다면 이해해 주십시오."

"그래서 뭐?"

"도인님께서 쌍몸주를 받으셨다기에 한 명의 신제자로서 궁금하기도 하고……."

"쌍몸주를 들인 무당은 어떤 공수를 내리나 보시려고?"

"신차 신묘하고 신력이 무궁하신 분이라기에 인사드리고 싶었습니다."

"그러면 이놈아, 목욕재계하고 날을 받아서 올 일이지 동쪽 귀신이 펄펄 끓는 초하룻날 온 것이냐?"

"무당은 귀신을 쫓는 게 일이니 동쪽에 손 있는 날이라면 그리 나쁘지 않지요."

"빈손은 뭐로 핑계를 삼을 테냐?"

"술을 받아오겠습니다."

미류는 마트로 향했다. 되는 대로 소주병을 담았다. 안주도 대충 집어넣었다.

"보기보다는 통이 큰 놈일세?"

소주 더미를 본 궁천의 입가에 쓴웃음이 흘러간다. 열 병이 넘었다.

"어디다 둘까요?"

"여기 저장고가 있는데 따로 찾을 필요 있겠느냐?"

궁천이 자기 배를 두드린다. 바로 한 병을 딴 그는 그예 병나발을 시작했다. 미류는 말없이 안주를 까놓았다.

"꺼지지 않을 거면 앉거라."

궁천이 옆자리를 두드리기에 미류는 거기에 자리를 잡았다.

"네놈도 배때기에 바람이 제대로 들었구나. 하긴 명부의 몸주를 모셨으니 그럴 만도 하지."

"……?"

허투루 흘리는 것 같지만 그의 말 속에는 칼날이 번득이고 있었다. 썩어도 준치라더니 한 시절 최고라고 자부하던 흔적이 다 가신 건 아니었다.

"제 몸주를 아시는군요?"

"당연하지. 내 그 면상까지 보았거늘."

'면상을?'

"뭐 볼 때마다 퍼자고 있긴 했다만……."

"……!"

"놀라기는… 처먹을 줄 알면 한잔 빨거라."

궁천이 소주를 내밀었다. 그 앞으로 노인 둘이 지나갔다. 혀 차는 소리가 미류의 귀에까지 들린다.

"술은 사양합니다."

"왜? 처자들 끼고 빠는 와인이나 양주가 아니라서?"

"공수가 신묘하다는 말씀 많이 들었습니다. 애동 주제에 어찌 대작을 하겠습니까?"

"말은 그렇게 하지만 잘난 체면 때문이겠지. 기왕에 온 것이니 내 신당을 보여주마. 행인들 혀 차는 소리 들으며 마시자니 술맛도 떨어지고."

철컥!

궁천이 열쇠를 돌렸다. 단칸방이다. 손바닥만 한 공간에 신발을 벗어두니 바로 거실이자 침실, 신당이 되었다. 그곳이 신당이라는 흔적도 거의 없었다. 돗자리 위의 작은 탁자에서 타고 있는 향불이 전부였다. 무신도도, 무복도, 명두나 부채 같은 것도 보이지 않았다.

하지만 그건 비주얼적인 측면일 뿐이다.

'윽!'

미류는 느꼈다. 의식을 압박하며 들어오는 영기의 파동. 마치 야수의 갈기처럼 사나운 영기가 너울거리는 것이다.

"중이 제 몫을 못하면 땡중이오, 무당이 제 몫을 못하면 선무당이라. 명부의 몸주를 모시는 주제에 뭘 허덕이시나. 성큼 들어서시게."

방 안에 자리 잡은 궁천이 히죽 웃었다.

'우욱!'

미류는 발을 내밀었다. 그러나 마음뿐이다. 방 안에 떠도는 영기에 너무 어지러웠다. 별수 없이 신방울을 꺼냈다.

쩔겅!

방울 소리를 내고서야 발을 디뎠다. 갈기를 세우고 휘돌던 영기가 잠잠해진 것도 그때였다.

"쓸 만한 방울이구나?"

궁천이 손을 내밀었다. 한번 보자는 뜻이다. 미류가 건네자 삼색천부터 살폈다.

"흰색, 회색, 검정색이니 삼색이라. 전생신의 상징이구나."

"……."

또 한 번 궁천의 신기가 작렬했다. 신방울로 몸주를 알아내기는 그가 처음이다. 궁천 앞에 선 미류는 그에게 큰절부터 올렸다. 진심으로 인정한다는 뜻이다.

"절을 한다는 건 또 다른 점사를 달라는 뜻이냐?"

궁천의 입으로 다시 술이 들어갔다.

"아직 배울 것이 많기에 여러 만신님을 찾아다니며 무속의 바른 길을 구하고 있습니다."

미류가 대답했다.

"그게 아니라 과시겠지."

"예?"

"과시 말이야. 네놈이 모신 몸주가 제일이라는……."

"도인님!"

"아니더냐?"

궁천의 눈매가 미류를 향했다. 따가웠다.

"저는 단지……!"

"고얀!"

터엉!

궁천이 빈 병으로 바닥을 내려쳤다. 병은 깨지지 않고 천둥소리가 울렸다. 미류는 두개골이 흔들리는 것만 같았다.

'여전히 보통 내공이 아니다.'

미류는 정신 줄을 바짝 조였다. 미류 앞의 궁천. 처음에는 망조가 든 무당으로 생각했다. 과거의 신묘한 신내림은 사라지고 그저 말발 점사로 목구멍에 풀칠하는.

하지만 아니었다. 궁천은 여전히 신명을 갖추고 있었다. 미류는 다시 자세를 바로잡았다. 마치 만신을 대하듯이.

"아직 무속 내력이 짧아 무례를 끼쳤다면 사죄드립니다."

"괜찮다, 나도 한때는 눈에 뵈는 게 없었으니."

"……."

"알고 왔겠지?"

"……?"

"나에 대해서 말이다. 뭘 어떻게 알고 있는지 말해보거라."

"……."

"난 꾸물거리는 놈은 질색이야!"

다시 호령이 나오자 주변 공기가 싸하게 변했다. 이 사람에게는 숨 거서 될 일도 아닌 것 같았다.

"쌍신을 받아 최고의 공수를 내리셨다고 들었습니다."

"또!"

"그로 하여 절정의 만신들을 찾아다니며 강신의 과시를……."

"또!"

"그러다 우담할망의 신어머니 물레보살에게 신력이 막혀……."

"또!"

"신력이 박탈되어 초야에서 운수점, 사업점이나 보며 연명한다고……."

"또!"

"거기까지입니다."

빠악!

고개를 드는 미류에게 빈 소주병이 날아왔다. 이마를 정통으로 맞았다.

"놀라기는 했으되 아프지는 않을 것이다."

궁천의 눈빛이 게슴츠레 빛났다. 미류는 대꾸하지 못했다. 그 말이 틀리지 않았다.

"왜인 줄 아느냐?"

"죄송합니다."

"미친놈, 그건 바로 그 소주병이 내 몸주시기 때문이다."

"……!"

"틀렸느냐? 취한 내 몸의 주인이 술이 아니고 무엇이랴?"

"……"

"네놈이 궁금한 건 쌍신을 받는 법이겠지? 어떻게 하면 동시에 두 신, 세 신을 받을 수 있을까? 그렇게 해서 신통력을 높여볼까? 지금까지 찾아온 족속들이 다 그랬으니."

"궁금한 건 사실이지만 탐하지는 않습니다."

"왜?"

"제 몸주로 만족하기 때문입니다."

"네 몸주?"

"예."

"푸하하핫!"

궁천이 배를 잡고 웃었다.

"도인님……."

"몸주에 만족한다? 이놈아, 그 신이 네 것이더냐?"

"그렇습니다. 제게만 권한을 허락하셨습니다."

미류가 응수했다. 다른 것은 몰라도 그것만은 철석같이 믿는 미류였다.

"미친놈, 아직 숨통이 붙어 있는 만신 나부랭이들 붙잡고 물어보거라. 세상에 내 것인 신이 어디에 있는지. 오늘 왔다 내일 가는 게 인생인 것처럼 오늘 들어왔다 내일 떠나는 것도 무신들이다."

"……."

"그 또한 계절 같은 것이다. 불같은 더위로 대지를 달구는 여름, 그 뒤로 시나브로 찾아오는 가을, 그리고 그 열을 흔적도 없이 지워 버리는 겨울. 눈이 내리면 다 하얗게 덮인다. 초원도 대지도, 심지어는 산하도."

"……!"

궁천의 말이 미류의 폐부를 찔렀다. 허튼 말 같지만 진리 중의 진리였다. 5,000년 무속계를 수놓은 별자리 같은 절정 만신들. 그들 역시 목숨의 불이 꺼질 때에는 신을 내려놓았다. 아니, 더러는 신에게 뒤통수를 얻어맞고 쪽정이 만신으로 버려진 경우도 있었다.

"그게 진짜 네 것이라면 버려보거라. 그래도 네놈에게 남으면 네 것이오, 그렇지 않으면 임시 강신일 뿐이니."

"……."

"와 닿지 않으면 처자들을 생각하면 될 것이다. 누군가 네 여자라
고 생각되면 버려라. 그래도 네 옆에 남으면 그 여자는 네 여자. 그러
나 홀랑 다른 놈 품에 안긴다면 언젠가 너를 떠날 여자지."

젠장!

천박하지만 기막힌 비유였다. 아내 윤희가 그러하지 않았는가? 처
음에는 간이라도 빼줄 듯 미류에게 매달렸지만 나중에는 미류의 피
를 빠는 흡혈귀이자 악몽이었다.

"강신한 지 얼마나 되었느냐?"

새 소주를 딴 궁천이 물었다.

"몇 달 되었습니다."

"네 혹시 죽다 살아났느냐?"

"…예."

"하긴 그렇겠지. 명부의 신을 들였으니 접신 몇 달 만에 귀인들을
손님으로 맞았겠지. 하지만 방금 전의 내 말을 명심하거라."

"……."

궁천은 되는 대로 내쏘았다. 하지만 결코 주정은 아니었다.

"그리고 기왕 알려거든 제대로 알거라. 나는 물레보살에게 무릎을
꿇은 게 아니다. 여자라서 봐준 거지."

물레보살을 말하는 궁천의 눈매가 살짝 흔들렸다.

'봐줬다고?'

촉을 잡은 미류의 감각이 왈딱 곤두섰다.

"늙은 여자이기에 차마 맞장을 뜰 수 없어 한 수 접었을 뿐이다.
그랬음에도 그녀는 오래지 않아 세상을 뜨고 말았지. 제기랄!"

"……."

"그녀가 아닌 다른 사람이었다면 그 또한 만신의 위엄을 잃고 시름 거리다 죽어갔을 일."

"……."

"놀라는 걸 보니 반신반의하는구나. 내 안에 몸주를 탱탱하게 채 워주었으니 한번 보여주랴? 무지한 인간은 그저 경험을 해야 받아 들이니……."

궁천이 미류를 향해 몸을 틀었다. 그러자 바로 매운 한기가 몰아 쳤다.

'우웃!'

미류의 몸이 움찔 흔들렸다. 굉장한 영기였다. 파동막을 헤집듯 궁 천의 손이 불쑥 미류에게 가까워졌다. 손길을 따라 천변만화의 변화 가 일었다. 거기에는 무수한 무신들이 있었다. 세상에 남과 동시에 죽 어 신이 된 애기동자와 동녀, 산신, 수신, 천신, 심지어는 부처님까지.

—네 몸주가 이것이냐?

메아리와 함께 전생신의 모습이 보인다. 세 얼굴이 미류에게 들어 왔다가 나갔다. 다른 신들도 그랬다. 그들은 부드럽게, 혹은 거칠게 미류의 영기를 뚫고 다녔다.

—이 몸주는 어떠냐?

궁천이 보여준 건 천신이었다. 저승에서 본 그 얼굴이다. 그 많은 무신들이 양편으로 갈라지기 시작했다. 마치 홍해가 갈라지는 것 같 았다. 일사불란하게 편을 나눈 무신들 사이로 무지개가 내려왔다. 무 지개의 양편은 열두 신장이 나눠 메고 있었다. 무지개가 이룬 다리에 서 서광이 일었다. 서광을 따라 천부(天符)가 길을 만들더니 그 사이 로 부처가 보였다. 부처가 움직이자 꽃이 내려왔다. 미류가 좋아하는 복사꽃이다. 꽃들은 아스라이 미류의 시선을 덮었다. 그리고 미류의 코앞에서 다시 두 개의 궤적을 이루다 두 개의 형체로 나뉘었다.

음과 양!

두 개의 힘이 미류의 영기 앞에서 폭발했다. 찰나의 순간이었다.

'다시……'

죽는 건가?

뒷말도 다 마치지 못하고 미류는 기우뚱 기울었다.

촤악!

뭔가가 얼굴에 부어졌다. 수분 증발하는 느낌이 시원했다. 미류는 머리를 흔들며 눈을 떴다. 소주 냄새가 코를 찌른다. 궁천이 미류의 얼굴에 부은 건 소주였다.

허얼!

물이 아니라 소주라니. 그다운 처방이었다.

쩔렁!

미류의 신방울 소리가 들렸다. 궁천이 흔든 것이다. 그는 방울을 미류의 품에 던져주었다.

"그래도 전생신이 명부의 족보라고 다른 무신 몸주보다는 나은 모양이구나. 119를 부르지 않고도 깨어나기는 네가 처음이다."

"……"

"뭘 보았느냐?"

묻는 궁천의 시선은 허공에 꽂혀 있었다.

"도인님의 무궁한 능력을 보았습니다."

미류는 반듯하게 자세를 잡았다.

"아하하핫!"

미류의 말을 들은 궁천이 배를 잡고 뒹굴었다. 그는 한참을 웃고서야 웃음을 그쳤다.

"미친놈, 그것은 허깨비니라."

"어째서 그렇습니까?"

"사납고 거칠지만 너를 치더냐? 그것은 그저 사람의 두려움과 공포를 자극해 희롱하는 허상이었을 뿐이다. 네 또한 두 번은 당하지 않을 일."

"……?"

미류는 몸을 살펴보았다. 정말 그랬다. 몸은 멀쩡했다. 어디 한 곳 아프거나 가려운 곳도 없었으니 허깨비가 맞았다.

"그것은 또한 네가 영매를 자처해 신의 대행자로 행동하나 네가 신은 아닌 것과 마찬가지다."

"무속인은 신이 되어야 한다는 말입니까?"

"나는 그러고 싶었다."

"……"

"내 몸의 영기를 거둘 테니 네 전생신의 눈으로 보거라. 전생신 정도라면 볼 수 있을 것이다."

궁천의 몸에서 날숨이 나왔다. 길었다. 몸 안에 든 숨의 한 올까지 빼내는 것이다. 그러자 궁천의 내부에 탁한 흔적이 보인다.

"……!"

미류의 오감이 곤두서기 시작했다. 궁천의 몸 안에 얽히고설켜 좌우로 나뉜 영기. 마침내 뚜렷해진 영기를 확인한 미류는 다시 한 번 기우뚱 기울고 말았다.

'맙소사!'

입안에 맺힌 비명은 쓰러진 후에야 밀려 나왔다. 궁천의 몸 안은 혼탁한 영기의 집합소였다. 마치 그의 몸을 반으로 나눠 섞은 것을 다시 나눈 것만 같았다.

"어떻게 그런 일이……?"

다시 일어난 미류가 물었다.

"다들 신을 신당에 앉히고 불렀다 내렸다 하길래 나는 내 안에 넣었다. 매번 접신하고 강신하는 번거로움을 덜기 위한 일심동체법이지. 가사 상태가 필요한 일이라 일부러 저승까지 달려가서 비급을 완성시켰다. 살아서는 가지 못할 길이기에 절반은 죽어서 갔다. 미리 비급의 약을 먹고 쌍작두를 타고 미친 듯이 날아서."

"……."

"그래서 쌍신이었고, 쌍몸주를 받은 것이다."

"……."

"신을 완벽하게 들이고 나서야 알게 되었다. 인간은 신이 되어서는 안 된다는 사실을."

"……."

"그러나 모든 무속인은 그걸 원하고 있지. 신을 몸에 들이고, 그 힘이 더 세지기를 바라고, 마침내는 그 자신이 신이 되었으면 하는."

"……."

"아무튼 내 공수는 더 강력하고 더 예리해졌지. 그때는 대주나 기주의 개가 물어온 작은 동티의 원인까지도 다 꿰고 있었으니."

"……."

"그게 신이 아니면 무엇이겠느냐? 그러다 보니 어쭙잖은 허주나 수비를 주신으로 모신 무당들이 가당찮게 보였다. 가당찮으니 어쩌겠느냐? 내가 그 미력한 무속인들에게 보여주는 수밖에."

궁천은 미류를 쏘아보며 계속 설명을 이어갔다.

"그런 나를 이 꼴로 만든 게 물레보살이다. 자신의 모든 것을 걸고

내 안에 든 쌍신의 신력에 봉인을 걸어버렸지. 나중에야 알았다. 그
녀가 무슨 짓을 한 건지. 제동장치 없이 폭주하는 내가 악귀의 화신
이 될까 염려했던 것이다. 그렇기에 모든 신의 힘을 동원하여 내 몸
주의 힘을 허상 덩어리로 만들어 버린 것이다."

"……."

"이제 알겠느냐, 아까 내가 뿜은 영기가 왜 허깨비인지?"

"예."

미류는 자신도 모르게 고개를 끄덕거렸다.

"그 덕에 물레보살이 시름거리다 죽은 것이다. 내 삐뚤어진 신력에
명부의 사슬을 채우느라 영력을 다 쏟아 담았기에. 바보같이, 멍청
하게!"

'아아!'

소리 없는 신음이 미류 입에서 나왔다. 미류는 알 것 같았다. 물레보
살과 궁천의 대충돌. 물레보살은 그녀의 무속관을 궁천 안에 심었다.

─신은 인간을 위한 몸주가 되어야 한다.

─공수는 오직 인간의 삶을 밝히기 위한 등불이 되어야 한다.

그 또렷한 명제가 궁천의 몸 안에 박혀 있는 것이다.

그렇다면 우담할망 그녀도 이 사실을 알고 있던 걸까? 그렇기에 정
확하게 궁천을 예로 들어 미류에게 물었던 것일까?

그런데 이건 또 어찌 된 일일까? 물레보살 이야기를 마친 후 궁천
의 눈이 촉촉하게 변했다. 그러고 보니 아까도 살포시 떨리던 그의
목소리. 궁천 자신의 폭주를 막아준 물레보살에게 가책이라도 느끼
는 건가? 이제 와서?

"그나마 취하면 몸주들이 허깨비라도 띄우게 한다. 그리하여 날마
다 취하니 그 또한 내 목숨에 살(殺)을 치는 일. 어쩌면 물레보살의

저주는 아직도 진행형일지 모르지."

"……."

"나는 평범한 신내림에 만족해야 했다. 그것으로 생의 굴레에 치여 허덕이는 사람을 위로하며 살아야 했는데 헛된 꿈을 보았지. 그 꿈에 빠져 버렸지."

"……."

"너 또한 나처럼 과시를 원하고 있다면 당장 몸주를 보내거라. 신의 승리는 다른 신과의 다툼에서 얻는 승리가 아니라 속세의 간난과 상처를 달래는 데 있으니."

"……."

"가보거라. 취해서 횡설수설했으니 무엇도 기억하지 말고."

궁천이 손을 저었다. 소리 없는 눈물이 그의 볼을 적시고 있다. 영기와 독기, 취기까지 더해진 눈매에 깊은 회한까지 깃들었다. 어쩌면 천상의 위세까지 올랐다가 곤두박질친 사람. 그 아픔이 공감되었다.

그는 저승에 다녀왔다. 그랬기에 전생신을 본 것이다. 그곳에서 어떤 비급을 알아와 쌍신을 들였다. 목숨까지 걸고 행한 일이니 쌍신을 들인 것만으로 만족하지 못한 것이다.

그리하여 치달은 브레이크 없는 폭주. 한순간 삐뚤어진 행동의 대가는 컸다. 가져보지 못한 사람은 상상도 할 수 없는 상실감이 그의 몫으로 남은 것이다.

미류는 그의 회한을 덜어주고 싶었다. 이제는 오만의 미몽에서 깨어난 사람. 다시 무속인으로 돌아온다면 달관한 만신이 될 수도 있었다. 무속판의 이미지가 좋아지려면 미류 한 사람만으로는 부족했다. 그렇기에 그를 구제하는 건 미류 스스로를 돕는 일. 더구나 그는 전생의 은인이 아닌가?

"혹시……."

미류가 조심스레 입을 열었다.

"뭐냐?"

"제가 도울 방법은 없을까요?"

"아서라. 네가 명부의 부적을 쓸 재주라도 있다면 몰라도."

"부족하지만 흉내는 냅니다."

"뭐라?"

궁천이 놀라 고개를 들었다.

"흉내를 낸다고 했느냐?"

"예."

바스락!

미류는 가방 안에서 부적을 꺼내 보였다. 궁천의 눈이 뒤집히는 게 보인다.

"이게 네가 쓴 것이란 말이냐?"

"그렇습니다. 저승에 갔을 때 그곳의 천부를 눈동냥할 수 있는 일이 있었기에……."

"그렇다면… 가능할 수도……."

궁천의 목소리가 떨린다.

"……!"

"하지만 혼자 힘으로는 안 될 것이다. 내 몸주의 발악을 잡아두려면 백마신장이나 오방신장의 용력이 필요한데 네 몸주는 전생신이 아니더냐?"

"그분들에게 무엇을 도움받는 것입니까?"

"오방의 귀신과 내외를 막는 것이다. 그렇지 못한 채 내 안의 신이 튀어나오면 엄청난 액살을 불러올 수 있으니."

"액살이라면?"

"나도 죽고 너도 죽고… 가까운 곳의 많은 사람이 액살을 뒤집어 쓰겠지."

"……."

"알았으면 가보거라. 부적만으로 될 일이 아니야."

"그렇다면 포천 신몽대감의 신장신 정도면 되려는지요?"

아는 이름을 하나 들이댔다. 미류가 지지를 이끌어내야 할 사람 중의 하나이다.

"네가 신몽대감을 아느냐?"

"잘 모릅니다."

"그러니 그 이름을 함부로 입에 담았겠지."

궁천이 스산하게 웃었다.

"……."

"신몽대감은 나와 원수지간이다. 지난날 내 눈에 오만이 씌었을 때 그분의 은혜를 모르고 신당을 뒤집어놓은 적이 있으니 죽었다 깨어나도 나를 돕지 않을 것이다."

"어쨌든 그분과 제가 힘을 합치면 봉인이 풀려 무업을 계속할 수 있는 것입니까?"

"아니, 작별할 것이다."

'작별?'

"나의 빗나간 영웅심은 큰 죄가 되었다. 그러니 무업을 접는 것이 죄를 씻는 길."

"그렇다면 오히려 속죄하는 마음으로 무업에 정진하는 게 도리가 아닙니까?"

"너는 내가 무속계로 돌아오길 바란 것이냐?"

"돌아오고 싶지 않으십니까?"

미류의 목소리에 불끈 힘이 들어갔다.

"뭐라?"

"고작 호구지책으로 쌍신간대를 미련처럼 우뚝 세웠을 리 없겠지요."

"⋯⋯."

"허락해 주신다면 도인님이 다시 작두 위에서 펄펄 뛰는 무속인의 길을 가실 수 있도록 돕겠습니다."

"왜?"

궁천의 시선이 미류를 겨누었다.

"당신이 무업을 계속해야 하는 공수를 저승에서 받아왔습니다. 한번 보시죠."

미류는 즉각 궁천의 전생령을 띄웠다. 영적 감응이 아니라 그림이다. 감응을 그대로 궁천의 눈앞에 띄워놓은 것이다.

"이, 이것⋯⋯!"

그는 알아보았다. 명부의 힘으로 몸주를 받은 사람이기에 가능한 일이다. 전생이 환상처럼 펼쳐졌다. 미류와 궁천의 눈앞에서.

궁천이 미류를 대신해 호랑이 밥이 되어주는 장면에서 환상을 멈췄다. 궁천의 최후와 살아남은 미류의 모습이 극명한 대조를 이루고 있다. 궁천은 넋 나간 표정으로 손을 내밀었다. 죽은 궁천의 몸이 현생의 궁천 손바닥 위로 올라왔다. 그는 한없이 경건한 표정이 되었다.

"나는 인간의 전생을 투영할 수 있습니다. 그가 첫 생을 시작한 사람이 아니라면 전부."

"⋯⋯."

"전생신으로부터 특허를 받았습니다."

"그, 그런⋯⋯."

"처음에는 당신이 내 전생의 은인이기에 끌리는 줄 알았습니다. 하지만 이제 보니 그게 아닙니다."

"아니다?"

"하늘이 내 등을 민 이유를 알았습니다. 당신이 내 전생의 은인인 건 한 이유에 지나지 않았습니다. 그보다는 앞서간 당신의 삐뚤어짐을 경계로 삼으라는 경고이자 교훈이었으며 명부의 몸주를 받은 자의 책임감의 일깨움인 것 같습니다."

책임감!

본능적으로 나온 그 말은 공수에 가까웠다. 미류의 몸에서 폭발적인 카리스마가 작렬하고 있다. 이때만은 적어도 명부의 제1대왕 진광대왕에 못지않아 보였다.

"나아가 폐인이 된 당신에게 나를 보낸 건 단순히 당신 몸주를 폐하라는 뜻은 아니겠지요. 이미 위세를 잃은 허세인데 굳이 명부의 힘으로 눌러 무엇할까요?"

"……."

"당신이 나를 당기고 하늘이 나를 민 것은 아마 당신의 몸주를 살려 무업으로 복귀시키라는 천명이 아닐까 합니다. 그렇기에 당신은 그 천명에 복종해야만 합니다!"

"하늘의 뜻?"

"그렇습니다."

"하늘의 뜻이라… 나 같은 죄인에게……."

궁천의 눈에서 눈물이 떨어졌다. 굵고도 굵은 한 방울이다.

"말은 고맙다만, 불가능한 일이다. 신력에 위세를 주려면 몸주를 분리해야 하는데 인간이 할 수 없는 일이다. 보았다시피 둘은 이미 거의 한 몸으로 섞여 있거든."

'분리?'

"저승을 관장하는 진광대왕이거나 초강대왕의 무궁한 신력이 아니고는……."

"……."

"가보거라. 부질없는 말에 솔깃한 걸 보니 나도 그새 삭았구나."

"방법을 찾아 다시 오겠습니다."

"다시?"

"길이 있을 겁니다. 제 신아버지이신 표승 만신님, 숭덕 스님, 우담 만신님과도 상의해 보겠습니다."

"고집불통이로고."

"저승에는 괜히 다녀왔겠습니까? 기다려 주십시오. 다시 작두를 타고 신명 어린 공수를 하는 그날을."

"허어, 어젯밤 꿈에 연꽃 지화가 가득 내리기에 무슨 소식이 있을까 했더니 네가 바로 연꽃이로구나. 내 너처럼 반듯한 무속인을 만난 것만으로도 위로가 되었으니 괜한 생각 말고 가거라."

"저는 분명 다시 옵니다. 그럼……."

미류는 인사를 두고 밖으로 나왔다. 밖은 이미 어둠에 덮여 있었다. 희미한 야경을 따라 하늘로 향하는 쌍신간대가 보인다. 검고 흰 두 개의 깃발이 한데 어울려 펄럭펄럭 흔들리고 있다.

미류는 다짐했다.

저 깃발을 따로 떼어놓고 말겠다고. 그리하여 전생의 은인을 살리고 무속 부흥을 거드는 동량으로 돌려놓고 말겠다고. 꼭!

대권이 길을 묻다

신당 앞에 옥수부인이 서 있다. 그녀의 표정이 아주 밝다.

"미류 법사님!"

그녀가 먼저 알은체를 했다.

"웬일이세요?"

미류가 물었다.

"웬일은요. 정말 고마워요."

"뭐가요?"

"뭐라뇨? 저한테 연예인 보내주셨잖아요?"

"수나 씨가 벌써 다녀갔어요?"

"네!"

옥수부인은 아이처럼 좋아했다.

"아, 내 정신. 일단 들어오세요."

미류가 문을 열었다.

"차는 제가 대접해야 하는데……."

거실에 차를 내오자 옥수부인은 미안한 표정을 감추지 못했다.

"복채는 많이 받으셨어요?"

"아뇨. 100만 원을 내겠다는 걸 공짜로 봐줬어요. 저 수나 씨 팬이 거든요."

"그래도 복채는 좀 받으시지."

"대신 사진을 찍어줬어요. 우리 신당에 걸어도 된다고 허락도 받았 어요."

"그렇게 좋으세요?"

"법사님은 제 마음을 모를 거예요. 무업 10여 년에 연예인은 처음 이거든요. 이제 제 액운도 슬슬 걷히려나 봐요."

옥수부인의 눈이 촉촉이 젖었다. 그녀가 얼마나 고전하고 사는지 알 것 같았다. 하긴 신당 차리고 월세 고민하는 사람이 어디 그녀뿐 일까?

"그렇게 좋아하실 줄 알면 진작 수나 씨 보내 드릴걸."

"고마워요."

"아닙니다. 별일도 아닌데 제가 다 기분이 좋네요."

"이게 다 저번에 주신 부적 때문인가 봐요. 그거 볼 때마다 상서로 운 기운이 막 맴돌이를 치는 것 같더니……"

옥수부인의 입은 귀밑에 걸려 내려오지 않았다. 이만한 일에 이런 감격이라니. 그러기에 옥수부인은 참 착한 사람이다. 부적도 그렇다. 애당초 말이 나왔기에 행운부 하나를 건네준 것. 그 공치사조차 여 러 번째 받는 미류이다.

"무엇보다 얼굴이 밝아져서 다행이네요. 앞으로는 좋은 일만 있을 거예요."

"고마워요. 정말 고마워요."

옥수부인은 몇 번이고 인사를 남기고 돌아갔다.

'흐음, 타로 형님이 삐치지 않으려나 모르겠네.'

웃음이 나왔다. 이제는 이 골목에서 미류의 가장 든든한 지지자가 된 타로. 기회가 오면 그도 챙기고 싶은 마음이다.

먼지를 털어내고 무복을 입었다. 마음이 든든해졌다. 무복은 그냥 옷이 아니다. 무복을 입는 순간, 정식으로 신의 대리자가 되는 것이다. 그렇기에 무복은 신의 대리인이라는 상징과도 같았다.

합장을 하고 신당에 앉았다. 향을 피워 올렸다. 향 타는 냄새가 좋다.

'몸주님!'

미류는 작심한 채 무신도를 바라보았다.

'왔느냐!'

전생신이 공수를 울려왔다.

'묻고 싶은 것이 있습니다.'

'말하거라.'

'쌍신이 강신한 무당이 있습니다. 음양이 함께 내린 경우인데 육체 안에서 봉인되어 두 힘이 섞여 버렸습니다. 어찌하면 따로 떼어놓을 수 있을지요?'

'쌍신?'

전생신의 반응이 다른 날과 달랐다.

'무당 이름이 무엇이냐?'

'궁천이라고 합니다.'

'그의 사주를 아느냐?'

'예.'

미류는 아는 대로 궁천의 사주를 불러주었다.

'이런!'

전생신의 공수가 흩어지고 있다. 당황했다는 느낌이 미류에게 전해왔다.

'뭐가 잘못되었습니까?'

'열두 명의 인간, 기억하느냐? 내가 처음 네게 맡긴 열두 명의 인간에 대한 과제.'

'잊을 리가 있겠습니까?'

'궁천은 애당초 그 안에 들어 있던 사람이다.'

'……?'

'그러나 네가 성심껏 과제에 임하기에 조기 졸업을 시켜 제외했더니 결국은 만나게 된 모양이구나.'

'그럼 그 또한 제가 관여하면 안 되는 일이옵니까?'

'이미 만난 모양이니 이미 관여가 된 것 아니겠느냐?'

'……'

'어디 보자. 본래 그에게 돌아갈 변화가 무엇이었는지… 옳지, 여기에 있구나. 그는 너의 전생에 은혜를 베푼 적이 있어… 고단한 목숨을 끊게 할 차례였는데…….'

'……!'

미류가 움찔 흔들렸다. 그와 얽힌 전생을 이미 확인하고 온 미류. 그럼에도 전생신의 말은 섬뜩했다. 미리 만났다면 미류의 손에 죽었을 거라는 말이 아닌가?

'네가 성심을 다함으로 당장의 주검을 면한 인간이로구나. 그렇다면 네가 살렸다는 말이니 이후의 생도 네 손에 달렸음이라.'

'그가 한때 사욕에 빠져 명부의 비급을 엿보았다고 합니다. 방법이 없을까요?'

'쌍신을 받았다니 그렇겠지. 그 일은 받은 자가 내치거나 들어간

자가 스스로 나오면 간단하겠으나 봉인이 되었다니 결계를 친 자가
봉인을 풀면 될 일.'

'봉인을 건 사람이 죽었습니다.'

'네 이제 보니 나에게 방법을 내놓으라는 기세로구나.'

'이제는 피눈물로 반성하고 있으니 다시 무업을 계속할 기회를 준
다면 무속의 발전에 한 틀을 차지할 것으로 생각합니다.'

'네가 바라는 게 무엇이냐?'

'천부를 다시 한 번 보고 싶습니다.'

'천부?'

'부탁드립니다.'

'……'

'몸주님!'

'그것은 저승에서나 보고 보이는 일. 네 이미 나와의 첫 만남에서
보았지 않느냐?'

'알고 있습니다만 일이 중차대하여 실수가 있으면 안 될 일이니 한
번 더 보기를 청하나이다.'

'……'

'몸주님, 이렇게 비나이다.'

미류는 합장한 두 손을 동그랗게 마주 비볐다.

'허어!'

'죽을 사람을 구했습니다. 그렇다면 제대로 구해야지 무업을 봉인
하고서야 그는 살아도 산 것이 아닙니다.'

'……'

'몸주님!'

'괴항지를 가져오거라.'

결국 전생신의 수락이 떨어졌다. 미류는 큼지막한 괴황지를 내놓았다. 검은 빛깔 석채의 무신도가 움직이나 싶더니 검은 빛이 괴황지로 내려왔다. 천부는 이미 그 안에 있었다.

'아아!'

보기만 해도 살이 떨리고 영혼이 울렸다. 미류는 그 구조와 영기의 분포, 막고 터짐을 낱낱이 눈에 담았다. 마지막 획에 시선이 닿자 천부의 빛은 약속이나 한 듯 사라져 버렸다. 다시 괴황지만 남았다.

'고맙습니다.'

'천만에. 기왕에 본 것이니 천기누설이라 할 수도 없기에 청을 들어준 것뿐이다.'

'기왕 베푼 김에 한 가지만 더 들어주십시오.'

'또 있단 말이냐?'

'제가 쓰는 부적은 보통 자시에 그려 음기의 성성함을 담지만 이번 부적은 쌍신에게 작용할 부적입니다. 부디 시를 받아주십시오.'

'뒤섞인 쌍신을 가른다고 하였더냐?'

'예.'

'그들을 어찌할 것이냐? 죽일 것이냐, 다시 살려 몸주로 삼을 것이냐?'

'둘이 붙었으니 그 능력은 이미 서로 통할 것이오, 그러니 서로 떼어 하나는 보내고 하나만 몸주로 삼을 생각입니다.'

'그럼 인간 세상이 따로 떼어지는 시간을 택하면 될 것이다.'

따로 떼어지는 시간?

'나머지는 네가 정할 일이니 정한수나 그득 올리거라. 말이 많았더니 목이 타는구나.'

전생신의 공수는 그 말을 끝으로 그쳤다.

미류는 생수병을 따서 제단의 사발에 부었다. 넘치도록 그득 부었다. 그런 다음 두 손을 모아 감사를 전하고 신당을 나왔다.

시가 나왔다.

날은 따로 받으면 될 일이다.

거실의 탁자 위에 빈 괴황지를 꺼내놓았다. 붓도 꺼냈다. 천부가 기억에서 사라지기 전에 부적을 그렸다. 이번에는 효험보다 원안 보전이 목적이다. 열 번을 그리고 스무 번을 그렸다. 천부는 단 하나의 오차만 있어도 천부가 아니다. 마침내 복사기로 찍어낸 듯한 것이 나왔다.

'오케이!'

미류가 웃었다. 조금 부족한 것들은 따로 챙겨두었다. 그 또한 쓸 곳이 있었다.

두 명의 손님을 받아 전생 해법을 내렸을 때. 방송국에서 피디가 나왔다. 방송 구성상 사전 조사를 나온 모양이다. 구성 작가와 행정적 남자 직원이 동행했다. 그들은 화요 이야기를 하고 신당을 구경했다. 부적도 보고 지화도 보았다.

"법사님의 자연스러운 일상을 좀 볼 수 있을까요? 저희를 의식하지 마시고 그냥 일상적으로 일어나는 모습을 보여주시면……."

피디가 오더를 날렸다. 귀찮지만 못할 것도 없다. 신당에 예를 갖추고 부적을 썼다. 그다음엔 지화를 접었다. 다음 시간에는 손님들의 이름이 적힌 지화 소반을 꺼내 그들의 평안을 빌었다.

"굿은 안 하시나요?"

"못 할 건 없지만 제 몸주께서는 별로 원하지 않습니다."

"다른 일상은 없나요?"

피디가 물었다.

"그림을 그리기도 합니다만……."

미류는 석채를 꺼내 보였다. 피디는 부적과 지화를 주목했다. 관심이 많은 표정이다.

"영대 씨!"

피디가 남자 직원을 불렀다.

"예!"

"저번에 보니까 부적 가지고 있던데 한번 꺼내봐."

"여기……."

직원이 지갑에서 부적을 꺼냈다.

"이게 얼마짜리라고?"

"그런 거 말하고 다니면 안 된다고 했는데……."

"쓰으!"

"거금 십만 원이오."

"그런데 별로잖아? 여기 법사님 것은 뭔가 확 느낌이 오지 않아?"

"그런 거 같은데요?"

직원이 동의했다.

"법사님, 이 부적들, 뭔가 싸한 느낌이 오는 것 같지만 저희가 솔직히 부적에 문외한이라……."

피디가 뒷목을 긁었다.

"그러게요. 역시 구성하기가 쉽지 않은 일인데요?"

작가도 어깨를 으쓱했다.

아쉬웠다. 부적에 입이 달렸으면 얼마나 좋을까? 그것도 아니면 게임처럼 레벨 같은 게 보이면 얼마나 좋을까? 모든 사람이 척 봐도 영기를 알 수 있다면 설명이 필요 없을 일이다.

하지만 그렇다고 너 알아서 판단해라 할 일은 아니었다.

기왕에 송화요의 구제에 나선 미류. 반신반의하는 이들에게 신기(神奇)를 증명해야만 했다. 무속이 사기가 아니라는 것, 그저 미신이 아니라는 그것.

"거기 영대 씨라고 했죠?"

미류의 표적은 남자 직원이었다. 그의 머리에 탁한 기운이 보인다. 기왕이면 궁한 자를 돕는 게 무속인의 도리였다.

"예!"

직원이 미류를 바라보았다.

"부적은 왜 사셨습니까?"

"그게……."

주저하는 사이에 직원의 운명창을 열었다. 저절로 부각된 것은 재물창이다.

[上下同司部僚]

상하동사부료!

이상한 단어가 나왔다. 해석도 되지 않았다. 다시 한 번 글자에 집중했다. 영기를 모으자 글자들이 이합집산을 시작했다. 그제야 글자들이 제대로 줄을 섰다.

단어는 上司와 同僚, 그리고 部下부였다. 상사와 동료, 부하.

직장 생활의 삼위일체를 이루는 요소들이 멋대로 섞였으니 관계가 좋지 않다는 뜻이다.

"두 분은 잠깐 거실로 나가 계세요."

미류는 피디와 작가를 내밀었다. 직장 생활은 심오하다. 인간과 인간의 관계. 그것은 때로 신과 인간의 관계보다 더 어렵다. 그렇기에 프라이버시를 위해 주변을 물리쳐 준 미류이다.

절렁!

신방울을 흔들었다. 공수를 내리겠다는 신호다.

"직장 생활 고달프죠? 상사는 상사대로 쪼고 동료들도 알고 보니 아군이 아니라 적군, 게다가 후배들까지도 호시탐탐 넘보고 있으니……."

"……!"

"그중에서도 동료 관계가 최악이군요. 안 그래요?"

넌지시 물었다. 그 글자가 가장 어두웠기 때문이다.

"어, 어……"

직원은 말문이 막힌 표정이다. 기가 막히는 공수가 나온 것이다. 직원은 대리 직위로의 승진을 앞두고 있는 상황. 문제는 부장이 새로 오면서 발생되었다. 느닷없이 갈굼의 대상자가 된 것이다. 이유도 없고 문제도 없었다. 결재 서류만 올리면 낱낱이 흠을 잡았다. 아이디어를 내도 같았다.

시키는 대로 하면…….

"자넨 융통성도 없나!"

융통성을 발휘하면…….

"니가 부장 해먹어라!"

야근을 하면…….

"낮에는 뭐 했어?"

칼퇴근을 하면…….

"업무가 널널한가 보지?"

하는 식이었다.

더럽고 치사했지만 그래도 직속상관. 어떻게든 관계를 회복해 보려고 애를 썼다. 그래도 부장의 태도는 바뀌지 않았다.

거기에 기름을 부은 게 여자 동료였다.

처음부터 각을 세우던 이 여자, 바로 부장의 환심을 사는가 싶더니 갈굼 대열에 동참했다. 남자 직원의 기안을 흠집 내거나 공지 사항을 제대로 알려주지 않아 곤란에 빠뜨리는 게 한두 번이 아니었다. 그걸 문제 삼으면……

"아, 남자가 쪼잔하게… 일하다 보면 그럴 수도 있지 뭘 그래요?"

하며 괜한 성(性)을 걸고 넘어졌다.

직장은 정글이다.

그는 그 정글에서 혼자가 되었다. 후배들이라고 그걸 모를 리 없다. 그들 역시 생존을 위해 여직원과 부장 편에 섰다. 같은 일을 시켜도 그쪽을 우선했다.

우우우!

외로운 늑대는 혼자 운다. 왕따 직장인은 혼자 점심을 먹는다. 그것만큼 서러운 일도 없다.

"그렇게 되어서… 친구 놈에게 하소연을 했더니 부적이라도 사보라고 하길래……"

남직원은 이실직고하고 말했다.

"그래도 좋아지지 않았죠?"

"예. 그래서 저도 이제 그냥 포기하고 싶습니다. 너는 짖어라. 까짓 것, 대리 좀 늦게 달면 되죠."

"원인이 뭐였을까요?"

"저도 모르죠. 어쩌면 우리 부서 사람들이 저랑 전생의 원수일지도요……"

"그럼 이건 버려도 되겠습니다. 효험 없는 거 알았을 테니까요."

미류가 남직원의 부적을 가리켰다.

"그래도 유명하다는 분에게 가서 10만 원이나 주고 산 건데……"

"이건 부적이 아니고 인쇄물입니다."

"예?"

"경면주사로 하늘의 신기를 담아 잡귀 방지로 쓴 게 아니고 기계로 수만 장 찍어낸 거라고요."

"……?"

"혹시 부서 직원들 사진이 있나요?"

"그 인간들 건 없고… 필요하면 받을 수는 있습니다만……."

"부탁해요. 사진을 봐야 하거든요."

미류의 청을 받은 남직원이 전화를 했다. 그런 다음 미류의 컴퓨터로 이메일을 열었다. 거기 부서 회식 사진이 몇 장 들어 있다.

"전생 이야기가 나왔는데 반은 맞고 반은 틀렸습니다."

사진을 확인한 미류가 잘라 말했다.

"예?"

남직원이 고개를 들었다. 미류는 이미 그의 전생령까지 읽어낸 상태였다. 그의 전생에 인과가 있는 건 틀림없었다. 하지만 부서의 모든 직원과 그런 건 아니었다.

"전생을 보여드리죠. 잠깐 눈을 감아보세요."

신당으로 돌아온 미류는 남직원에게 전생 감응을 시작했다.

왕궁이 보인다. 조선조였다. 상궁들이 행차하고 있다. 남직원은 그곳의 상식 상궁이었다. 상식 상궁은 수라간을 지휘하는 상궁. 무려 종5품이었으니 그 위로는 정5품의 상궁이 있을 뿐이다.

그녀는 수라간의 항아들을 지휘했다.

하필이면 느리고 답답한 항아가 있었다. 항아는 궂은일을 하는 나인이었으니 상궁은 그들의 하늘이었다. 상궁은 한 항아를 유독 미워했다. 하는 짓이 굼뜬 것도 있었지만 울상인 게 싫었다. 사사건건 지적하고 매질도 했다. 결국 그 항아는 병든 채 궁에서 쫓겨나고 말았다. 궁을 나가던 항아는 독기 어린 눈으로 수라간 쪽을 바라보았다.

"퉤! 천벌을 받으라지."

거기서 감응을 멈췄다. 항아의 독기 어린 눈을 본 남직원이 부르르 떨었다.

"현실로 돌아옵니다."

미류는 감응을 끝냈다.

"방금 본 그 항아, 어디서 본 사람 같지 않나요?"

"항아?"

남직원의 어깨는 아직도 떨리고 있었다. 아무래도 어리둥절한 표정이다.

"잘 생각해 보세요. 그 눈빛."

"아!"

남직원이 신음을 토했다.

"우리 부장님… 화낼 때의 눈매와 눈썹이 똑같아요."

"내 생각도 그렇습니다. 당신의 부장은 당신 전생의 항아였어요. 당신은 지금 그녀에게 모질게 굴던 카르마를 안고 와 이 생에서 입장을 바꿔 인과의 공부를 하고 있는 것 같습니다."

"공부라고요?"

"전생은 현생에 영향을 미치거든요. 다 보여드리지 않았지만 전생의 당신은 수라간 항아들에게 가혹한 편이었습니다. 혹시 지금도 후배들에게 야박하지 않으신지요?"

"그건 잘……."

"잘 생각해 보세요. 자기의 입장이 아니라 후배들 눈으로. 자기를 내세우면 허물이 안 보이는 법이거든요."

"그러고 보니 후배들이 제 뒷담화를 하는 걸 여러 번 본 것 같습니다."

"맞습니다. 당신은 전생의 기운이 남아 자신도 모르게 아랫사람에게 야박할 수 있습니다."

"그럼 부장님과의 해법은……."

"웃으세요."

미류는 간단한 공수를 내렸다.

"웃으라고요?"

"잘 생각해 보세요. 당신은 전생의 항아처럼 부장님 앞에서 늘 죽상이었을 겁니다. 그게 아니더라도 웃으면 복이 온다는 말도 있잖습니까?"

"듣고 보니 그럴듯하네요. 그럼 사사건건 제 시어머니인 황연숙은 어떻게 된 거죠?"

"그 여자는 당신 전생에 없습니다. 제가 따로 생각해 보니 아마 영대 씨를 좋아해서 그런 게 아닐까 싶네요."

"나를 좋아한다고요? 그 여우같은 여자가요?"

"그 또한 잘 생각해 보세요. 처음부터 그랬는지, 아니면 무슨 계기가 있었는지……."

"계기?"

따악!

생각하던 남직원이 마침내 손가락을 튕겼다.

"그러네요. 전임 부장님 퇴직하실 때였어요. 회식 때 노래방에 갔는데 제 옆에 앉아서 자꾸 기대길래 밀어버린 적이 있어요. 그때 너무 세게 밀어서 황연숙의 블라우스가 찢어지고… 그래서 울면서 나간 후로……."

"그 문제는 혼자 해결할 수 있겠네요."

"우와, 우와아!"

미류의 공수가 끝나자 남직원은 혀를 내둘렀다. 사이다를 넘어 감식초 같은 공수였다. 가슴에 고속도로가 뚫린 기분이다.

"피디님, 적중 귀신입니다. 이건 족집게가 아니라 1,000배율 현미경이에요!"

거실로 나간 남직원의 입에서 침이 튀었다.

다음 타자는 피디였다. 그건 그냥 보너스였다. 그가 감독이니 몸소 체험하는 게 옳다고 생각한 것이다.

구성 작가가 지켜보는 가운데 전생 감응에 들어갔다. 미류의 선택은 게으른 집사였다. 다른 전생도 있었지만 그걸 선택했다. 보아하니 눈코 뜰 새 없이 바빠 보이는 피디. 느긋하게 즐기던 전생이 위로가 될 일이다.

뭐가 보이나요?

집사령을 밀어 넣은 미류가 나른하게 물었다.

―성이 보입니다.

성의 테라스에 사람이 있죠?

―네.

그게 당신입니다. 뭘 하고 있죠?

―자고 있네요.

이제 일어났네요. 또 무얼 하는지 천천히 지켜보세요.

―노래를 듣습니다.

표정은 어떤가요?

―느긋하고 편하네요.

지금은 뭘 하죠?

―요리를 감독하고 있어요. 시식을 하면서…….

이제 시간이 바뀝니다. 그가 뭘 하고 있나요?

―결혼을 했네요. 커다란 벽난로 앞에서 차를 마시고 있어요.

옆에는 누가 있죠?

―예쁜 딸과 아들. 너무 귀엽고 사랑스럽습니다.

지금은 어디인가요?

―백마가 끄는 마차를 타고 나들이를 나왔습니다. 시원한 호숫가예요.

거기서 뭘 하나요?

―맛난 과일과 요리… 저는 송어와 새끼 양 갈비를 굽고 있고… 딸이 먹여주는 양고기가 너무 맛나 보입니다.

지금은요?

―아이들과 여행을 하고 있습니다. 싱그럽게 넓은 초원이 보여요.

또 무엇이 보이죠?

―커다란 나무 그늘 아래의 해먹에서 책을 읽으며 흔들리고 있어요. 아, 산들바람이… 너무너무 편안해요.

심호흡을 하세요. 이제 현실로 돌아옵니다.

쩔겅!

미류가 신방울을 울렸다. 피디는 가만히 눈을 떴다.

"어떠신가요?"

미류가 물었다.

"방금 그게… 제 전생인가요?"

"그렇습니다."

"와우, 영대 씨, 영대 씨도 이랬어? 완전히 3D 영화를 보는 것 같은?"

남직원은 대답 대신 엄지를 세워 동의했다.

"세상에나! 손 작가, 이걸 뭐라고 말하지? 너무 생생해서 말로는 표현이 안 돼!"

피디가 소리쳤다.

"미치겠군. 이걸 방송 화면에다 연결할 수만 있다면 초대박인데! 시청률 80%도 문제없어!"

피디는 아예 발을 동동 굴렀다.

"과학자들은 다 뭘 한 거죠? 맨날 무속은 미신이라고 목청 높일 시간에 이런 거 카메라로 송출하는 기술이나 개발하지."

남직원도 맞장구를 쳤다.

"법사님, 방송 출연… 우리가 처음이죠?"

피디가 물었다.

"예."

"부탁인데 다른 방송에 먼저 나가시면 안 됩니다. 아셨죠?"

피디는 몇 번이고 강조했다.

"그러죠."

"법사님의 신비한 능력을 살릴 수 있는 방법을 다각도로 모색해 보겠습니다. 모든 방법을 동원해서 말이죠. 그러니까 꼭 저희 프로그램에 나와 주셔야 합니다?"

피디는 거듭 신신당부를 남겼다. 그런 다음 부적 몇 장과 지화를 한 아름 얻어 들고 방송국으로 돌아갔다.

잠시 후다.

우담할망의 신당에 들르기 위해 준비하는데 전화가 울렸다. 주인공은 선일주였다.

"장관님!"

반가이 전화를 받았다. 예비 판사의 일을 해결하는 데 큰 도움을 준 사람이 아닌가?

—혹시 신당에 계신가?

"그렇습니다만……."

―잠깐 시간 좀 내실 수 있는가?

"예, 괜찮습니다."

―조용한 시간을 말해주시면 내가 들르겠네. 귀인 한 분 모시고 가려고.

귀인?

귀인이라고?

미류는 신당에 좌정해 있었다.

두 명의 손님이 찾아왔지만 예약으로 돌렸다. 마음 같아서는 바로 점사를 내리고 싶었지만 선일주를 위한 배려였다.

어둠이 내리자 선일주가 도착했다. 그는 열린 대문으로 조용히 들어섰다. 그 옆에 한 남자가 있다. 낯익은 사람이다. 바로 정대협 서울시장이었다.

"……!"

미류는 소스라치고 말았다.

귀인!

지체 높은 분이 오리라는 짐작은 했다. 하지만 그게 정대협일 줄은 미처 몰랐다.

"제가 말씀드린 고명하신 법사님입니다. 아직 춘추는 어리지만 법력 높은 숭덕 큰스님조차 인정하는 인물이시죠. 스님께 듣자니 효자동 박 회장도 팬이 되었다더군요."

선일주가 미류를 소개했다. 정대협은 환한 미소로 손을 내밀었다.

정대협!

말로만 듣던 사람이다. 아니, 언젠가 강남에서 스쳐 간 적은 있다.

그러나 그걸 어찌 만남이라 할 수 있을까?

그는 입지전적인 인물로 부각되고 있었다.

지방 명문대를 나와 일본 철강회사에 입사해 신화적인 실적을 올리고 화려하게 유턴하여 대기업의 수장으로 우뚝 선 사람. 당시 한국에서 불모지이던 고급 철강재의 기반을 세운 게 그의 뚝심이었다. 그 신화적인 경영 능력을 앞세워 정계로 진출, 이제는 대권 연기를 모락모락 피우고 있는 잠룡 중의 하나였다.

넓은 이마에 통통한 얼굴, 쏘아보는 듯하지만 인자한 눈빛이 좋았다. 선일주는 무슨 일로 이 사람을 데려온 것일까?

차를 내왔다.

정대협이 먼저 잔을 들었다. 정계 스펙이 화려한 선일주이지만 그는 이미 정대협을 군주로 생각하고 있는 눈치다.

당신, 줄 잘 선 거야!

미류는 혼자 생각했다. 과정이고 뭐고 저 사람은 대권을 거머쥘 사람. 전생신과의 약속이라 발설할 수는 없지만 그것만은 빼도 박도 못할 진실이었다.

"내가 정 시장 만나서 법사님 얘기를 했더니 한번 뵙고 싶다길래 말이야. 실은 저번에 법사께서 전화했을 때 여기 시장님과 독대 중이었다네."

선일주가 화두를 꺼냈다.

"아, 예."

미류는 가만히 경청 자세를 취했다.

"농담 삼아 내가 전생에 정 시장 스승이었다고 하니 이 양반이 깜짝 놀라요. 어쩐지 거짓말 같지 않다는 거 아니겠나?"

"⋯⋯"

"그래서 이런저런 자문도 구할 겸 해서 찾아왔다네. 방해가 된 건 아닌지……."

"아닙니다. 그러잖아도 머리나 식힐까 하고 산책 나가려던 참이었습니다."

"그렇다면 다행이고."

"선 장관님이 말씀하신 것은 다 사실입니다."

미류가 정 시장을 바라보았다.

"나도 믿습니다. 사실 선 장관을 처음 만났을 때부터 뭔가 전류가 느껴졌지요. 괜히 주눅도 들고……."

"별말씀을……. 그때 시장 출마 지지 안 했다고 핀잔주실 때는 언제고."

선일주가 끼어들었다.

"원하신다면 두 분이 함께하던 전생을 보여 드릴 수 있습니다."

동시 감응!

미류가 택한 접대 메뉴이다.

"그래 주시겠소? 실은 아까부터 궁금해서 두근거리던 참입니다."

"두 분 다 이리 오시지요."

미류가 앞서 신당으로 들어섰다.

"이건 복채라오. 우리 선 장관께서 법사님 복채는 비싸다기에 성의껏 담았는데 너무 적은 건 아닌지 걱정되는군요."

"부족하면 제가 다음에 더 신청하겠습니다. 두 분이 옆으로 나란히 앉아주세요."

복채를 신단에 놓고 미류도 자리를 잡았다.

"두 분이 손을 잡으세요."

미류는 동시 감응을 시도했다. 이런 경우는 같이 보아야 효과가 날 일이다. 두 사람이 눈을 감자 신중하게 전생륜을 피워 올렸다.

'누구 것을 감응시킬까?'

미류는 잠시 생각했다. 같은 시대의 일이라도 시각에 따라 다를 일이다.

이 똥, 저 똥, 말 개똥!

미류의 선택은 선일주의 시각이었다.

두 사람의 전생 배경은 수도원의 수도자. 학동으로 들어온 정대협은 수도승인 선일주의 제자였다. 정대협은 다른 학동들과 달라 말썽꾸러기로 온갖 사고를 다 치고 다녔다. 그때마다 선일주가 수습했다. 미운 놈 떡 하나 더 준다고 관심도 많이 쏟았다. 그런 사이였기에 선일주의 수도승령을 함께 감응하는 게 낫다고 판단한 것이다.

정대협은 선일주의 시각으로 자신을 볼 수 있고, 선일주는 정대협에게 신뢰를 받을 수 있는 그림이다.

"이야!"

감응이 끝나자 정대협이 무릎을 쳤다. 그는 무엇에 홀린 듯 선일주를 바라보았다.

"어이쿠, 전생에 결례가 많았습니다, 스승님!"

정대협이 인사를 챙겼다. 그의 처세도 과연 대권을 노리기에 모자라지 않았다.

"그럼 저는 잠시……."

미리 입을 맞춘 건지 선일주가 자리를 떴다.

"법사님!"

둘이 남자 정대협이 봉투를 하나 더 꺼냈다.

"과거를 보시니 미래도 보실 수 있겠지요?"

정대협의 시선이 미류와 마주쳤다.

"이 사람이 일생일대의 사업을 한번 벌일까 하는데 운을 짚어봐 주시겠습니까?"

정대협!

그가 결국 카드를 꺼내 들었다.

서울시장 일생일대의 사업!

대권 말고 뭐가 있을까?

"혹시 이 사람에게 대권운이 있나 좀 부탁드립니다."

짐작하던 오더가 나왔다.

미류는 피가 얼어버리는 것만 같았다. 미류는 이미 알고 있는 정대협의 미래. 그러나 명시적으로 이용하지 말라고 못을 박은 전생신. 두 개의 극이 신당에서 만난 것이다.

"법사님!"

정대협은 온화한 미소를 지었다. 정치에는 무관심하던 미류이다. 그때는 먹고살기도 바빴다. 가만히 전생신을 바라보았다. 공수가 내려오지 않았다.

그렇다고 내칠 것인가? 여기는 신당이니 누구든 점을 보러 올 수 있었다. 그게 대권주자라고 해서 예외가 될 수 없었다. 대권 또한 사사로이 보면 하나의 사주점이자 운수점일 뿐이다.

절렁!

'몸주님!'

신방울을 흔들고 대답을 기다렸다.

빡!

후려침이 없다.

몸주는 신제자가 허튼짓을 하면 후려친다. 혼이 아니라 백을 때린다. 신통을 내리는 경우도 있다. 백을 맞으면 맞은 곳에 시퍼렇게 멍이 든다. 금하라는 표시이다.

때리지 않았다.

그렇다면 신점을 봐주어도 된다는 것.

그렇다면 신제자로서 최선을 다하면 될 일이다.

"고요히 눈을 감으세요!"

미류의 공수가 시작되었다. 그는 대권을 거머쥘 사람. 기왕지사 이렇게 된 바라면 그와의 인연도 포기할 수 없었다.

대권!

그것과 연관이 있는 전생을 찾았다. 나오지 않았다. 왕족 같은 게 있으면 좋으련만 그렇지 않은 것이다. 그래도 무심치 않았다. 그의 두 번째 전생이 부족장이었다. 나름 카리스마를 작렬시키며 부족을 이끄는 부족장. 강렬한 장면만을 골라 정대협에게 감응시켰다. 그에게 리더의 기질이 있다는 걸 암시한 것이다.

"오!"

감응을 끝낸 정대협의 표정이 밝아졌다.

"천천히 세 번에 나눠 마십시오."

신단에 바린 옥경수를 내밀었다. 정대협은 고분고분 지시에 따랐다.

"과거를 보았으니 이제 미래를 보겠습니다. 제단의 지화를 바라보십시오. 꽃들이 당신의 미래를 보여줄 겁니다."

미류와 정대협!

두 시선이 진지하게 제단에 꽂혔다. 지화는 많았다. 작약과 연꽃, 국화와 모란에 살재비꽃까지. 살재비꽃은 바리데기 공주가 부모님을 살리기 위해 서천 서역국에서 가져온 꽃이다. 바리데기꽃이라고도 불린다.

미류가 신력을 모으자 꽃들이 사각거리기 시작했다. 정대협의 눈이 휘둥그레지는 게 보인다. 꽃들은 마치 생화가 피어나듯 봉우리를 벌리며 속삭였다.

―어떤 운을 원하느냐?

―어떤 운을 원하느냐?

그렇게 묻는 것만 같았다. 그러다 한순간, 꽃들의 바스락거림이 멈추더니 한 종류의 꽃이 부유하기 시작했다. 흰 모란이다. 그러나 자세히 보면 모란이 아니었다. 흰 모란보다도 더 화려한 그 꽃. 바로 살재비꽃이었다.

'아!'

미류는 피가 얼어붙는 것 같았다. 살재비꽃. 그 꽃이 상징하는 건 왕권이다. 지화조차도 대권은 알아보는 모양이다.

"법사님!"

흰 살재비꽃에 둘러싸인 정대협이 미류를 돌아보았다.

"바리데기꽃으로도 불리는 살재비꽃입니다. 왕권을 상징하는 꽃입니다."

에둘러 공수를 주었다. 정대협은 그 말을 알아들었다.

"살재비꽃… 왕권을 상징?"

그가 손을 내밀었다. 그러자 꽃 하나가 그의 손에 내려앉았다. 여러 지화 중에서 오직 홀로 떠오른 살재비꽃. 정대협은 벅찬 감정을 감추지 못했다.

"오오, 이럴 수가……!"

정대협의 입에서 신음이 이어졌다. 어쩌면 꿈결 같은 신당 안. 그러나 방금 무엇이 일어났는지 그는 알고 있었다. 숨을 몰아쉰 정대협은 서둘러 다른 봉투를 하나를 꺼내놓았다.

"고맙습니다. 이 사람, 법사님과의 좋은 인연, 계속 이어지기를 진심으로 바랍니다."

봉투가 미류의 품에 안겨졌다. 그가 원하던 점사를 받은 데 대한 보답이다.

"선 장관님!"

거실로 나온 정대협은 소리 높여 선일주를 불렀다.

"뭐 좋은 점사라도 받았습니까?"

마당의 선일주가 대답했다. 정대협은 마당으로 내려가 선일주를 힘껏 포옹했다. 격하면서도 오롯한 마음의 표현이다.

두 사람은 흔쾌히 돌아갔다. 차가 멀어지고서야 미류는 다시 신당으로 돌아왔다.

'몸주님.'

'무슨 일이냐?'

이번에는 전생신이 바로 응답했다.

'고맙습니다.'

'뭐가 말이냐?'

'천기누설 말입니다. 내칠 수 없는 손님이었는데 수락해 주셔서……'

'무슨 말을 하는지 모르겠구나. 난 한잠 졸던 참이라… 아함!'

전생신은 하품을 핑계로 둘러댔다. 그러나 지화의 마법은 전생신의 신력이 아니고서야 저 홀로 일어날 수 없는 일. 정대협의 봉투를 보았다. 처음 것은 5백만 원이고 나중 것은 1억 1천 1백만 원이었다. 어디서 받은 것을 꺼내준 걸까? 그에게도 미류에게도 마음에 드는 숫자였다.

111,000,000!

미류는 신당에 절을 올리고 집을 나섰다. 돈은 많을수록 좋았다. 좋은 일에 쓰면 그만이다. 도로로 나오니 어스름이 내리고 있다. 미류의 머리에는 우담할망이 들어 있었다.

"누굴 만났다고?"

미류의 방문을 받은 우담이 고개를 들었다.

"궁천도인을 만났습니다."

"궁천을?"

되묻는 우담의 목소리가 떨린다. 사욕의 예로 화두에 올릴 때와는 아주 다른 반응이다.

"오가던 길에 작은 점집을 봤는데 거기서 우연히……."

"……."

"뭐가 잘못됐습니까?"

"아니다. 화영아, 화영이 거기 있느냐?"

"예, 선생님!"

신딸 하나가 신당 문을 열었다.

"목이 타구나. 물을 좀 가져오거라."

"예!"

신딸이 생수를 가져다주었다.

"어떻더냐?"

물을 마신 우담이 한 무릎 다가앉았다.

"겉보기에는 노숙자요, 하는 일은 소주를 마시는 게 낙으로 보였습니다."

"아직 신간대를 세우고 있더냐?"

"예."

"허어, 이 무슨 변고인고. 미류 법사가 궁천을 만나다니……."

"제가 만나면 안 되는 사람입니까?"

"아닐세. 그래서? 그것 때문에 나를 찾아왔단 말인가?"

"예!"

"예?"

"주제넘게 짚어보니 그분의 몸 안에 쌍신이 엉겨 허깨비를 만들고 있었습니다. 그 봉인을 한 분이 만신님의 신어머니이신 물레보살이라 기에 그걸 해제할 방법이 있나 해서……."

"궁천이 물레보살을 원망하더냐?"

"오히려 그 반대인 것 같았습니다."

"반대?"

"물레보살님 이야기를 하면서 회한에 젖었습니다. 어느 한때 만용에 사로잡혀 폭주한 것을 후회하고 있었습니다."

"그래?"

"어쭙잖은 소견에 그분을 돕고 싶어 방법을 물었습니다. 천부의 기운이 깃든 부적을 준비하고 신장신을 제대로 부리면 혹 가능할 것도 같다기에……."

"하긴 미류 법사의 부적에 천부의 기운이 깃들긴 했지."

"물레보살님이 남기신 처방은 없습니까?"

"……."

우담의 표정이 구겨졌다.

"만신님, 제가 무슨 실수라도?"

그런 우담을 보며 미류가 물었다. 아무래도 미류가 모르는 무엇이 있는 것만 같았다.

"내 신어머니께서 남기신 처방이 있기는 하다."

오랜 침묵 끝에 우담이 입을 열었다.

"……."

"간단히 말하면 미류 법사가 본 궁천의 몸이 바로 그분의 처방이시라네."

"……?"

"물레보살님… 그때 궁천을 죽일 수도 있었지. 하지만 죽이지 못하고 봉인으로 끝냈다네. 혹시라도 먼 훗날 무력(巫力) 높은 무당이 나타나 바른 길로 인도할 수 있을까 싶은 기대에……."

"맙소사, 자신의 목숨을 내놓으면서 말입니까?"

"거기에도 이유가 있었다."

'이유?'

"궁천이… 바로 내 신어머니 물레보살의 친아들이었다."

"……!"

쾅!

콰앙!

미류의 머리에 천둥이 일었다. 거푸 일었다. 궁천이 물레보살의 아들? 그것도 친아들이라고?

"그놈에게 사연까지 들었느냐?"

물 한 모금을 더 마신 우담이 물었다.

"욕심이 지나쳐 특별한 무당이 되기 위해 가사 상태를 마다 않고 저승까지 다녀왔다는 말 정도만……."

"미친놈, 그래도 제 행색 부끄러운 줄은 아는 모양이구나. 지난일은 제 안에 감춰둔 걸 보니."

"만신님!"

"하긴 내 이제 늙었으니 미류 법사가 처음이자 마지막 희망일지도 모르지. 요즘 젊은이 중에 또 누가 미류 법사만 한 영험함을 이루리."

"……."

"궁천은 물레보살의 외아들이 맞다. 어려서부터 신열을 앓았지만 신어머니는 아들에게 신밥을 먹이려 하지 않았어. 그때그때 신열만 다스렸는데 그게 화가 되었지. 안으로 쌓인 신열이 어느 날 걷잡을 수 없이 폭발한 거야."

"……."

"하필이면 신어머니가 지방 굿을 떠났을 때였네. 궁천은 제 어머니 단지에서 금지된 강신법에 대한 기록을 찾아냈지. 그건 신어머니께서 바른 무속의 길을 공부하느라 간직하던 건데 궁천은 그 내용을 알고 있었던 게야."

"……."

"그걸 빼낸 궁천은 포천의 신몽대감을 찾아가 신내림을 받았다. 쌍신을 받으려면 신장신의 성성한 무력이 필요한데 신장신 하면 신몽대감이 으뜸이니까."

'아……'

"신몽대감은 아무나 내림굿을 하지 않지만 신열을 앓는 젊은이가 통사정을 하니 들어준 모양이야. 바로 그때 궁천이 저승길로 간 거지. 작두에서 뛰는 것으로도 모자라 쌍작두를 안고 뒹굴고 까불다가 그리 되었다고 들었네. 빙의를 넘어 탈혼을 하고 가사 상태에 빠져 버린 거야."

"……."

"굿은 난장판이 되고 경찰과 119 구급대까지 출동했다고 들었네. 궁천은 엿새를 앓고서야 겨우 깨어났는데… 그날로 신몽대감과 원수가 되고 말았지. 마침내 쌍신이 든 궁천이 그 힘의 시험을 신몽대감을 향해 써버렸다고 들었네. 그 후로 신몽의 점사에 액이 끼게 되었고."

"……."

"내 신어머니는 나중에야 사실을 알았지. 어떤 미치광이 젊은 박수가 두 만신을 족쳐 폐인이 되게 했고, 그 상심으로 인해 죽음의 길에 이르렀다는 소문을 들은 거야. 신어머니는 귀를 쫑긋 세웠지. 그미치광이 박수가 몸주로 받드는 주신이 쌍신이라는 말, 그 말을 듣고는 바로 궁천을 찾아 나섰네. 그리고… 쌍파 만신과 맞닥뜨려 있던 궁천에게 봉인을……."

"……."

"일이 그렇게 되었네."

우담의 눈가에도 눈물이 성글었다. 미류는 아무 말도 하지 못했다. 가슴이 먹먹해진 까닭이다.

'그래서였군.'

감이 왔다. 그래서 궁천의 눈가에 회한이 서렸던 모양이다. 제 어머니 물레보살, 그 이름이 나오자 북받치는 감정 때문에.

"신어머니가 남긴 비방은 미류 법사가 아는 그대로네. 천부의 기운이 깃든 부적과 오방위의 잡귀 잡신을 쓸어낼 무력의 신장신, 거기에 더해 혼을 뚫고 영을 뚫을 잡귀퇴치주문 독경."

"혼을 뚫고 영을 뚫는 독경이라면?"

"신어머니 말로는 고려 때 천둥조차 범접을 못하는 독경의 무당이 있었다고 하네. 독경 한마디마다 천지사물의 오금을 저리게 하는 주문 독경이라는 얘기지. 천부의 부적으로 쌍신을 묶고 그 독경을 외우면 궁천은 원하는 대로 해방된다고 하였네."

"……."

"그게 다야."

우담의 시선이 미류에게 향했다. 노안의 고단함이 오롯한 눈빛이다. 우려도 그만큼 오롯했다.

지금까지 들은 이야기 속에 담긴 불가능만 꼽아도 두 가지였다.

—오방위를 책임질 신장신!

—천지의 오금을 저리게 할 독경!

신장신은 신몽대감의 도움을 기대하고 있었다. 하지만 이야기를 듣고 보니 쉬운 일이 아니었다. 말이 신아들이지 망조를 불러온 궁천이기 때문이다.

독경도 그랬다.

잡귀 잡신을 쫓는 독경이야 가능한 일이지만 천지의 오금을 저리게 할 독경은 이 시대의 만신으로서는 거의 불가능했다. 숭덕 큰스님이 가장 근접하지만 그는 늙었고, 표승 역시 넘보기 어렵게 늙었다. 미류 앞의 우담할망도 세월이 오래 깃들기는 마찬가지였다.

"포기하시게. 그건 궁천이 스스로 부른 화이니 그런 마음이라도 가져준 사람이 나온 것만으로도 물레보살께서 고마워하실 걸세."

"그만한 독경을 하실 분이 없는 겁니까?"

미류가 물었다.

"예전 같으면 버금가는 만신이 있기야 했다. 미류 법사가 모시는 표승 역시 그런 사람 중의 한 분이었지. 하지만……"

"기운이 달리시는군요?"

"그렇지 않겠느냐? 잡귀를 상대하는 일이라면 더러더러 호흡 조절이라도 할 수 있겠지만 이 경우에는 오직 치달아야 하는 것이니 늙은 몸으로는……"

몸이 늙으면 호흡이 짧아진다.

심폐 기능이 떨어져 목청도 지속적으로 우렁차지 않다. 어느 한 대목은 가능하지만 긴 주문을 힘으로 밀어붙이기에는 역부족이다.

'응?'

그때 미류의 눈에 우담의 팔선채가 들어왔다. 펼친 게 아니라 접은 형태였다. 우담은 그걸로 자기 손바닥을 툭툭 치며 안타까움을 표시하고 있었다. 원래 부챗살은 약하다. 구부리면 부러진다. 하지만 접으면 이야기가 달라진다.

미류의 뇌리에 생각 하나가 불을 밝혔다.

"그걸 한 분이 해야 하는 것입니까?"

미류가 물었다.

"응?"

"꼭 한 사람이 해야 하느냐고 물었습니다."

"그렇다고는 말씀하지 않았다만……."

"그렇다면 노구의 만신 몇 분이 나눠서 독송하면 어떨까요? 예를 들어 앞쪽은 숭덕 스님, 중간은 우담 만신님, 마지막은 표승 만신님."

"……?"

우담의 눈이 휘둥그레졌다. 그녀 역시 그 방법은 몰랐던 모양이다.

"그렇게 되면 남은 건 오방위를 책임질 신몽대감님이군요. 그분은 어떻게든 설득하면 되지 않겠습니까?"

미류의 목소리가 확 높아졌다.

"미류 법사!"

"설득은 제가 하겠습니다. 잘되면 만신님께서도 도와주시겠습니까?"

"미류 법사……."

"궁천도인의 재주가 아까워서 그럽니다. 그분은 극과 극을 다 체험한 사람이 아닙니까? 더구나 이제는 참회하고 있습니다."

"……."

"우리 무속인들, 모래알처럼 흩어져서 서로 나 몰라라 하고 살지 않습니까? 이번 기회에 힘을 합쳐 궁천도인의 봉인을 풀어주면 무속인들에게도 아름다운 선례로 남고, 더구나 물레보살님의 혈통이라면 대만신이 될 가능성이 높은 분이니 무속의 발전을 위해서도 시도해야만 한다고 생각합니다."

"맙소사, 자네 이제 보니 자네 안에 든 게 보살이 아닌가? 미륵보살."

"그럴 리가요. 저는 무당입니다. 무당으로 살다 무당으로 죽을 겁니다. 그냥 저 혼자만 배불리 살려는 사람이 아니라 이 독불장군 무속인들과 손잡고 양지로 나가고 싶을 뿐입니다."

이제 보니 이 일은 반드시 해야 할 일이었다. 무속인 스스로의 단합된 선례를 위해서도 그랬고 미류를 위해서도 그랬다. 원로들의 대에 숙제로 남은 일을 화해로 승화시킨다면 미류의 행보 또한 힘을 얻을 일이다.

텅!

듣고 있던 우담이 탁자를 후려쳤다.

"만신님."

"하지! 그런 마음이라면 내 주문을 외우다 명줄이 다해도 미류 법사를 돕겠네!"

우담은 공수보다 힘찬 목소리를 토해냈다.

작두 만신 신몽대감

남은 것은 신몽대감이었다. 미류도 그를 본 적이 없다. 자타 공인 대한민국 작두 타기의 일인자 신몽대감. 미류는 모르지만 표승은 알았다. 그렇다면 표승이 도움이 될 수 있었다.

신당으로 오는 길에 전화를 걸었다. 처음에는 헛발질이었다. 표승은 그렇다. 핸드폰 같은 것을 챙기는 사람이 아니었다. 잠시 후에 다시 걸었다. 표승이 전화를 받았다.

"선생님!"

반가이 인사를 전했다.

—어, 그러잖아도 내가 전화를 할 참이었는데⋯⋯.

"그래요? 지금 어디신데요?"

—연희동 대주님 생오구굿이 있어 오지 않았겠냐?

"그러셨군요?"

생오구굿은 장수(長壽)를 기원하기 위해 하는 굿이다. 전에는 흔하게 했지만 요즘은 드물게 벌이는 굿판이다.

"굿은 끝난 건가요?"

―그래, 짐 정리까지 끝났다. 요즘 바쁘지?

"아니, 괜찮습니다."

―그럼 내일 시간 좀 될까?

"말씀하세요. 서울에 계시면 댁으로 갈까요?"

―아니야. 터미널에서 만났으면 해.

"또 지방 가시게요?"

―방금 연락이 왔는데 묵암 만신이 초상났다네.

"예?"

미류의 미간이 찡그려졌다. 묵암 만신이라면 경상도 고성 쪽이다. 이미 신제자의 길을 접은 지 수년. 그러나 한때는 무속계의 큰어른으로 불렸기에 표승이라면 꼭 참석해야 할 자리였다.

―어떠냐? 너도 이제 신당 차렸으니 가서 이런저런 선배들에게 인사 차……

"알겠습니다."

미류는 기꺼이 대답했다. 그 또한 표승을 위한 길이다.

미류가 죽기 전, 표승은 어딜 가서도 목에 힘을 주지 못했다. 잘난 신아들 때문이었다. 달랑 하나뿐인 미류가 밥값을 못한 탓이다. 게다가 나이 먹은 만신들은 무속계의 이합집산을 우려했다. 그들 때는 그럭저럭 교분이 이어졌지만 미류 대의 무속인들에 이르러 각개격파로 산개되는 분위기였기 때문이다.

'마침 잘됐네. 궁천도인에 대한 상의도 할 겸.'

귀찮은 게 아니라 미류에게는 잘된 일이었다.

창밖으로 풍경이 지나간다. 미류는 표승과 나란히 고속버스에 앉왔다. 표승과는 오랜만의 동행이다. 물을 내밀었다. 표승이 생수병을 받아 천천히 입술을 축여 나갔다.

"궁천?"

미류의 긴 설명을 들은 표승이 고개를 돌렸다.

"예."

"나도 풍문으로는 들었다만……"

표승의 입에서 한숨이 나왔다. 왜곡된 길을 걸어간 큰 그릇에 대한 아쉬움이다. 큰 무당이 줄어드는 현대. 어쩌다 하나 나온 동량이 비뚤어진 길을 갔으니…….

"선생님이 좀 도와주시면 좋겠습니다."

"이제 신밥 숟가락 놓을까 정리 중인데 짐을 지우는구나."

"죄송합니다."

"그자를 왜 도우려는 것이냐? 무속계에서는 내놓은 친구인데."

'저 또한 한때는 밥버러지에 불과했지요.'

미류는 그 말을 혼자 삼켰다.

"그의 행실이 옳은 건 아니지만 따지고 보면 몸주가 내린 공수가 아닙니까. 신을 감당하지 못한 무당은 한둘이 아닙니다."

"너무 멀리 가는구나."

"어려 망나니가 커서 효자 된다고 들었습니다. 사사로이 보면 궁천 도인 또한 귀신에 씐 중생에 불과하니 구제하는 것이 마땅하다고 봅니다."

"그 말은 맞춤하구나. 귀신에 쓰여 허덕이니 마땅히 무속인이 도와야지."

"선생님도 알고 계셨습니까?"

"뭘 말이냐?"

"궁천도인이 물레보살의 친아들이라는 것."

"눈치로만 대략 짐작하고 있었다."

"어미의 한으로 남은 사람이라면 더욱 귀신을 해결해 줘야 하지 않 겠습니까?"

"내가 졌다. 뭘 도우면 되겠느냐?"

"천지가 오금이 저리도록 독경을 해주셔야겠습니다. 혼자서는 벅 찰 수도 있으니 숭덕 스님을 모시면… 자리 하나는 우담 만신께서 돕겠다 수락하셨습니다."

"하핫, 우담이 나선다면야 불알 달린 체면에 몸 사릴 수 없지. 숭 덕 스님께는 내가 허락을 받아두마."

"한 가지 더 있습니다."

"무엇이냐?"

"신장신의 용력을 제대로 받은 분이 필요한데……."

"신장신?"

"안 될까요?"

"신장신이라면 포천의 신몽대감인데 그를 의미하는 것이냐?"

"그분이라면 딱 좋겠지요."

"어이쿠, 이제 보니 네 머리에 차곡차곡 계산이 들어앉았구나."

"계산과 실제는 다르니 선생님께서 하나하나 다 도와주셔야 합니다."

"그래, 그 또한 무속계의 과업이라면 과업이지. 궁천이 비록 제 쌍 신을 믿고 횡포를 부려 눈살을 찌푸리게 했다지만 따지고 보면 몸 주들끼리 치고받은 것. 내지른 궁천이나 거기 옹한 만신들 모두 허 투룬 건 마찬가지다. 일이 잘되면 저승 가서 물레보살 볼 낯이 서겠 구나."

"그 말씀 또한 너무 멀리 가신 것 아닙니까?"

"해가 지면 날이 저물고 물이 차면 배가 뜨는 것은 정해진 이치. 제 갈 날도 모르고 아등바등 산다면 그 또한 만신으로 불릴 자격이 없는 일이야."

"하지만……."

"어쩌면 오늘 상가(喪家)에 신몽이 올지도 모른다."

"예?"

표승의 말에 미류의 귀가 쫑긋 세워졌다.

"신줄기로 따지면 신몽의 그것이 철암 만신의 신줄기와 아주 남은 아니거든. 신몽 역시 철암의 신아버지가 기른 무당에게 신내림을 받았으니."

"아……!"

"하지만 궁천이라면 신몽이 치를 떠는 관계라고 들었다."

"예."

"다행히 내가 신몽에게 아주 인심을 잃지는 않았으니 죽기 살기로 청을 해보마. 대신 너도 내 청 하나 들어주어야겠다."

"말씀하십시오."

"나는 사실 연희동 생오구굿을 마지막으로 신밥상을 놓았다."

"예?"

"그러잖아도 수일 내 너를 불러 신당을 정리할 생각이었다. 하지만 궁천의 이야기를 듣고 보니 그 또한 무속인으로서 무심하게 흘려 버린 일. 더구나 너와 함께 손발을 맞추는 것이라니 신명(神命)으로 알고 은퇴의 무대로 삼을 것이다."

"선생님……."

"염치없지만 봉평댁과 하라를 부탁한다."

"……?"

"선모는 황 선생과 어울려 밥값이라도 하겠지만 봉평댁은 힘들어. 하라도 하라지만 신당을 떠나면 신통에 맞을 여자라⋯⋯. 그건 너도 잘 알고 있을 것이다."

"예."

"다행히 네 신당이 파리를 날리는 것은 아닌 것 같으니 내 신당에서 하던 대로 곁에 두고 밥이나 먹으면 안 되겠느냐?"

"⋯⋯."

"내 짐을 네게 주는 것 같아 말하기 어려웠다만⋯⋯."

"선생님!"

"어렵겠느냐?"

"아닙니다. 저는 다만 선생님이 신제자의 길을 접겠다 하시니⋯⋯."

"수락하는 것이냐?"

"제게 와준다면 저야 고마울 따름이지요. 이모라면 매사 알아서 하거니와 하라 역시 저를 잘 따르는 아이이니⋯⋯."

"하라가 네 신당에서 강신을 받았다고 자랑하더구나."

"맞습니다. 제 신당에서 기특한 쌀점을 쳤습니다."

"고맙다."

표승이 미류의 손을 잡았다.

나무 등걸처럼 거친 손으로 미류의 손을 쓰다듬는 표승. 까칠한 느낌이지만 그 손에는 스승의 따스함이 가득했다.

"신아버지로서 체면이 말이 아니구나. 네게 기껏 물려주는 게 부담이라니⋯⋯."

"별말씀을요. 그럼 신당은 정리를 하신 겁니까?"

"명두는 네 몫이다. 잘 지켜다오."

"선생님⋯⋯."

"순박한 봉평댁이 애를 끓고 있을 것이다. 차에서 내리면 네가 전화하거라. 아마 하라보다 더 방방 뛰면서 좋아할 게야."

표승의 시선이 창밖으로 향했다. 비었다. 스승의 시선은 다 비어 있었다.

'올 것이 왔군.'

미류는 애써 담담했다. 그러잖아도 오래 신당을 비우던 표승. 그건 곧 그가 신제자의 소임을 내려놓겠다는 신호였다.

―미류 법싸아!

휴게소에서 전화를 했다.

미류의 말을 들은 봉평댁은 가슴 저린 통곡부터 쏟아냈다. 표승의 말보다 더 애를 끓인 모양이다. 굿이 사라져 가는 현실이다. 어쩌다 굿을 한다고 해도 굿당이 모든 것을 책임졌다. 그렇기에 봉평댁 같은 조무는 발붙일 곳이 사라지고 있었다.

그녀로서는 익사 직전에 내밀어진 구원의 손길과도 다르지 않았다. 신통과 신열을 앓는 중년의 아줌마. 그렇다고 무당이 될 팔자도 아니었다. 신당을 떠나면 크고 작은 신병에 시달리는 몸으로 어딜 간단 말인가?

―고마워. 정말 고마워. 나 정말 열심히 할게.

봉평댁의 울먹임 사이로 하라가 끼어들었다.

―오빠랑 같이 살 건데 왜 울고 그래? 내가 그랬잖아? 오빠가 우리 데려갈 거라고!

하라는 아예 전화기를 가로챈 모양이다. 봉평댁의 울먹임 대신 하라의 낭랑한 목소리가 튀어나왔다.

―오빠, 최고! 사랑해!

쪽!

마지막 소리는 아주 컸다. 미류는 한쪽 볼이 뜨끈해지는 걸 느꼈다. 하라의 마음이 전파를 타고 넘어온 모양이다.

철암 만신!

한 시대를 풍미한 박수무당이다. 그러나 이미 신제자의 길에서 내려선 사람. 그의 초상은 초라했다. 그 역시 요양 병원에서 숨을 놓았다. 상주로는 사촌 동생이 나와 있었다. 혈육이라고는 아들이 하나 있었는데, 그 아들은 미국에 있었고 한국에 나올 생각도 없었다.

아버지와는 영 다른 길을 걸어가 공학박사가 되었다. 그때까지는 아버지가 필요했다. 점을 보고 굿을 해서 아들 학비를 댔다. 딱 거기까지였다. 박사가 되고 한국에서 유학 온 의사의 딸과 결혼한 아들. 그 아들에게 만신은 그저 짐일 뿐이었다.

장례식장에 들어섰다. 시골 면 구석에 자리 잡은 곳이다. 향을 피우고 조문을 했다. 그나마 영정에는 만신의 모습이 남아 있었다. 어느 한때 지화로 단장한 고깔을 쓰고 굿판을 벌일 때의 얼굴이다. 매운 그 눈매에 허둥대는 귀신이 보인다. 영정 앞에는 장검이 보인다. 생전에 철암이 쓰던 신칼인 모양이다.

덩쿵덩쿵!

악기 소리도 들렸다. 열두 폭 칠성도 병풍이 전물상 뒤에 버틴 사이로 북과 징이 아우성으로 뻗어 나갔다. 밤색 나무 접시에 겹겹이 쌓인 제물 가운데 자리 잡은 돼지머리도 신명에 겨웠다. 성주상과 제석상, 조상상에는 청사, 홍사, 녹사, 백사, 황사의 오색 초롱이 꽃으로 피었다.

"허우이!"

신들을 초정하는 철암의 사설 가락이 굿당에 울려 퍼졌다.

부드러운 춤사위로 재비들의 악기를 리드했다. 큰 붉은 팥과 굵은 소금을 한 줌씩 쥐어 동서남북 귀퉁이에 뿌렸다. 그런 다음 삼선불이 그려진 부채를 펴 들고 좌우로 힘차게 뛰었다. 마무리는 장검이다. 철암이 장검을 들고 신들린 듯 장군무를 펼친다.

꿰에에꾸에에!

잡귀들이 쫓겨 가는 모습이 보인다. 그 뒤를 따라 영영 멀어지는 철암도 보였다.

이제는 너희가, 이제는 너희들이…….

나른한 향의 연기가 그렇게 말하는 것 같았다. 한 시대를 풍미한 만신 하나가 또 지고 있었다.

"장검의 영기가 보이더냐?"

구석의 테이블에 자리한 표승이 물었다.

"예."

미류가 대답했다. 넓은 방 안에 조문객은 달랑 두 팀이다.

"저이가 얼마나 영험한 무당인 줄 알겠지? 무업을 떠난 지 10여 년이 지났음에도…….."

"……."

"원래는 용왕신을 모시던 분이었다. 그러다 그 신을 보내고 관성제군을 받았지."

관성제군은 중국의 관운장을 뜻한다. 신을 갈아탄 것이다. 그런 일은 많았고 지금도 진행되고 있었다.

"그 신이 철암과 딱 맞았지. 관운장이 현몽하여 장검을 내려주었는데 철암이 경문을 읽으면 장검 끝에 영기가 서리며 만사 점사를 내려주었다. 저이가 잘나갈 때는 못 맞히는 게 없었느니라."

"예."

"그러나 세월무상 인심야박이로다. 저이의 도움으로 고난에서 벗어난 사람이 한둘이 아닐 텐데 이제 저 신위를 스스로 안고 가야 하는 지경이니……."

표승이 혀를 찼다.

저녁이 되자 그나마 무속인들이 한둘 들어서기 시작했다.

한결같이 늙은 사람들이다. 늙고 늙어 철암의 뒤를 이을 날을 받아둔 사람들.

"아이고, 이거 표승 만신 아니신가?"

그중 한 노파가 표승을 알아보았다.

"어이쿠, 갑산 만신님!"

표승이 일어나 노파의 손을 잡았다. 팔십 줄을 훌쩍 넘은 할머니다.

"그래도 역시 표승 만신이시군. 세상인심이 어찌 이리 야박한가? 큰 별이 졌는데도 코빼기도 안 비치니… 우리 무속판 인심이 원래 이랬던 것인지……."

철암과 교분이 있던 노파는 서러운 세파에 눈시울을 붉혔다.

"인사드려라. 남도 바다를 들었다 났다 하시던 갑산 만신님이시다."

표승이 소개를 해주었다. 미류는 겸손하게 인사를 드렸다.

"신아들?"

"예!"

"역시 신줄기는 못 속이지. 표승 만신을 닮아 반듯하구먼. 마고 만신이 저승에서 뿌듯하시겠어."

노파는 미류의 등을 토닥여 주었다. 젊은 무당을 보니 위로가 되는 모양이다.

그 후로도 몇 명의 무당이 더 도착했다. 막걸리가 한 순배 돌았을 때의 일이다. 잠시 화장실에 다녀오는데 표승이 손짓을 했다.

"그 친구가 왔구나."

표승이 조문실을 가리켰다.

'그 친구?'

미류가 고개를 들자 초로의 남자가 시야에 들어왔다.

"저 친구가 바로 신몽대감 아니냐?"

표승이 말했다.

"……?"

미류의 눈자위에 힘이 빡 들어갔다. 신몽대감? 궁천의 쌍신 정리에 필요한 그 신몽대감?

신몽대감.

그는 예상과 달랐다.

어마어마한 거구였다. 얼핏 보아도 120킬로그램은 넘어 보였다. 맹세컨대 미류가 본 무당 중에 최고의 몸집이다. 물론 거구가 문제일 것은 없었다. 다만 그가 작두를 타는 무당이라는 점이다.

푸헐!

저 몸매로 작두를?

"이어, 신몽!"

그가 식당으로 들어서자 표승이 손을 들었다. 신몽은 아는 사람들과 인사를 나누고 미류의 테이블로 다가왔다.

"오랜만에 뵙겠습니다."

신몽은 목소리도 걸쭉하고 굵었다.

"인사드려라. 경기 북부 잡귀들을 작두로 다스리는 신몽 만신이시다."

"미류라고 합니다. 잘 부탁드립니다."

표승의 소개에 이어 미류가 인사를 드렸다.

"만신은 무슨… 일찍 오셨습니까?"

신몽은 표승의 옆에 자리를 잡았다. 육개장이 나왔다.

"늙어 일이 없다 보니 철암 만신 가는 길에 자리라도 지켜줄까 싶어 왔지. 그래, 요즘 어떠신가?"

"말해 무엇합니까? 겨우겨우 연명하고 있습니다."

신몽은 제 손으로 막걸리를 부어 마셨다.

"신몽 같은 만신도 그렇단 말인가?"

"굿을 해야 입에 풀칠할 걱정 안 하는데 소소한 점사만 보고 있으니 쌀독 찰 날이 있겠습니까? 이제는 작두조차 내다 팔 지경입니다."

신몽이 털털하게 웃었다.

"면목이 없군. 우리 세대에서 무속을 부흥시켰어야 하는데……."

"뭐 내려앉은 일이 무속뿐이랍니까? 제 운은 허튼수작부리는 놈에게 속아 내림굿을 해준 날 끝났으니 몸주께서 떠나는 날까지 버텨나 봐야죠."

"……!"

신몽의 말에 표승이 표정이 굳었다. 허튼수작 부리는 놈에게 한 내림굿. 미류도 그 말의 감을 잡았다. 궁천을 뜻하는 것이다.

"그럼 그 운을 뒤집으면 될 것 아닌가?"

표승이 넌지시 운을 띄웠다.

"그게 말이 됩니까? 만신님의 젊은 날을 되돌리는 것과 같지요."

신몽이 막걸리 병을 잡았다. 이번에는 미류가 빨랐다. 미류는 신몽의 잔을 그득 채워주었다.

"고맙군. 요즘 젊은것들은 선배 술 따르는 일에도 인색하던데……."

신몽은 쓴웃음으로 잔을 비워냈다. 보아하니 말술 타입이다.

"늙은 내가 젊은 날을 되돌리는 건 욕심이지. 하지만 신몽이야 액운이었던 것이니 바로 잡을 수 있는 것이 아닌가?"

"지금 설마 궁천의 이야기를 하는 건 아니겠지요?"

신몽의 눈에 불덩이가 피어올랐다.

"그의 소식을 아는가?"

"알고 싶지도, 듣고 싶지도 않습니다. 그 얘기라면 다른 사람과 말씀 나누십시오."

신몽이 자리를 털고 일어섰다.

"이보게, 신몽 만신!"

표승이 불렀지만 신몽은 돌아보지 않았다. 그는 다른 테이블로 가서 지인과 동석했다. 거기서 자리를 잡고 또 잔을 기울인다.

"어떠냐?"

표승이 미류를 바라보았다.

"쉽지 않을 거라는 건 생각하고 있었습니다."

"그래, 묵은 때를 빼는 건 늘 그렇지. 귀신도 오래되면 한 번에 퇴치되지 않거든. 보아하니 밤을 샐 모양이니 술이 좀 거나해지거든 다시 운을 띄워보자."

"예, 선생님."

미류는 차분하게 대답했다. 어쩌면 원수 사이가 되어버린 신몽과 궁천. 그렇다면 예 하고 넙죽 마음을 내줄 리 없는 일이다.

쌔에에쌔에에!

시골의 밤이라 그런지 풀벌레 소리가 높아졌다. 밤은 낮과 다른 세상이다. 햇빛 속에 사는 게 있고 달빛 속에 사는 게 있다. 자시가 되자 음기가 성성해지기 시작했다. 한낮에 아무렇지도 않던 곳, 그런 곳조차도 빛이 사라지면 음습해지게 하는 게 밤의 힘이다.

문상 발길이 끊겼다.

그러잖아도 많지 않던 문상객, 하나둘 돌아가고 남은 건 네 테이블이다. 구석에서는 서너 명이 모여 화투를 치고 있다.

그들 목소리가 높아졌다.

점수 계산이 잘못되었다는 것이다. 사람이 죽었는데 돈 몇 천 원에 고성이 오간다. 그게 귀에 거슬렸을까? 술잔을 놓은 신몽이 자리에서 일어섰다. 내일 발인까지는 보겠다는 말을 이미 들은 미류는 그를 따라 슬쩍 일어섰다.

밖으로 나온 신몽은 뜻밖에도 오바이트를 했다.

"우억우억!"

많이도 쏟았다.

휴지라도 챙겨줄까 하다가 그냥 두었다. 과잉 친절은 해가 될 수 있었다. 먹은 것을 고스란히 반납한 신몽은 건물 옆의 야외 테이블에 누웠다. 튼튼한 나무로 된 테이블이다.

"커피 한 잔 가져다 드릴까요?"

멀지 않은 곳에서 미류가 물었다. 미류의 손에 믹스커피가 들려 있다.

"좋지!"

그가 순순히 대답했다. 미류는 커피를 신몽에게 건넸다.

"신당을 열었나?"

그가 허공을 보며 물었다.

"예."

"어디에?"

"미아리 쪽에 코딱지만 하게……."

"손님은 좀 오나?"

"그저 그렇습니다."

"자네도 작두를 탔다고 들었는데……."

"예."

간단히 대답했다. 그가 기억하는 건 미류의 내림굿이다. 그때 미류는 작두를 탔다. 비록 신이 든 게 아니라 얼떨결에 탄 것이긴 하지만.

"어떤 신장신을 모시고 있나?"

"지금은 전생신을 모시고 있습니다."

"신을 갈아탔나?"

신몽이 미류를 바라보았다.

"예, 능력이 부쳐 신장신을 모실 수 없기에……."

"하긴 이제 작두를 타는 것보다 방송에 나가 꼴값 막춤을 춰야 인정받는 세상이니……."

"앉아도 되겠습니까?"

"내 평상도 아닌데 왜 묻는가? 앉으시게."

신몽은 커피도 원샷으로 넘겼다.

그사이 미류는 신몽의 전생륜을 피워 올렸다. 기회라는 건 왔을 때 잡아야 한다. 운명창은 보지 않았다. 미류에게 필요한 것은 신몽과 궁천의 인과였다.

어둠 속에 뜬 전생륜은 볼만했다. 후끈 달아오른 미류가 한몫을 했다. 자시가 지나 탱탱해진 음기도 한몫 거들었다. 전생륜은 생생하기가 몇 백만 화소 사진에 못지않았다.

'궁천…….'

지금도 술에 찌들어 있을 불운한 무당을 생각했다.

빗나간 재기로 스스로를 망친 궁천. 그런 그에게 내림굿을 해주고 사달이 난 신몽. 어쩌면 이 두 사람 간에 전생연이 있을 것만 같았다.

아니, 있어야만 했다. 그래야 궁천을 살릴 수 있었다. 아니, 이제 보니 신몽까지도 살리는 길이다.

그와의 인과를 정리하지 못하면 신몽 역시 그 무게에 눌려 기울어버릴 생이었다.

'부디……'

소망 하나를 읊조리며 명예창을 띄웠다.

[명예운 上下 64%]

예상대로 나쁘지 않았다.

그는 오직 장군신을 받들며 차곡차곡 무업을 쌓아온 사람. 명예를 아는 사람이기에 궁천에 대한 반감이 더 큰 것이다. 명예창 안을 엿보았다.

[名]

이름 명 자의 선이 굵다. 하지만 빛이 바래고 있었다.

선의 굵기로 보아 그의 명예운은 上下가 아니라 上上이었을 수도 있었다. 결과적으로 계속 나빠지고 있다는 방증. 궁천으로 하여 마가 낀 것이다.

운명창을 접고 전생령을 주목했다.

거지령이 나왔다.

땟물에 전 가죽 주머니를 든 거지였다. 여덟 살의 소년. 금발이다. 얻어맞아 빠진 건지 아니면 이갈이를 하는 건지 대문니가 비었다.

철썩!

아이의 발이 물에 빠졌다.

물이 아니었다. 핏물이었다. 두 영주가 충돌한 평야에 널린 건 시체와 까마귀 떼뿐이었다. 겁에 질린 소년이 발을 뺐다.

꼬르륵!

배가 등을 밀었다. 그래도 앞으로 갈 엄두가 나지 않았다. 뒤돌아보았다. 굶주린 동생이 있다. 죽은 말의 배에 주저앉아 겨우 숨만 쉴 뿐이다. 그 역시 겁에 질린 까닭이다. 동생은 신몽이 데려왔다. 그래도 혼자 가는 것보다는 나을 것 같았다. 동생의 뒤로 마을이 불타고 있었다.

불타는 마을은 한둘이 아니었다. 적의 영주가 휩쓸고 간 영지. 소년의 영주가 사생결단으로 들이쳤지만 승자는 없었다. 두 영주의 문장은 나란히 불타고 있었다. 두 영주의 욕심이 지상의 평화를 앗아간 것이다.

꼬르륵!

다시 들린 배의 비명은 조금 전보다 컸다. 동생의 배에도, 동굴에 숨어 상처를 달래는 엄마의 배에서도 날 소리였다. 눈을 질끈 감은 신몽의 전생, 한 발을 더 디뎠다.

"……!"

이번에는 내장을 밟았다. 아직 온기가 남은 내장이었다. 발을 떼지 않고 더 밀어 넣었다. 그리고 까마귀 떼가 다 달아나도록 비명을 질렀다.

"아아아악!"

"아악!"

동생도 덩달아 비명을 질렀다. 한결 나아졌다. 신몽은 그제야 이마의 땀을 닦고 앞으로 나섰다.

'시체일 뿐이야.'

기사의 시체부터 뒤졌다. 갑옷 속에서 똥이 나왔다. 뒷걸음질을 치다 핏물에 빠졌다. 핏물을 완전히 뒤집어썼다. 그러자 이상하게도 두려움이 사라졌다.

웅성!

어깨 뒤에서 기척이 들려왔다. 다른 아이들이다. 그들의 목적 또한 신몽과 다를 리 없었다. 신몽은 달렸다. 저들보다 먼저 먹을 것을 구해야 했다. 그렇지 않으면 아픈 엄마가 죽을 판이다. 동생이 죽을 판이다. 말린 고기라도 좋고 빵이라도 좋았다.

"……?"

기사와 시종의 몸을 뒤지고 또 뒤지던 신몽은 저만치 전복된 영주의 마차를 발견했다. 그곳으로 뛰었다. 영주의 마차라면 먹을 게 있을 것만 같았다.

"……!"

마차 앞에서 걸음을 멈췄다. 안에 사람이 있었다. 여럿이다. 다 죽은 줄 알았는데 한 명이 살아 있었다. 영주의 어린 딸이었다. 신몽의 또래였다. 그녀가 바로 궁천 전생의 하나였다.

궁천과 신몽!

그렇게 연결되는 전생이었다.

"얘!"

딸이 신몽에게 손을 내밀었다. 마차와 시체 사이에 끼어 어깨만 나온 소녀이다.

"……."

신몽은 한발 물러섰다. 그러다 보게 되었다. 그녀의 뒤로 삐져나온 자루 하나. 거기 빠끔히 몸통을 내민 빵조각들.

꼬르륵!

빵을 보자 배가 격하게 반응했다.

"배고프구나?"

소녀가 말했다.

"……."

"저건 다 너 가져. 대신 나 좀 꺼내줄래?"

소녀가 팔을 흔들었다. 공간이 좁아 별로 움직이지 않았다. 여기저기 타오르던 잔불이 마차에 옮겨 붙고 있었다.

"부탁이야. 내 목걸이도 줄게. 제발……."

소녀는 필사적이었다.

"……."

"제발……."

신몽은 주저했다.

상대는 지체 높은 귀족의 딸이다. 신몽 같은 건 곁에도 가지 못하는 신분이다. 뒤를 돌아보았다.

다른 거지 떼들이 가까워지고 있었다.

꿀꺽!

신몽의 눈이 빵 자루에 꽂혔다.

마침내 신몽이 움직였다. 소녀는 사력을 다해 손을 내밀었다. 하지만 신몽은 그 손을 잡지 않았다. 신몽이 잡은 건 빵 자루였다. 소녀를 밟고 빵 자루를 손에 넣은 것이다.

거지들은 더 가까워지고 있었다.

"제발……."

소녀가 애원했다. 신몽은 그 입을 막고 싶었다. 돌아보니 칼이 보인다. 작두를 닮은 칼이다. 눈을 감은 채 소녀를 후려쳤다. 마구 쳤다. 두려움 때문이다.

퍽퍽퍽!

핏방울이 튀었다. 소녀의 목소리는 들리지 않았다. 얼굴은 확인하지 않았다. 깃발과 투구를 던져 소녀를 가렸다. 이어 잔불을 당겨 그 위에 던졌다.

돌아보지 않았다. 미친 듯이 달려 동생에게 도착했다. 신몽은 동생의 손을 끌고 도망쳤다. 숨이 차서 쓰러질 때까지 달렸다. 소녀의 시선에서 멀어지고 싶었다.

"얘!"

그래도 속삭임이 따라왔다. 소녀의 목소리다. 돌아보니 마차는 거친 불길에 휩싸여 있었다.

얘!

그 소리는 여전히 신몽의 귓가에 남았다.

"……!"

미류는 쿨렁거리는 상체를 바로 세웠다.

감응은 끝났다. 신몽과 궁천. 그 또한 무거운 인과에 얽혀 있었다. 겁에 질린 신몽에게 죽임을 당한 소녀. 다시 태어나 신몽을 망친 궁천. 그 정교한 인과의 계산법 앞에 미류는 한 번 더 살을 떨었다.

과연 죄를 짓고는 못사는 게 인생이었다.

"얘!"

미류도 몰래 그 말이 나왔다. 신몽이 본능적으로 고개를 돌렸다.

"얘!"

미류가 한 번 더 반복했다. 신몽은 잔뜩 미간을 구기며 미류를 노려보았다. 둘의 인과는 확실해 보였다. 이제 미류가 얽힌 인과를 풀 시간이다.

"만신님!"

미류의 시선이 신몽을 겨누었다.

"뭔가?"

"제가 감히 만신님의 지난 생 한 조각을 보여 드릴까 합니다."

"지난 생?"

"후배의 재주가 어떤지 한번 감상해 주시면 고맙겠습니다만……."

"내가 감상할 자격이 있겠나?"

"부탁합니다."

"뭐 정 그렇다면… 간단히 끝내시게."

"고맙습니다."

대답과 함께 미류는 거지령을 신몽에게 밀어 넣었다.

"……!"

신몽의 눈알이 꿈적거리는 게 보였다. 감응의 시작이다. 이번에는 조금 다른 방법을 썼다. 일종의 편집이다. 강조할 부분만 강력하게 강조하려는 것이다.

시체의 평야가 나오고 마차가 나왔다.

거기 소녀의 모습에서 감응을 더욱 또렷하게 만들었다. 소녀를 클로즈업한 것이다. 그녀의 애원과 그녀의 주검이다. 다음으로 강조한 것은 칼이다. 칼 주인은 아마도 농민군인 것 같았다. 검은 쇠의 한 면을 반질하게 세운 칼. 어찌 보면 작두로도 보였다. 소녀와 칼. 신몽이 그 칼을 내리찍는 지점에서 감응을 끝냈다.

퍽! 퍽!

"……?"

신몽이 발딱 고개를 들었다. 미류는 그 앞에 있었다. 아무 설명도 하지 않았다.

"네."

신몽의 입이 열렸다.

"방금 보여준 게 무엇이냐?"

"만신님의 전생입니다."

"내 전생?"

"제가 모시는 신이 바로 전생신이십니다."

"맙소사! 그럼?"

"실은 우연한 인연이 있어 궁천도인을 먼저 만났습니다. 제 신이 말씀하시길 두 분이 인과가 있는 것 같다기에 안타까운 마음이 들어 감히 연결된 인과를 보여드렸습니다."

"그렇다면 궁천이 그 생의 원수를 내게 갚으러 온 것이란 말이냐?"

"이미 갚았습니다."

"……?"

"만신님도 아시지 않습니까? 인과가 몇 단계를 건너면 더하고 덜하게 된다는 것. 만약 똑같이 갚을 거였다면 만신님은 이미……."

"……!"

미류의 말에 신몽의 눈자위가 출렁거린다. 그 역시 신밥을 먹기에 바로 알아들은 것이다.

"두 분에게는 본의 아니게 제가 연결의 영매가 되었습니다."

"허어! 내가 궁천과 모진 인과라……."

"영매의 남은 말을 들어주시렵니까?"

"말해보시게."

"제가 보기에 두 분이 나눈 인과는 표면적인 것에 불과합니다. 두 분의 생을 다시 연결한 진짜 인과는……."

"진짜 인과?"

"두 자아의 화해로 완성되는 승화입니다."

"화해로 승화?"

"궁천 도인은 타인을 살리고 타인에 의해 죽는 생을 반복하고 있습니다. 그러나 그 자신, 깊이 참회하고 있으니 그 카르마의 고리를 끊을 때가 도래했습니다."

"그게 나와 무슨 상관인가?"

"미우나 고우나 만신님의 신아들이 아닙니까? 한 번은 개차반이었다지만 본래 큰 만신은 고난을 딛고서야 꽃이 피는 법, 만신님께는 최고의 신아들을 안겨줄 시련이 아니었겠는지요."

"시련이라고?"

"궁천도인이 거듭날 수만 있다면 보기 드문 대형 만신이 될 겁니다. 맥이 달랑거리는 작두 타기의 대가가 나올 수도 있지요. 그렇게 되면 그 신핏줄이 어디로 가겠습니까?"

작두 타기!

그건 신몽의 자부심이었다. 다른 누구보다 힘차게 작두를 타는 신몽. 그렇기에 누구보다 애착도 많은 그였다.

"헛소리! 그놈은 나를 신아버지로 여기지 않는다!"

신몽이 고개를 저었다.

"그는 변했습니다."

"거짓일 것이다. 제 안에 봉인된 쌍신의 힘을 다시 빌릴 수작이야!"

"아닙니다. 그는 당신이 자신을 용서하지 않을 것도 알고 있었습니다."

"……."

"중은 제 머리를 못 깎는 것이라 제가 나섰을 뿐입니다. 내키지는 않겠지만 만신님의 명예를 회복할 기회이기도 합니다."

"무슨 궤변인가? 나를 망친 놈인데 명예 회복이라니?"

"군사부일체라는 말이 있습니다. 궁천도인의 어머니는 그분을 용서했더군요. 부모와 스승은 일체이니 다음은 만신님의 차례가 아닙니까? 그분을 바로 세워 선 굵은 무속인으로 돌려놓는다면 그건 오롯이 만신님의 명예로 우뚝 남을 일입니다."

"명예라… 명예……. 와하하핫!"

신몽은 어둠이 찢어져라 웃었다. 그러다 미류를 보며 되물었다.

"내가 명예에 기댄다는 건 네 신아버지께 들은 바렷다?"

"당신의 운명창에서 보았습니다."

"내 운명창? 네가 그걸 볼 수 있다는 것이냐?"

"강신을 하시죠. 신장신의 무력이라면 제가 보는 영기를 느낄 수 있을 겁니다."

두말하면 잔소리. 미류는 신몽의 운명창을 왈칵 열었다. 이번에는 총운명지수까지 전부였다. 신몽을 위해 모든 영기를 집중한 것이다.

"……?"

눈알을 반쯤 뒤집고 있던 신몽이 꿀렁 흔들렸다. 그는 알았다. 미류가 거짓말을 하지 않는다는 걸. 미류가 다스리는 자신의 운명창 영기를 확인한 것이다.

"좋아, 그렇다면 어쩔 셈인가? 자네에게 방법이라도 있나?"

신몽이 미류를 바라보았다. 미류는 자신의 궁리를 전해주었다.

"숭덕 큰스님과 표승 만신에 우담할망까지?"

신몽이 소스라쳤다.

"거기에 만신님의 신장신이 거들면 됩니다. 근래 없던 무속인들의 합동 제의가 되겠군요."

"……."

"마지막으로 천부의 흔적이 깃든 부적이 필요한데 그건 제가 맡겠습니다."

미류는 부적 한 장을 들어 보였다. 어둠 속의 부적은 음기의 우주를 이루고 있었다. 부적을 받아 든 신몽은 말을 잃었다.

"……."

"……."

두 사람의 침묵 사이로 바람이 불어왔다. 그러나 그 바람도 부적 주위만은 비켜갔다. 오싹한 한기를 느낀 신몽이 천천히 대답했다.

"이거라면 가능할지도……."

기구한 팔자들

서울행에는 신몽의 차를 얻어 탔다.

표승은 숭덕 스님을 만나기 위해 갈라졌다. 밤사이에 많은 일이 일어났다. 신몽이 궁천에게 전화를 한 것이다.

결과는 좋았다. 궁천은 얌전하게 신몽을 대했다. 덕분에 미류의 계획은 더 힘을 받았다.

궁천을 위한 신굿은 숭덕 스님에게 날을 받기로 했다. 시는 나와 있으나 날도 중요했다. 아무 날이나 해서 될 일이 아니었다.

그사이에 미류와 신몽은 할 일이 있었다. 그게 무엇인지 둘은 잘 알고 있었다.

오는 길에 휴게소에 들렀다. 식사는 미류가 쐈다. 차를 얻어 탔으니 당연한 일이다. 꿀차를 한 잔씩 사 들고 마실 때였다. 미류의 전화가 울렸다. 타로였다.

―미류 법사!

"웬일이세요?"

─어디야? 언제 오는 거야?

"하핫, 한 가지씩만 물으세요. 지금 이천휴게소입니다만……."

─그럼 다 왔네?

"왜요? 무슨 일 있습니까?"

─내 일이 아니고 미류 법사 일 같아서…….

"내 일이요?"

─손님이 와 있어. 두 여자.

'두 여자?'

뇌리에 화요와 수나가 스쳐 갔다. 육방의 사모님과 친구들도 스쳐 갔다.

"언제 왔는데요? 많이 기다렸나요?"

─좀 됐지. 내가 발견한 게 벌써 한 시간도 더 지났으니…….

"이런, 제 사정 말씀드리고 다음에 오라고 하시지 그래요. 아니면 이 전화 바꿔주시든지……."

─안 그래도 우리 가게에 와서 기다리래도 한사코 거절하네. 조그만 녀석도 마찬가지고.

'조그만 녀석?'

그 말이 힌트가 되었다. 그렇다면 봉평댁과 하라였다.

"강하라군요. 여섯 살 여자아이. 하얀 옷 입었죠?"

─엥? 거기서도 보여?

"맞군요?"

─맞아, 아래위로 하얀 옷. 그리고 시골 아줌마. 전에도 법사 집에 왔던 사람이야.

"알겠습니다. 제가 전화할 테니 끊으세요."

타로와 통화를 끝낸 미류는 봉평댁 번호를 눌렀다. 받지 않았다.

재발신을 했다. 그래도 감감무소식이다. 별수 없이 다시 타로를 찾아 부탁했다.

─전화를 진동으로 해놔서 몰랐대. 다시 걸어봐.

타로가 소식을 전해왔다.

그럼 그렇지. 봉평댁 스타일이다. 핸드폰 같은 것은 표승보다도 더 신경 쓰지 않는 순수 자연산 아날로그 아줌마다.

─오빠!

다시 걸자 하라의 목소리가 터져 나왔다.

"하라야, 아까부터 기다렸다며?"

─응, 나 다리 아파.

"그럼 거기 타로점 보는 아저씨네 집에 가서 기다려. 오빠 가려면 좀 걸려."

─나는 그러고 싶은데 엄마가 안 된대.

"왜?"

─오빠 신당에 있으려고 왔는데 이만한 것도 못 참으면 부정 탄다고 그래서…….

"부정 안 타니까 들어가서 기다려."

─됐어. 나 엄마랑 기다릴 거니까 빨랑 와.

"하라야!"

전화가 끊겼다. 아마 봉평댁의 손가락이 저지른 만행일 것이다. 그런 쪽에는 일편단심 뚝심을 자랑하는 봉평댁이다. 그렇기에 너름대를 맡기면 서너 시간은 꼼짝도 않는 봉평댁이 아닌가?

'하는 수 없지.'

그 고집은 꺾을 수 없다.

"그럼 또 보세."

서울로 들어와 신몽과 헤어졌다. 미류는 바로 택시를 기다렸다. 택시가 보이지 않는다. 일상조차도 이렇게 오묘하다. 마음이 급하면 버스도 택시도 오지 않는다. 한가롭고 여유로울 때는 널리고 널린 게 버스와 택시인데 말이다.

겨우겨우 택시를 잡아탔다. 이번에는 길이 막혔다. 그냥 웃어버렸다. 조바심 이 못된 놈. 실체라도 있으면 멸부(滅符)의 부적신공이라도 펼치련만.

"오빠!"

점집 골목에 내리기가 무섭게 하라가 달려왔다. 그녀는 훌쩍 날았다. 미류 눈앞에서 하얀 날개를 달고 날았다.

"보고 싶었어!"

쪽!

미류의 품에 안긴 하라의 뽀뽀신공이 작렬했다.

"그때부터 계속 서 있던 거야?"

"응! 다리 아파."

"오셨어요?"

미류의 시선이 봉평댁과 맞닿았다.

"오셨어요, 법사님!"

미류를 대하는 그녀의 태도가 전보다 깍듯하다. 지나가는 법사가 아니라 자신이 모셔야 하는 법사로서 대우하는 것이다.

"미류 법사!"

타로도 다가왔다.

"내가 우리 집에 들어와 계시래도 막무가내네. 겨우 물만 한 잔씩 드렸어."

"고맙습니다."

미류가 작은 대문을 열었다. 봉평댁은 합장 인사를 올리더니 허리를 굽혀 마당에 떨어진 나뭇잎을 주웠다.

"하라는 여기 앉고."

미류가 거실에 자리를 만들었다.

"차는 내가 타드릴게."

봉평댁은 팔부터 걷고 나섰다.

"그러세요."

주전자를 양보해 주었다. 이미 미류의 조무로 작정하고 온 봉평댁이기 때문이다.

"커피? 녹차?"

봉평댁이 물었다.

"나는 코코아!"

하라가 먼저 소리쳤다.

"미친년, 누가 너한테 물어봤어? 법사님이 우선이야."

"치잇!"

"하라는 코코아 주시고 저는 커피 한 잔 주세요."

"알았어. 약간 진하게. 맞지?"

"예!"

대답하는 사이에 하라가 일어섰다.

그녀는 나풀나풀 신당으로 들어가더니 넙죽 절부터 올렸다. 삼색 무신도 아래의 하얀 하라. 제법 어울리는 풍경이다.

'나와 인과가 있다고 하셨지?'

미류가 뒤따라 들어섰다.

팔선채를 만지는 하라의 머리 위로 전생륜을 띄웠다. 하라는 무엇이었을까? 그녀는 전생에서 무엇으로 나와 만난 것일까? 좋은 인연이었을까, 아니면……

전생륜이 나왔다.

닥나무가 보인다.

닥나무를 베는 노인이 보인다. 감응이 거꾸로 돌아갔다. 노인이 장년이 되고 청년이 되더니 소년이 되었다. 소년은 할아버지에게 화선지 만드는 법을 배웠다. 미류의 아버지가 운영하는 곳이었다. 미류의 아버지는 이름난 화공이었다.

중국에서 특히 유명했다. 사신이 오면 그부터 찾았다. 황금을 안겨주고 그림을 구해갔다. 미류의 아버지는 혼자 잘 먹고 잘살지 않았다. 그 돈으로 붓과 종이, 물감을 만드는 사람들에게 고루 혜택을 주었다. 화선지를 만드는 노인을 특별히 우대했다. 그의 솜씨가 좋았던 것이다.

'그림은 화선지가 절반.'

아버지는 늘 노인을 치하했다. 그가 병에 걸리자 극진히 의원을 붙여주었다. 소년은 그 고마움을 잊지 않았다. 대를 이어 보답을 한 것이다.

미류도 대를 이어 화공이 되었다.

하라의 전생인 소년은 우직하게 종이만 만들었다. 미류가 아버지에 이어 중국 땅에 이름을 날릴 때에도, 그림이 아버지의 기법에 너무 안주한다며 나락에 빠졌을 때도 나무를 베고, 껍질을 벗기고, 표피를 벗기고, 내피를 벗겼다.

그러나 그 생의 미류는 2% 부족함을 극복하지 못했다. 자신의 한계를 넘지 못하고 시름시름 앓다가 폐병으로 세상을 떠난 것이다. 소년에서 장년이 된 하라는 미류의 전생이 죽은 후에도 그 무덤에 한

지를 바쳤다. 해마다 그날이었다.

주인의 실패에 자신의 부족함이 한몫한 것 같은 자책이 있었다. 그 자책이 원이 되어 이 생에 연결되었다. 미류에게 도움이 되려고 따라온 것이다.

하라가 팔선채를 좋아하는 이유를 알 것 같았다. 팔선채가 닥나무 한지로 만든 까닭이다. 흰색을 좋아하는 것도 알 것 같았다. 그녀의 전생이 늘 흰옷을 입었던 것이다.

'나는⋯⋯.'

미류는 하라에게 아는 척도 못하고 혼자 중얼거렸다.

이제 보니 행복하구나!

진심이다.

전에는 모든 게 원망스럽던 미류이다. 주변의 모든 인연이 자신을 괴롭히는 짐으로 생각되었다. 그러나 지금은 그렇지 않았다. 인연의 소중함을 깨달은 것이다. 악으로 온 인연도 공부요, 선으로 온 인연도 공부였다. 그것은 마치 밤과 낮이 교대로 오는 것과 다르지 않으니 골라 쓸 수 있는 것도 아니었다. 어느 편이든 최선을 다하면 될 일이었다.

"오빠!"

하라가 몸을 돌렸다.

"응?"

괜히 콧등이 시큰해졌다.

"내가 쌀점 쳐줄까?"

"그럴래?"

"잠깐만 기다려!"

하라는 쪼르르 달려가 쌀을 쥐어왔다. 무신도 앞에 공손히 두 손을 모은 하라, 냅다 쌀을 뿌리고는 팔선채와 함께 팽그르르 돌았다.

"우리 오빠 좋은 점괘 주세요!"

하라가 부채에 붙은 쌀을 모아 바닥에 내려쳤다. 그런 다음 미류를 한 번 보고는 손을 뗐다.

쌀알 20여 개가 두 줄 모양으로 드러났다.

"중요한 일이 두 개!"

하라가 턱을 괴며 말했다.

"무슨 중요한 일이죠?"

미류는 공손히 공수를 여쭈었다.

"오빠 미래에 등불이 될 일!"

"혹시 하라하고 이모가 온다는 예지?"

"아니!"

하라가 고개를 저었다.

"흐음, 궁금한데. 하나도 아니고 둘이라니……."

"엇!"

순간, 하라가 쌀알 한 줄을 건드리고 말았다.

"어떡하지? 일 하나에 액운이 끼려나 봐."

눈물이라도 떨굴 듯이 금세 울상이 되는 하라.

"아, 이 미친년아, 법사님 재수 없게 무슨 헛소리야? 쌀알 치우고 나와서 코코아나 마셔!"

차를 준비한 봉평댁의 핀잔이 날아왔다.

"진짠데. 나 어떡해?"

하라는 결국 눈물을 떨구고 말았다.

"괜찮아. 어려운 일이 닥치면 오빠가 팍팍 해치우고 나갈게. 오빠의 몸주님, 힘 센 거 알지?"

미류가 하라를 위로했다.

"알았어. 꼭 그렇게 해야 해?"

하라는 다짐을 받고서야 눈물을 그쳤다.

모락모락 찻잔에서 김이 솟는다. 봉평댁은 어색한 미소로 차를 마셨다. 미류의 확인을 기다리는 것이다.

봉평댁!

달밤에 피어난 박꽃 같은 사람이다. 소박하고 순진하다. 법이 없어도 살 사람이 아니라 법이 지켜줘야 살 사람이었다.

그녀는 두 번이나 소박을 맞았다. 깊은 밤에 앓는 신열 때문이었다. 그 헛소리를 남편이 싫어했다.

"재수 없는 년, 너 때문에 되는 일이 없어."

남편은 봉평댁을 내쳤다. 이후 험난한 삶을 살았다. 그러다 두 번째 남편을 만났다.

"나는 그런 거 상관 안 하오. 사랑하면 그 정도는 이해해야지."

그 말이 고마워 재혼을 했다.

결과는 더 나빴다. 이 남편은 폭력까지 서슴지 않았다. 봉평댁은 코뼈가 무너진 채 쫓겨났다.

기구한 팔자가 처량해 표승을 찾아갔다. 무당이 될 팔자까지는 아니지만 신당이 편한 봉평댁이었다. 사람 무던하고 반찬 솜씨도 좋아 표승이 조무로 거두었다. 흥미롭게도 그녀는 굿당하고는 맞지 않았다. 굿 자리를 빌려주는 굿당에는 일자리가 있지만 신열이 가시지 않는 것이다.

모락거리는 찻잔의 김을 따라 봉평댁의 전생류을 띄웠다.

미류와 연이 닿은 것은 무두장이령이었다. 먼 영국이다.

"이놈들아, 빨리빨리 못해!"

책임자의 악 쓰는 소리가 들린다. 그는 낡은 가죽으로 된 앞치마를 입고 있었다. 그가 오크나무 몽둥이로 물통을 후려쳤다. 물통의 물이 사방으로 튀었다.

"에퉤퉤!"

침을 뱉는 소년이 보인다. 그가 봉평댁이다. 어린 무두장이 견습생이었다. 아버지가 무두장이였다. 이때의 무두장이는 가장 천한 직업이었다. 자식을 낳으면 세습이 되었다. 설상가상으로 그 아버지마저 병으로 죽었다.

소년은 화로에 불을 달구었다. 악취가 더 심해졌다. 사방에 널리고 깔린 건 바로 개똥이었다.

개똥을 무엇에 쓸까? 라고 생각한다면 모르시는 말씀이다. 개똥은 무두질에 있어 약방의 감초보다 더 필요한 재료였다. 개똥에는 개의 위에서 나온 잔류 성분이 들어 있다. 이 성분 중에서 강산과 효소를 이용하는 것이다. 개똥 물에 생가죽을 담그면 석회가 제거되고 효소의 작용으로 부드러워지기 때문이다.

그냥 옆에만 있어도 속을 뒤집어놓는 개똥. 하지만 좀 더 효과적으로 이용하기 위해서는 숙성시켜야 했다. 그렇기에 개똥 액체를 가열하는 것이다.

"우엑!"

개똥 재료를 넣던 소년이 배를 쥐고 쓰러졌다. 그러다 결국 자루의 내용물을 쏟았다.

"이런 정신 나간 놈!"

책임자가 달려와 배를 걷어찼다. 귀족들의 주문이 급한 터에 실수를 한 것이다.

"잘못했어요."

소년이 빌었다. 땟물이 꼬질꼬질한 손이다. 마디마다 개똥 냄새가 박혀 심한 악취가 났다.

"일을 망쳤으니 오늘 배식은 없다. 알았나?"

책임자는 모진 말을 남기고 다른 쪽으로 걸어갔다.

"어휴!"

소년이 주저앉았다. 징벌보다 무서운 결식이었다.

식사라야 빵 한 조각이지만 그 낙에 사는 소년은 개똥이 묻은 손으로 눈물을 훔쳤다.

식사 시간이 되었다.

무두장이들은 작업장 옆에 주저앉아 허기를 때웠다. 소년만은 예외였다. 벌써 몇 달째 이런 식이었다. 일이 서툰 소년은 매 공정에서 환영받지 못했다. 생가죽을 나르는 일은 힘이 모자랐고, 소석회를 만드는 일에도 실수가 잦았다.

털을 뽑는 일은 아예 엄두도 내지 못했다. 그때도 매만 맞았다. 석회를 머금은 가죽은 미끄러웠고 역한 냄새 때문에 구역질만 해댄 것이다.

마지막으로 맡겨진 것이 개똥 작업이었다. 그런데 이마저도 실수 연발. 소년은 현생의 봉평댁처럼 약삭빠르지 못했던 것이다.

"바보 자식!"

"멍청이!"

또래의 무두장이들은 소년을 놀려먹는 재미로 살았다. 때로는 개똥에 다른 걸 섞어 넣어 혼나게 만들었고, 몰래 개똥 바구니를 엎고 가는 일을 예사로 삼았다.

소년의 위안은 수녀님이었다.

가까운 곳에 사는 수녀가 소년의 아픈 마음을 챙겨주었다. 수석 수녀의 문턱에서 밀려난 수녀는 소년을 좋아했다. 먹을 걸 나눠 주고 엄마처럼 안아주었다. 소년에게는 천국이었던 셈이다. 수녀가 미류의 전생이었다.

수녀와 소년!

거기서 인과를 맺었다.

그 생에서는 소년이 먼저 죽었다. 이때의 무두장이들은 직업병이 있었다. 비장병이다. 끝없는 악취 때문에 비위가 상하는 것이다. 이때 말하는 '비'가 바로 비장이다.

병이 심해진 소년은 송장 같은 얼굴로 혈떡이다 죽었다. 다들 외면하는 마지막을 수녀가 함께해 주었다.

"좋은 데로 가렴."

수녀가 소년의 손을 잡아주었다. 소년은 수녀의 냄새를 맡으며 하늘로 갔다.

"······!"

마지막 장면을 본 미류는 한숨조차 쉬지 못했다. 소년의 하얀 미소 때문이다. 악취 때문에 고통스러워하던 소년이 생애 처음으로 지어본 미소였다. 잘 웃지 않는 봉평댁이 웃을 때 보이는 그 순박한 모습과 닮았다.

'운명이군!'

미류는 알았다. 둘과의 만남은 우연이 아니라는 걸. 소위 전생점을 본다는 인간이 전생을 무시해서야 전생신에 대한 예의가 아니었다.

"잘 들으세요."

전생 감응을 끝낸 미류가 두 사람을 바라보았다. 봉평댁은 숨도 쉬지 않았다.

쌕쌕!

콧김을 뿜어대는 하라도 긴장하기는 마찬가지였다.

"저는 표승 선생님처럼 능력 있는 무당도 아니고 그분처럼 사려심도 없어요. 성질나면 지랄 맞기도 하고 신당도 겨우 차린 주제라 손님 안 오면 셋이 단체로 손가락 빨아야 할지도 몰라요."

"……."

"그래도 좋으면 오셔서 저 좀 도와주세요."

"미류 법사……."

봉평댁의 눈이 주먹만큼 커졌다.

"오빠!"

하라도 좋은 모양이다.

"자, 그럼 삼총사가 된 기념으로 파이팅 한번 해요!"

미류가 손을 내밀었다.

"좋았어!"

하라가 일착으로 손을 올렸다. 봉평댁이 꾸물거리자 하라의 손이 그녀의 손을 당겼다.

"셋 하면 파이팅 하는 겁니다. 하나, 둘, 셋!"

"파이팅!"

세 소리가 하모니를 이루며 신당을 울렸다. 빈방을 구석구석 채워주는 소리였다. 이렇게 하여 미류는 봉평댁을 조무로 들였다. 하라는 덤으로 따라왔다. 하얀 보석 같은 덤이다.

집 안 정리가 필요했다.

다행히 방이 셋이라 곤란은 없었다. 신당은 그대로 두고 무구와 무속 자료를 두었던 방을 정리해 봉평댁과 하라에게 내주었다. 하라가 침대를 좋아하므로 2층 침대도 들였다. 거실은 살짝 꾸며 상담실로 바꾸었고, 남은 방은 미류가 쓰기로 했다.

가구며 꾸미는 데는 타로가 많은 도움을 주었다. 나름 팔방미인이기에 아는 가구점이 많았던 것이다. 소소한 일은 연주도 한몫을 했다.

"이렇게까지 하지 않아도 되는데……."

새 가구까지 들여놓자 봉평댁은 좋아서 어쩔 줄을 몰라 했다. 하라도 마찬가지였다. 내친김에 옥수부인과 타로, 연주와 꽃신선녀 등을 불러 마당에서 국수 파티를 했다. 봉평댁의 장국수는 일품이었다. 그저 멸치만으로 맛을 냈지만 어디 내놓아도 빠지지 않을 정도였다.

그때 표승에게 전화가 왔다.

─숭덕 큰스님이 날을 받아주셨다!

단 한마디에 미류의 표정이 굳었다.

─다들 지는 해라 하루를 다툴 일이나 잡귀 잡신이 일을 망칠 수 있으니 손 없는 이달 30일을 말씀하셨다. 오늘이 19일이니 열흘 남짓 남았구나. 시는 네 몸주께서 받았다고 했지?

"예."

─혹 다른 사정이 있으면 연락하거라. 날이야 다시 받아도 될 일.

"그렇게 하겠습니다."

미류가 대답했다.

그길로 우담할망에게 전화를 걸었다. 그녀는 OK 사인을 주었다. 신몽대감 역시 상관없다는 뜻을 전해왔다.

이제 남은 건 궁천. 그의 번호를 알지만 걸지는 않았다. 전화로 이야기할 사안이 아니었다.

다들 돌아간 마당에 어둠이 내렸다.

미류는 신당에 있었다. 그 앞에 마주한 건 연주였다.

"받아."

미류가 뭉치 하나를 건네주었다. 연주가 풀어보니 부적 쓰는 도구였다. 각종 붓과 괴황지를 시작으로 사소한 것들까지 세트로 갖춰져 있었다.

"부적에 대한 공부는 좀 했나?"

"예. 책을 사고 인터넷을 뒤져서……."

"인터넷은 참고만."

"예."

"글문도사님은 만나봤나?"

"법사님이 제겐 글문도사십니다."

"거기까지는 아니지만 같이 고민하며 공부해 보자고."

"예!"

"부적의 정의 같은 건 알고 있겠지? 악귀의 침입을 막고 좋은 기운을 북돋우며 병마를 쫓기 위해 그리거나 먹는 것."

"예, 문자부적과 도형부적이 있다는 것까지는……."

"문자부적 중에는 천, 일, 귀, 궁, 신 등이 있고, 도형부적에는 태양형, 방형, 탑형, 천체형, 수형, 전광형 등이 있지. 이것들을 상황에 따라 잘 적용시켜 그려야 해."

"예."

연주의 손이 바빠졌다. 미류의 말을 받아 적는 것이다.

"부적은 원칙적으로 경면주사를 쓰지만 주묵을 써도 되고 몸에다 쓸 때는 그냥 먹을 쓸 수도 있어. 사용법도 지니고 다니거나 붙이거나 혹은 태워서 마시는 방법까지 다양하고."

"……."

"한 가지 알아야 할 것은 부적이 귀신을 쫓는 퇴마의 방법만은 아니라는 것."

"……."

"부적은 인간과 신이 소통하는 비밀 부호이자 암호이지. 사람이 부적의 효험을 볼 수 있는 건 우리 몸 정수리가 신이 만들어 준 부적이기 때문에 가능한 거야."

"……."

"거기 동심원이 있는데 정수리의 백회혈 가마를 시작으로 손가락과 발가락에도 뚜렷하지. 부적의 대가들도 말하길 부적 중의 부적은 동심원부라고 하거든."

"네."

"그러니까 아까 말한 부적은 죄다 동심원 부적의 보완, 가감, 변형에서 파생된 것들이야. 때로는 사람의 운명을 바꾸고 목숨까지 구할 수 있는 부적이니 알고 임해야 할 거야."

"예, 법사님."

"이제 시작이니 이것부터 시작해. 문자부적의 기본과 도형부적의 기본형이야. 처음에는 형태를 익히고 다음에는 영기를 담아야 해. 그런 다음에 자신이 생기면 스스로 시험을 해보고 나에게 가져오도록."

미류가 기본 부적을 내밀었다. 연주의 수련을 위해 따로 준비한 것들이다.

"당분간은 내가 중요한 일이 많아서 자주 가르쳐 주지 못해. 하지만 원래 기본 단계는 스스로 헤쳐야 하는 거니까 게을리 말도록."

"알겠습니다."

"연습은 평소에 하고 제대로 쓸 때는 자시가 좋아. 천간이 경자가 되는 날, 갑자가 든 날도 길일이지. 일 년에 여섯 번 돌아오는 경신일은 절대 빼놓지 말고."

"예."

"경신일에 대해 들어봤어?"

"무업에 눈을 뜨거나 부적 쓰기 좋은 날이라고만……."

"잘 아네. 무릇 큰 도를 원하는 사람이라면 경신일에 몸과 마음을 깨끗이 하고 하늘과 자연, 인간을 공경하는 마음으로 기도를 해야겠지. 그 마음이 하늘에 닿으면 특별한 능력이나 영기를 받기도 하는데 그 힘을 바른 방향으로 사용해야 해. 대개는 치부나 이성 탐닉에 빠져 오히려 죄악을 만드는데 인당의 도문과 음부의 음문이 함께 열리게 되면 재앙이 되는 거지."

"예."

"말하자면 입으로 하는 기도보다 선한 삶의 실행이 문제라는 건데, 부디 지금 품은 열정으로 부적의 대가가 되길 바란다."

"마음 갈피에 꼭 새겨둘게요."

"마침 며칠 후가 경신일이니 밤새움에 도전해 보도록. 쉽지는 않겠지만."

"예, 법사님!"

미류의 당부를 들은 연주가 물러갔다. 미류는 그제야 천부를 꺼내 놓았다. 보여줄까 생각했지만 때가 아니었다. 걸음마도 못하는 연주에게 훨훨 나는 날갯짓을 보여줄 필요는 없었다.

'천부……'

그 위세는 숨겨도 숨겨지지 않았다. 오싹한 한기가 느껴진 것이다. 달력을 보았다. 경신일이 오고 있었다. 숭덕이 말한 음력 30일에서 이틀 전이다. 그때까지 완벽한 천부 연습을 해야 했다. 그렇지 않으면 궁천을 살리는 게 아니라 오히려 죽이는 일이 될 수도 있었다.

다음 날, 미류는 궁천을 만났다.

그는 여전히 소주병을 끼고 있었다.

"……!"

놀란 그가 고개를 들었다.

"그게 정말인가?"

되묻는 그의 목소리가 떨리고 있다. 신몽대감 때문이다. 그의 전화를 받았지만 여전히 잘 믿지 않는 모양이다.

"두 분… 전생연이 있더군요. 제가 신몽대감께도 보여드렸습니다."

"아무리 그래도 그렇지. 그분이……."

"많은 사람이 도인님의 과거보다 미래를 기대하고 있습니다. 마음을 굳게 가지십시오."

"자네는 사람 당기는 내력도 타고난 모양이군."

"수고할 줄 아시면 그 냄새나는 물은 좀 줄이면 안 되겠습니까?"

미류가 술병을 보며 물었다.

"그러고 싶지. 하지만 몸주께서 먹으라 등을 민다네. 마치 치매 걸린 노인들 머리에 속삭이는 병마처럼 말이야."

"……."

"음력으로 이달 30일이라고 했나? 걱정 마시게. 그때 안에 죽으면 여러분의 수고를 더는 거고 죽지 않으면 이 쓰레기가 재활용될 일."

"말씀이 지나칩니다."

"아무튼 고맙네."

궁천이 말할 때 전화가 울었다. 슬쩍 보니 화요다. 잠시 밖으로 나와 전화를 받았다.

─법사님!

"아, 화요 씨!"

―출장 점사 보러 가셨다고요?

"응? 그걸 어떻게 아세요?"

―어떻게 알기는요, 저 여기 법사님 법당이에요.

"예?"

―흐음, 그새 여자를 둘이나 들였네. 뭐 나이로 보아 라이벌은 아닌 것 같은데…….

"웬일로 오셨나요? 연락도 없이."

―방송국에서 구성안 나왔다고 연락이 왔어요. 법사님 시간 되면 좀 모시고 사전 회의를 했으면 좋겠다기에…….

"벌써요?"

―뭐가 벌써예요. 요즘 프로그램들 생방 아니더라도 그날그날 찍는 거 많아요.

"예? 그럼 설마 오늘?"

―놀라셨죠?

"……."

―다른 출연자라면 오늘 찍어도 되는데 법사님 편은 준비할 게 좀 있다고 다음 주 방송분으로 가자고 하네요. 저 만날 수 있으세요?

"그러죠, 뭐."

―지금 어디 계세요? 멀지 않으면 제가 모시러 갈게요.

"그렇게까지 하실 필요는……."

―둘이 따로 도착하면 그렇잖아요? 저 마침 미에도 챙기고 왔으니 말만 하세요. 서울 시내라면 무조건 콜입니다.

"그럼 그때 보았던 파스타 가게로 오세요. 거기서 가까운 곳에 있거든요. 바로 가 있겠습니다."

―알았어요. 잠깐만 기다리세요.

화요의 전화가 끊겼다.

'방송이 간단한 게 아니네.'

머쓱한 표정의 미류가 궁천의 문을 잡았다. 이제 인사를 하고 돌아갈 참이다. 그런데 하필이면 뒤에서 벽력같은 소리가 들려왔다.

"야, 이 사기꾼 무당아! 너 집에 있냐, 없냐?"

돌아보니 중년의 아줌마다. 그녀는 놀라는 미류를 지나 궁천의 문을 열어젖혔다. 그녀에게 묻은 영가가 언뜻 스쳐 갔다.

"아이고, 이 인간, 또 술판 벌였네. 야, 이 인간아, 신점 봐준다고 돈 받아 처먹은 지가 언젠데 아직도 이러고 있어? 점은 언제 봐줄 거야?"

"아줌마, 돈은 아줌마들이 술값 하라고 마음대로 놓고 가놓고……."

"다 듣기 싫으니까 내 돈 내놔. 선불 복채로 받아먹은 50만 원 내놓으라고!"

아줌마가 달려들어 변명하는 궁천을 흔들었다. 그때였다. 또 다른 아줌마 하나가 들어섰다.

"어, 저 인간 있었네?"

진풍경이 벌어졌다. 이제는 이 아줌마까지 가세해 궁천을 윽박질렀다.

"나도 마찬가지야. 내 돈 20만 원!"

두 여자는 결판을 낼 표정이다.

보아하니 나중에 들어온 파마머리 50대 후반은 가난과 시름에 찌든 모습이고, 사마귀 또한 식당 일을 하다가 달려온 모습이다. 하긴 이런 신당이라면 넉넉한 사람보다 박복하거나 답답한 가정사를 가진 사람들이 사랑방처럼 드나들어야 어울릴 곳이다.

"나가! 바로 경찰서로 가자고!"

독기 오른 아줌마들은 기운도 셌다. 늘어진 궁천을 양쪽에서 들어

세웠다.

"아줌마!"

별수 없이 미류가 나서게 되었다.

"당신은 뭐야? 당신도 복채 사기당했어? 그럼 우리 따라와."

사마귀아줌마가 소리쳤다.

"복채 미리 내셨어요?"

미류가 물었다.

"그래. 이 인간이 신점을 본다는 말에 속아 오만 원씩, 십만 원씩 피 같은 돈을 갖다 바쳤더니 신점은커녕 술만 처먹고……."

"그 점 제가 봐드릴 테니 손 놓으세요."

"뭐야?"

"제가 대신 봐드린다고요."

"당신이 점쟁이야?"

"예, 그러니……."

"지랄하고 자빠졌네. 보아하니 이놈이랑 한패인 모양인데, 내가 뭐 길바닥에서 재미로 보는 운세나 보려고 50만 원이나 바친 줄 알아?"

"압니다. 깨진 독에 물 붓기라 밤낮으로 뼈 빠지게 일을 해도 돈 새는 구멍은 막히지 않고, 목과 허리의 통증만 기승이라 숨을 쉬니 인간이지 칠흑 속에 희망이 보이지 않으니 무슨 놈의 팔자가 이렇게 생겨먹었나 싶어 온 거 아닙니까?"

"……!"

"그리고 옆에 분, 늘그막에 병든 노모를 떠맡았군요. 다른 형제들 여럿인데 이 핑계 저 핑계로 다 빠져나가고."

"어유!"

파마 아줌마는 바로 몸을 휘청거렸다. 느닷없이 내쏜 미류의 공수.

두 아줌마는 얼이 빠질 수밖에 없었다. 그들이 답답해하던 그 팔자소관의 맥을 짚어버린 것이다.

"신점이라 생각되면 아는 분들에게 궁천도인 님 입소문 좀 내주시고, 영 글렀다 싶으면 제가 미리 복채로 낸 돈 찾아다 드리죠. 보시겠습니까, 마시겠습니까?"

미류가 딜을 던졌다.

"당신은 누군데?"

사마귀가 물었다.

"난 저기 궁천도인의 제자입니다. 원래 우리 선생님은 동녀동자나 보는 소소한 팔자소관에 잘 관여하지 않으십니다."

"좋아, 뭐 나이는 어리지만 아주 글러먹은 건 아닌 것 같으니 일단 한번 봅시다."

파마가 먼저 궁천의 손을 놓았다. 그러자 사마귀도 남은 손을 핵 뿌리쳤다.

"쉬시죠."

미류는 궁천을 구석에 모셨다. 소주도 한 병 안겨주었다. 다음으로 파마 아줌마 앞으로 다가섰다. 운명창은 이미 불러놓은 상황이다.

[가정운 下上 22%]

[건강운 上中 79%]

[재물운 下中 15%]

[학벌운 下中 17%]

"……!"

학벌운까지 나오자 미류의 미간이 좁혀졌다. 나머지 둘 역시 다르지 않았다.

[애정운 下上 21%]

[명예운 下中 16%]

여섯 운명창 중에서 다섯이 下. 올 下는 면했지만 좋은 것도 없었다. 내친김에 총운명지수도 열었다.

[총운명지수 下中 16%]

하아!

가진 건 몸뚱어리밖에 없는 여자였다. 그나마 건강창은 좋았다. 그렇지 않았다면 거지꼴이 되었거나 요양원에 버려졌을 팔자였다.

"점집 오실 만하군요."

미류는 그녀를 위로했다. 어쩌면 다른 누구보다 위로가 필요한 사람이었다.

'어떻게 위로를 해드릴까?'

미류의 눈이 반짝 빛나기 시작했다.

"팔자가 아주 오그랑쪼그랑 쪽박이죠?"

그녀도 이미 점집 한두 번은 행차한 걸까? 억지웃음을 짓지만 얼굴에 어린 건 슬픔이었다. 밑바닥 인생의 고단함. 그게 몸에 밴 사람이었다. 미류는 가정운의 운명창을 뚫어보았다.

[母][父][兄][弟]

우선 네 글자가 보인다.

앞쪽의 어미 모는 꺼져가는 등불이요, 아비 부는 이미 불이 꺼졌다. 죽었다는 뜻이다. 형과 제는 돌아누웠다. 형제의 의가 끊겼다고 보는 게 옳았다.

재물창은 아무것도 보이지 않았다.

텅 빈 제물창. 군이 해석하지 않아도 알 일이다. 학벌운도 낮았고 애정운도 없었다. 이성 남자가 셋 보이지만 다 돌아앉았다. 이혼을 했거나 아니면 별거 중이다. 명예운은 볼 것도 없었다.

마지막 건강창.

그 창은 신기하도록 밝았다. 나머지 다섯 창의 영광이 건강창으로 몰린 형국이다. 어깨에 조금, 가슴팍에 약간의 혼탁이 보이지만 질병은 아니었다.

"망망대해 돌아보니 나오는 건 한숨이오, 빈 곳간 바라보면 마음은 엄동설한. 그보다 더 추운 건 남편에 형제자매 냉담함이오, 늙어가는 몸뚱이에 어미까지 머리에 이었으니 차마 주저앉을 수도 없는일. 천지간 나보다 더 박복한 이 있을까 한숨 속에 또 하루가 가는구나."

미류가 공수를 던졌다.

"아이고, 용하셔라. 그냥 내 심정을 딱 집어내시네그려!"

파마는 바로 미류 앞에 조아렸다.

"그래, 무엇이 궁금해서 오셨습니까?"

미류가 물었다.

"나는 요 아래 요양원에서 일해요. 이년이 박복하다 못해 쥐꼬리만 한 복도 없어 자식복, 서방복, 형제복, 재물복 다 허당이니 천지간기댈 데 없는데 나도 돌봄을 받을 나이에 늙은 어미까지 맡겨져 그양반 봉양하다 죽을 판이라 우째 이런 팔자가 다 있나 싶어 좋은 말씀이나 들으러 왔습니다."

파마는 손바닥이 터져라 궁굴리며 비벼댔다.

"형제가 여럿 같은데 다들 살기가 어렵습니까?"

"웬걸요. 다들 처먹고 살 만한데 이 핑계 저 핑계… 내가 혼자고여자라 어머니와 잘 맞을 거라고 떠안기더니 이제는 매달 보내던 요양원비마저 끊긴 지 오래입니다."

파마의 말에서 사무친 원망이 묻어나왔다.

"어머니는요?"

"내가 일하는 요양원에 모시고 있습니다. 한 달 벌어 요양원비 내고 나면 입에 풀칠할 돈도 모자라 겨우겨우 하루를 버티며 사니 어머니 때문에 마지못해 살고 있습니다."

요양원.

단어만 들어도 마음이 시큰했다.

미류의 어머니도 요양원에 있었다. 그래서 사정을 잘 알았다. 사설 요양원에는 파마 아줌마 비슷한 일들이 비일비재했다. 처음에는 n분의 1로 나눠 내기로 한 비용. 시간이 지나면 이탈자가 생긴다.

―저 집이 우리보다 잘살잖아?

―저 집이 장남이잖아?

―저희 마음대로 입원시켰으니 저희들이 책임져야지.

n분의 1에 구멍이 생긴다. 비용은 대표 보호자에게 청구되는 시스템. 결국 대표 보호자가 골병이 드는 것이다. 파마 아줌마도 그런 경우였다.

"그런 생각을 했겠군요. 전생에 내가 무슨 대죄를 지었길래 하고?"

"맞아요. 아무리 생각해도 전생에 내가 대죄를 지었지 그렇지 않고서야 인생살이가 이렇게 고달플 수가 있나요? 이날 이때까지 한 번도 행복한 기억이 없어요."

파마는 볼에 눈물이 떨어졌다. 미류는 가만히 귀를 기울였다. 감정이 무너진 아줌마, 마치 고해성사를 하듯이 질곡의 삶을 쏟아내기 시작했다.

"내가 이 나이에 초등학교 졸업장도 없이 열다섯에 공장에 들어가 죽도록 일하고, 일하면 아버지가 월급봉투 홀랑 뽑아가고, 스물한 살에 나 좋다는 남자가 있어 집에서 도망을 나왔어요."

"쯔쯧!"

옆에 있던 사마귀도 눈시울을 훔치며 혀를 찼다. 그녀 역시 질곡의 세월을 살아왔기에 파마의 기구함에 마음이 기우는 모양이다.

"그런데 알고 보니 그 인간이 사기꾼이잖아요. 빚만 잔뜩 지더니 나보고 도장 파오래요. 그걸로 빚을 내서 튀는 바람에 술집에 끌려가 빚을 갚았어요."

눈물, 그다음은 콧물이다. 이제 격해진 파마는 거의 통곡하다시피 말을 이어갔다.

"겨우 빚을 갚고 나니 남자라고는 쳐다보기도 싫은데 이 미친년의 마음이 말을 안 들어요. 그래서 또 남자를 만났는데 이 인간도 나 몰래 빚을 오천이나 지고 있더라고요. 그 인간은 빚쟁이에 쫓겨 잠적하고 또 내가 그 빚을 떠안았어요. 나중에 알고 보니 내가 안 갚아도 된다던데 미워도 서방이라고 그게 또 안 되는 거예요."

"……."

"그런 차에 둘째 오빠 아들이 신장병에 걸렸다고 찾아왔어요. 전에는 본 척도 않더니 그때는 나를 찾더라고요. 그게 고마워 검사에 응했어요. 그런데 나하고 큰오빠 신장이 맞는다는데 큰오빠는 힘든 일을 해서 안 된다고 내 등을 떠밀더라고요. 이식만 하면 어린 조카가 건강해진다길래 신장 하나 떼어줬는데 퇴원하고 나니 다시 등을 돌리더라고요."

"아이고, 저런 몹쓸 인간들! 형제가 아니라 마귀네, 마귀!"

사마귀가 탄식을 했다. 미류가 들어도 분노할 일이었다. 형제지간엔 대개 크고 작은 다툼이 있다. 하지만 파마의 형제들은 해도 너무했다.

"그래, 내가 언제 부모형제 덕 보고 살았냐 싶어 의절하고 살았어

요. 그러다 엄마 칠순잔치 한다고 연락이 왔어요. 가고 싶은 마음은
없지만 자식 된 도리에 참석을 했지요. 그런데 갑자기 형제들이 잘
해주는 거예요. 지난일 잊고 잘해보자기에 그만 또 마음이 무너졌어
요. 그때 그 인간들 속내를 알아봤어야 하는데 이년이 지지리 모질
지를 못해서……."

미류는 파마에게서 눈을 떼지 못했다.

전에도 비슷한 상담자가 있었다. 형제의 등을 치고 자매의 골을
빼먹으며 제 속만 챙기는 사람들.

"얼마 후에 올케에게 전화가 왔어요. 엄마가 요즘 유독 힘들어하면
서 나를 보고 싶어한다고 한 달만 같이 있어달라고 말이죠."

"……."

"밥 사주면서 내 아픈 데도 묻고 나중 걱정도 해주며 알랑방귀를
뀌길래 그만 수락하고 말았어요. 그게 치매 엄마를 떠안는 건지도
모르고 말이죠."

"아이고, 저런, 거기다 치매까지!"

사마귀의 손이 바닥을 쳤다.

"집에 왔는데 엄마 행동이 좀 이상해요. 처음에는 그냥 늙어서 그
러려니 했어요. 그런데 어느 날 아무래도 심한 것 같길래 병원에 모
셔갔더니 알츠하이머 치매라네요. 올케에게 전화했더니 나보고 책임
지래요. 엄마를 어떻게 모셨길래 그러냐며."

"허어, 완전히 당했네, 당했어!"

사마귀가 또 한숨을 쉬었다.

"아무리 설명을 해도 형제들이 들어주질 않아요. 그러더니 요양원
에 보내라고 하더군요. 비용은 나눠서 내주겠다고. 하지만 비용을
대준 건 고작 두 달뿐이었어요. 몇 번 따져도 보고 찾아도 갔는데 경

기가 어려워서 돈이 없다니 어쩌겠어요. 그래도 피붙이라고 경찰에 신고할 수도 없고. 해서 그 후로는 나 혼자……. 그러니 내가 전생에 죄를 지어도 대죄를 지은 년이지요."

"아이고, 나맨치롬 팔자 기구한 사람 여기 또 있었네그랴."

사마귀는 자기 일처럼 안타까워했다.

"팔자가 이 모양이니 다른 거 없어요. 대체 귀신이 낀 건지, 아니면 이년이 원래 재수가 없는지, 그도 저도 아니면 전생 대죄 때문인지 그저 이유나 시원하게 알고 싶어서……."

파마가 고개를 들었다.

그사이에 얼마나 울었는지 토끼눈이 된 그녀였다. 그 뿌연 시선 앞에서 미류의 손이 움직였다. 푸른 궤적이 선명한 손짓이다.

파마가 멍하니 바라보는 사이에 미류는 그녀의 전생령 하나를 밀어 넣었다.

라라라랑!

바이올린 소리가 먼저 들렸다.

행복한 가정이다.

근세의 유복한 가정으로 파마는 다섯 아들딸과 단란한 모습이었다. 아이들은 엄마를 따랐고 남편은 애처가였다. 그 생의 파마는 행복을 구가했다. 부부가 소풍을 나와 다섯 아이를 품에 안은 모습에서 감응을 세웠다.

사실 이 전생은 파마의 현생과 연결된 게 아니었다. 그녀의 짐작대로 큰 업보가 있었다. 전생에 어머니와 형제들에게 지은 죄가 컸던 것이다. 하지만 피해 버렸다. 그러잖아도 고단한 현생을 사는 파마, 차라리 위로가 되는 전생을 보여주는 게 낫다고 판단한 것이다.

"법사님……."

감응을 끝낸 파마의 목소리는 몽롱하게 들린다.

"여사님 지난 생의 하나입니다."

"그게 정말 제 전생?"

"예, 어떻습니까?"

"너무 좋아요. 내가… 이 지지리 복도 없는 년에게 그렇게 행복한 전생이 있었다니……."

"그보다 더 좋던 생도 있었습니다."

"그렇군요. 난 무슨 대역죄나 살인죄라도 지은 줄 알았는데……."

"여사님 생은 고난과 희생을 지나 행복에 이르는 굴레로 보입니다. 이 생이 고단하지만 지금껏 공덕을 많이 쌓았으니 다음 생은 다시 행복하게 태어날 겁니다."

"그러니까 이 고통은 지난 생에서 행복하게 사느라 느끼지 못한 걸 느껴봐라, 그런 거로군요?"

"예."

"이 생에서 고통을 달게 받으면 또 다음에 더 행복하게 태어날 수 있는 거고요?"

"꼭 다음 생이 아니라 이 생에서도 보상을 받을 수 있지요. 아직 생이 다한 건 아니니까요."

미류는 심신안정부(心神安定符)를 꺼내 태웠다. 마지막 재까지 모아 물에 탄 후 파마에게 내밀었다. 파마는 물끄러미 바라보더니 단숨에 마셨다.

"이건 행운부(幸運符)입니다. 품에 간직하세요. 그동안의 공덕이 쌓였으니 어쩌면 이 생에서도 슬슬 보상을 받게 될 겁니다."

"저 같은 게 무슨 보상을… 커억!"

파마가 돌연 받은 소리를 밀어냈다. 몇 번을 더 그랬다. 미류는 그

등을 부드럽게 두드려 주었다.

"……!"

파마가 고개를 들었다.

"세상에나!"

파마의 얼굴에 생기가 돌았다.

"왜요? 왜 그래요?"

사마귀가 물었다.

"가슴이… 가슴이 뻥 뚫렸어요. 어깨도 가볍고요. 늘 천근만근 억장이 무너져 막히고 눌리는 것 같았는데……."

"……!"

"세상에! 너무 시원해요. 이제야 숨을 제대로 쉬는 것 같아요."

그녀의 어깨와 가슴팍, 거기 떠돌던 혼탁이 보이지 않았다. 현대의학상의 질병은 아니었지만 그녀에게는 천근만근이었던 삶의 무게, 그게 사라진 모양이다.

"자책과 원망, 신세 한탄이 쌓였는데 그게 사라졌네요. 그동안 수고한 데 대한 보상이 온 겁니다."

"고맙습니다. 정말정말 용하시네요."

파마는 몇 번이고 인사를 거듭했다.

"이 여사님 여기 계세요?"

"누구세요?"

파마가 대답하자 방문이 열렸다.

"간호사 선생님이 여길 어떻게?"

파마가 물었다.

"점집에 좀 볼일이 있다고 하신 말이 생각나서 왔어요. 그나저나 전화 좀 받으시지 왜 그렇게 전화를 안 받아요?"

간호사는 벽을 짚고 숨을 고르느라 바쁘다.

"왜요? 요양원에 무슨 일 생겼나요?"

"생겼죠. 일단 축하드려요. 이 여사님이 이번 복지부장관상 수상자로 결정되었대요."

"네?"

"빨리 가요. 원장님하고 다들 기다리고 있어요. 우리 요양원이 생긴 후로 처음이에요."

"법사님!"

파마의 시선이 미류에게 향했다.

"축하합니다. 어서 가보세요."

"부적값… 부적값을 드려야죠."

"괜찮습니다. 제 축하 선물이니 그냥 가세요."

"아유, 말도 안 돼요. 이렇게 용한 점을 거저먹으면 내가 벌받지요."

파마가 지갑을 열었다. 5천 원짜리 한 장과 천 원짜리 몇 장이 나왔다. 울상이 된 파마는 손가락에 낀 금반지를 꺼내놓았다.

"이러시면 안 됩니다."

미류가 말렸지만 파마는 한사코 반지를 미류 손에 안겨주었다.

"정말 고맙습니다. 내 이 은혜 평생 잊지 않을게요."

파마는 몇 번이고 허리를 조아린 후 간호사를 따라 나갔다.

"이제 여사님 차례군요."

미류가 사마귀를 바라보며 뒷말을 이었다.

"일단 폐에 붙은 잡귀부터 떼어야겠어요. 마흔쯤 된 남자인데 짐작 가는 일 없습니까?"

"마흔?"

사마귀는 바로 사색이 되었다.

"아는 사람이군요?"

"마흔이라면 우리 남편이 그때 죽었는데……."

"폐가 아파 죽었죠?"

"아이고, 법사님, 용하고 또 용하시네. 그게 언젯적 일인데……."

"……."

"그럼 그 인간이 잡귀가 되어 아들에게 해코지를 하고 있는 건가요? 아이고, 정말 미치겠네. 귀신이 되었으면 도와주지는 못할망정……."

사마귀가 자지러졌다.

미류는 영가를 불러냈다. 죽어 영가로 남아 아내의 몸에 붙었다는 건 좋은 일이 아니었다. 그녀의 말대로 억하심정이 있을 가능성이 컸다.

과연 영가는 원망이 있었다.

폐병으로 집에서 가료를 받던 남자. 혼자 식당을 꾸려 먹고사는 그녀에게 남자가 있다고 의심을 한 것이다. 거기에 담배를 주지 않는 것에 대한 앙심도 더해졌다.

"남편께서는 여사님이 바람났다고 의심한 모양입니다. 담배를 사 주지 않는 것도."

영가의 자백을 들은 미류가 사마귀에게 말했다.

"그 인간이 살았을 때도 그런 노래를 부르더니 결국……. 하지만 그건 사실이 아닙니다. 여자 혼자 몸으로 해물찜을 하다 보니 술손님이 대부분이고 먹고살자고 친절한 걸 보고 오해를 한 거지요. 담배는 그 인간 병이 폐병이라 절대 안 된다는 의사 선생님 말 때문에……."

"네 들었느냐?"

추상같은 미류의 불호령이 영가에게 떨어졌다.

영가는 희미한 모습을 떨며 어쩔 줄을 몰라 했다.

"미우나 고우나 남편이었으니 술 한잔 올리고 담배 한 개비 올리시지요. 그럼 원래 있어야 할 곳으로 떠날 겁니다."

미류는 궁천에게 양해를 구하고 술병 하나를 건네주었다. 담배도 그랬다. 사마귀가 술을 따르고 담뱃불을 댕긴 후에 고개를 조아렸다. 영가는 담배 위에 올라앉더니 연기를 타고 사라졌다.

영가를 해결한 미류가 사마귀를 보았다. 끝이 아니었다. 가정창 안에 진짜 문제가 도사리고 있었다.

그녀와의 합궁

[子]

아들이다. 딱 하나의 흔적인 것으로 보아 외아들인 모양이다. 그런데 글자가 퇴색 직전이었다. 아들에게 큰 병이 든 것이다. 그런데 그 병을 종잡을 수가 없었다. 글자 전체에 퍼진 상황이 아닌가?

'전신 암이라도 걸렸나?'

기왕 시작한 것, 건강창을 다시 확인했다.

[手根] [腰]

수근은 손목, 옆으로 허리 요(腰) 자가 보인다.

손목과 허리가 문제였다. 특히 요추의 다섯 개 뼈에는 마디마다 혼탁이 엿보였다. 그 또한 고질병이라 병원에서 어쩔 수 있는 문제는 아니었다.

"외아들이 큰 병에 걸렸군요. 그래서 고질병이 든 허리 한번 펴지 못하고 벌어보지만 그 입에 다 털어 넣고… 그래도 차도는 보이지 않고."

미류가 먼저 공수를 날렸다.

그녀 역시 고단하고 고단한 인생. 돌리고 돌려 말하는 것보다 속 시원하게 시작하는 게 좋다고 판단한 것이다.

"아이고, 법사님!"

사마귀도 파마처럼 자지러졌다.

"맞습니다요. 내가 이제야 제대로 된 점쟁이를 만났구면요. 아이고, 아이고!"

사마귀가 바닥을 치며 울었다.

"실컷 우세요. 그런 다음 천천히 얘기하세요. 전생신께서 당신을 위로해 드릴 겁니다."

미류는 서두르지 않았다. 사마귀는 한참을 흐느낀 후에야 고개를 들었다.

"이제 보니 다 제 탓이었네요. 진작 법사님처럼 용한 분을 만났더라면 우리 아들 살릴 수도 있었을 텐데……."

"아드님이 얼마나 아픈데 그러시나요?"

"그게… 이제 이미 목숨 질 날만 기다리는 신세라……."

"……."

"법사님, 아까 보니 전생점도 기가 막히던데 이년 소원 한 번만 들어주세요."

"소원이요?"

"지금 가진 돈 전부네요. 모자라면 제가 며칠 더 장사해서 드릴 테니까 길 건너 병원에 좀 같이 가줘요. 우리 아들이 거기 있는데 오늘내일하고 있어요."

사마귀가 꺼내놓은 돈은 12만 원이었다. 그 돈을 물리며 미류가 말했다.

"돈은 됐으니까 계속해 보세요."

"원래는 제 기구한 팔자나 좀 알아보려고 왔는데 너무 용하신 걸 보니 아들 생각이 나서요. 그 아이가 자기 전생을 무척 궁금해하거든요."

"하지만 병원은……."

"이년이 이렇게 부탁합니다. 우리 아들 오늘내일해요. 그러니 죽은 사람 소원 들어주시는 셈 치고……."

사마귀의 고달픈 눈에 애원이 맺혔다.

미류는 별수 없이 일어서는 수밖에 없었다. 구석에서 숨을 죽이고 있던 궁천이 엄지를 세워 보인다.

대단하네!

엄지의 뜻이다.

"혹시 제가 다시 못 돌아와도 아까 말씀드린 날 잊지 마세요."

미류가 궁천에게 당부했다. 궁천은 대답 대신 소주병을 물었다.

병원은 멀지 않았다.

마음이 급한 사마귀는 미류보다 앞서 걸으며 자꾸 돌아보았다. 10분쯤 걷자 병원이 나타났다. 복도에 들어서니 간호사들이 보인다. 전생점연합회의 흡혈귀 간호사가 생각났다. 흰 천을 이용해 전생을 본다는 의사 진순애, 그리고 송창명도.

"우리 아들이에요!"

여인이 들어선 곳은 특수 병실이었다. 절차도 복잡했다. 특별한 옷을 입어야 했고 두 번이나 멸균 과정을 거쳐야 했다. 그렇게 들어선 병실. 창가 침대에 환자가 있는데 하얀 가죽과 퀭한 눈뿐이다.

미류는 자신도 모르게 손을 모아 합장했다. 어리지만 의연했다. 처참하지만 초라해 보이지 않았다. 흡사 열반 직전의 성자를 보는 느낌이다.

"……!"

미류의 시선이 환자 카드 앞에서 멈췄다.

Hematomas!

아들의 병명은 혈액암이었다.

"인사드려. 이분은 용한 법사님이셔. 너 전생이 궁금하다고 입버릇처럼 말했지?"

사마귀가 말하자 환자가 고개를 들었다. 빈약한 몸매라 목이 쏟아질까 걱정된다.

―정식 병명은 혈액암 합병증.

―나이는 이제 갓 스물두 살.

안타깝게도 죽음이 눈앞에 와 있었다.

"나한테 남은 마지막 희망인데 몹쓸 병에 걸려 남들처럼 한 번 피지도 못하고……."

사마귀가 참았던 눈물을 쏟았다.

"엄마, 잠깐 피었다 지는 꽃도 꽃은 꽃이에요. 채송화 보세요. 낮에 피고 져버리지만 누구도 탓하지 않는다고요."

환자인 아들이 해사하게 웃었다. 이미 생을 초월한 것 같은 아들. 누가 환자이고 누가 보호자인지 구분이 안 될 지경이다.

"법사님이라고요?"

아들이 미류를 바라보았다.

"응?"

"전생점 잘 보세요?"

"조금."

"혹시 꿈 해몽도 하세요?"

"해몽?"

"제가 이상한 꿈을 자주 꾸어요. 그래서 네이버 지식in에 해몽을 부탁하기도 했는데 잘 와 닿지 않아서요."

"어떤 꿈인데?"

"마법사요. 제가 마법을 부리는 마법사인 꿈이요. 아마 제 전생이 마법사였던 것 같아요."

마법사.

이 청년, 아프기 전에 소설 좀 읽은 걸까? 아니면 게임 마니아였을까? 그것도 아니면 현대 의학으로 손쓸 수 없는 상태이기에 기적의 마법이라도 꿈꾸는 걸까?

"그런데 그 꿈 꾸면 기분이 좋지 않아요."

"왜?"

"분위기가 오싹해서 제 살을 파먹는 거 같아서요. 그 꿈만 꾸면 온몸에 얼음이 맺힌 것 같거든요. 해몽을 해주실 수 있어요?"

"못 할 거 없지."

"우와, 고맙습니다."

청년이 반색했다.

"일단 눈부터 감고."

"해몽을 눈 감고 해요?"

"원래 중요한 건 눈 감는 거야. 첫 키스, 눈 감고 하지 않았어?"

"나는 눈 뜨고 했는데?"

"다른 것도 해봤어?"

질문을 확장시켰다. 스물두 살, 그 아름답고 아름다운 나이. 적어도 수컷의 오르가즘 정도는 한 번 누렸기를 바랐다.

"네!"

"그때도 눈 떴어?"

"그때는 감았어요."

"나는 눈 뜨고 했는데."

"법사님은 선수셨구나?"

"그런가? 아무튼 눈!"

청년의 마음을 열어젖힌 미류가 한 번 더 강조했다.

"예썰!"

청년이 웃었다. 의식적인 미소가 아니라 자연스러운 웃음이다.

이 친구, 이런 상황에 명랑하기까지?

하아!

그게 슬퍼 한숨이 나왔다.

왜 빨리 지는 꽃은 더 아름다워 보이는 걸까? 정말이지, 스물둘에 도통한 천재 선사를 만난 느낌마저 들었다.

그가 눈을 감자 전생륜이 피었다.

청년이 자주 꾸는 꿈. 그렇다면 전생과 연결되었을 가능성이 높았다. 미류의 손길을 따라 아롱지는 광채를 본 사마귀는 거푸 합장을 해댔다.

"⋯⋯!"

미류의 입이 살며시 벌어졌다. 아이의 전생륜은 죄다 속죄와 희생의 연속이었다. 이 아이, 대체 환생의 고리에서 얼마나 큰 업보를 만들었기에⋯⋯.

그가 원하는 마법사의 인과 고리부터 찾았다. 나왔다. 미류가 먼저 마법사의 전생령을 짚어보았다.

중세 초기의 영국으로 스산한 배경이다. 고풍스러운 성과 집이 보이지만 공기는 무거웠다. 한 마법사가 보인다. 청년의 전생이다.

장르 소설에서 보던 나인 클래스라든가 레벨 99의 신에 버금가는 대마법사는 아니었다. 그러나 분명 마법을 부렸으니, 구름을 부르고 비를 내리며 작은 불을 크게 만들어 적진에 쏟아붓는 정도는 되었다. 그것만 해도 엄청난 위력이다.

마법사는 스코티족 출신이었다.

그들은 북부를 평정하고 이 지역의 패자로 불리는 픽트족을 겨누고 있었다. 픽트족은 과거 로마를 남쪽으로 몰아낸 영광의 장본인. 그들은 결코 만만하지 않았다. 초반 충돌에서 스코티의 예봉이 보기 좋게 꺾이고 말았다.

선봉을 잃은 족장은 고민에 빠졌다. 이대로 물러설 수도, 나갈 수도 없게 되었다. 그때 마법사가 족장을 찾아갔다.

"끄응!"

족장의 입에서 신음이 새어 나왔다.

반면, 마법사는 태산처럼 버티고 있었다. 그는 일생일대의 제의를 던진 참이다. 사면초가에 놓인 족장은 그의 제의를 받아들이지 않을 수 없었다.

얼마 후, 사방이 어두워졌을 때 마법사가 이끄는 전사대가 픽트족의 진영을 기습했다. 격노한 픽트족의 주력군이 전사대를 추격하기 시작했다.

마법사의 전사대는 적을 평야로 유인했다.

적은 숫자로 평야에서 대군을 맞는 건 자살행위나 다름없다. 픽트족 전사들은 스코티를 얕보고 폭주해 왔다. 이미 첫 격전에서 무참하게 깨버렸던 적군. 이제 씨를 말려 달라고 알아서 도발했으니 고마울 뿐이다.

마법사의 위력이 거기서 터져 나왔다.

불덩이를 띄워 허공을 불바다로 만들어 버린 것. 훤한 평야의 하늘에서 불덩이가 떨어지자 픽트족의 말은 날뛰고 방패는 여기저기로 버려졌다.

이번에는 땅이 열렸다. 미리 대지를 파고 은신해 있던 전사들이 장창 세례를 날렸다. 픽트족 병사들은 아우성을 치며 쓰러져 갔다. 마법사의 대승이었다.

승전보를 기다리던 스코티족의 족장은 승기를 몰아 픽트족의 본진으로 폭주했다. 졸지에 주력군을 잃은 픽트족. 장렬하게 맞섰으나 전세를 뒤집지는 못했다.

픽트족 제압의 주인공은 마법사. 그는 스코티의 영웅이 되었다.

"와아아!"

"루카스! 루카스!"

마법사의 이름이다. 승리의 함성은 이틀 밤낮을 그치지 않았다.

그 이면이 문제였다.

승리한 후에 발견된 동굴 피난처의 어린 여자아이들 사체. 온몸에서 피가 빠져나간 채 하얀 피부로 죽어간 일곱 살 미만의 여자아이들. 족장은 픽트족의 소행이라고 덮어버렸지만 그게 아니었다. 마법사와 족장이 담합한 일이었다.

첫 격전에도 참가한 마법사. 그때는 불덩이의 마법을 완성하기 전이었다. 큰 버찌만 한 불비를 내리긴 했지만 그조차 띄엄띄엄. 죽음을 각오한 전장에서는 그리 큰 위협이 되지 못했다.

마법사는 알고 있었다.

그 화염 마법을 완성하기 위해서는 신성한 피가 필요하다는 것을. 그러나 감히 말할 수 없었다. 한둘도 아니고 여섯씩 여섯 무리, 즉 서른여섯의 제물이 필요하다는 것을.

"어린 여자아이들을 따로 모아 안전한 곳으로 피신시켜라."

족장의 명령은 곧 아이들의 죽음이었다.

마법사가 지정한 동굴에 보호(?)된 여아들은 차례로 마법의 제물이 되었다.

거꾸로 매달아 동맥을 자른 후 마지막 피 한 방울까지 짜내 죽인 것이다. 그렇게 모은 피를 청동 화로에 모아 태웠다. 마법사는 그 가루를 먹으며 마지막 마법 수련을 끝냈다. 그의 화염 마법은 버찌 크기에서 수박 크기로 변했다. 사람을 놀라게 하는 정도에서 살상 마법으로 변한 것이다.

그렇게 죽어간 서른여섯 명.

피지도 못하고 진 꽃들.

'아!'

탄식 같은 한숨이 미류의 입에서 밀려 나왔다.

'이걸……'

보여줘야 하나?

답을 얻었지만 망설이게 되었다. 청년이 미류가 주저하는 것을 알았을까? 그가 먼저 일부를 폭로했다.

"불덩이가 있어요. 마법사와 족장, 그리고 전쟁, 무엇보다 조그만 여자아이들. 화로에 떨어지는 피……"

"……"

미류는 호흡을 멈췄다. 청년은 자신의 전생을 조각으로 관통하고 있었다. 스토리가 되지는 않지만 군데군데 아는 것이다.

"그 꿈 언제부터 꾸었어?"

미류가 물었다.

"어릴 때부터요. 그때는 아주 드물게… 그런데 혈액암에 걸린 후부터는 거의 날마다 꾸어요."

"……."

"부탁해요."

청년의 시선이 미류와 닿았다. 이제 곧 이 생의 여행을 끝낼 사람. 어쩌면 의문으로 안고 가는 것보다 여행을 마치기 전에 이 생과 전생의 연결을 알고 가는 것도 좋을 것 같았다.

"You Ready?"

결정을 내린 미류가 물었다.

"I am ready!"

청년이 센스 있게 보조를 맞췄다.

"그럼 Start!"

바로 전생 감응에 돌입했다.

청년은 의외로 담담했다. 놀라지도 꿈틀거리지도 않았다. 소녀들의 시체가 보이는 장면에서 감응을 끝냈다.

"이제 눈 떠도 돼."

절렁!

미류가 신방울을 흔들었다.

"……."

눈을 뜬 청년은 한없이 담담했다. 죽음에 가깝게 되자 자신의 카르마를 깨달은 걸까? 많은 생을 통해 죄악과 속죄의 삶을 거듭해 온 이 청년.

"이게 제 꿈인가요, 아니면 전생인가요?"

"전생이야."

"그렇군요. 띄엄띄엄하던 퍼즐이 제대로 맞춰져서 놀랐어요. 굉장하네요."

"……."

"거기 동굴… 첫 번째 매달린 금발 소녀… 그리고 여섯 번째 매달린 갈색머리 소녀… 어깨끈이 달린 치마 입은 아이요. 꿈에서 몇 번 봤어요."

"그랬구나."

"그 아이들이 제게 말도 건넸어요. 혈액암의 흐름이 죽음의 강 앞에 다다랐다고 느꼈을 때."

"무슨 말?"

"이제 되었다고요. 그게 무슨 뜻인지 알쏭달쏭했는데 이제 알 것 같아요."

청년이 웃었다.

─이제 되었다.

그 말이 답이었다.

전생의 암시를 어떻게 설명할까 고민하던 미류는 고민을 덜었다. 이제 되었다는 말. 전생의 카르마가 끝나고 청년의 생에 균형이 돌아온다는 의미이다. 위태로운 목숨을 기준으로 말하면 잔인하지만 영적으로 말하면 희소식이었다.

전생에 자행한 살생의 업보가 상쇄된 것이다. 가뜬하게 다음 생으로 가서 희망의 새 생을 열 신호였다.

"고마워요. 법사님 덕분에 머리가 시원해졌어요."

고맙다?

그 한마디에 미류의 가슴이 먹먹해졌다.

완전하게 삶을 관조한 청년. 그러나 그도 인간이기에 확인하고 싶었던 모양이다. 자신의 짐작에 더해진 미류의 한 수. 청년은 비로소 평화롭게 눈을 감았다. 눈을 감은 얼굴의 굳은 근육이 풀리기 시작했다. 그는 다시는 눈뜨지 않았다.

청년은 모든 짐과 고통을 벗은 편안한 얼굴이었다. 그 얼굴을 본 사마귀는 차마 울지도 못했다. 혈액암이 발현되어 고통받던 수년 동안 처음 본 평안이었다.

청년의 시신은 의대에 기증되었다. 장기가 쓸모가 없다면 뼈라도 해부학에 써달라는 유언을 남긴 것이다.

사마귀에게 합장 위로를 하고 돌아섰다. 금방 끝내려던 점사가 너무 길었다. 병원 복도로 나오니 모델이 간호사 데스크 앞에서 병원 홍보용 화보를 촬영하고 있다. 그걸 보는 순간 미류의 머리에 고압전류가 흘렀다.

'아차, 화요 씨!'

그녀를 까마득히 잊고 있었다.

재빨리 창밖을 내다보았다.

파스타 가게가 보이는 곳이다. 화요의 차가 보인다. 그녀도 보였다. 하라처럼 흰 원피스 차림의 그녀는 보닛에 기대 책을 보고 있었다. 조바심을 내는 표정은 엿보이지 않았다. 얼른 전화를 꺼내보았다. 전화 한 통 오지 않았다.

'맙소사!'

아찔했다. 금방 끝난다고 해놓고 세 시간이 흐른 것이다. 그런데도 재촉이나 확인 전화 한 번 없었다.

'독서 삼매경?'

드라마 대본이라도 읽고 있는 걸까? 무엇엔가 몰두하면 그럴 수도 있었다.

땡!

엘리베이터 문이 열리기 무섭게 내달렸다. 교통법에는 조금 미안하지만 빨간불일 때 건넜다. 차량 통행이 한적한 덕분이다. 화요가 보이기 시작하자 더 빨리 뛰었다. 미안하다는 증거를 보이려는 본능이다.

"화요 씨!"

미류는 숨을 고르며 화요 앞에 도착했다.

"오셨어요?"

화요가 미류를 맞았다.

"죄송합니다. 점사가 늦어지는 바람에……."

"괜찮아요. 법사님 일이 얼마나 중요한지 아니까요."

화요가 웃었다. 손을 보니 책 제목이 보인다.

"……!"

미류의 몸이 짜릿하게 반응했다. 대본이 아니었다. 그녀의 손에 들린 건 무속 관련 책이었다. 표지 그림에 작두를 타는 무당이 있다.

"무속책이잖아요?"

"예. 법사님하고 방송 출연을 하려니 저도 무속에 대해 알아야 할 것 같아서요."

"……."

"신열이나 신통 같은 게 흥미롭네요. 저도 가끔 머리가 울리는데 이거 신열은 아니겠지요?"

"별말씀을……."

"흐음, 안 넘어가시네. 그렇다고 하면 법사님께 내림굿 한번 받으려고 할 판이었는데……."

"화요 씨가 팔 구덩이는 연기입니다. 괜한 생각 마세요."

"네, 법싸님!"

그녀 목소리에 힘이 들어갈 때 그보다 더 빡센 인사가 들려왔다.

"안녕하십니까, 법싸님!"

돌아보니 이 매니저다. 그는 바람처럼 달려와 허리가 부러져라 몸을 숙였다.

"늦어서 미안해요."

미류가 인사를 전했다.

"아닙니다. 타시죠."

매니저의 안내를 받으며 뒷좌석에 올랐다. 미류가 먼저였다.

부릉!

차는 부드럽게 출발했다.

"어떤 분 점 보시고 오는 건지 물어도 돼요?"

화요가 미류에게 기울며 물었다.

"예, 두 분이었는데 사연이 구구절절해서 봐드리다 보니……."

미류는 그만큼 몸을 뺐다.

"그러니까 어떤 사연이냐고요?"

그럴수록 더 다가오는 화요.

"한 분은 형제연이 박복해서… 또 한 분은 자식연이……."

순간 차가 커브를 돌면서 미류가 화요에게 쏠렸다. 자칫하면 그녀의 가슴에 닿을 뻔했다.

"죄송합니다."

원심력이 회복되자 미류가 얼굴을 붉혔다.

"법사님."

"예?"

"연애 한 번도 안 해보셨죠?"

"아, 아뇨. 제가 얼마나 여자 킬러인데요."

"여자 킬러가 여자에게 닿기만 해도 얼굴이 빨개져요?"

"그건 원래 제가 뺨에 홍반이……."

"이게 홍반이에요? 빨개진 거지."

화요의 두 손이 미류 뺨을 싸안는 테러를 자행했다. 졸지에 당한 미류는 뭐라 말도 못하고 손만 밀어냈다. 그 바람에 볼이 더 화끈거렸다. 더 곤란한 것은 중심이었다. 그 화끈한 에너지가 거기로도 내려간 것이다. 야, 너!

'제발……'

미류는 머리를 저었다. 공수 제대로 내리는 무속인이 되었건만 이 녀석에게만은 통하지 않았다. 다행히 차가 방송국에 도착했다.

"내리세요."

먼저 내린 화요가 문을 열고 기다린다.

"잠깐만요. 기도 좀……"

괜한 기도를 핑계로 마음을 진정시켰다. 그 녀석은 겨우 고개를 숙였다. 이놈이 정신 나갔지.

"안녕하세요, 법사님?"

제일 반갑게 뛰어나온 건 행정직원 영대였다. 그런데 그 옆에 여직원 하나가 더 붙어 있다.

"이쪽이 바로 제 시어머니였던 황연숙 씨예요."

영대가 낮은 말로 속삭였다. 사사건건 영대를 물고 넘어진다는 동료 여직원이다.

'법사님 말이 맞았어요. 알고 보니 연숙 씨가 저한테 꽂혔더라고요. 오해 풀고 둘이 사귀기로 했어요.'

속삭임이 한 번 더 이어졌다.

"잘됐네요."

미류가 웃었다.

"그리고 부장님과도 잘 풀리고 있고요, 후배들과도 잘되고 있어요. 제가 신입일 때 굴렸던 생각을 버리고 후배들 입장에 맞추니까 쫄쫄 풀리더라고요. 법사님 부적이 효과 만점인가 봅니다."

영대의 얼굴에 웃음꽃이 피었다.

"얘기 많이 들었어요. 저도 언제 전생점 좀 부탁드려요."

여직원도 공손히 인사를 건네왔다.

"흐음, 법사님 인기가 나보다 좋네요."

옆에 있던 화요가 볼멘소리를 냈다.

"별말씀을… 다 화요 씨 덕분에 알게 된 사람인걸요."

대충 마무리를 하고 방송국 안내를 받았다. 안내자는 영대였다.

"여긴 분장실이요."

분장실을 필두로 녹화실, 대기실, 의상실, 스튜디오 등을 돌았다. 덕분에 유명 스타도 많이 보았다. 화면에서만 보던 사람들을 직접 보니 눈이 돌아갈 정도로 예뻤다. 물론 그렇지 않은 사람도 더러 있기는 했다. 소위 화면발이다. 그러다 소품실로 향할 때다. 뒤에서 귀에 익은 목소리가 들려왔다.

"어머, 법사님!"

수나다. 다른 연예인들과 섞여 있던 그녀가 쪼르르 달려왔다.

"화요랑 녹화예요?"

"녹화는 아니고 점검할 게 있다길래……."

"얘들아, 이리 와봐! 내가 말한 그 법사님이셔!"

수나는 복도가 떠나가라 소리쳤다. 창가의 여자 연예인 서넛이 달려왔다.

"안녕하세요? 뵙게 되어 영광입니다."

연예인들이 합창을 했다.

"영광은 제가……."

"법사님, 전생점 대박이라면서요? 언제 가면 볼 수 있어요?"

그녀들 중에서 늘씬한 글래머가 물었다.

"야, 이것들이 어디서 각개전투야? 법사님은 나랑 같이 안 가면 절대 점 안 봐줘."

수나가 여자들 입을 막았다.

"저… 작가들이랑 미팅 시간이 다 되어서……."

영대가 수나의 양해를 구했다.

"법사님, 애들 따로 가면 절대 점 봐주지 마세요. 아셨죠?"

수나의 강요(?)를 흘리며 계단을 내려갔다.

회의가 시작되었다. 모인 사람은 피디와 작가 두 명, 영대에 더해 미류와 화요였다.

"법사님, 저 오늘 액운 없습니까?"

의자를 당겨 앉은 피디가 물었다.

"예? 예."

"흐음, 우리 법사님께 점사 물으면 복채 내야 한다는 거 모르세요?"

화요가 넌지시 엄포를 놓았다.

"걱정 마세요. 그럴 줄 알고 근사한 쫑파티 준비해 두었으니까요."

"어머, 그래요?"

"화요 씨 오늘 스케줄 괜찮다고 그랬죠?"

"저야 뭐 바쁘지만 법사님을 챙겨야 하니……."

"작가님들과 나머지 분들 전원 참석해야 합니다. 오늘은 개인 사정 같은 거 없습니다!"

피디가 잘라 말했다.

차를 마시며 이야기가 진행되었다. 설명은 메인 작가가 맡았다.

"일단 필살기는 부적과 지화 쪽으로 잡아보았어요. 부적은 저희가 실험으로 유의미한 결과를 얻었는데 지화는 아직 방법을 못 찾았어요. 그래서 법사님이 지화를 접으면서 수련을 겸하는 장면으로 생각 중이고요, 제일 중요한 건 전생 감응인데……."

작가는 준비한 종이를 넘기며 말을 이었다.

"이게 좀 난해해요. 피디님과 영대 씨의 체험 이야기를 들어보면 어떻게든 살려야 하는데 방법이 없네요. 아무리 일반인들 데려다 체험하게 한다고 해도 짜고 치는 고스톱이라고 하면 증명할 수도 없고, 그래서 말인데요."

작가의 시선이 미류에게 향했다.

"혹시 전생 감응을 눈에 보이게 할 수 있는 방법은 없을까요?"

"전생은 누구에게 보여주기 위한 게 아닙니다. 자신의 생의 모습을 전혀 연관 없는 사람들이 흥미로 들여다보는 건 바람직한 일이 아닙니다."

미류가 일침을 놓았다.

"하지만 워낙 신기하고 매력적인 일이라……."

"미리 말씀드리지만 무속에 대한 이해를 높이는 방법은 찬성하지만 무속을 흥밋거리로 삼을 생각이라면 출연을 고사하겠습니다."

"……!"

미류의 한마디에 장내가 찬물을 끼얹은 듯 조용해졌다.

최고의 회차가 될 것으로 생각한 제작팀은 그제야 너무 오버한 것을 깨달았다.

"죄송합니다. 오 작가 말대로 보여주셨던 전생 감응이 너무 인상적이다 보니……."

피디가 일어나 허리를 조아렸다. 조기 진화에 나선 그다.

"괜찮습니다. 하지만 접근은 신중하게 해주시면 좋겠습니다. 방송의 여파가 워낙 크다 보니……."

"그럼 전생 감응은 우리 연기자들 중에서 몇 분 추려 감응시킨 후에 그 소감을 듣는 것으로 가겠습니다. 그러면 되겠지요?"

"그 정도라면 문제가 없고요, 굳이 뭔가를 보여줘야 한다면 제가 영가를 이용해 사람들의 아픈 곳을 봐줄 수는 있습니다."

"영가요?"

"건강한 사람의 영혼은 샘물처럼 맑아 투명하게 보이죠. 그러나 잡귀가 끼거나 잡귀의 액운이 든 사람, 혹은 질환이 깊은 사람은 그 부위에 사기, 쉽게 말해서 뭔가 탁하거나 검은 실타래 뭉치 같은 느낌이 잡히거든요."

"우와, 대박!"

작가 둘이 동시에 소리를 질렀다.

"피디님, 전생을 이걸로 대체해요. 지병 있는 연예인들 불러서 미리 아픈 데를 제출받고 법사님 영가랑 비교하면 반응 굉장할 거 같은데요?"

"공감!"

새끼 작가도 손을 들었다.

"괜찮네요. 대신 지병이 밝혀지지 않은 연예인들을 섭외하는 게 핵심이군요."

피디도 고개를 끄덕였다.

"좋아요. 그다음은 부적 실험으로 가요. 겁쟁이로 소문난 사람들을 대상으로 법사님 부적을 소지한 사람과 시장통에서 산 싸구려 부적, 그리고 부적이 없는 대조군으로 뇌파 측정을 하는 거예요. 기존 실험에서도 확연히 다른 결과가 나왔으니 먹힐 거 같아요."

"법사님, 혹시 지화는 저희가 모르는 신비는 없나요?"

피디가 물었다.

"있기는 합니다만 될지 모르겠군요."

"어떤?"

"제가 드린 거 있죠? 지금 여기 있나요?"

"여기요!"

미류가 문자 새끼 작가가 지화를 대령해 주었다.

"쉿!"

미류는 일동에게 침묵을 요구했다.

"다들 귀를 기울이고 잘 들어보세요. 그럼 지화가 숨을 쉴 겁니다."

미류가 말하자 일동은 각자 편한 대로 귀를 쫑긋 세웠다. 미류가
지화에 영기를 실었다.

─피어라!

─숨을 쉬어라!

미류의 손이 파르르 떨리자 영대가 먼저 소리를 질렀다.

"들리는 거 같아요! 바삭바삭!"

"나는 사각사각인데요?"

작가도 고개를 들었다.

즉시 음향팀이 출동했다. 그들은 증폭 마이크를 대고 소리를 담았
다. 미류는 영기를 흠뻑 발산한 후 숨을 골랐다.

음향팀이 소리를 증폭한 후 재생에 들어갔다. 그러자 놀랍게도 소
리가 또렷하게 나왔다.

사삭사삭!

소살소살!

"나이스! 이것도 대박 예감!"

피디는 흥분을 감추지 못하고 주먹을 불끈 쥐었다.

전체 구성의 가닥이 잡혔다.

무속의 색을 지나치게 강조하지 않되 생활 무속 측면은 연출한다는 전제이다. 화요와의 만남은 드라마틱한 부분만 조금 입히고 전체 줄기는 있던 대로 가기로 했다. 다만 도입부에 표승에 대한 짧은 언급이 추가되었다. 은인 프로그램이니 미류의 은인으로 사진 정도는 소개하기로 했다.

"오케이! 그럼 쫑파티 앞으로!"

기분이 좋아진 피디가 목청을 높였다.

한정식집에서 식사를 했다. 술은 동동주로 통일을 보았다. 미류가 그걸 원했다.

분위기는 좋았다. 피디와 작가들의 열정은 대단했다. 식사 시간에도 미류의 기행을 캐치하느라 눈을 번득였다. 신점 예약도 받았다. 작가가 첫 번째였다. 지난번에 자기만 빠졌다는 것이다. 새끼 작가도 빠지지 않았다. 나중에 합류한 황연숙도 그 대열에 합류했다. 심지어는 영대의 부장도 선예약 명단에 이름을 올렸다. 훌쩍 변한 영대의 태도가 궁금하던 부장은 그 이유가 미류에게 있다는 것을 알고 부탁을 해왔다고 한다.

"예약 안 되면 대리 승진 후보자 명단에서 뺀다고 하니 좀……"

영대가 넉살을 떨었고, 미류는 그 넉살을 수용했다. 신제자의 사명이 바로 사람 살리는 것 아닌가?

술자리가 파했다. 웃고 떠드는 사이에 자정이 넘은 것이다. 하나둘 떠나고 미류와 화요만 남았다.

빵빵!

그때까지 기다리고 있던 이 매니저가 차에서 경적을 울렸다.

"오빠, 먼저 퇴근해!"

화요가 소리쳤다. 옆에 있던 미류가 고개를 들었다.

"나 법사님이랑 2차 갈 거니까 먼저 가라고."

"야, 송화요!"

"뭐가 송화요야? 법사님한테 액살 맞고 싶어?"

"그, 그건 절대 아니지만……."

"밤이 늦었는데 그만 돌아가시죠?"

미류가 매니저를 거들었다.

"절대 못해요. 나 간만에 발동 걸렸거든요? 오빠, 뭐 해? 빨리 사라
지지 않고!"

"야!"

"알았어. 알았으니까 일단 찌그러지세요. 내가 봐서 문자 때릴게요."

"알았다."

매니저는 마지못해 멀어졌다.

"취하신 거 같은데……."

화요를 본 미류가 말끝을 흐렸다.

"법사님, 나랑 있는 거 싫어요?"

"싫다뇨? 화요 씨 싫어할 사람이 누가 있겠어요?"

"그럼 잔소리 말고 2차 쏘세요. 나 아까 몇 시간 기다린 줄 아세요?"

"예?"

"자그마치 세 시간이었다고요. 이 송화요, 이 세상에 태어나서 우
리 아빠 말고 그렇게 긴 시간 동안 남자 기다린 적 없어요. 그럼 책
임을 져야 할 거 아니에요?"

화요는 미류에게 바짝 밀착해 왔다.

"화요 씨······."

"가요. 누가 잡아먹어요? 법사님하고 송화요하고 오늘 달려보는 거예요. 연예계 스타가 세냐, 무속계 스타가 세냐!"

화요는 자세를 바꿔 두 손으로 미류의 허리를 싸안았다. 그녀의 가슴 볼륨이 적나라하게 전해져 왔다. 볼륨을 느낀 가슴이 두근거리기 시작했다.

'신이시여, 시험에 들게 하지 마소서!'

미류는 눈을 질끈 감았다.

그런데…

신은 아무런 공수도 내리지 않았다. 이거 시험에 들라는 건가?

샴페인이 나왔다. 황금빛이 도는 유려한 병이다. 라벨도 인상적이다. 모양이 하트였다.

"드세요!"

화요가 잔을 권했다.

"화요 씨!"

"샴페인이에요. 소주도 아니라고요."

그녀의 눈이 압박을 해왔다. 미류는 술을 받았다.

"성공적인 방송을 위해서!"

챙!

잔을 부딪치자 청명한 소리가 들린다. 술맛은 기가 막혔다. 미류로서는 처음 먹어보는 고급 샴페인이었다.

"아르망디라고 저도 두 번째 마시는 샴페인이에요. 제가 출연한 영화가 700만 찍었을 때 기획사 사장님이 사주셨는데 그때 기억이 너무 좋아서 좋은 사람 만나면 같이 마셔야지 하던 참이었어요."

"그런데 왜?"

"그 좋은 사람이 법사님이에요."

"말만 들어도 고맙군요."

"법사님!"

화요가 바짝 다가앉았다. 그녀의 얼굴에 은은한 조명의 명암이 깃들자 천국의 요정처럼 보였다.

"예?"

"고마워요!"

이번에는 손이 다가왔다. 미류 손 위에 포개진 화요의 손은 구름이 닿는 것만 같았다.

"너무 이러지 않아도 돼요. 화요 씨는 스스로 노력했고 나는 거든 것뿐이랍니다."

"그래서 더 고마워요. 다른 사람들은 뭐 하나 되면 다들 자기가 힘써줬다고 생색내기 바쁜데 법사님은 늘 담담하시잖아요."

"……."

"전에 어떤 일이 있었는지 아세요? 제가 처음으로 주연을 하나 땄는데요, 나중에 만나는 사람마다 그래요. 사실은 자기가 뒤에서 힘써줬다고."

"……."

"잊지 말고 작은 선물이라도 챙기려고 적어봤더니 열 명도 넘더라고요. 그게 말이 돼요?"

화요가 웃었다. 미류도 공감했다. 비슷한 경험이 있다.

경찰서에서 겪은 일이다.

언젠가 산제를 지내러 간 적이 있는데 산제 중에 폭우가 퍼부었다. 계곡 편의 작은 동굴이었다. 갑자기 불어난 물 때문에 머물 수가 없었다. 밤길을 내려오다 보니 비닐하우스에 불이 밝았다.

비라도 피할 겸 들어섰는데 도박판이었다.

엎친 데 덮친다고 경찰이 급습했다. 경찰서에 연행되어 갔다. 미류의 직업은 무속인. 조회를 하니 백수로 나왔다. 미류는 도박을 부인했지만 경찰은 믿지 않았다. 다들 아니라고 하니 주의 기울여 듣지도 않았다. 결국 도박 혐의가 적용되었다. 별수 없이 아는 지인, 모르는 지인을 다 동원해 부탁했다. 어찌어찌 석방이 되었다.

사람들이 말했다.

"그거 내가 힘쓴 거야."

"내가 당신 빼내려고 얼마나 애썼는지 알아?"

다들 공치사를 해왔다.

얼마 후에 미류는 다시 경찰서에 불려갔다. 서류에 날인이 빠졌다는 이유였다. 그때 담당자에게 물었다. 그가 천기를 누설해 주었다.

"보아하니 전과도 없고 하우스 상습범들도 다 당신을 모른다기에 무속인 맞는 거 같아서 훈방한 거요. 뭐가 잘못됐소?"

결론은 아무도 미류를 돕지 않았다. 결과가 좋으니 거기에 편승한 것뿐이다.

"그리고 저 이번 은인 프로그램 출연료 전액 기부하기로 했어요."

화요가 말했다.

"잘했네요."

"이번에는 진짜 익명으로요. 기부받는 쪽에 각서도 받을 생각이에요."

"잘했어요."

"그러니까 법사님, 앞으로도 저 많이 도와주세요."

"그러죠."

"아, 좋다. 이렇게 편안하기는 난생처음이에요. 우리 마셔요!"

화요는 단숨에 잔을 비워냈다. 병은 금세 비었다.

"여기요!"

화요가 레스토랑 매니저를 불렀다.

"죄송합니다. 그게 귀한 거라 딱 한 병뿐이었습니다."

화요를 아는 매니저는 어쩔 줄을 몰라 했다. 별수 없이 와인이 그 자리를 메웠다.

"섞으면 좋지 않을 텐데요?"

미류가 우려를 전했다.

"걱정 마세요. 법사님은 오늘 밤 내가 책임질 테니까요."

꼴꼴꼴!

화요가 와인을 따랐다. 잔이 살짝 넘쳤다. 취했다는 증거이다.

두 번째 와인 병이 놓였을 때다. 화요의 꼬인 목소리를 들으며 미류의 눈이 감겼다. 강신의 한순간 같은 현기증이 덮친 것이다.

필름은 거기서부터 끊겼다. 다는 아니고 중간중간이다.

몇 가지는 떠올랐다.

화요와 어깨동무를 하고 술집에서 나왔고, 사이좋게 오바이트를 했다. 화요가 자기 소매로 미류의 입가를 닦아주었다. 아, 어쩌면 미류를 업어준 것도 같다. 아니, 미류가 화요를 업었던가?

그러고는 잠시 기억이 없다.

이어진 기억 속에서 미류는 늘어졌다. 편안한 곳이었다. 냄새가 좋았다. 그게 화요의 냄새인지 방의 방향제인지는 또렷하지 않았다. 누군가와 마구 뒤척였다. 몇 번이고 황홀한 기분이 반복된 후 잠이 들었다.

다리가 보였다.

천으로 된 다리였다.

세 가지 색이었다.

흰색, 검정색, 회색.

이제는 미류의 상징으로도 불리는 삼색이 저편으로 이어져 있다. 그 다리를 건넜다. 저 앞에 여자가 있다. 화요다. 그녀는 셋이었다. 흰색의 화요, 검정색의 화요, 그리고 회색의 화요. 자세히 보니 나신이다. 셋이 한 몸짓으로 미류를 불렀다. 그러나 다리는 고작 천을 꼬아 만든 가느다란 굵기. 그녀가 코앞에 가까워졌을 때 발을 헛딛고 말았다.

아아아!

미류는 절망 속으로 꺼져 내렸다. 깊고도 깊은 공간이었다. 비명을 질러야 하는데 나오지 않았다. 아악, 아악, 마른 비명을 지르다 눈을 떴다.

번쩍!

정말 번쩍이었다.

낯설었다. 신당이 있는 집이 아니었다. 표승의 집도 아니었다.

'어디지?'

신경을 곤두세울 때 기척이 느껴졌다. 보지 않아도 알 수 있었다. 화요다. 흰 담요 사이로 유려한 어깨가 드러나 있다. 그제야 미류는 자신의 어깨도 허전함을 느꼈다. 허전함은 아래까지 쭉 이어졌다. 손으로 더듬었다. 몸에서 아무것도 잡히지 않았다. 꿈에서 본 화요처럼 미류도 나신이었다. 방 안을 살펴보았다. 어딘지 알 것 같았다. 호텔 아니면 모텔이 분명했다.

'이런!'

놀라 상체를 세우려는데 화요의 손이 한쪽 어깨를 잡았다.

"……?"

눈이 마주치자 미류의 가슴이 두근두근 제멋대로 엇박자를 냈다.

"굿모닝?"

화요가 웃었다.

"화요 씨……."

"왜요?"

그녀는 아무렇지도 않은 듯 물었다.

"여긴……."

"무인 모텔이에요."

"무인… 모텔?"

"기억 안 나요? 어젯밤 법사님 꽐라되었잖아요? 물론 나도 조금은 취했지만……."

"화요 씨, 내 말은……."

"왜요? 나 혹시라도 운에 부정 탈까 봐 분명 법사님 동의받고 들어왔어요."

"……."

"그리고 잊으셨어요? 내가 분명히 말했잖아요? 법사님 책임지겠다고!"

"화요 씨."

"밤은 음이에요, 양이에요?"

손가락으로 미류의 입술을 막은 화요가 물었다.

"그야 물론 음……."

"여자는요?"

"여자도 음……."

"그럼 낮은 양이고 남자도 양이겠네요."

"그렇죠."

"좋아요. 밤은 제가 책임졌으니 이제 법사님이 책임질 차례예요. 지금 낮 맞죠?"

화요는 뭐라 대꾸할 사이도 없이 미류의 위로 올라왔다.

"……!"

미류는 숨도 쉬지 못했다. 그녀의 모든 볼륨을 온몸으로 느낀 것이다.

"법사님!"

화요의 얼굴이 미류의 코앞에 있다. 어찌나 가까운지 볼의 티까지도 보이고 샴페인 냄새도 전해져 왔다.

"옵!"

다음 말은 없었다. 화요가 미류의 입술을 덮쳤다.

"편안하게 생각하세요. 촬영을 위해 호흡을 맞추는 거예요. 법사님을 잘 알지도 못하면서 '은인'이라고 할 수는 없잖아요? 그건 시청자를 속이는 일이거든요."

"……."

"법사님……."

화요의 숨소리가 들숨을 밀고 들이닥쳤다. 미류는 뇌리가 아뜩해지는 걸 느꼈다. 뇌쇄적이고 도발적이던 윤희와는 아주 달랐다. 이 여자는 격조가 있었다. 사람의 혼을 빼지만 기품이 있다.

'몸주님…….'

눈을 감은 채 공수를 기다렸다. 지난밤의 역사를 알았다. 그 환상은 현실이었다. 지난밤에도 미류와 화요는 천국을 다녀온 것이다. 지금처럼 이렇게 원초의 나신으로.

신열은 없었다. 신통도 없었다. 몸주께서 몸을 치지 않은 것이다.

신들은 엉뚱한 길을 가는 신제자를 보면 반드시 친다. 일탈을 막거나 자신이 원치 않는 일을 못하게 하는 것이다.

하지만 괜찮았다.

손가락도 제대로 움직였고 발가락도 움직였다. 심지어는 그 녀석의 배터리도 씩씩하게 충전 만땅이다.

'고맙습니다.'

짧은 인사를 전했다.

이해해 주는 건지 혹은 졸고 있는 건지는 알 수 없었다. 화요의 애무가 잠시 멈췄을 때 미류는 자세를 역전시켰다. 이제는 미류가 위쪽이다.

'서로를 제대로 알아야 한다면……'

화요의 핑계에 기대 버렸다.

미류는 봉긋한 두 산에 닿았다. 그녀의 몽우리에서도 샴페인 냄새가 나는 것 같았다. 미류는 점점 아래로 내려갔다. 그리고 마침내 그녀의 비밀스러운 곳에 닿았다. 샴페인 냄새는 더 나지 않았다. 그 원초적인 샘물에는 화요의 냄새가 있었다. 달콤한 샴페인보다도 더 마음을 끄는 냄새였다. 미류는 그 샘물을 향해 미친 듯이 돌진했다. 그녀의 샘, 그 끝 간 데 없는 매혹을 향해.

―흰색 순백의 열락이 있었고.

―검은색 깊고 깊은 흡입이 있었고.

―회색의 현기증이 거기 있었다.

아아아아!

노래를 들었다.

귓속 가득 밀려드는 환상의 노래. 그 노래가 절정의 클라이맥스에 이르렀을 때 미류의 화산도 마침내 폭발하고 말았다.

음과 양의 폭발 후에 미류와 화요의 시선이 마주쳤다. 미류는 웃는 화요의 머리카락을 쓸어주었다. 그녀가 다시 미류를 당겼다. 폭발 후의 탐닉이 이어졌다. 남은 한 조각의 비밀까지도 다 알고 말겠다는 몸짓이다.

"법사님!"

긴 날숨을 내쉰 후에 화요가 입을 열었다.

"말하세요."

미류는 여전히 그녀의 머릿결을 쓰다듬고 있었다.

"고마워요."

"나도요."

"그거 아세요?"

"뭔데요?"

"남자랑 여자랑 자고 나서 남자가 옷 입고 가면 본능 방출이래요."

"……."

"냉장고를 열어 물이나 주스를 따라주면 서로 엔조이한 거고요, 법사님처럼 토닥여 주면 사랑하는 거래요. 그러니까 법사님은 나 사랑하는 거 맞죠?"

"……."

"아, 내 정신. 아침에 인터뷰 있는데……."

거기까지 말한 화요가 재빨리 화제를 바꾸었다. 벌떡 일어난 그녀는 핸드폰을 켰다. 아예 꺼둔 모양이다.

"어유, 우리 매니저 오빠, 어젯밤에 몸 달았네. 문자를 열두 개나 쏴놨어요."

화요는 미류를 바라보며 번호를 눌렀다.

"나야. 아, 그냥 좀 취해서 가까운 데서 잤어. 알았으니까 빨리 오기나 해."

방귀 뀐 놈이 성질낸다더니 딱 그 짝이다. 일방적으로 퍼부은 화요는 통화를 끝내고 미류를 바라보았다.

"매니저 오빠 등살에 못살아요. 오늘은 제가 먼저 퇴장해야 될 거 같아요."

"그, 그러세요."

"갈게요. 어젯밤 천기는 법사님과 나만의 특급 비밀. 아셨죠?"

"네."

쪽!

대답하는 미류의 입술에 키스가 작렬했다.

쪽!

볼에도 한 번, 이마로도 한 번이 이어졌다. 화요는 문 앞에서 윙크를 보내고서야 총총히 사라졌다. 침대에 남은 미류는 한참을 멍 때리고 있었다. 꿈은 아니었다. 그러나 꿈같은 일이었다. 다른 여자도 아니고 화요라니. 화요와 잠을 자다니…….

아흑!

'꿀 빨게 해주마!'

전생신의 말이 스쳐 갔다. 또 한 번 그 말을 실감했다. 이보다 더 좋은 꿀이 있을 수 없다.

밖으로 나온 미류도 전화기를 확인했다. 미류에게도 문자가 와 있었다. 봉평댁의 번호다. 그렇다면 발신자는 하라가 분명했다.

―오빠 언제 와?

―우리 먼저 잔다.

문자는 두 개였다. 연락을 못했으니 걱정되었던 모양이다. 미류는 전화를 걸었다. 하라의 목소리가 밀려 나왔다.

—오빠, 어디야? 유괴당한 거 아니지?

"유괴당했다가 탈출했어. 금방 갈게."

전화를 끊으니 웃음이 나온다.

그러고 보니 유괴도 틀린 말은 아니었다. 다만 그 유괴가 뭇 남성들이 그토록 바라고 원하는 쪽이라는 것. '나도 그런 유괴당하고 싶어요' 하고 노래를 부르는 유괴라는 것.

유후!

환생을 막아라

후룩!

북엇국을 먹었다. 뽀얀 국물부터 달랐다. 싸하게 내려간 국물이 속을 부드럽게 달래주었다. 다행인 건 하라가 없다는 사실. 유치원에 행차하신 것이다. 그렇지 않았다면 식탁에 붙어서 이리 갸웃 저리 갸웃 쳐다보며 미주알고주알 물어댔을 것이다.

"더 줘?"

봉평댁이 물었다.

"아뇨. 시원하네요."

미류는 남은 국물까지 다 들이켰다.

"손님이 두 분 왔다 가셨어. 꽃신선녀 집에서 일하는 연주도."

"네."

미류는 어색하게 웃었다. 무속인이 된 후로 밤을 새운 날이 한두 번이 아니다. 부적을 쓸 때도 그렇고 굿을 도울 때도 그랬다. 큰 굿을 하면 사흘 밤낮을 달릴 때도 있기 때문이다.

하지만 그때와는 다른 어제. 왠지 마음이 찔리는 미류이다.

목욕재계를 하고 신당에 들어섰다. 그냥 절만 올렸다. 전생신은 아무런 반응도 보이지 않았다. 미류도 말하지 않았다.

"이모!"

거실로 나와 봉평댁을 불렀다. 봉평댁이 온 지도 며칠, 이제 한식구가 되었으니 미류의 스케줄을 알 때도 되었다.

1)방송 녹화일.
2)궁천도인의 쌍신 분리일.

두 가지 큰 행사를 알려주었다. 말인즉 그날은 예약을 받지 말라는 뜻이다. 나머지 큰 줄기는 표승의 경우와 맞췄다. 부자에게는 많이 받고 가난하고 기구한 사람에게는 형편에 맞게 복채 기준을 세워주었다.

"우리 법사님 방송 출연해?"

이어진 설명을 들은 봉평댁의 입이 쭉 찢어졌다.

"그렇게 되었어요."

"예능이야, 다큐야?"

"그냥 교양 프로그램이에요. 은인이라고……."

"그럼 미류 법사 특집이네?"

봉평댁의 질문은 끝이 없었다. 무속계에서 곁눈질만 십여 년이 넘은 그녀. 주위들은 말이 있으니 방송에 대해서도 훤히 꿰고 있었다. 그만큼 방송은 무속인들에게도 대단한 이슈였다. 괜찮은 프로그램에 출연하기만 하면 당분간은 대박 보장이었던 것이다.

"특집까지는 아니지만 지나가는 출연은 아닌 것 같아요."

"아이고, 잘됐네, 잘됐어. 만신님 말씀이 미류 법사에게 큰 서광이 깃들 것 같다더니……."

"아, 방송 뒤에 돌아오는 경신일에는 중요한 부적을 써야 해요. 아마 밤을 새워야 할 것 같네요."

"알았어, 메모해 둘게."

"그 다다음 날이 궁천도인 때문에 모이는 날이에요. 선생님도 오시고 숭덕 스님도 계실 거니까 이모도 같이 가서야 할 거예요."

"총 몇 분이신데?"

"저까지 여섯 명쯤이요."

"알았어. 제단 차릴 거야?"

"제단은 필요 없는데 혹시 모르니까 간단한 상차림에 새참 정도만 준비해 주세요."

미류는 카드 한 장을 건네주었다. 살림 비용을 봉평댁에게 맡기는 것이다.

"진짜 중요한 일인가 보네. 숭덕 스님까지 계신 걸 보니."

봉평댁의 얼굴에 긴장이 스쳐 갔다.

"점사는 특별한 일이 없으면 손님이 많더라도 하루 열 분 정도만 볼 생각이에요."

"열 명……."

"가급적이면 늦은 밤은 피하시고요."

"알았어."

손발이 척척 맞았다. 이미 표승의 집에서도 여러 손발을 맞추던 미류와 봉평댁이다. 봉평댁은 꼼꼼히 메모한 종이를 들고 주방으로 돌아갔다.

오후가 되자 예약 손님들이 줄을 이었다. 봉평댁이 도와주니 부드럽게 진행되었다. 그사이에 하라도 돌아왔다. 노란 원복을 벗은 하라는 흰옷으로 갈아입고 거실과 마당을 뛰어다녔다. 팔랑거릴 때마다 흰 나비가 나는 것 같았다. 보기만 해도 위안이 되는 하라였다.

쉬는 시간에 송 사모님으로부터 전화가 왔다. 송송탁구방의 후편을 이어달라는 부탁이었다. 그때 남겨둔 두 사람이 안달복달을 한다는 것이다.

"날 잡아주시면 언제든 가겠습니다."

―그럼 다음 주말 어때요?

"괜찮네요."

흔쾌히 수락했다. 주말이면 방송도 끝나고 궁천의 스케줄까지 소화된 후이니 문제가 없을 것 같았다.

―그럼 그때 봬요.

사모님은 밝은 소리로 통화를 끊었다. 잠시 후에 타로가 들어왔다. 그는 손님 차례가 끝나기를 기다린 후 미류에게 다가왔다.

"오셨습니까?"

"손님 짭짤하네?"

타로가 웃었다.

"앉으세요."

"아니, 그게 아니라 할 말이 있어서……."

"말씀하세요."

"혹시 우리 흡혈귀 전생 리딩 간호사 기억해?"

"채나연 씨요?"

"어, 기억하네. 이야, 역시 미류 법사는 머리도 좋아."

"간호사잖아요? 그분이 왜요?"

"방금 전화가 왔는데… 급한 일이 있다고 미류 법사 도움 좀 받을 수 없냐고 물어봐달라고 해서……."

"제 도움을요?"

"병원에 이상한 일이 벌어졌나 봐. 그런데 자기 힘으로 감당할 수 없다고… 우리 전생연합회 회원 총동원령을 내렸는데 미류 법사도 꼭 와줬으면 좋겠다고……."

"이상한 일이라면?"

"나도 자세히는 몰라. 무슨 신생아 출산이랑 관련된 일이라고……."

'신생아?'

신생아와 흡혈귀 전생 리딩 간호사!

흥미로운 매칭이다.

"혹시 그 동자승 회장님도 옵니까?"

"모르지. 시간이 되면 올지도."

"가죠."

그러잖아도 회장과 흡혈귀 간호사가 궁금하던 미류는 쿨하게 부탁을 받아들였다.

"여기요!"

병원 앞에는 노찬숙이 나와 있었다. 그녀는 미류와 타로를 보자마자 반가이 손을 흔들었다.

"어, 찬숙 씨!"

타로가 먼저 차에서 내렸다.

"안녕하세요?"

노찬숙이 미류에게 인사를 해왔다.

"뭐야? 사막에도 파도가 있고 똥물에도 파도가 있다는데 총무보다 미류 법사?"

타로가 슬쩍 딴죽을 걸었다.

"실력대로 가야 하는 거 아니에요? 총무님이 붙임성은 좋지만 전생은 법사님에게 안 되잖아요?"

"이거 왜 이래? 나도 미류 법사가 등장하기 전에는 미아리에서 날리던 사람이었어."

"됐으니까 얼른 들어가요. 다들 기다리고 있어요."

노찬숙은 타로의 투정을 일축해 버렸다. 서로 친하기에 할 수 있는 일이다.

"혹시 회장님 오셨어?"

복도를 걸으며 타로가 물었다.

"법회 중이라고 끝나는 대로 온대요."

노찬숙이 엘리베이터 버튼을 눌렀다. 셋은 3층에서 내렸다. 신생아실과 분만실이 딸린 산부인과 병동이다.

"법사님!"

복도에 몰려 있던 멤버들이 우르르 몰려왔다. 진순애와 송창명에 이어 양종길까지 있었다. 미류와 멤버들은 인사를 주고받았다.

"흡혈귀는?"

타로가 두리번거리며 물었다.

"분만 대기실에 있어요. 내가 법사님 왔다고 말씀드릴게요."

노찬숙이 대기실 문을 두드렸다.

잠시 후에 채나연이 나왔다. 그녀는 간호사 가운을 입고 있었다.

"법사님!"

그녀 역시 반가이 미류를 맞았다.

"무슨 일이야?"

타로가 다가섰다.

"이게 설명이 긴데 간단히 말씀드릴게요."

"……."

미류는 채나연에게 귀를 기울였다.

"이 과 수간호사 선생님이 저랑 친해요. 그런데 지금 분만 대기 중인 산모가……."

채나연이 설명을 시작했다. 분만 대기실에는 35살의 산모가 있었다. 수간호사의 사촌동생이다. 출산 직전의 그녀, 언니를 잡고 알 수 없는 말을 해왔다.

"언니, 나 좀 도와줘."

동생의 말은 너무 난해했다. 그래서 채나연을 불렀다. 채나연이 피로 전생을 리딩한다는 걸 알고 있는 수간호사였다. 그렇기에 채나연이라면 상황을 이해할 수 있다고 생각한 것이다.

"시아버지요?"

설명을 들은 미류가 고개를 들었다.

"네, 그렇다네요."

채나연은 잔뜩 고조된 표정이었다.

출산 직전의 산모, 그녀는 시집살이를 했다. 살 만한 집안의 외아들과 결혼한 것이다. 시부모는 작은 기업을 하고 있었고, 그걸 아들에게 물려주었다. 그녀는 최선을 다해 시부모를 모셨다. 그러나 시어머니가 먼저 암으로 가고, 얼마 전에는 시아버지도 세상을 떴다.

그런데…….

"시아버지가 산모 아들로 환생한다는 거예요!"

채나연의 입에서 핵심이 나왔다.

"뭐? 시아버지가 며느리 아들로 환생?"

타로의 눈이 뒤집어졌다. 그야말로 있을 수 없는 일이 아닌가? 그

러나 그도 비웃지는 못했다. 타로 역시 전생점의 달인이다. 전생에는
환생도 있고 환생 중에는 이런 경우도 제법 전해지고 있었다.

"조금 더 자세히 말해보세요."

미류가 채나연에게 물었다.

"그러니까 산모 말로는… 시아버지가 며느리를 무척 아꼈대요. 며
느리 잘 들어왔다고. 그래서 죽기 전에도 이 단란한 가정을 떠나기
싫어했대요. 그러면서… 네가 아이를 낳으면 네 아들로 와서 이 집안
에서 행복을 이어가고 싶다고."

"그래서요?"

"한두 번도 아니고 여러 번 말했다네요. 심지어는 운명 직전의 유
언도 아들보다 며느리 손을 잡고 했다는 거예요."

"……"

"산모는 그냥 하는 말이겠거니 하고 잊고 지냈는데 아이를 가지면
서 꾼 태몽에도 시아버지가 나왔고… 최근 출산이 임박해서도 시아
버지가 꿈에……."

"계속하세요."

"놀라운 건 시아버지가 딸로 오겠다며 성(性)과 모반에 시(時)까지
예시했다는 거예요."

"모반과 시까지요?"

그쯤에서는 미류도 놀라지 않을 수 없었다.

모반!

그건 전생의 증거로써 중요시되는 현상이다. 티베트의 승려들에게
서 나타난다는 시험 모반.

―나 죽어 누구의 아들(딸)로 태어날 것이다.

―그 증거로 귀밑에 찍힌 붉은 점을 가지고 올 것이다.

나중에 보면 그런 점을 가지고 온 아이가 있었다. 더러는 승려의 전생을 기억하기도 했다. 그렇다면 한국 땅이라고 해서 불가능할 일은 없었다.

"그럼 뭐가 문제야? 시아버지하고 사이좋았던 며느리, 다시 태어나면 엄마와 아들로 또 행복하게 살면 되는 거 아닌가?"

타로가 말했다.

"문제는 산모가 싫다는 거잖아요."

"왜? 사이도 좋았다면서?"

"그건 아니에요. 사실 산모는 시아버지니까 모시긴 했지만 그냥 의례적인 봉양이었대요. 좋아서 한 건 아니었기에 자기 아이 속에 시아버지를 투영하고 싶지 않다는 거예요."

겉과 속!

이해할 수 '있는' 말이 나왔다. 아전인수라고, 사람은 자기 편한 대로 생각한다. 시어머니가 죽은 집. 아들이 출근하면 시아버지와 며느리만 남는다. 며느리 입장에서는 그 사실만 해도 숨이 막힐 수 있는 상황이다. 그러나 착한 며느리였기에 최선을 다하기는 했다. 그렇다고 시아버지를 좋아한 건 아니었다. 며느리 입장에서 마지못해 한 일이었다. 다만 내색하지 않았을 뿐.

여기가 중요하다. 내색하지 않았을 뿐이지 좋았다는 건 아니다. 그걸 시아버지가 오해한 것이다.

"그게 또 그렇게 되나?"

여자 입장용 해설판을 들은 타로가 쓴 입맛을 다셨다.

"그건 그럴 수도 있어. 남자들은 도무지 여자 마음을 모른다니까."

진순애가 나서며 상황 정리를 도왔다.

"그럼 예고한 시가 언제죠?"

미류가 채나연을 바라보았다.

"30분 정도 남았어요."

"모반은 뭘 예언했다고 합니까?"

"시아버지 어깨에 붉은 점이 두 개 있대요. 그걸 보고 자기가 환생한 걸로 알라고 했다네요."

"아, 알고 나니 난해하네. 며느리 속마음도 모르고 자식으로 오려는 주책바가지 노인네에 사실은 시아버지가 싫었다는 며느리 산모."

타로가 고개를 저었다.

"어쩌죠? 이런 경우는 우리 다 처음이에요."

채나연이 미류를 바라보았다. 남은 시간은 30분. 거기에 자기 아들에게 시아버지의 환생을 받고 싶지 않은 며느리.

"제가 산모를 좀 볼 수 있을까요?"

미류가 채나연에게 물었다.

"선생님과 상의해 볼게요."

채나연이 닥터에게 달려갔다.

"어쩌려고?"

타로의 목소리에 걱정이 묻어났다.

"산모 이야기를 한 번 더 들어보고 방법을 찾아보겠습니다."

이야기를 나누는 사이에 채나연이 돌아왔다.

"만나셔도 된대요."

의사의 허락이 떨어졌다.

분만 직전의 산모를 만나는 일. 의료진이 아니면 할 수 없는 일이다. 왜냐하면 그녀들은 원초의 모습으로 소독을 마친 채 진통이나 분만 차례를 기다리기 때문이다. 이 세상에 배가 한없이 불러도 아름다운 단 한 사람의 여자가 있다. 바로 분만 직전의 예비 엄마이다.

미류도 멸균된 수술복으로 갈아입었다. 의사인 진순애와 채나연이 동행했다. 다른 멤버들도 미류의 처방이 궁금했지만 참을 수밖에 없었다.

"안녕하세요? 제가 말씀드린 전생점의 최고봉 미류 법사님이세요."

채나연이 산모에게 미류를 소개했다. 산모는 누운 채로 겨우 목을 움직여 인사를 했다.

"대략적인 사정은 여기 채 선생님을 통해 들었습니다. 한 가지 직접 확인하고 싶은 건… 정말 시아버님의 환생이 아이에게 깃드는 걸 원치 않으시는가 하는 겁니다."

끄덕.

산모는 목을 움직여 대답했다. 이제 슬슬 산통이 오는 모양이다.

"만약 깃들어 나오면 어쩌실 겁니까?"

"그럼 저는……."

이번에는 꾸벅 대신 주루룩이다. 돌연 눈물이 쏟아진다.

"……."

"그러면 저는… 저는 못 살 거 같아요. 이제 겨우 시아버지에게서 해방되나 했는데……."

눈물이 그녀의 심경을 대변하고 있다. 남자들은 모르는 여자의 세계. '시' 자가 들어가는 건 돈만 빼고 다 싫다는 우스갯소리는 사실인 모양이다.

"알겠습니다. 제가 시아버지의 전생이 태아에게 있는지 확인해 보겠습니다. 잠시 눈을 좀 감아주시겠습니까? 죄송하지만 배에도 손을 좀 대겠습니다."

"알았어요."

산모가 눈을 감았다. 하지만 다른 두 눈은 더 따갑게 미류에게 꽂혀 있었다. 채나연과 진순애의 눈이다.

"하는 데까지는 해봐야죠."

미류의 손이 한없이 부른 산모의 배 위로 올라갔다. 영기를 집중해 태아를 보았다. 태아의 형체가 보인다.

태아, 어머니 배 속에 들어 있는 생명.

'전생령……'

먹힐까?

잠시 주저하던 미류는 눈빛을 세우고 태아의 머리에 벼락처럼 집중했다.

"……!"

느낌이 왔다. 산모의 배 속 저 아늑한 곳, 내장과 살집 때문에 선명하지는 않지만 그래도 전생륜인 것은 알 수 있었다.

'후읍!'

조금 더 집중했다. 그러자 전생륜이 한결 밝아졌다. 채나연과 진순애는 벽 쪽으로 물러나 숨을 죽이고 있다.

'전생륜……'

일단 1차적인 우려는 해결되었다. 다음은 전생령을 확인할 차례이다. 호흡을 가다듬은 미류는 절렁 신방울을 울리며 전생령을 불러냈다. 한 번으로는 되지 않았다.

절렁!

두어 번을 더 흔들고서야 전생령들이 구분되었다. 태아의 전생령 하나가 전생륜에서 걸어 나왔다. 미류는 숨을 멈췄다. 산모의 시아버지 전생이다.

"잠깐 확인을 부탁합니다."

미류는 이제 연결 감응을 시도했다. 이 일은 망설이지 않았다. 어머니 배 속의 태아라면 산모가 감응하는 데 큰 문제가 없을 것 같았다.

시아버지가 나왔다. 어린 시절이 보인다. 산모의 남편이 될 아이도 보였다. 그리고 마침내 아들의 며느리로 들어온 산모가 등장했다.

—며느리와 시아버지의 만남.

거기서 감응을 끝냈다.

"이제 눈을 뜨셔도 됩니다."

미류는 산모의 배에서 손을 떼었다.

"어머!"

산모가 꿈틀 움직였다. 생생한 전생 감응이 믿기지 않는 눈치다.

"시아버님 맞지요?"

미류가 물었다.

"네. 설마설마했는데… 진짜 아버님이……."

대답하는 산모의 목소리가 떨린다.

"이제 분만실로 들어가야 해요."

문 쪽에서 지켜보던 간호사들이 다가왔다.

"잠깐만요. 잠깐이면 됩니다."

미류는 양해를 구하고 가져온 부적을 꺼내놓았다. 태아의 전생령 제거. 기왕 지울 거라면 태아 상태에서 지우는 게 더 좋았다. 세상의 빛을 보기 전이니 완벽하게 지워질 것이다. 미류는 태아의 시아버지 령을 고이 모셔 부적으로 돌돌 말았다.

'당신이 원했지만 당신 자리가 아닌 것 같습니다.'

내가 좋다고 해서 남도 좋은 것은 아닌 것.

'다음에 더 좋은 생으로 오세요.'

위로의 축원도 잊지 않았다.

"이제 들어가세요. 아기는 그냥 당신의 아기로 태어날 겁니다. 아무 걱정 마시고 아기 잘 낳으세요."

미류는 산모를 달래고 복도로 나왔다. 그런 다음 구석에서 부적에 불을 붙였다. 전생령이 자지러지는 소리가 들린다. 미류 귀에만 들렸다. 마지막 한쪽을 창밖 허공에 놓았다. 쪼가리는 하늘로 훨훨 올라갔다.

"된 거예요?"

복도의 멤버들이 한목소리로 물었다.

"미류 법사님이 확인하고 제거까지 했어요. 이제 출산 결과만 보면 될 것 같아요."

채나연이 대신 설명했다. 그녀가 말하는 결과는 모반이다. 시아버지가 예고한 어깨의 붉은 점. 그걸 달고 나오지 않으면 미류가 성공했다는 증명이 될 것이다.

"진짜 대단하시네. 아기라도 힘들 판에 태아 전생까지 보시다니……."

"그러게. 역시 법사님이셔!"

노찬숙과 양종길이 이구동성으로 말했다.

20분쯤 지났을까? 산모의 남편이 달려왔다. 그는 제주 출장 중이었다. 중요한 상담을 끝내고 오느라 턱이 숨까지 올라와 있다.

"이자영 님 보호자분, 예쁜 공주님 나왔어요!"

분만실에서 방송이 나왔다. 남편은 바로 분만실로 달려갔다.

공주님이란다. 그렇다면 딸!

전생연합회 멤버들의 숨소리가 잦아들었다. 일단 성별이 맞았다. 그렇기에 긴장할 수밖에 없었다. 마음을 조이는 멤버들에게 수간호사가 다가왔다. 그녀가 채나연에게 나지막이 속삭였다. 그러자 채나연의 표정이 확 밝아졌다.

"뭐래?"

수간호사가 멀어지자 타로가 물었다.

"모반은 없대요. 어깨뿐만 아니라 어디에도 없대요."

"와아아!"

채나연의 대답과 함께 함성이 울려 퍼졌다.

"법사님이 해내셨어요."

채나연이 소리쳤다.

"운이 좋았던 거죠."

미류가 웃었다.

"운은 무슨 운, 그렇게 겸손하지 않아도 돼. 우리가 다 알거든."

타로도 자기 일처럼 좋아했다.

"들어가요. 산모가 법사님께 고마움을 전하고 싶어해요."

채나연이 미류의 손을 끌었다. 미류는 엉거주춤 끌려갈 수밖에 없었다. 병실 안에 남편은 없었다. 그는 친척들과 함께 아기를 보는 모양이다. 보아하니 남편에게는 비밀인 일. 여자와 남편은 입장이 다르니 남편 입장에서 보면 기분 나쁠 수도 있었다. 미류는 산모의 입장을 백번 이해했다.

"고맙습니다."

산모가 인사를 해왔다.

"아닙니다. 원하는 대로 되어서 다행이네요."

미류가 웃었다. 긴장이 풀어진 산모의 얼굴을 보니 보람이 느껴진다.

"채 선생!"

신생아실에서 수간호사가 채나연을 불렀다.

"같이 가요."

채나연이 미류의 손을 당겼다. 수간호사가 넘겨준 건 신생아의 혈액이었다. 아기를 낳으면 바로 검사에 들어간다. 그래서 채취한 혈액이 있었다. 수간호사 역시 채나연의 전생 보는 능력을 신뢰하는 사람, 혈액을 받아 든 채나연이 생리식염수가 든 비커에 피를 세 방울 떨어뜨렸다. 그녀는 수도자보다 진지하게 전생을 리딩했다.

"법사님 말대로 시아버지 전생은 보이지 않네요."

확인을 마친 그녀가 웃었다. 물론 미류를 믿지 못해 한 것은 아니었다. 그녀 역시 궁금한 일인 데다 수간호사와 산모가 그녀를 잘 알기에 교차 리딩을 한 것뿐이다. 말하자면 산모를 위해 확인 사살을 해준 셈이다.

"신기하단 말이죠?"

미류는 채나연이 남긴 비커를 바라보았다. 생리식염수에 풀어진 핏방울 빛깔. 그걸 음미해 전생을 읽을 수 있다니…….

채나연은 DNA를 리딩하는 건가?

괜한 생각이 들어 웃었다.

"법사님, 저 퇴근인데 시간 비면 같이 식사해요. 실은 산모가 우리 회식비를 줬어요. 안 받는다는 데도 자꾸 찔러주는 통에 법사님이랑 식사나 한다고 받아왔어요."

채나연이 홀가분하게 말했다. 그녀와 복도로 나왔을 때다. 멤버들이 웅성거리는 소리가 들려왔다.

"어머, 우리 회장님 왕림하셨네!"

채나연이 소리쳤다. 그러고 보니 멤버들 사이에 파르스름하게 빛나는 머리가 보인다. 다들 검정 머리인데 단 하나 시원하게 머리카락을 벗은 아이, 바로 전생점연합회 회장 선강의 등장이었다.

"회장님!"

채나연이 다가가 인사를 했다.

"누나!"

선강이 채나연의 품에 안겼다. 열한 살의 선강은 회장이라는 직함과는 거리가 먼 해맑은 동자승이었다.

"미류 법사님, 이분이 우리의 리더 선강 스님이세요."

채나연이 미류를 불렀다. 미류는 천천히 선강에게 다가섰다.

"미류 법사님!"

선강이 미류를 올려보았다. 처음 보는 얼굴인데도 어디선가 본 것처럼 낯설지 않았다. 전생이라는 공통점 때문인 것 같았다.

"내 이름 아네? 만나서 반가워요."

미류가 인사했다.

"용궁사 묘우 알죠? 내 동무예요. 저번에 통화했는데 법사님 얘기를 했어요. 저보다 천배 만배 전생점을 잘 보시는 분이라고."

"그럼 묘우 전생이 산적이라고 한 게 바로?"

"네, 저예요."

선강의 목소리는 맑았다.

"이야, 세상은 역시 부처님 손바닥 안이네. 묘우 스님 친구가 회장님이라니……."

"묘우가 막 내 흉보고 그러죠?"

"그러던데요. 너무 멋져서 샘난다고."

"정말요?"

"그런데 천배 만배는 묘우 스님이 지어낸 얘기예요."

"아니에요. 숭덕 스님도 그러셨는걸요. 큰 도인이 되실 분이니 혹시 인연이 닿아 만나게 되면 많이 배우라고요."

"그건 내가 할 소리 같은데요? 우리 회장님 전생 리딩 솜씨가 기가막힌다는 말을 많이 들어서……."

"그렇지도 않아요. 자꾸 제 마음이 탁해져서 볼 수 있는 것보다 볼 수 없는 게 더 많은걸요."

선강이 볼을 붉혔다. 꾸밈이라고는 찾아볼 수 없는 동자승이다.

"여기서 이러지 말고 아지트로 가요. 제가 식사 예약해 두었어요."

채나연이 대화를 정리했다.

회식 장소에서도 미류와 선강은 나란히 앉았다. 미류는 궁금한 게 많았다. 선강은 더 많았다.

"그러니까 숭덕 큰스님이 선강 스님 스승님이시네?"

숭덕과의 인연 이야기를 들은 미류가 말했다. 선강은 숭덕이 거둔 동자승이었다. 졸지에 부모를 잃은 아이. 고아원에 와서도 울기만 하기에 숭덕 스님이 불렀다.

"나랑 갈래?"

숭덕이 묻자 선강은 바로 눈물을 그쳤다. 그것으로 둘의 인연은 시작되었다. 용궁사로 온 선강은 슬픔에서 벗어났다. 숭덕의 따뜻한 보살핌 때문이다. 숭덕은 선강의 재능을 알아보았다. 아이의 그릇은 크고 재주도 많았다. 그중 하나가 전생을 보는 숙명통이었다. 숭덕은 그를 서울의 큰 절로 보냈다. 시골 작은 절에서 썩을 도량이 아니었던 것이다.

"으음, 갑자기 궁금해졌는데, 미류 법사님과 회장님이 붙으면 누가 이길까?"

송창명이 멤버들의 호기심에 불을 질렀다.

"어머, 나도 전부터 궁금하던 건데."

노찬숙도 슬쩍 장단을 맞췄다.

"어유, 다들 짓궂기는. 전생이 무슨 올림픽 종목이야? 붙어서 겨루게?"

진순애의 핀잔이 날아가지만 그녀의 눈빛에도 호기심은 숨어 있었다.

"그럼 내가 회장님 지도를 받아보죠. 나도 회장님 전생 리딩하는 게 궁금하거든요."

미류가 선수를 치고 나섰다. 염주를 맞잡고 상대의 전생을 읽어낸다는 선강이다. 다른 사람의 전생 리딩이 늘 궁금한 미류였으니 만난 김에 확인하고 싶었다. 더구나 멤버들이 군불까지 때주니 이 참에 요리를 하려는 것이다.

"한번 해보죠, 뭐."

선강은 아이다. 뜸들이고 말고 할 것도 없이 바로 염주를 벗어 들었다. 목에서 배꼽까지 내려오는 백팔염주다.

"이거 숭덕 스님이 천년 묵은 침향으로 만들어주신 거예요."

선강이 염주를 들고 웃었다.

"침향?"

그 말이 미류의 관심을 끌었다. 숭덕 스님이라면 아무 것이나 침향이라 말하지 않았을 것이다. 적어도 물에 잠겨 천 년은 묵었을 나무다.

"잡으세요."

선강이 염주 끝을 내밀었다. 미류는 공손히 지시에 따랐다. 의심하지 않는 것, 그게 좋은 점사를 받는 첫 관문이다.

선강이 염주를 한 알 한 알 당겼다. 그때마다 미류는 한 알 한 알 밀어주었다. 미류는 느낄 수 있었다. 느낌을 따라 손가락에 감지되는 영기. 어느새 미류와 선강은 염주를 통해 하나가 되고 있었다.

"후아!"

잠시 후에 선강이 숨을 몰아쉬며 눈을 떴다. 미류도 떴다.

"어때요?"

미류가 물었다.

"미안하지만 하나도 못 읽었어요."

"……?"

고개를 든 건 미류만이 아니었다. 타로와 멤버 모두가 그랬다. 나름 막강한 실력을 자랑하는 선강이다. 그런데 읽어내지 못했다니.

"진짜야?"

모두의 속마음을 대변한 건 노찬숙이었다.

"네, 진짜 못 읽었어요."

선강은 아무렇지도 않은 듯 웃었다. 멤버들은 입을 절반쯤 벌린 채 말을 잇지 못했다. 선강이 장난을 할 리도 없다.

"실은 부처님이 읽지 말라 하시네요. 도량이 넓은 사람의 속은 함부로 들여다보는 게 아니라면서. 나무관세음보살."

한마디로 설명을 한 선강이 두 손을 모았다. 기가 막힌 마무리였다.

"이제 법사님이 제 전생 좀 봐주세요. 여기 선생님들은 내가 비늘 안 달린 구렁이였대요."

선강이 미류를 바라보았다.

"에이, 누가 그렇대? 뭔지 모르지만 허여멀건 것만 보이니까 그렇지."

구렁이라고 한 건 송창명인 모양이다. 그가 먼저 면피용 방어막을 쳐놓았다.

미류가 선강의 전생륜을 불러냈다. 전생령도 살폈다. 그런데 눈앞까지 치고 들어온 전생령의 형체가 끝도 없이 이어졌다. 흰 기둥 같은, 그러나 신성한 그 느낌은 한참이 지나서야 끝을 드러냈다.

"……!"

하마터면 신음을 낼 뻔했다. 흰 기둥의 끝은 아기였다. 다른 전생령도 그랬다. 선강은 거인 같은 아기의 생 네 번째를 계속하고 있었다. 뭔가 모자라서 다시, 조금 아쉬워서 다시, 더 완벽하게 하기 위해서 다시…….

'이 아이는…….'

미류는 알았다. 선강이 평범한 스님이 아니라는 것. 이 아이는 진실로 큰 그릇의 성인이 될 아이였다. 미류는 성심을 다해 합장을 하고 물러났다.

"제 전생 읽으셨어요?"

선강이 물었다.

"예."

"뭐예요? 진짜 구렁이예요?"

"이 세상 모든 것."

"예?"

"구렁이이자 지렁이, 부처이자 악한, 모든 것이자 아무것도 아닌 것."

"……."

"삼라만상이 깃든 전생입니다."

"우와, 다른 사람이 말하면 개뻥에 구라라고 했을 텐데 미류 법사가 말하니까 그럴듯하네. 삼라만상이 마음대로 깃들라고 백전생(白前生)이었다는 거 아냐?"

타로가 친절한 해석을 내놓았다. 그의 말발 덕분인지 멤버들은 미주알고주알 캐묻지 않았다. 미류와 선강의 전생 리딩은 그렇게 끝이 났다.

"그리고 다들 모이신 자리니까 공개하는데 제가 이번에 '은인' 프로그램에 나오게 되었어요."

미류가 자수를 했다.

"어머, 그거 요즘 인기 좋은 프로그램인데… 법사님 편이에요?"

노찬숙이 반색하며 물었다.

"실은 송화요 특집인데 제가 거기 주제넘게……."

"예에? 송화요?"

멤버들이 뒤집어졌다. 최고 스타이자 최고 미녀로 꼽히는 송화요이다. 그러니 어찌 놀라지 않을 것인가?

"그럼 이번에 송화요, 우 감독 자살로 코너에 몰렸다가 회생한 게 바로 미류 법사 점사?"

눈치 빠른 타로가 돌직구를 날려왔다.

"우연찮게 조금 도움을 주었어요. 그 프로그램에서 전생 리딩에 대한 것도 조금 나올 거 같아서 미리 자수하는 겁니다. 나중에 만나면 말 안 했다고 섭섭해하실까 봐."

"아, 진짜 섭섭하네. 그런 일 있으면 다른 사람은 몰라도 나한테는 말을 했어야지."

타로가 볼멘소리를 냈다.

"미안합니다. 그래서 지금 말씀드리잖아요."

"좋아, 미류 법사 정도면 방송을 타고도 남을 사람이지. 다 용서해 줄 테니 전생 홍보나 좀 많이 해줘. 그래야 사람들이 관심을 갖지."

"그러죠."

"다들 뭐 해? 우리 대표로 나가는 건데 박수 짝짝 쳐서 힘 좀 실어 주자고!"

타로가 말하자 따뜻한 박수가 울려 퍼졌다.

"고맙습니다."

미류가 고마움을 전했다.

짝짝짝!

박수는 오래오래 울려 퍼졌다.

초대박 방송 출연

"주제넘게 방송에 나가게 되었습니다."

미류는 신당에 앉았다. 전생신에게 보고하고 있다. 예전의 미류 같았으면 지인들 찾아다니며 동네방네 소문을 내느라 잠도 자지 않았을 일. 그만큼 무속인의 방송 출연은 소망 중의 소망이다. 게다가 어떤 방송인가? 무려 인기 프로그램을 풀(Full)로 장식하는 일이다. 무려 최고 스타의 은인으로 출연하는 일이다.

"제 소원 중의 하나였습니다."

겸허하게 털어놓았다. 말하자면 미류는 무속인으로서 세속적인 소원 하나를 이루는 것이다.

―잘되었구나.

전생신의 공수가 나왔다. 이번에도 그는 후려치지 않았다.

"전생이란 무엇입니까?"

다시 물었다. 미류의 방 한쪽에 전생에 관한 책이 늘어갔다. 재미난 것은 그 주변 지식에 대한 책도 같이 늘어갔다는 사실이다. 다른 이론이나 성인들의 이야기, 심지어는 다른 종교의 책도 많았다. 딱 필요한 책 한두 권만 읽고 마치 통달한 듯 목에 힘을 주던 과거와는 사뭇 달랐다.

모든 것은 연결되고 있었다. 그저 혼자 뚝 떨어진 부적의 원리는 없었다. 그조차 상생이었고 공유였으며 연관이었다. 점점 복잡해짐에도 미류의 흥미는 높아만 갔다. 과거에도 무속 서적을 읽는 게 싫지는 않았지만 이제는 더욱 그런 것이다.

─전생이란…….

전생신의 공수가 다시 내려오기 시작했다.

─테피스트리가 이룬 우주라고나 할까?

우주!

전생신의 공수는 맑은 공기처럼 미류의 머리로 들어왔다.

─전생은 하나의 인과를 가지고 그가 살아갈 일생의 테마를 결정지어 나온다. 그 테마의 결정은 그가 전생을 얼마나 충실하게 살았느냐에 따라 정해지노라. 성실한 목숨으로 평생을 지낸 자는 그만한 보상을 받으리라.

"……."

─그러나 인간은 교만하고 태만하여 종종 나태와 유혹의 종이 되는 바, 그런 생을 산 인간은 스스로 테마를 결정하지 못하며 그가 전생에 남긴 나태와 죄악의 크기만큼 인과를 지고 나오게 된다. 다만 그 인과를 스스로 극복하면 그때부터 그의 본성 안에 잠든 바른 테마의 길로 갈 수 있다. 스스로에게도 유익하고 다른 생명들에게도 유익한 바른 테마의 길 말이다.

"……."

─이도저도 아닌 자들 중에서는 생의 굴레에 들어설 때 무작위로

테마를 받기도 하며 테마 자체를 박탈당하는 경우도 있으니 이는 그가 전생에 자신이 택한 테마를 스스로 망친 자이려니, 그리하면 자아 완성은 더욱더 멀어 영혼의 방황이 길어지는 것이다.

전생신의 공수는 거기서 끝났다.

―바른 생명으로 사는 것.

테피스트리 안에 흐르는 숭고한 테마의 핵심이다.

합장을 하고 물러설 때 하라가 전화기를 들어 보였다.

"오빠, 전화 왔어."

방송팀이었다.

오래지 않아 그들이 쳐들어왔다. 신당 촬영분이 있다더니 그것 때문인 모양이다. 한두 명이 아니었다. 무슨 과학분석팀, 측정팀과 함께 화요도 왔다. 거기에 수나의 패거리도 묻어 왔다.

"얘, 우리 또 만났네?"

화요가 하라에게 손을 흔들었다. 하라는 콧날과 볼을 실룩거리며 아는 체를 하지 않았다. 본능적인 질투의 발현이다.

"얘가 왜 이래?"

놀란 봉평댁이 하라를 달랬다.

"뭐가? 저 언니들이 오빠한테는 마귀야. 내가 모를 줄 알아?"

"어머! 언니, 얘가 나한테 마귀래. 나처럼 예쁜 마귀 본 적 있어?"

놀란 화요가 수나를 돌아보았다.

"뭐, 네가 마귀는 마귀지. 미류 법사님 독차지하려는 마귀."

수나가 하라 편을 들었다.

"법사님, 다들 나만 미워해요."

화요는 미류에게 SOS를 쳤다. 미류는 머쓱해하며 웃고 말았다. 그러자 이번에는 하라의 눈이 수나의 친구에게 향했다. 하라는 쪼르르 신당으로 들어서더니 냅다 쌀알을 흩뿌렸다. 그걸 팔선채에 붙여내더니 방바닥에 소리가 나도록 엎었다.

돌연한 행동에 촬영팀과 화요, 수나 패거리의 시선이 쏠렸다. 하라는 기세 좋게 나오더니 수나의 친구에게 욕설부터 퍼부었다.

"네 이년!"

살짝 뒤집힌 흰자위로 보아 공수가 반쯤 실렸다. 질겁한 봉평댁이 말리려 하자 미류가 제지했다. 두고 보려는 것이다.

"아침부터 살상을 한 년이 어딜 감히 신당에 들어오려 하느냐? 게다가 몸에는 개고기 냄새까지 묻어 있으니 어서 기어나가지 못할꼬!"

하라의 눈매는 망원경 달린 저격수의 총처럼 선글라스를 머리에 올린 연예인을 겨누고 있었다.

"어머, 쟤 나한테 그러는 거야?"

선글라스는 당혹스러운 표정을 지었다. 그러더니 뭔가 생각이 난 듯 소스라치며 소리쳤다.

"어머어머, 그리고 보니 나 살생했네? 아까 나간 먹방 프로그램이 회초밥 만들기였잖아. 하필이면 내가 걸려서 아침부터 광어를 두 마리나 잡았어."

"어머, 진짜!"

수나도 맞장구를 쳤다. 그녀도 그제야 그 사실을 상기한 것이다.

"그런데… 개고기는 뭐지? 나 개고기는 안 먹는데……."

"저년이 그래도 터진 입이라고 거짓말을 해대는구나. 냄새가 나는데 웬 시치미냐?"

하라의 목소리는 조금도 꺾이지 않았다.

"아, 이제 알았다! 그 닭백숙! 그 집이 보신탕도 함께 하는 집이야!"

선글라스 옆의 여자가 손뼉을 치며 소리쳤다.

"으음!"

선글라스가 휘청 넘어갔다. 귀신같은 공수에 다리의 힘이 풀린 것이다.

"와아, 대단하다. 어쩜……."

화요의 손에서 박수가 나왔다. 촬영팀 역시 일동 박수를 보내주었다. 시작도 하기 전에 하라가 분위기를 제대로 잡은 것이다.

"잘했다, 하라."

미류가 하라를 안아 들었다. 그리고 귀에 대고 나지막이 속삭였다.

"실력 발휘는 그 정도로 하고 얌전히 굴어. 알았지?"

"응!"

대답하는 하라의 목소리는 다시 귀여운 꼬마로 돌아와 있었다.

"법사님!"

피디가 다가왔다.

"실은 부적하고 지화 좀 보강 촬영하려고 했는데, 저 아이 말입니다. 법사님과의 관계가……."

"딸입니다!"

미류가 대답했다. 그러자 수나의 눈이 휘둥그레졌다.

"법사님 결혼하셨어요?"

"그건 아니고요, 저기 이모님 딸인데 엄마보다 저를 잘 따라서 아예 딸처럼 살아요."

"어휴, 난 또……."

수나가 화요를 바라보며 가슴을 쓸어내렸다.

"법사님께 딸이 있는데 언니가 왜 놀라?"

듣고 있던 화요가 슬쩍 딴죽을 걸었다.

"얘, 몰라서 물어? 모든 총각은 모든 여자의 로망이야."

"피잇, 언제는 유부남이 훈훈하고 여유 있어서 좋다더니……."

"얘, 사람 마음은 변하는 거란다. 너 나한테 많이 변했다며?"

수나가 웃었다. 정말 그녀는 많이 변했다. 자살을 앞두었을 때 본 수나가 아니었다.

"아까 보니까 저 아이가 부채에 쌀을 붙이는 거 같던데, 그건 어떻게 된 겁니까?"

다시 피디가 물었다.

"그건 우리 하라의 장기입니다. 저도 못하는 거죠."

미류가 대답했다.

"한 번만 더 볼 수 있을까요?"

"하라, 할 수 있겠어?"

피디의 오더를 받은 미류가 하라를 돌아보았다. 하라는 까불까불 쌀을 쥐더니 깡총거리며 신당으로 들어갔다.

"어휴, 저 촐랑이. 너 제대로 못해?"

기어이 봉평댁의 잔소리가 따라갔다. 하라는 홍 콧방귀를 뀌더니 팔선채를 들고 빙글 돌았다.

"잠깐 그대로요! 그대로 부채를 좀 보여주세요!"

피디가 소리쳤다. 하라가 신당에서 나와 부채를 건네주었다. 부채에는 쌀알이 십여 개 붙어 있었다.

"내가 좀 봐도 될까?"

피디가 하라를 바라보았다. 미류의 허락이 있자 부채를 넘겨주는 하라.

"응?"

피디가 받아 들자 쌀알이 맥없이 흘러내렸다. 피디는 '왜 이러죠?' 하는 눈빛으로 미류를 바라보았다.

"부채와 쌀은 하라에게만 허용된 강신이거든요. 상관없는 사람이 받아 드니 신기가 빠진 거지요."

미류의 설명을 들은 피디는 부채를 살펴보았다. 손으로도 쓸어보았다. 혹시나 접착제 같은 게 있나 확인하는 것이다.

"피디 아저씨, 어젯밤 화투 쳤구나? 이마에 만 원짜리가 차곡차곡 붙었네?"

하라의 손이 다가가 피디의 이마를 만졌다. 피디도 결국 뒤집어지고 말았다. 어젯밤 가족들과 재미삼아 내기 화투를 친 것이다.

"이 꼬마, 한 코 넣어도 될까요? 화면이 확 살겠는데요?"

피디가 물었다.

"그러면 좋지요, 뭐."

미류는 흔쾌히 대답했다. 기왕이면 고생하는 봉평댁도 잠깐 나오면 좋을 일이다.

정리를 끝낸 촬영팀이 촬영에 돌입했다. 처음에는 지화 접기였다. 미류 혼자 접었다. 잠시 후 미류는 지화의 바다에 있었다. 신당 가득 지화를 깔고 그 가운데 자리를 잡았다. 미류는 후끈 영기를 끌어 올렸다. 지화에게 생명을 불어넣는 것이다.

소삭소삭!

지화들이 속삭이기 시작했다. 미류의 이마로 땀방울이 흘러내렸다.

사각사각!

소리는 조금 더 커졌다. 물론 거실에서 보고 있는 화요의 일행에게는 잘 들리지 않았다. 하지만 증폭 마이크는 달랐다. 헤드폰을 끼고 소리를 듣고 있던 음향 전문가가 피디에게 엄지를 세워 보였다. 그가 주목하는 장치의 파동이 우상향을 그리고 있었다. 소리가 제대로 잡힌 것이다.

숨을 죽이던 화요는 슬쩍 하라의 손을 잡았다. 처음에는 눈을 치켜뜨던 하라가 얌전히 손을 맡겼다. 화요는 하라를 당겨 자기 앞에 세우고 포근하게 감싸주었다. 하라가 고개를 쳐들어 화요를 보았다. 화요가 웃었다. 하라도 함께 웃었다. 먼저 내민 화요의 손에 하라의 각이 무너진 것이다. 그만큼 예쁜 화요였기 때문이다.

다음은 부적 차례이다. 미류가 자시, 즉 밤 열한 시를 원했으므로 약간의 시간이 남았다. 즉석에서 장국수 간식 타임을 가졌다. 그런 눈치는 금메달감인 봉평댁이다. 이때는 타로와 연주, 옥수부인까지 합석했다. 촬영팀이 나왔다니 구경 겸 축하를 위해 온 그들이다. 옥수부인은 수나와 인사를 나눴다. 미류의 소개로 점을 친 인연이 있는 둘이다. 여기서 타로는 소원을 이루었다. 그토록 꿈꾸던 송화요와 사진을 찍은 것이다.

찰칵!

이 포즈로 한 장.

찰칵!

혹시 몰라 또 한 장.

"천 년 동안 가보로 보존할게요."

타로는 허리가 부러져라 화요에게 인사를 했다.

"우아, 이거 뭐로 육수를 냈길래 국물이 이렇게 시원하대요? 나 어제 폭주한 거 속이 안 가라앉았는데 이거 한 모금 마시니까 자동이네, 자동이야!"

국수 맛을 본 촬영팀 직원이 소리쳤다.

"진짜 국물이 끝내준다."

여자들의 입맛도 다르지 않았다.

"많이들 드세요. 우리 이모가 음식 솜씨 하나만큼은 최고랍니다.

혹시 나중에 생활 요리의 달인 같은 프로그램 있으면 섭외 오셔도 됩니다."

미류도 칭찬으로 봉평댁의 노고에 보답했다. 순박한 봉평댁은 봉숭아처럼 붉어진 볼을 한 채 국수를 건져내느라 바쁘다.

"언니, 더 먹어!"

하라도 팔랑거리며 손님 접대를 거들었다. 미류를 챙기고 피디를 챙기더니 이제는 화요까지 챙기고 있다.

"어머, 애, 나도 좀 더 주라."

수나의 장난기가 발동했다. 하지만 하라는 당차게 고개를 저었다.

"어머, 애가 사람 차별하네. 너 왜 화요만 주는 건데?"

"언니는 예쁘잖아요."

하라의 대답은 아주 간단했다.

"어휴, 점집에서도 예쁜 게 우선이네. 안 되겠어. 예은아, 너 단골로 가는 성형외과 있지? 거기 예약 좀 때려봐라. 나 전신 성형해야겠어."

수나가 선글라스를 보며 소리쳤다.

"언니, 그거 공개하면 어떡해? 나 자연산이라고 우기고 다니는 거 다 알면서!"

"그, 그랬니?"

두 여자의 농담 속에서 국수는 훌훌 잘도 넘어갔다.

잠시 쉬는 시간에 전생점 시연에 들어갔다. 수나와 함께 온 연예인들의 극성 때문이다. 딱 한 명만 보겠다고 했더니 난리가 났다. 그 난리에 하라가 기름을 부었다. 신기점을 선보인 것이다. 깃발은 우담할망이 내준 것. 그걸 하라에게 맡긴 미류이다. 하라가 때마침 그걸 들고 와서 당첨자를 가려준 것이다. 신기점의 백미는 붉은색. 그걸 뽑은 여자에게 차례가 돌아갔다.

"행운이 올 거예요."

하라의 말 또한 그녀에겐 흥분이 되었다. 당차게 공수를 쏟아내던 어린 하라. 그녀가 축수를 내렸으니 기분이 최고가 된 것이다.

여자의 전생은 광대였다.

"재인을 배경으로 하는 게 있으면 그걸로 결정하면 좋을 거 같습니다."

몇 가지 프로그램의 출연 제의를 놓고 고심하던 여자는 미류의 말에 힘입어 결단을 내렸다. 속이 후련해진 표정의 여자를 보니 미류도 마음이 좋았다.

자시의 부적 촬영도 홀홀 넘어갔다. 시간은 자정을 홀쩍 지나 있었다. 화요가 다가와 수건을 건네주었다. 미류의 이마에 서린 땀 때문이다. 그녀의 손이 수건 아래에서 슬쩍 미류의 손을 잡았다. 따뜻한 미소도 건너왔다.

―보고 싶었어요.

―잘하셨어요.

손과 눈이 말을 하고 있다. 미류 역시 그녀를 따라 손과 눈으로 말을 건넸다.

―나도 그래요.

―와줘서 고마워요.

방해자가 들어왔다. 수나였다.

"흐음? 뭐야, 그 그윽한 눈빛들은?"

"언니는, 뭐가 그윽하다고……"

화요가 바로 발뺌을 했다.

"아니야? 나도 신당에서는 신빨 좀 나나 했더니 아무나 되는 건 아닌가 보네?"

수나가 웃으며 화요의 가방을 건네주었다. 둘의 친분은 여전히 막강해 보였다.

끼익!

마침내 녹화 방송 촬영일, 미류가 방송국에 도착했다.

"내리시죠!"

문을 열어준 건 타로였다. 아직 자가용을 구하지 않은 미류에게 기꺼이 기사 노릇을 자처한 것이다. 제일 먼저 하라가 내렸다. 미류의 무릎에 앉아서 온 하라이다. 타로의 폭스바겐 비틀이 2인승인 까닭이다. 덕분에 봉평댁은 따로 도착해 있었다.

"법사님 파이팅!"

입구에 전생점연합회 멤버 몇몇이 보인다.

"내가 다 동원했어. 아, 우리 미류 법사님 나오는데 안 오고 배겨?"

타로가 목에 힘을 주었다. 멤버들 뒤로 환한 얼굴 하나가 드리워졌다. 이제는 군중 속에 섞어놓아도 저절로 보이는 그녀였다.

송화요!

하얀 의상을 단아하게 차려입은 그녀가 하얗게 시선을 차고 들어왔다.

"우리 법사님 잘 부탁드려요."

분장실로 들어서자 화요가 코디에게 애교를 날렸다. 그들은 톱스타의 청을 가볍게 넘기지 못했다. 미류가 원한 건 그냥 자연스러운 얼굴이었다. 어떤 무속인들은 분칠로 도배를 하기도 한다. 그들의 신이 원하기 때문이다. 하지만 미류의 몸주는 그렇지 않다. 까다롭지 않으니 그 또한 고마운 일이다.

수정된 대본을 받았다. 녹화의 흐름이 완전하게 나와 있었다.

부적 실험과 지화에 대한 분량은 이미 끝이 난 상황. 스튜디오에서 미류가 할 첫 과제는 영기의 실험이다.

"시작합니다! 법사님 긴장 푸세요!"

피디가 소리쳤다. 카메라에 불이 들어오기 시작했다. 입장할 문 뒤에 미류와 나란히 선 화요, 그녀의 손이 다시 살며시 다가왔다. 그저 꽉 쥐었다가 놓았다. 그것만으로도 위안이 되었다. 그리고 보면 이곳은 그녀의 신당이었다. 스튜디오 안에서는 그녀가 미류보다 나은 것이다.

"오늘 은인의 주인공은 톱스타 송화요 씨입니다!"

사회자의 멘트가 있자 음악과 함께 장막이 열렸다. 화요는 찡긋 윙크를 날리고 먼저 들어갔다. 그녀의 머리 위로 꽃술이 쏟아졌다.

"아, 여신 강림이군요. 최근 줄줄이 남자 출연진만 모시다가 압도적인 미녀가 들어오니 제 가슴까지 설레는 거 같습니다."

남자 사회자가 설레발 멘트를 날렸다.

"유건 씨만 그런 거 아니에요. 송화요 씨는 여자들의 가슴까지도 아이스크림처럼 녹여 버린답니다."

옆에 선 여자 사회자도 한마디 거들었다.

"송화요 씨, 요즘 초대형 블록버스터 주연 물망에 오르고 있는데요, 마음속의 은인은 그 초대형 블록버스터보다 더 인상적인 분이라고요?"

남자 사회자가 물었다.

"네, 정말 멋진 분이세요."

화요가 대답했다.

"그럼 직접 소개 좀 해주시겠어요?"

여자 사회자가 분위기를 띄웠다.

"여러분도 이분 보시면 깜짝 놀라실 거예요. 대한민국 모든 분의 선입견을 뒤집어놓을 신세대 무속인, 미류 법사님을 소개합니다!"

화요가 일어나 장막을 가리켰다. 음악이 쏟아졌지만 장막은 열리지 않았다. 주최 측의 농간이다.

"법사님 나와 주세요!"

사회자의 재촉을 받은 화요가 다시 소리쳤다. 또다시 요란한 음악이 이어지지만 장막은 요지부동이다.

"무슨 문제일까요?"

"아, 제가 알 것 같아요. 뮤직 좀 바꿔주세요. 우리 고유의 음악으로."

여자 사회자가 요청을 날렸다. 음악은 높고 신나는 비트에서 북과 장구가 이어지는 고유의 가락으로 바뀌었다.

"법사님!"

다시 화요가 소리쳤다. 그러자 비로소 장막이 열렸다.

"미류 오빠야!"

방청석의 하라가 벌떡 일어섰다. 봉평댁은 미간을 구기며 하라를 의자에 주저앉혔다.

짝짝짝!

미류는 박수를 받으며 등장했다. 아래위 흰색의 무복을 입고 있다. 치렁거리지 않아 답답해 보이지도 않았다.

인사말과 간단한 도입 화제에 이어 영기 실험에 들어갔다. 연기자 세 사람이 나왔다. 그들은 가면을 쓰고 긴 가운을 베일처럼 걸치고 있었다. 그냥 봐서는 젊은 사람인지 늙은 사람인지, 여자인지 남자인지도 알 수 없었다.

"오늘 미류 법사님이 보여주실 필살기는 말로만 듣던 영가의 확인입니다. 그럼 모두 함께 확인해 볼까요?"

사회자의 멘트에 이어 미류가 첫 대상자에게 다가섰다.

여자!

미류가 선택한 성별이다. 그녀의 베일에 '여자'라는 스티커가 붙여졌다.

"눈, 어깨, 허리!"

미류가 말하자 여자 사회자가 그에 해당되는 부위에 스티커를 붙였다. 미류는 다음 대상자에게로 옮겨갔다.

여자!

이번에도 여자였다.

"이빨, 발목."

두 개의 공수를 뱉은 미류는 마지막 대상자 앞으로 향했다.

남자!

미류의 마지막 선택은 남자였다.

"대장, 그리고……."

남은 한마디 말은 남자 사회자 귀에다 알려주었다. 만인이 듣기에 민망한 부위였기 때문이다.

"자, 그럼 지금부터 미류 법사님의 신들린 공수를 공개합니다."

두 사회자의 합창과 함께 첫 대상자가 베일을 벗었다. 여자였다.

"눈 아픈 거 맞아요. 녹내장이 있어 3년 전부터 관리받고 있거든요. 어깨에는 사십견인지 뭔지가 와서 치료 중이고, 허리는 학생 때 디스크가 터져서 나름 고질병이에요!"

첫 여자는 장년이었다. 그녀는 기가 막혀 말도 제대로 하지 못했다.

"우와, 이거 정말 믿어야 하나요? 참고로 말씀드리지만 미류 법사님은 이 대상자들과 사전에 만난 적이 없습니다."

사회자들도 혀를 내둘렀다. 다음으로 두 번째 대상자가 공개되었다. 그녀는 10대 후반의 걸그룹 멤버였다.

"어머, 나 사랑니 잘못 나서 치료 중인데! 그리고 발목도 댄스하다 삐어서 아직 덜 나았어요!"

그녀는 비명까지 질렀다. 어린 나이답게 반응도 솔직한 그녀였다.

"우-우!"

방청석이 술렁거리기 시작했다. 화면이 방청석을 비췄다. 놀랍게도 젊은 여성들이 주를 이루고 있었다. 이건 미류의 요청이었다. 처음 피디가 의도한 건 40대 후반에서 50대 후반의 여성들이었다. 무속이 라면 아무래도 장년층에서 호응이 좋을 거라고 판단한 것이다. 방청 객의 반응 또한 중요한 부분이니 신경 쓰지 않을 수 없던 것. 하지만 미류의 의견으로 뒤집혀 버렸다.

선입견을 깨고 싶습니다!

미류의 요지는 그것이었다. 그리고 지금 이 순간 멋지게 적중되고 있었다.

"아, 이거 진짜 살 떨리네요. 그럼 마지막 분을 확인해 볼까요?"

남자 사회자의 멘트가 있자 여자 사회자가 베일을 벗겼다. 남자로 50대 후반의 중견 탤런트였다. 그러나 겉보기에는 호리한 몸매, 게다 가 미류를 현혹하기 위해 여자처럼 움직였음에도 빗나가지 않았다.

"아이고, 내가 말하기 민망하지만 치질 때문에 죽을 지경인데 족집 게처럼 집어내시네. 법사님, 내친김에 저 점 좀 봐주세요. 뭘 먹어야 이놈의 치질이 끝장난답니까? 이 고통 안 당해본 사람은 모릅니다. 엉덩이가 쫄깃쫄깃 찢어지는 이 고통."

남자 연기자가 표정을 쥐어짜자 방청석에 웃음꽃이 피었다.

영기 확인은 대성공이었다. 시간상 세 명밖에 하지 못했지만 100% 적중했다. 아니, 아직 한 가지가 남아 있기는 했다. 그 확인은 남자 사회자가 많았다. 궁금함을 참지 못한 그가 남자를 붙잡고 나지막이 물어본 것이다.

그건 성기였다. 미류가 민망해 차마 말하지 못한 그것이다. 남자 연기자는 고래를 잡지 않았다. 물론 고래는 잡지 않아도 된다. 다만 일부에서는 발기력이 떨어지는 50대쯤 되면 문제가 생긴다. 그곳의 표피가 짓무르거나 귀두와 표피 안에 찰과상 비슷한 작렬감이 지속되는 것. 이건 치료조차 잘 되지 않는 것이니 늙은 남자의 비애까지 미류가 짚어낸 셈이다.

"항복!"

남자는 두 손을 들고 퇴장했다.

뒤를 이은 화면 또한 대박이었다. 출연자들의 아픈 부분을 짚어내는 미류의 영기를 분석한 원적외선 체열 진단기였다. 처음에는 정상이던 체온 분포가 영기를 집중하자 바로 변했다. 특히 가슴과 머리가 그랬는데 핏물처럼 붉은색이었다. 옆에서 흉내를 내던 두 사회자는 아무런 변화도 없었다. 영기 자체는 입증할 수 없지만 영기를 내쏘는 불가사의한 힘은 간접 증명이 된 것이다.

"그러니까 법사님의 전생 리딩이 화요 씨에게 구원의 동아줄이 된 거로군요."

분위기를 정리한 뒤 은인이 된 사연이 폭로되었다.

"법사님의 전생 체험은 정말이지 저 자신을 돌아보는 계기가 되었어요. 나아가 오로지 저 하나만 생각하는 이기심에서도 벗어나게 되었고요."

"아, 이거 저도 막 궁금해지는데요? 법사님의 전생 체험."

남자 사회자의 목소리가 점점 더 높아졌다.

"법사님의 전생 체험은 자기 영혼을 돌아보고 안에 숨은 맑은 소리를 듣게 하는 힘이 있어요. 자기 안에 갇힌 순백의 자신 말이에요. 법사님을 만난 건 제 인생의 큰 행운이었습니다."

화요의 눈빛이 미류를 향했다. 미류는 볼이 뜨거워지는 것 같아 '큼큼' 하며 헛기침으로 마음을 달랬다.

"그럼 법사님은 어땠습니까? 혹시 송화요 씨처럼 미녀의 전생 체험만 특별한 거 아닙니까? 저같이 막 생긴 사람도 똑같은가요?"

대본에서 본 사회자의 질문이 시작되었다.

"전생은 아직 공인받는 상황은 아니지만 많은 사람들이 연구했거나 연구 중이고 상당수는 신빙성 있는 것으로 밝혀지기도 했지요. 우리나라에도 많은 전생 리딩가들이 있고 전생점연합회도 존재합니다. 이분들 중에는 의사도 있고 간호사도 있지요. 전생 체험이나 리딩에서 제일 중요한 건 영적인 주파수의 일치입니다. 신분이나 얼굴, 나이 같은 건 아무런 문제가 되지 않습니다."

"그러니까 우리 방송 같은 거로군요. 주파수가 맞으면 화면이 나오듯이."

"적절한 예네요. 방송에도 화소가 있듯이 전생 시전자들도 고유의 역량에 따라 화소 같은 게 있을 수 있습니다. 선명하게 볼 수도 있고 세밀하게 볼 수도 있고… 가장 중요한 건 역시 감응자의 마음 자세라고 봅니다. 마음을 열면 영적 주파수가 더 잘 맞을 수 있습니다."

"얘기를 듣다 보니 갑자기 궁금해지는군요. 그럼 법사님은 전생 전문가십니까, 무속인이십니까?"

"저는 무속인입니다. 무속인들은 자신이 모시는 몸주에 따라 각각 다른 능력으로 점을 보는데 저는 그중에서 전생점이 주특기가 된 셈입니다."

미류는 잘라 말했다.

"아, 지금 나오는 저분이 법사님의 은인이자 스승님이시라고요?"

표승의 사진이 보인다. 고깔을 쓴 멋진 모습이다.

"예, 저분에게 내림굿을 받았습니다. 그러니 저는 누가 뭐래도 무속인인 셈이죠."

"무속인으로서의 애환이 많으시죠? 그중에서 대표적인 것은 뭐가 있을까요?"

"무속인들에 대한 사회의 인식이 그리 좋은 편이 아닙니다. 직업란에 무당이라고 쓰면 이상하게 보는 사람이 많다더군요. 심지어 어떤 분의 딸은 학교에서 왕따까지 당했다고……."

"아, 네."

"하지만 무속인도 어엿한 직업의 하나입니다. 특별하게 보시지 말고 함께 어우러져 사는 사람으로 생각해 주셨으면 합니다."

"그렇군요. 저희도 사실 법사님이 무당이라기에 좀 무섭게 생각했는데 오늘 방송을 하다 보니 그 선입견이 싹 달아났습니다. 아마 시청자 여러분도 그럴 줄로 압니다."

"고맙습니다."

"그럼 법사님의 희망은 뭘까요? 궁금하군요."

"모든 무속인이 그렇겠지만 삶에 허덕이는 중생들과 희로애락을 함께하기를 바랄 뿐입니다. 그 결과가 좋게 나와 결실을 맺는다면 고령화사회에 맞춰 늙고 가난한 사람들이 현생을 아름답게 마무리할 수 있는 휴양터를 운영했으면 하는 바람이 있습니다."

"다음 생으로 가는 길에 대한 배웅이군요?"

"그런 셈이네요."

"마지막으로 묻겠습니다. 현생에 좋은 일을 많이 하면 내생에서 보답을 받는다는 말씀이신데 주변 사람들과의 인과는 어떻게 이어나

가면 좋을까요? 사회생활이라는 게 아무래도 인간관계의 연속이 아니겠습니까?"

"인연은 무엇과도 비교할 수 없는 소중한 것이지요. 작은 인연도 몇 만겁의 시간을 두고 이어지는 경우가 많으니까요. 최상의 것은 지금 이 순간 바로 옆에 있는 사람에게 최선을 다하는 일이라고 생각합니다. 특별할 게 없습니다."

미류는 간단하게 마무리를 지었다. 방청석에서 박수가 쏟아졌다. 미류의 말이 마음에 드는 모양이다.

"오늘 송화요 씨 편에 나와 주신 미류 법사님의 마지막 어록이었습니다. 고맙습니다."

어록이란다.

미류의 마음이 뿌듯해졌다.

사회자들이 마무리 멘트를 날리고 박수 속에서 조명이 꺼졌다. 녹화는 성공적으로 끝을 맺었다.

"고생하셨어요!"

화요가 웃는다. 조명이 꺼지자 미류도 긴장을 내려놓았다. 녹화실에는 아직도 박수가 그치지 않고 있었다. 미류는 화요에게 이끌려 나가 방청석을 향해 인사를 했다.

"오빠!"

하라가 뛰어나와 미류 품에 안겼다.

"언니는?"

화요가 샘을 내자 하라는 화요의 품으로 건너갔다.

"으아, 이제 미류 법사, 우리 같은 건 거들떠보지도 않는 거 아니야?"

타로의 설레발은 방송국에서도 시들지 않았다. 촬영을 지켜본 여성들이 모여들었다. 그녀들은 미류에게 전생점 보기를 원했다. 미류는 다음을 기약했다.

"미류 법사, 기분 죽이는데 우리 어디 가서 파티라도 열어야 하는 거 아니야? 우리 닥터 전 선생께서 쏘시고 싶다는데……."

"쏘는 건 제가 해야죠. 가시죠."

미류도 흔쾌히 응했다. 자기 일처럼 달려와 준 사람들에 대한 예의였다.

"저는 인터뷰가 있어서요. 끝나고 연락드릴 테니 어디 멀리 가지 마세요."

미류에게 속삭인 화요가 멀어졌다.

파티의 분위기는 좋았다. 다들 고무된 표정이다. 전생 특집이 방송을 탔기 때문이다. 미류도 나쁘지 않았다. 나름 긴장하던 일을 무난하게 해치웠다.

하지만 미류는 오래 앉아 있지 못했다. 화요가 전화를 해왔다. 스태프들이 기다린다니 가지 않을 수 없었다.

"잘 다녀와."

하라가 손을 흔들었다. 밖으로 나오니 화요의 차가 있다.

"타시죠."

이 매니저가 문을 열어주었다.

"이 근처인가요?"

뒷좌석에 오른 미류가 물었다.

"예, 금방 갑니다."

말은 그렇게 했지만 금방이 아니었다. 차는 한참을 달려 빌딩 숲에서 멈췄다.

"1202호입니다."

이 매니저가 출입문을 가리켰다.

'연예인들이 아지트로 쓰는 술집인가?'

오피스텔처럼 보이는 로비에 들어섰다. 지하와 1, 2층에는 고급 음식점도 많았다.

띵!

소리와 함께 엘리베이터에서 내렸다. 1202호는 열려 있었다. 안으로 들어서니 문이 저절로 닫혔다. 불도 저절로 꺼졌다.

'응?'

놀란 미류가 돌아보자 촛불 하나가 어둠 속에서 다가왔다. 초를 든 사람은 화요였다.

"화요 씨!"

"놀라긴요. 여기 제 아지트니까 긴장 푸셔도 돼요."

화요가 미류의 손을 당겼다. 작은 홈 바에 정갈한 음식이 세팅되어 있다. 와인도 두어 병 얼음에 재워져 있다.

"스태프는요?"

"지금은 우리 둘이 스태프예요."

화요가 리모컨을 눌렀다. 은인 채널이다. 방영을 앞두고 광고가 나오고 있었다.

"저도 긴장이 되어서요. 법사님하고 같이 보려고 따로 자리 준비했는데 화 안 내실 거죠?"

화요가 기대왔다.

"화요 씨……."

"어떻게 편집이 되었는지, 시청률은 어떨지, 그리고 시청자들 반응은 어떨지 긴장돼요. 방송 끝날 때까지만 함께 있어줘요. 저거 끝나면 한중일 합작극 스폰서들 만나기로 되어 있거든요."

설명하는 화요의 손이 떨린다. 대스타도 사람이다. 방송의 여파에 따라서 주연이 확정될 수도, 혹은 물 건너갈 수도 있는 일. 미류는 그 부탁을 저버릴 수 없었다.

그러고 보니 미류도 다시 긴장 모드로 들어갔다. 처음으로 출연한 방송. 편집은 어떻게 되는 건지, 말은 어떻게 했는지 궁금했다.

"나오네요!"

와인 잔을 든 화요가 화면을 가리켰다. 시작은 아는 대로였다. 이런저런 이야기에 더해 은인이 된 배경과 에피소드 역시 같았다. 거기서 부적 실험이 나왔다. 따로 찍은 것이 여기에 쓰인 것이다.

[勇氣符]

미류가 쓴 부적이 보인다. 겁 많은 사람들을 위해 써달라던 그 부적이다. 부적은 모두 열다섯 장. 그중 3분의 1은 진품이고 나머지는 정교하게 복사한 위조품이었다. 열다섯 대상 군이 선정되었다. 모두 연기자들이다. 그들은 세 그룹으로 나뉘어 공포 체험을 했다. 그런 다음 심박동을 체크하고 채혈을 했다.

"아, 빨리 좀 보여주지."

사회자들이 뜸을 들이자 화요가 조바심을 냈다. 잠시 후에 결과가 나왔다. 좋았다.

"대박!"

신바람이 난 화요가 벌떡 일어섰다. 그 바람에 미류의 옷에 와인을 쏟고 말았다.

"어머, 죄송해요!"

"괜찮아요."

대답하는 미류의 시선은 화면에 있었다. 진짜 부적을 지닌 사람들의 심박동과 혈액 검사는 모두 안정되게 나왔다. 가짜 부적도 조금은 그랬다. 부적으로서의 위안과 함께 영기가 담긴 부적의 위력을 보여준 케이스가 되었다.

"나이스!"

화요가 손을 내밀었다.

짝!

미류와 화요의 손바닥이 허공에서 마주쳤다.

다음은 지화였다. 장소는 신당으로 그곳의 화면이 뒤를 이었다. 사삭사삭, 지화의 속삭임이 마이크를 타고 흘러나왔다. 보다 선명하게 강조하기 위해 음파용 컴퓨터까지 동원되었다. 대조를 위해 일반적인 종이꽃을 놓고, 지화와 같은 지질의 종이도 동원했다. 그들 종이에서는 아무런 소리도 나지 않았다.

대미는 베일에 가린 연예인들의 아픈 부위를 맞히는 장면이었다. 거기서 화요의 핸드폰이 울렸다.

"네? 시청률 38% 찍었다고요?"

화요의 목소리는 거의 비명에 가까웠다.

"게시판 반응도 호의적이고요? 와아아!"

핸드폰을 집어 던진 화요가 미류를 덮쳤다. 소파의 코너에 몰린 미류는 꼼짝없이 눌려 버렸다.

"법사님, 고마워요! 우리 방송 대박 났대요!"

그녀의 입술이 미류에게 쏟아졌다. 너무 뜨거워 견딜 수가 없었다. 밀어낸다는 게 화요가 자세를 바꾸면서 자연스럽게 미류가 위로 올라간 형국이 되었다.

"법사님!"

흥분한 그녀가 미류의 얼굴을 당겼다. 하필이면 화요의 가슴팍이다.

앗, 뜨거!

소리가 날 것 같았다. 그녀의 가슴이 그랬고 포개진 중심부가 그랬다. 그녀에게 닿기 무섭게 벌떡 일어난 녀석. 그 부분이 안 닿으면 좋으련만 화요의 몸부림이 오히려 자극하고 있었다. 거기까지만 해도 좋으련만 원피스 자락이 말리면서 그녀의 속옷까지 드러나 있다.

이제는 숨까지 막혀왔다. 매끈하게 뻗은 그녀의 허벅지, 그 끝을 막아선 둔덕의 볼륨을 맨정신으로 볼 자신이 미류에게는 없었다.

"법사님!"

화요의 입김이 귓불을 나른하게 녹아왔다. 눈앞이 흐려지는 미류. 더는 참아낼 수 없었다. 미류의 손이 아래로 내려가 그녀의 얇은 한 겹을 벗겨냈다. 뜨거운 샘물에 손이 닿았다. 그녀는 떨고 있었다. 공포가 아니라 기다림이었다.

태워야지.

불붙어 그을린 심장은 불로써 흔적을 없애야지.

미류는 결국 그녀의 마지막 영토를 침범했다. 고맙게도 그녀가 다리 사이의 공간을 내주었다. 둘은 마침내 하나의 활화산이 되었다. 서로의 가장 깊은 곳으로 치달으며 태우고 또 태웠다. 그 마지막은 용암의 폭발이었다. 화요는 용암을 죄다 받아들였다. 화면에서 박수 소리가 들린다. 시간에 맞춰 방송도 끝나가고 있었다.

"법사님!"

화요가 새처럼 고개를 들었다.

"네?"

"저 아무래도 법사님 좋아하나 봐요."

"……!"

미류는 귀를 의심했다. 좋아한다고? 다른 사람도 아닌 화요가?

"화요 씨……."

"됐어요. 법사님은 아무 말 안 해도 돼요."

화요는 쿨했다. 벌떡 일어난 화요는 미류를 샤워장으로 밀었다. 그리고 그녀 자신도 들어서더니 문을 닫아버렸다.

쏴아아!

한 번 더 넋을 놓은 미류의 귀에 샤워기의 물소리가 요란했다.

따르르릉!

신당의 전화가 울린다. 벌써 몇십 번째인지 모른다. 신당 전화번호는 공개한 적도 없건만 용케도 알아내 전화를 걸어댔다. 덕분에 하라와 봉평댁은 '여보세요'를 달고 살았다.

미류도 예외는 아니었다. 그동안 점사를 보고 간 손님 대다수가 축하 전화를 해왔다. 송 사모님과 그녀의 송송탁구방 멤버들, 선일주에 박기창, 남창수와 수나 등이다. 그 와중에 논산 아줌마도 끼어 있다. 재판이 잘 진행되고 있다며 또 한 번의 감사를 잊지 않았다. 물론 미류의 어머니와 전생점연합회 회원들 역시 그냥 넘어가지 않았다.

단순히 전화만 온 것이 아니었다. 한 다리를 거치면서 소개가 소개를 낳았다. 덕분에 지도층이나 인기인들의 예약도 쏠쏠하게 접수되었다.

"오빠, 또 왔어!"

하라가 마당을 가리켰다. 꽃바구니 이야기였다. 송 사모님을 필두로 화요와 수나, 전순애 등이 보낸 꽃은 마당 한쪽을 가리고도 남았다.

"여기까지요!"

결국 정리 선언을 하고 말았다. 미류는 핸드폰을 끄고 봉평댁은 수화기를 내려놓았다. 미류에게 할 일이 있기 때문이다.

촤아아!

샤워를 했다. 숭고한 마음으로 세속의 때를 벗겨냈다. 그새 경신일이었다. 오늘 밤에 부적을 완성해야 했다. 궁천도인을 위한 그 부적이다.

"선생님!"

샤워 직후에 연주가 다녀갔다. 퇴근길이었다. 그녀는 연습한 부적을 꺼내놓았다. 스윽 보고 태워 버렸다.

"다시!"

한마디만 해주었다. 연주는 실망한 빛이 역력했다. 사실 공들여 쓴 것들도 있었다. 하지만 미류로서는 최상의 지도였다. 뭔가 부족한 것은 그냥 없애 버리는 것이 나았다. 많은 사람들이 실수하는 건 조금 부족한 걸 어떻게든 수리해서 써보려고 궁리하기 때문이다.

부적은 그런 물건이 아니었다. 부족하다 싶으면 버리고 다시 써야 했다. 실수를 알고 다시 도전하면 좋아진다. 그건 거의 반드시 그랬다.

'미안.'

어깨를 늘어뜨리고 나가는 그녀의 뒤에다 속삭였다. 다 그녀가 잘 되기를 바라는 마음에서이다. 부적 용구를 준비하는데 하라가 거실을 살금살금 지나가는 게 보인다.

또 무슨 귀여운 짓을 하려는 걸까?

미류가 보니 하라는 신당 안에 있었다. 점잖게 합장을 하더니 허공에 쌀을 휙 뿌렸다. 그걸 팔선채로 받아내는 하라. 그런데 점괘가 안 좋은 모양이다. 어린 손으로 턱을 괴고 한숨까지 쉰다.

"우리 하라, 무슨 점 보니?"

미류가 모른 척 들어섰다.

"오빠!"

하라가 발딱 고개를 들었다. 그러더니 쌀알을 재빨리 감추었다.

"누구 신점?"

다시 묻지만 하라를 고개를 저었다. 그런데 힘찬 고갯짓과는 달리 검은 눈동자에 물기가 비친다.

"왜? 점괘가 나쁘게 나왔어?"

"……"

"그럼 다시 해봐. 다르게 나올 수도 있잖아?"

"안 돼!"

꾹 다물고 있던 하라의 입술이 열렸다.

"왜?"

"벌써 세 번째란 말이야."

"세 번이나 같은 점을 본 거야?"

"응."

"우리 하라, 유치원에 친구 생겼나? 아니면 엄마 꿀점."

"아니!"

"그럼 나?"

"응!"

"오빠 점을 왜?"

"비밀!"

"그럼 걱정하지 마. 오빠는 다 헤쳐 나갈 수 있으니까."

"그래도 속상한 걸 어떡해?"

"무슨 점인데?"

"하앙, 저번에 말했잖아. 오빠에게 두 가지 큰 일이 일어나는데 그 중 하나가 안 좋다고."

하라는 결국 눈물을 터뜨리고 말았다.

"저년이 왜 또 신당에서 울고 지랄병이래?"

소리를 듣고 온 봉평댁이 야단 신공을 펼쳤다.

"몰라. 엄마는 아무것도 몰라. 바보!"

하라는 제 풀에 겨워 방으로 달려갔다.

"미안해. 저게 미류 법사가 너무 오냐오냐하니까……"

"아닙니다. 야단치지 마세요."

"오늘, 밤새울 거지?"

"네."

"간식거리 준비했으니까 출출하면 나와서 먹어."

"알았어요."

"어휴, 내가 저년 때문에… 미류 법사 볼 낯이 없네."

봉평댁은 가슴을 두드리며 신당을 나갔다.

뭘까?

하라의 속을 상하게 하는 나쁜 점.

궁금하기는 했다.

쌍신(雙神) 분리

하지만 거기에 시시콜콜 마음 둘 시간이 없었다. 어느새 자시가 가까워진 것이다.

천부(天符)!

미류는 전생신의 것을 베껴낸 천부를 바라보았다. 그동안 차분히 연습한 천부. 오늘은 기어이 괴항지 안에 하늘의 힘을 담아내야 했다.

마음을 다스리기 위해 좋은 말을 꺼내보았다. 아까 찾아둔 인도 자이나교에 나오는 말이다.

〈케발라 지냐나!〉

궁극의 깨달음이라는 뜻이다. 이 사람들은 '샤트룬자야'라는 말을 선으로 알았다. 적을 격파하고 얻은 승리라는 의미이다. 거기서 말하는 적은 자기 자신이다. 자신과의 싸움이 가장 힘들다는 경구였다.

자기 자신!

따지고 보면 모든 것은 자신과의 싸움이었다. 전생도 그렇고 현생도 그렇다. 그 안에서 날마다 피고 지는 인과와 인연도 그랬다. 매사에 자기 자신을 극복할 수만 있다면 나쁠 일이 없는 것이다.

'샤트룬자야!'

그 말을 곱씹으며 경면주사와 괴황지를 꺼내놓았다. 이제 한 사람의 무속인을 구할 시간이었다. 팔선채를 보았다. 신방울과 명두도 보았다. 천부인의 대표로 불리는 그들이다. 신과 소통하는 신물들인 것이다. 경건히 칠 배를 올린 미류가 경면주사 그릇을 꺼내놓았다. 용뇌 가루와 콩기름도 따라 나왔다. 경면주사를 갈았다. 잡념은 내려놓고 오직 경건함으로 갈았다. 이 안에 하늘의 힘이 깃들기를, 이 안에 액운을 막는 힘이 내리기를…….

궁천도인.

신몽대감.

하나를 구하면 둘이 살 수 있다. 그 둘은 한국 무속의 큰 거목이거나 거목이 될 사람. 그러다 괴황지를 바라보는 미류의 호흡이 멈췄다.

몸주님!

미력한 당신의 신제자가 바라건대,

하늘을 공경하는 마음과 인간을 사랑하는 마음을 바치노니 부디 이 기도를 받아 원하는 부적을 얻게 하소서!

―영을 모으고 혼을 모아 정진하라.

―네 진정 사심이 없고 그 진심이 하늘에 닿으면 네 신통이 한층 발전하는 계기도 되리니 참된 신제자는 죽는 날까지 구하고 또 구함이라.

공수가 내려왔다.

후욱!

입김을 날려 촛불을 껐다. 천부를 쓰는 데는 천안이 필요하니 촛불 따위는 장식품에 불과한 것. 미류는 오직 영기(靈氣)를 등불 삼아 회심의 획을 긋기 시작했다.

첫 획에 하늘을,

두 번째 획은 땅을,

다음으로는 인간을 담았다.

천지인!

미류의 부적은 그 세 가지 숭고함을 담아내며 계속되었다.

끼익!

택시가 용궁사에 닿았다. 음력으로 29일 오후이다. 차가 없는 통에 고속버스를 타고 와서 택시를 잡았다. 미류 혼자 다닐 때는 불편하지 않았는데 하라가 따라붙으니 불편함이 드러났다. 봉평댁을 동행하다 보니 그냥 둘 수도 없는 하라였다.

'차부터 뽑아야겠네.'

미류는 비로소 마이카의 필요성을 느꼈다.

"법사님!"

미류를 먼저 반겨준 건 묘우였다. 한 번 본 안면이 있다고 소나무 길까지 나와 있었다.

"묘우 스님, 잘 있었어?"

미류가 두 팔을 벌려 묘우를 안았다.

"법사님, 텔레비전에 나오는 거 봤어요!"

묘우가 소리쳤다.

"이야, 영광이네. 묘우 스님이 다 봐주고."

"어? 쟤도 텔레비전에 나왔는데?"

묘우의 시선이 하라에게 옮겨갔다. 신당이 나올 때 잠깐 출연한 걸 기억하는 모양이다.

"내 이름은 강하라!"

하라가 웃었다. 묘우가 싫지 않은 눈치다.

"강하라? 난 묘우야. 나보다 어린 거 같으니까 오빠라고 불러."

묘우가 다가섰다. 그러자 하라가 묘우의 까까머리를 슬며시 비볐다.

"느낌이 이상해."

"뭐가 이상해? 너도 박박 깎아봐. 편하고 좋아."

"진짜?"

하라의 호기심이 발동했다.

"내가 마삼 스님에게 부탁해 줄까? 그 스님 머리 엄청 잘 미셔."

"에, 나는 싫은데?"

뭔가 이상한 걸 느낀 하라가 미류의 다리 뒤로 숨으며 꽁무니를 뺐다.

"장난이야. 가자."

묘우가 손을 내밀었다. 미류를 힐금 바라본 하라가 그 손을 잡았다.

"큰스님, 미류 법사님 오셨어요!"

묘우가 소나무 길을 달리며 소리쳤다. 쏴아아, 쏴아아 하는 소리가 들리며 피톤치드를 머금은 소나무 향이 묘우와 하라의 등을 밀어주는 것 같았다.

"애들이라 금방 친해지네."

보따리를 이고 진 봉평댁이 웃었다. 하나는 미류가 들겠다고 해도 한사코 거절하는 그녀였다. 미류는 별수 없이 부적 가방만을 들고 걸었다.

"법사님!"

이번에도 아는 얼굴이 마중을 나왔다. 고시생 오 검사였다.

"공부 잘되세요?"

미류가 물었다.

"덕분에요. 정리가 쏙쏙 잘되고 있습니다. 어제 방송에 나오는 거 봤습니다."

그가 다가와 악수를 청했다. 얼굴을 보니 좋아 보인다. 눈동자도 맑았다. 이제 공부에 제대로 정진하고 있다는 표시이다.

"어이쿠, 이거 이제 이 절이 미류 법사 절이로구먼. 선 장관도 전화하면 미류 법사부터 묻고, 오 검사도 그렇고, 우리 묘우 스님도 걸핏하면 미류 법사 이야기이니……."

경내에 숭덕 스님이 나와 있다. 그 옆으로 표승도 보인다.

"선생님은 언제?"

"아, 우리야 기력 달리는 퇴물들이니 일찌감치들 다녀야지. 젊은 사람들처럼 딱 날 잡아서 다닐 기력이 아니지 않느냐?"

표승도 미류를 반겼다. 그제야 자장면 냄새가 났다.

"우리도 어제 방송 보았네. 아주 단체 시청을 했지."

숭덕이 웃었다.

"내력도 없는 주제에 괜한 생각을 펼친 건 아닌지 모르겠습니다."

"아니야. 아주 잘했네. 다들 그런 데 나가면 자기 자랑하기 바쁜데 미류 법사는 중심을 잘 잡았어."

"고맙습니다."

"방송 출연 축하도 할겸 자장면을 넉넉하게 준비했네. 많이 먹고 오늘도 힘 좀 쓰시게나."

숭덕 스님이 주방 쪽을 가리켰다.

"가세요. 제가 담아드릴게요. 하라야, 너도 가자!"

제 세상을 만난 묘우가 미류의 등을 밀었다.

자장면!

진심으로 푸짐했다. 미류는 앞뒤 재지 않고 입에다 퍼부었다. 언제 먹어도 맛있는 용궁사표 자장면이었다.

"하라야, 많이 먹어."

미류는 하라를 챙겼다.

"웅, 오빠도!"

입에서부터 볼까지 검게 변한 하라가 젓가락을 흔들었다.

"부적은 준비되었나?"

표승이 물었다.

"예, 겨우……."

"다행이군. 궁천하고 신몽대감은?"

"오기 전에 전화했으니 다들 알아서 도착하실 겁니다."

"우담 쪽은 아까 연락이 왔다. 열심히 오고 있는 길이라고……."

"예."

식사가 끝나갈 무렵, 밖에서 차 소리가 들렸다.

"어, 또 손님이 오셨나 봐요."

무짠지를 씹던 묘우가 바람개비처럼 달려 나갔다.

"나도 같이 가!"

하라도 그 뒤를 이었다.

"아유, 저것들. 지들이 언제 봤다고……."

봉평댁이 괜한 혀를 찼다. 둘이 잘 노는 게 보기 좋은 모양이다.

"신몽대감이 오셨나?"

숭덕 스님이 일어섰다. 미류도 마지막 면을 입에 넣고 자리에서 일어섰다.

"……!"

밖으로 나온 미류는 소스라치게 놀라고 말았다. 도착한 사람은 신몽대감이 맞았다. 거구가 내리자 차가 흔들거렸다. 그런데 그 차 안에서 다른 사람이 둘 더 나온 것이다. 그중 하나가 궁천이었다.

"오는 길에 태워 왔습니다. 기름값 더 드는 것도 아니고……"

신몽이 대충 둘러댔다. 기름값을 운운했지만 궁천을 챙기는 마음이 느껴졌다. 기왕에 구제하기로 한 마당이니 먼저 손을 내민 것일까? 미우나 고우나 제자이기에 애증에서 미움의 무게를 빼버린 신몽. 미류는 그런 신몽이 마음에 들었다. 오늘 일, 잘될 것 같은 예감이 느껴졌다. 시작부터 좋지 않은가?

그 뒤를 이어 우담할망의 차도 도착했다. 운전은 신딸이 맡고 있었다. 우담할망의 기력도 나빠 보이지 않았다.

"기가 막히는군. 명부의 기운을 숭덩 베어온 것 같지 않은가?"

식사 후에 미류가 꺼내놓은 부적을 본 숭덕이 감탄을 금치 못했다. 부적은 많았다. 미류가 여러 상황을 예상해 준비한 것들이다. 그중 어느 한 장도 허튼 게 없었다.

"무속의 맥이 끊길까 걱정했는데 다 기우로군요. 이런 초대형 만신감이 있는 줄도 몰랐으니……"

신몽도 반한 듯 고개를 끄덕거렸다.

"한두 장은 내게 주시고 가겠나? 우리 젊은 스님들 공부 삼아 보여드리게."

숭덕이 부적을 청했다. 그 말이 고마워 두 장을 꺼내주었다.

잠시 후에 경내의 뒷마당은 주문 소리로 가득 찼다. 숭덕과 표승, 우담이 입을 맞춰보는 것이다. 다들 주문에 도통한 수준이니 오래 걸리지 않았다.

자시를 앞두고 새참을 먹었다. 도토리묵과 두부였다. 밤을 새워야 하는 일이니 미리 요기를 한 것이다. 접시는 묘우와 하라가 날랐다. 귀여운 아이들이 가져오니 더 맛이 났다. 한 톨도 남기지 않고 다 해치웠다.

"그럼 슬슬 출발해 볼까?"

숭덕 스님이 신호를 보내왔다. 표승이 일어나고 이어 우담이 일어났다. 신몽도 일어서며 궁천에게 눈짓을 했다. 어스름 달빛이 내려앉은 기와 담장을 따라 걸었다. 절 안에서 할 일이 아니었다.

선봉은 젊은 스님들이 맡았다. 정식 굿이 아니라 제상은 단출하지만 다른 게 많았다. 작두 소품이 큰 짐이 된다. 얼핏 궁천과 신몽을 돌아보았다. 둘은 아주 담담해 보였다.

쌔에에쌔에에!

풀벌레 소리들이 담담하게 귀를 타고 지나갔다. 스님들이 멈춘 곳은 절에서 조금 내려와 마을이 가까운 굿터였다.

숭덕이 찜한 장소였다. 30여 년 전만 해도 간간이 굿을 하던 장소라고 했다. 신목도 있고 샘물도 있었다. 이만하면 맞춤한 곳이다. 표승이 부정을 물리는 삼색 천을 꺼냈다. 울긋불긋한 그 천으로 나뭇가지를 묶었다. 그 나무 아래 앉은 중년의 스님 하나가 북을 잡았다.

두둥덩둥!

열채와 궁굴채를 휘둘러 소리를 잡는 스님. 조율을 끝낸 그가 숭덕을 바라보았다.

"시작할까요?"

숭덕이 표승과 우담을 돌아보았다. 둘은 행동으로 대답했다. 선 자리에서 사뿐히 앉은 것이다. 봉평댁과 우담의 신딸이 한발 물러나 거리를 내주었다. 숭덕과 표승, 우담의 1차 잡귀 퇴치 주문이 시작되었다. 목을 푸는 항마진언경이 첫 주자였다.

"옴소마니 소마니 훔 하리한다 하리한다……."

다음은 옥추경이 나왔다.

"정심신주왈 태상태성 응변무정 구사박매 보명호신 지혜명정……."

두둥덩더둥!

세 거두의 주문은 북소리와 어울려 육계주로 달려가고 있었다. 육계주는 몸과 마음을 정화하고 신에게 소원 성취를 비는 경이다.

"심신안녕 삼혼영구 백무상경……."

급급여율령 사바하!

덩더둥둥!

마지막 주문은 미류도 따라 하게 되었다. 이제는 입에 익어 저절로 새어 나왔다.

말쑥하게 정화된 곳에 소박한 제단이 차려졌다. 그건 봉평댁의 몫이었다. 신딸이 함께 도왔다. 3박 4일의 굿상도 차려본 봉평댁에게 간이 굿상은 일도 아니었다. 그녀는 10분도 되지 않아 굿상 준비를 끝내고 붉은 팥과 소금을 집어 네 귀퉁이에 뿌렸다.

"훠어이훠어이!"

봉평댁의 당찬 소리에 어둠이 밀려났다.

"오시게!"

준비가 끝나자 표승이 궁천을 지명했다. 그가 다가왔다.

"앉게!"

표승이 가리킨 곳은 굿상 앞이었다. 궁천이 앉자 표승이 미류에게 눈짓했다. 이제 부적이 나올 차례였다. 미류가 부적을 꺼내 들었다. 그 싸한 위세에 풀벌레들이 숨을 죽였다. 미류는 부적을 궁천의 머리와 가슴, 배에 붙였다.

천지인!

그 신묘와 오묘함이 깃든 석 장이었다.

후웅!

석 장의 배열이 삼각을 이루자 그 중심에서 서늘한 영기가 밀려나왔다.

"도인님."

미류가 궁천을 바라보았다. 시작 전에 의지를 다지려는 것이다.

"이미 무속계에서 이단아 취급받던 몸인데 내로라하는 만신들께서 나서주시니 몸 둘 바를 모르겠네. 이 자리에서 죽어도 여한이 없으니 무조건 자네 신명에 따르겠네."

대답하는 그의 목소리가 한없이 담담했다.

그사이에 스님들은 작두 칠성단을 쌓고 있었다. 어른 키 두 배 크기의 승전기는 이미 양쪽에 버티고 서 있었다. 작두는 바닥에 놓고 타지 않는다. 칠성단을 놓은 다음 그 위에 작두를 두고 올라탄다.

맨 아래에는 절구통이 놓이고 그 위로 흰쌀 두 말을 올렸다. 그런 다음 쌀 뭉치가 움직이지 않도록 고정시킨 후에 밥상과 물을 채운 물동이를 놓고 흰쌀을 담은 네모반듯한 모반을 올려 마무리를 한다. 작두는 그 위에 올려놓는 것이다. 대충 봐도 미류의 키만큼이나 높았다.

칠성단은 장군신이 칠성신을 받든다는 뜻이고, 물동이는 용왕신을 상징한다. 그 앞으로 신몽이 나섰다. 거구의 손에는 웅장한 장군칼이 들려 있었다.

"후어어어이!"

쿵!

절구통 같은 발로 대지를 내찬 신몽, 마침내 장군신을 향한 외침을 토했다.

쿵!

이번에는 반대편 발로 땅을 찍고 허공을 찌른 자세를 거두더니 선 굵은 동작을 시작했다.

그 소리를 따라 서걱서걱 작두날을 세우는 소리가 들렸다. 작두를 가는 사람은 신몽이 청해왔다. 정갈하고 부정을 탄 적이 없는 사람이어야 했다. 서른에 가까운 여자는 입에 흰 종이를 접은 하미를 물고 무심하게 날을 세웠다. 중요한 건 말을 하면 안 된다는 것이다. 그렇게 되면 부정이 타기에 말을 하지 않기 위해 하미를 문 것이다.

미류는 그 앞에 있었다. 혹시라도 마을 사람이 올 수도 있었다. 작두날을 세울 때 부정이 탄 경우가 한두 번이 아니었다. 잘 모르는 사람들은 하미를 문 모습만 봐도 배꼽을 잡고 웃어버린다. 그럼 그날의 작두 타기는 끝장이다. 무당이 발을 베거나 아예 올라서지를 못하는 것이다.

"후워어이!"

신몽이 폭주하고 있었다. 더러는 탁하고 더러는 맑은 목소리는 저승까지 울릴 기세였다. 그때였다. 미류의 측면 숲에서 뭔가 빛이 반짝거렸다.

"……?"

불길한 생각이 든 미류가 숲으로 뛰었다.

"악!"

미류를 본 두 남녀가 놀라 엉덩방아를 찧었다.

'이런!'

놀란 남녀보다 미류가 더 사색이 되었다. 대학생쯤으로 보이는데 몰래 숨어 사진을 찍고 있었던 것이다. 카메라를 확인했다. 진짜 그랬다.

"죄송합니다. 무속을 연구하는 학생들인데 대가님들이 굿을 하신다기에……."

남학생이 먼저 고개를 숙였다. 대체 어디서 정보를 들은 걸까? 하지만 그걸 따질 때가 아니었다.

"가요."

미류가 마을을 가리켰다. 어떻게든 조용히 마무리하려는 것이다.

"죄송합니다."

"조용히… 조용히 가요. 그리고 다시는 오지 마세요."

한 번 더 강조했다. 미류의 매운 표정을 본 남녀는 엉거주춤 꽁무니를 뺐다.

"무슨 일이야?"

봉평댁이 다가와 물었다.

"아무것도요. 숲에서 소리가 나길래 가봤더니 새가 날아가네요."

"으응, 다행이네."

봉평댁을 뒤로하고 다시 작두날 세우는 곳으로 향했다.

부정.

그 단어가 어지럽게 달려들었다. 일단 좋은 일은 아니었다. 하지만 다행히 아무도 모르게 처리되었다. 돌아보니 신몽의 동작이 종이처럼 가벼워 보인다. 장군신이 강신하고 있는 것이다.

'부디 아무 일도 없기를…….'

미류는 카메라 사건을 지워 버렸다.

다행히 작두날이 서늘하게 섰다.

둥다다다다다당!

북소리도 잦아들고 있었다. 신몽의 몸에 장군신이 내려온 것이다. 그러나 오늘 필요한 장군신은 하나로 될 일이 아니다. 장군칼을 내려놓고 작두날을 받아 든 신몽이 허벅지를 후려쳤다. 칼금이 서렸지만 핏발은 서지 않았다.

이어 혀를 가져다 대었다. 작두날에 시퍼런 혀를 날름거려도 신몽의 혀는 끄떡없었다. 무당은 작두의 독을 달래야 한다. 그런 다음에야 작두를 탈 수 있었다. 작두로 허벅지를 친 것은 장군신이 제대로 실렸는지의 시험이다. 신이 내리지 않았다면 허벅지가 뭉텅 베어져 나갈 것이다.

쇳독을 죽인 신몽이 두 발을 여자에게 맡겼다. 신성한 작두날에 올라가야 하는 것이기에 발에 묻은 부정을 씻어내는 것이다.

둥다당당, 덩더둥둥!

잠시 숨죽인 북소리가 올라가기 시작했다. 신몽은 제자리에서 맴을 돌고 무릎 각을 크게 하며 아래위로 경중거렸다. 거구가 아니었다. 다람쥐도 저런 다람쥐가 없었다.

'실렸다.'

미류는 보았다. 한순간 신몽의 머리카락이 쭈뼛 올라가는 걸. 그의 몸이 돌연 종잇장처럼 가벼워졌다고 느꼈을 때 일동은 일제히 숨을 죽였다.

둥더둥둥, 당당다당!

북소리 가락은 중모리에서 휘모리까지 올라갔다.

"호이차!"

마침내 신몽이 작두날을 밟았다. 하지만 바로 떼고 말았다.

"……!"

모두의 시선이 신몽에게 쏠렸다. 작두 만신 신몽대감. 자타가 공인하는 작두 타기의 대가. 그런 그가 작두날을 밟지 못한 것이다.

'역시 부정이 탄 걸까?'

미류의 등골을 타고 식은땀이 흘러내렸다.

사방에 한기가 흘렀다. 신몽도 그랬고 만신들도 그랬다. 봉평댁과 신딸 화영, 스님들은 숨조차 제대로 쉬지 못하고 있었다.

다시!

호흡을 가다듬은 신몽이 북잡이에게 신호를 보냈다.

둥더둥당!

북소리가 올라갔다. 그러나 이번에도 신몽은 작두를 타지 못했다. 작두가 거부하는 것이다. 신몽의 표정이 굳어갔다. 궁천의 표정은 더욱 그랬다.

오방신장이 내려오지 않으면 부적도 독경도 소용없을 일. 한마디로 끝장났다고 봐야 한다.

하라가 스쳐 갔다.

—오빠 점괘가 나쁘게 나왔어. 속상해!

이제는 그 말을 의심할 수 없게 되었다. 그러나 이대로 주저앉을 수는 없는 일. 두 대학생을 잡아다가 화풀이를 할 수도 없다.

〈작두가 부정을 탔다!〉

미류는 그 명제에 골똘했다. 간단히 말하자면 그 부정을 내치면 될 일이다. 그것도 아니면 작두대의 칠성신과 용왕신을 달래면 될 일.

칠성부(七星符)와 용왕부(龍王符).

앉은 자리에서 부적을 썼다. 도구는 가방 안에 들어 있으니 어려울 게 없었다.

'천부의 정성으로 비나오니······.'

미류의 바람이 오롯이 부적에 들어갔다. 칠성단의 두 신에게 바치는 부적이다. 완성된 부적을 태워 물에 푼 후 흰 천에 적셔 신몽의 양발을 닦아주었다.

'부디 노여움을 푸시고 장군신을 내려주소서!'

절을 하는 사이에 신몽의 발 위로 달빛이 쏟아졌다. 신몽이 다시 작두 앞으로 나섰다.

'제발······.'

미류의 애간장이 끓었다. 그리고 마침내 신몽의 두 발이 작두 위로 올라섰다.

"어휴!"

봉평댁이 한숨을 내쉬었다. 다른 사람들도 비슷했다. 어찌어찌 위기를 넘기는 순간이었다.

작두를 밟은 신몽은 작두와 하나였다. 어찌나 가벼운지 그저 종이 한 장이었다. 장군신이 제대로 내려 작두날에 올라서면 그때의 무당 몸무게는 제로가 된다. 무당이 아니라 신이 올라서는 것이다.

"우어허이!"

위기를 털어낸 신몽이 작두 위에서 훨훨 날았다.

"···환인황제 환웅황제 단군신령 산왕대신 천하영웅 관운장 십이 신장······."

표승이 신장청분 주문을 외우며 보조를 맞췄다. 그 뒤는 우담할망이 따라붙었다.

"천상옥경 천존신장 천상옥경 태을신장 천지조화 풍운신장 태극 두파 팔문신장······."

둥둥덩더둥!

북소리가 고저를 비명처럼 드나들자 사이사이의 빈 곳은 주문이 빼곡히 메웠다.

"왔다!"

표승의 목소리가 신음처럼 새어 나왔다. 메 지을 쌀을 창호지로 덮어 놓아둔 바가지에 서벅 발자국이 찍힌 것이다. 마침내 신몽의 작두춤에 감응한 신장들이 모여드는 것이다.

동방청제 청의신장!

서방백제 백의신장!

남방적제 적의신장!

북방흑제 흑의신장!

그리고 중앙황제 황의신장.

육무신장, 육갑신장, 육정신장, 육음신장이 허공에서 그들의 강림을 호위하고 있다. 동서남북과 팔방위의 잡귀들은 숨을 죽이고 멀어졌다.

저 세상의 소리로 찍힌 발자국들이 늘어났다. 숭덕도 보고 우담할 망도 보았다. 사방은 신기로 가득 찼다. 오방위의 신장 강림이다.

"이제 늙은이들 차례로군."

염주를 손에 쥔 숭덕이 심호흡을 했다. 표승과 우담도 그랬다. 그들의 폐 주머니가 한계치까지 커지고 있었다.

두둥두둥!

다시 북소리가 앞장을 섰다.

그 뒤를 따라 세 거두가 독경을 외우기 시작했다. 처음에는 같은 음이었다. 숭덕이 먼저 치고 나갔다. 훌쩍 높아진 독경 소리에 풀벌레도 숨을 죽였다. 작두 위에 올라선 신몽은 흔들림이 없었다. 그의 시선은 오직 빈 허공에 멈춰 있었다. 제단 앞의 궁천도 무아에 들어서기는 다르지 않았다. 그 역시 신묘한 힘을 품었던 무속인. 본능으로 현재의 상황을 꿰고 있는 것이다.

숭덕 다음은 표승이 맡았다.

'선생님……'

미류는 알았다. 표승이 그의 혼을 태우고 있다는 것을. 그의 독경은 한마디로 영혼의 울림이자 신의 주파수와 같았다. 옆의 봉평댁이 맨살을 쓸었다. 독경의 따가움 때문이다. 홀쩍 올라간 표승의 독경이 천지에 오한을 스미게 한 것이다.

이어 우담할망이 뒤를 이었다. 이미 강신을 받은 그녀의 독경은 표승보다 서늘했다. 강신이 등을 미는 듯 시나위가 탄력을 받은 것이다. 그녀의 주문이 끝없이 하늘로 치솟을 때 표승과 숭덕이 합세했다.

이제는 삼창이다. 세 대가의 목울대에 파란 동맥의 줄이 선명하게 드러났다. 얼굴 또한 새하얀 귀기(鬼氣)가 서릿발처럼 내려 있다. 그렇게 쏟아놓는 독경은 그야말로 천지합일이었다. 높고 낮은 음은 천지를 제압하고 천하를 숨죽이게 만들었다. 진광대왕, 초강대왕의 위세가 따로 없었다.

"에구!"

봉평댁은 다리가 풀리며 주저앉았다. 젊은 스님과 화영도 그랬다. 마침내 세 대가의 독경이 하늘의 울림으로 천지간을 장악한 것이다.

이제는 미류가 나설 차례였다.

신몽의 눈빛을 받은 미류가 궁천의 앞으로 나갔다. 궁천은 부적에서 나는 영기에 갇혀 와들거리고 있었다. 그 안의 쌍신이 내는 몸부림이었다.

멀리 먼동이 터오고 있다. 인간 세상이 따로 떼어지는 시간. 전생신이 말한 그 시간이었다. 어둠이 가고 밝음이 오는 지금이 바로 음과 양으로 나뉘는 시간인 것이다. 게다가 인간의 의식은 동트기 전에 최고로 비워지는 법이 아닌가?

천지인!

세 부적을 회수한 미류가 단숨에 불을 붙였다. 그리고 부적이 다

재로 변하기 전에 궁천의 입안으로 밀어 넣었다.

꿀꺽!

부적을 삼킨 궁천의 구멍으로 연기가 나오기 시작했다. 보통 연기는 아니었다. 진하디진한 영기가 나오는 것이니 음산하고 또 음산했으며 신성하고 또 신성했다.

보였다.

궁천의 몸 안에서 뒤틀리고 꼬이는 쌍신의 형체. 둘은 소리 없는 아수라를 이루며 꼬이고 풀리기를 반복하고 있었다.

'매조지를 할 차례!'

미류는 마지막 부적을 꺼내 들었다. 나뉠 分 자 형상의 부적이다. 그 또한 천부의 힘을 담은 부적이었다.

'천부의 힘으로 명하노니!'

주문과 함께 부적을 궁천의 가슴에 붙였다. 그러자 궁천의 몸에 쌍을 이룬 영기가 불타기 시작했다. 그 불길의 궤적은 바로 미류를 덮쳐 버렸다. 눈 깜짝할 사이에 미류는 궁천과 함께 영기의 불덩이에 휩싸여 버렸다.

"우!"

숭덕과 표승 등이 진저리를 치며 물러섰다. 그건 그들이 일찍이 겪은 퇴마와 차원이 다른 모습이었다.

우어억우우억!

불길 속에서 쌍신의 소리가 새어 나왔다.

"하늘의 뜻을 받들어 명하노니 둘로 갈라져 하나는 승천하소서."

미류는 흔들리지 않았다. 영기 정도에 쓰러질 전생신의 신차가 아니었다.

─안 돼.

쌍신은 불덩이를 이글거리며 공수를 토했다.

"천부의 뜻입니다."

받아치는 미류의 목소리는 추상같았다.

―알고 있다. 하지만 우리 둘을 하나로 엮었기에 둘 중 하나를 죽이면 나머지 하나도 죽게 된다.

"……?"

미류는 다시 한 번 등골이 오싹해지며 뼈마디에 얼음이 맺힘을 느꼈다. 그렇다면 쌍신은 둘 다 없애야 한다는 것이 아닌가?

"어째서? 원래로 돌아갈 수 없단 말인가?"

―저승의 비법 때문이다. 그 비기로 묶었으니 이승에서는 갈라지지 않는다. 다만…….

'다만?'

―저승을 다녀온 그대의 몸에 하나를 받는다면 갈라질 수도 있음이라.

"……?"

―그게 아니라면 둘 다 죽이는 수밖에.

"……!"

미류가 주춤 물러섰다. 예상치 못한 일이다. 쌍신의 하나를 미류가 받아야 한다니? 그렇다면 전생신 외에 또 다른 신을 받는 게 아닌가? 그 말은 곧 전생 특허에 문제가 생길 수도 있다는 뜻이다.

―선택하거라. 명부의 문이 아른거리니 급히 처방하지 않으면 이 인간도 함께 죽을 것이다.

우에에뚜에에!

공수를 끝낸 쌍신의 불길이 미류에게서 떨어져 나갔다.

영기의 불길은 궁천을 옥죄며 더욱 기승을 불렀다. 곧 최후가 임박했다는 뜻이다.

진퇴양난!

그 덫에 미류가 걸렸다. 쌍신 중의 하나를 받으면 전생 특허가 취소될 판이고, 받지 않으면 궁천이 죽을 일이다.

궁천을 포기하면 간단한 일이었다. 하지만 그러자고 이 고생을 한 건 아니었다. 고심하는 미류의 눈에 성성한 신성을 떨치는 부적이 들어왔다. 천부의 힘을 담은 부적은 과연 굉장한 위력이 있었다. 그렇기에 쌍신도 그 위세에 갇혀 꼼짝하지 못하는 것이다.

'어쩌면?'

생각 하나를 떠올린 미류는 재빨리 부적을 꺼내 입에 물었다.

"내가 받아들이죠!"

무슨 생각일까? 미류는 두 다리에 힘을 주고 나뉠 分이 적힌 부적을 한 장 더 꺼내 영기의 불길에 휩싸인 궁천의 이마를 눌러 버렸다.

카아아!

짧은 몸서리와 함께 쌍신의 불기둥이 두 갈래로 흩어졌다. 그리고 어스름이 완전히 벗겨지는 찰나에 음양으로 나뉘어 갈라섰다. 하나의 꼬리는 궁천에게 있고 또 한 줄기의 꼬리는 미류에게 내려 있었다. 마침내 쌍신이 둘로 갈라진 것이다.

"억!"

궁천이 비명을 토하며 무너졌다. 미류 역시 허공의 힘에 후려 맞은 듯 꿈틀 흔들렸다. 신목을 짚으며 겨우 몸을 지탱한 미류는 서둘러 입안의 부적을 토해냈다. 눈동자가 터질 듯한 뜨거움이다.

미류가 입에 문 건 속박부(束縛符)였다. 쌍신의 하나를 부적 안에 가둔 것이다. 미류가 택한 승부수가 먹힌 것이다.

뚜에에!

부적이 찢어질 듯 몸부림을 치며 비명을 질렀다. 미류는 부적에 불을 붙였다. 그런 다음 신몽을 바라보았다. 눈치를 챈 신몽이 오방신장을 몰아쳐 신장검을 날렸다. 이미 부적에 갇혀 버린 쌍귀. 그렇다면 오방신장검에 소멸될 수 있었다.

뚜―에―에―에―어―

갈래갈래 갈라진 부적이 신장무에 묻혀 사라졌다.

"선생님!"

허공에 남은 마지막 재 한 점까지 확인한 미류가 표승을 바라보았다.

"미류 법사……."

"겨우… 해냈습니다."

미류는 그 말을 남기고 맥없이 넘어갔다.

"미류 법사!"

흑백이 교차되는 의식 속에서 봉평댁의 울부짖음은 들리지도 않았다. 불덩이, 흔적으로 남은 영기의 불덩이가 눈동자 안에서 타고 있었다. 아주아주 뜨거웠다.

『특허받은 무당왕』 3권에 계속…

특허받은
무당왕 2

가프 장편소설

초판 1쇄 찍은 날 § 2016년 11월 23일
초판 1쇄 펴낸 날 § 2016년 11월 30일

지은이 § 가프
펴낸이 § 서경석

편집책임 § 조현우
디자인 § 신현아
마케팅 § 서기원

펴낸곳 § 도서출판 청어람
등록번호 § 제387-1999-000006호
등록일자 § 1999. 5. 31
어람번호 § 제8-0077호

주소 § 경기도 부천시 원미구 부일로 483번길 40 서경B/D 3F (우) 14640
전화 § 032-656-4452 팩스 § 032-656-4453
http://www.chungeoram.com
E-mail § chungeorambook@daum.net

ISBN 979-11-04-91052-4 04810
ISBN 979-11-04-91050-0 (세트)